批评的话里话外

张文东评论集

张文东 ◎ 著

长春出版社
全国百佳图书出版单位

图书在版编目（CIP）数据

批评的话里话外：张文东评论集 / 张文东著.
长春：长春出版社，2025.1. -- ISBN 978-7-5445
-7572-0

Ⅰ. I206-53
中国国家版本馆CIP数据核字第20240G62L3号

批评的话里话外——张文东评论集

著　　者　张文东
责任编辑　郝　莉
封面设计　宁荣刚

出版发行　长春出版社
总 编 室　0431-88563443
市场营销　0431-88561180
网络营销　0431-88587345
地　　址　吉林省长春市南关区长春大街309号
邮　　编　130041
网　　址　www.cccbs.net

制　　版　长春出版社美术设计制作中心
印　　刷　长春天行健印刷有限公司

开　　本　880mm×1230mm　1/32
字　　数　237千字
印　　张　11.625
版　　次　2025年1月第1版
印　　次　2025年1月第1次印刷
定　　价　59.80元

版权所有　盗版必究
如有图书质量问题，请联系印厂调换　联系电话：0431-84485611

目 录

辑一　史论

文化传播：基于文化自信的国家战略 / 2

微时代、微文化与微批评 / 7

新媒体与新批评：网络文学批评的"诗性"理解 / 11

"诗性"的文学与批评的"诗性" / 29

社会转型与文学传统

　　——以大众文化背景下的网络传奇为例 / 45

"诗性批评"：文学研究的传统与发展 / 60

隐喻·主题·记忆

　　——论张爱玲小说的政治叙事 / 69

论文学阅读中的审美心理需要 / 89

武侠小说批评二题 / 98

辑二 传奇

从"新小说"到"五四小说"
　　——传奇叙事与中国现代小说叙事发端 / 108

"历史中间物"
　　——鲁迅《故事新编》中的传奇叙事 / 121

《边城》的传奇叙事
　　——重读《边城》兼论沈从文小说叙事的"中国经验" / 135

"滚滚红尘"中的"新传奇"
　　——论张爱玲的"传奇"理念 / 148

"自己的文章"的背后
　　——张爱玲《传奇》的政治叙事 / 160

常与非常：张爱玲《传奇》叙事之结构模式 / 176

"不能挣脱时代的梦魇"
　　——论张爱玲《传奇》叙事的心理时间模式 / 191

论"新感觉派"小说的传奇叙事 / 204

中国现代"革命叙事"的"传奇"取向 / 216

辑三　现场

"非虚构写作":可以追问的"文学可能性"
　　——从《人民文学》的"非虚构"说起 / 228

理性的思辨与自然的世界
　　——评鄢然《残龙笔记》的成长叙事 / 247

新世纪文学中女性青春写作的"异质"化误区
　　——以徐坤、张悦然的两部短篇小说为例 / 257

论港台言情小说"穿越时空"的创新叙事
　　——以席绢的《交错时空的爱恋》为例 / 268

"梦"与"非梦"之间
　　——"韩剧"叙事模式解读一种 / 279

从《私人订制》看冯小刚的雅俗困境 / 286

电影赏析与批评三题 / 294

辑四　地方

"人的尊严"与"文学的尊严"
　　——评杨廷玉的长篇小说《尊严》/ 310

温度　真实　自然
　　——读钱万成的文字 / 319

小叙事与大写意
　　——老羿小长篇《桃园遗事》的个人解读 / 325

童心　想象　隐喻
　　——关于《巨虫公园》的三个关键词 / 331

三个关键词，三个维度的叙事
　　——读长篇历史小说《皇天后土》/ 339

一部壮美的史诗
　　——评李发锁长篇报告文学《围困长春》/ 345

长春的往事　历史的记忆
　　——看大型纪录片《长春往事》/ 349

新世纪文学批评与吉林文学话语 / 355

吉剧的创新发展漫谈 / 361

辑一　史论

文化传播：基于文化自信的国家战略

在当前全球化进程不断加快、国际形势发生深刻变化的背景下，一个国家的生存和发展，首要之事可能就是在国家层面对经济、科技以及文化等各方面的顶端设计与整体谋划。所谓国家战略，是将原本多用于军事领域的战略一词及其意义放大到整个国家的相应方略层面，指国家为实现自身规划目标而科学制定的具有统摄性、系统性和长期性的行动策略，即百科全书所谓的"指导国家各个领域的总方略"。按照这一理解，国家战略直接影响着一个国家发展的方向、国家建设的规划、国家资源的统筹、国家力量的使用以及国家形象塑造和国家精神凝聚等等，是事关国家发展建设全局乃至国家盛衰兴亡的顶层设计与核心方略。因此，越是在国家发展和竞争激烈的历史时期里，越是在全球一体化的时代背景下，越是在新媒体传播的文化语境中，国家战略的理解和设计便越发显得重要和急迫。

一般而言，一个国家的崛起，当然依赖于经济发展、科技进步乃至国防实力提高等等，但更加不可或缺的还有文化以及文明的繁荣。而在当今时代我们还要更加清醒地看到，任何一个国家的崛起，又都决不能忽视甚至放下自己在整个世界格局中的地位和影响，及其可以为全人类文明所能做出的贡献。因此，即便是不同的国家及其不同目标下的国家战略，其中都必然包含着自身文明发展和对外文化传播的内容和策略，甚至可以说，在全球化的新媒体时代里，文化传播已经成为一种国家传播乃至全球传播的核心途径和手段。就中国而言也一样，如果可以简单点来理解我们的国家战略的话，那么，既要建好自己的"小家"，又要处好世界的"大家"，显然是这一战略最基本也最核心的内涵。而要实现这一国家战略，显然也是既离不开自己国家的"文化大发展大繁荣"，又更离不开中国文化与文明的全球化理解和认同的。换句话说，如何在全球化语境下实现中国智慧与中国故事的有效传播即我们所谓的文化传播，及其在更大程度上得到世界的理解和认同，必然并已经成为中国国家战略不可或缺的重要内容之一。

党的十八大以来，以习近平同志为核心的党中央高度重视文化传播工作和国际话语能力建设，提出要"精心构建对外话语体系"，同时强调"对外话语体系建设必须突破传统的话语范式，创新对外表达方式，抢占话语制高点。既要中国发声、文化自信、特色鲜明，又要达到国际表达、融通中外、受众理解，实现民族性与国际化的高度统一"。这一话语要求充分肯定并彰显了人类文明内涵的诸多价值的一致性和共同性。按照认知语言学的观点，人们在对周围的世界进行读解和辨析时，往往遵循的是一种生存体验哲学。也就是说，人类自身特殊拥有的认知结构、生存经验以及生理特征同时是具有类的相似性的，因此任何不同的文化之间又都具有基于某种文化共性的同质部分，这不仅构成了不同文化间相互理解的起点，同时也为促进世界不同国家之间文化的互动交流以及各国文化的对外传播提供了可能。事实不仅如此，历史的经验还早已澄明，越是源远流长的文明，越是博大精深的文化，便越是具有文化传播以及文化影响的价值和能力。因此就中西方文化而言，虽然二者间存在着诸多的甚至巨大的差异，但是还有许多的基于人类共同美好追求的共通之处。中华文明尤其还在历经五千年淘洗传承的基础上，已经厚厚地积淀出了许多可在对外传播中能够被不同的人们所认同的人类的共同价值。所以，一方面我们可以从理念层面肯定并达成共识，即在新媒体时代将文化传播作为一项国家战略来布局具有全球化的深远意义，但同时还必须从另一方面在实践层面上明确，我们所谓国家战略的文化传播，其目标并不仅仅是让中国理念"走出去"，更关键的也更要着力的，是要让中国理念在合理的传播机制下影响世界全球化的"新构型"。也正因此我们才可以欣喜地看到，中国的"一带一路"和"构建人类命运共同体"等战略一经提出，便因其强大的文化感召力而迅速影响了全球化的进程和构型。

"一带一路"倡议的提出是古代地缘意义上的"丝绸之路"及其历史文化意蕴的当下多元化阐释，既是区域多国合作发展的理念和倡议，也是中国对外文化传播的规划与策略。它不仅是一个空间概念，更是一个文化概念，它在人们已经普遍意识到的多国经贸合作发展的空间和优势之外，借用古代"丝绸之路"的历史符号，在共同打造政治互信、经济融合、文化包容的利益、命运、责任共同体的基础上，以一个充满活力和自信、积极担当和负责任的大国形象，树立了一种主动型文化传播的典范。至2017年联合国安理会第2344号决议首次将"构建人类命运共同体"理念写入其中，并敦促各方为"一带一路"建设提供安全保障环境、加强发展政策战略对接、推进互联互通务实合作，则不仅更加体现了国际社会对"一带一路"倡议目标的高度认同，同时还构建起了一个以中华文明的核心价值观念为基点的更加丰富的、融通中外的文化传播创新话语体系，进一步强化了我们民族性与国际化相统一的文化传播战略的理念和实践意义。

在中国的文化传播及其话语体系建设等问题上，习近平总书记强调要"抢占话语制高点"，要"努力提高国际话语权，加强对外宣传工作，打造中国文化的国际影响力"，要"中国发声、文化自信、特色鲜明"。认真理解起来，这里面实际始终都是一个在国家文化传播战略中坚持"文化自信"原则的问题。如众所知，文化自信是一个民族、一个国家以及一个政党对自身文化价值的充分肯定和积极践行，以及对其文化的生命力的坚定信心。正如习近平总书记反复强调的，要实现中华民族伟大复兴，必须坚定中国特色社会主义道路自信、理论自信、制度自信、文化自信，而文化自信是更基础、更广泛、更深厚的自信，是更基本、更深沉、更持久的力量，坚定文化自信，是事关国运兴衰、事关文化安全、事关民族精神独立性的大问题。因此，文化自信不仅应当，而且必然成为文化传播国家战略的最重要的动力与原则。

习近平总书记还强调,中华优秀传统文化是中华民族的精神命脉,是涵养社会主义核心价值的重要源泉,也是我们在世界文化激荡中站稳脚跟的坚实根基,中华文化既是历史的、也是当代的,既是民族的、也是世界的。而从本质的意义上来讲,文化传播其实始终都是不同文化的冲突、碰撞和博弈,也始终都是优秀文化、强势文化向其他文化的辐射和渗透,因此,五千年没有断流的中华文化,就不仅是我们文化自信的底气,也是我们文化传播的价值取向。这当然也就意味着,面对全球化时代提出的新课题,中国要实现文化自觉和文化自信,还必须处理好继承与发展的关系,在对自身不断重审、重塑的基础上,着力做好中国优秀传统文化的创造性转化和创新性发展。事实上,"一带一路"倡议包括"命运共同体"理念的有效传播和普遍被认可,已经充分说明了"中国发声"与"国际表达"的高度吻合,这一方面提升了中国的国际传播效果、中国的国际影响力,另一方面,也增强了我们在实施文化传播国家战略方针过程中的文化自信。也正因此,将文化传播作为一种基于文化自信的国家战略,就在理论和实践的意义上成为一种必要以及必需的选择。

(原载 2017 年 8 月 1 日《光明日报·理论版》,有删改,2017 年第 24 期《新华文摘》摘要转载)

微时代、微文化与微批评

毋庸置疑，虽然我们还一直使用着新媒体时代的概念，但随着计算机信息处理技术使各种移动终端越来越成为人体的器官性延展，实际上我们已经置身于一个更新媒体的"微时代"。据《第36次中国互联网络发展状况统计报告》数据显示：至2015年6月，我国网民手机上网占比88.9%，较去年增长3.1个百分点，而通过PC接入互联网的比例分别为68.4%和42.5%，较去年分别降了2.4和0.7个百分点；同时，全国微博客用户规模为2.04亿，手机端微博客用户数为1.62亿，占总体的79.4%。如果再现实一点地看到微信及其朋友圈、微电影、微视频等等的流行，信息生产、传播与接受的"微"甚至已然成为我们时代的主体文化样态之一。

在微时代的定义上，"微"并不是小，更不是不足以道，而是一种更加生动、即时、自由乃至碎片化的传播方式，一种更富有沟联性、娱乐性以及个性化的生活形态，一种更回归自我也更从众流俗的审美机制。所以就我们的话题而言，"微"作为一种特殊的时代体征浸透在时代文化的肌理当中，已经成为当下仿佛无所不能而又无所不包的功能性存在。从文化生产来看，较之于一般意义的数字媒体或网络平台，以自媒体为核心的微平台显然是更自由、自主与随意的文化大院，而随着技术手段的不断简易、快捷化，从微信到微博，从微电影到微视频，从微小说到微散文，"微化"的艺术创作和文化活动甚至更加成为日常生活的一项内容或一种方式；再从传播方式看，从点对点的传输到圈套圈的分享，"微传播"的规模可能越来越小，但半径却越跨越大，形式更加灵活多样，效果更加有效迅捷，其开放、自由的公共空间也有了更加巨大的涵容与可能；而从接受模式看，微看、微赏、微阅等"微接受"似乎已经越来越成为大众文化体验的主流模式，不仅使审美行为进一步个人化、私人化和碎片化，而且使文化效能也进一步有了自娱性、利己性和即时性。同时，由于自媒体的普及与升级，以及媒体融合速度的加快，文化产品的生产、传播和接受之间的界限开始模糊起来，就像微信朋友圈一样，在不同主体一而再，再而三的"复制""分享"或"同步"的过程中，谁又能说得清哪一环节或部分是生产或接受呢？于是，"微"已经成为我们这个时代特有的文化形态和生活方式。

不过，微时代所结构出的微文化可能并没有多少值得欢呼，因为其背后的潜能与动因，实际是一种并不美好的消费机制和娱乐基因。与传统文化或文化传统不同，微文化既是消费社会的消费性产物，同时也是大众文化的大众化娱乐行为，大众的消费心理成为微文化的审美理想，碎片的日常生活成为微文化的基础构件，而当曾被鲁迅总结并批判的中国人"看与被看"的传染病重新借微文化再次流行之时，我们这个伟大时代里原本可以更加崇高的文化品格便也不得不有所褪色。环顾自己的身边我们不难发现，种种的"微"在其物理功能之外，许多都已经有了从量到质的变化：微博除了自言自语就是粉丝营销；微信不是自娱自乐就是"刷存在感"，朋友圈要么是不假思索地转发，要么是广告植入的分享，公众号除了推销自己就是替别人推销；微杂志里到处不是心灵导师就是生活良友；微电影、微喜剧等微视频虽然有着由大到小的新的载体与途径，但实际其内容与模式却依旧只是有了某种物理变化而没有发生化学反应；即便是我们从微看、微赏、微阅读的角度来说，其中种种私人化的、非价值性的即时性选择的意义，或许正是当下大众文化某种非理性建构的真实表征。于是，以视听语言为核心话语的各种各样的"微制造"越来越形成了某种千篇一律的生产、传播与接受模式，因快捷而失之神思，简单而失之内涵，随意而失之深度，日常又失之隽永，从而在这个微时代的繁荣背后，渐渐映射出了微文化的囧相与困境。因此，我们便不能不呼唤与微时代、微文化相应的"微批评"。

微批评也是我们这个时代的"微"之一，顾名思义就是微型的文化批评（当然也包含甚至主体是艺术批评），严格点说甚至还有广义与狭义之分。广义的微批评甚至比"微时代"来得早，包含所有依托于新媒体渠道、新媒体平台的艺术或文化短评，如可以追溯到 2008 年以前的豆瓣社区的短书评（少于 500 字）、短影评、短乐评（均少于 140 字）等，狭义的微批评则既指其依托于微平台，也强调其形式更加短小，主要是通过微博、微信、朋友圈、公众号等微渠道发表的文化与艺术短评，其互动性和即时性更强，针对性和自主性也更充分。不过同样要注意的是，随着微文化在大众消费意义上的流行，不管是广义还是狭义，微批评始终还未能形成更好的审美引导和文化建构功能，比如其中种种，发泄的多而思考的少，感性的多而理性的少，个别的多而整体的少，口水战多而思想交锋少，业余水军多而专业权威少，随波逐流的多而独具慧眼的少，源自情绪的多而来自内心的少……所以，对微批评的呼唤和建构，就是要在微文化的背景下，强调真正有意义、有意味的文化批评决不能淡出，更不能失效，强调这一特殊社会评价体系要形成正面的价值判断与审美引领，强调这既是一种针对微文化审美理想和价值标准重新建构的现实要求，也是一种涵养社会主义核心价值观的渠道探索。同时，在当下舆论话语权由官方、权威向民间转移的微文化背景下我们还要强调，基于微平台的信息发布比以往任何时候都更自由和快捷，发达的网络技术也使所有信息能更加极速地互联贯通，因而随着一系列的媒介技术革新，舆论话语也愈发的大众化和平民化，微批评已经无可置疑地拥有了对大众舆论导向的巨大影响力，因而在其意义生成与效能实现有了更加巨大可能和空间的同时，也有了必须加以规范和提领的警醒和落实。因此我们还要更加强调的就是，为在微时代的背景下实现对微文化的引领和建构，微批评就一定要保持严肃的批评态度，坚持主流的批评标准，坚守高尚的批评品格，发挥其短小精悍、自由灵活的优势，形成具有深刻思想性的文化与艺术批评，切实完成建构社会主义先进文化的任务目标。

（原载2015年12月1日《光明日报·理论版》，有删改）

新媒体与新批评：网络文学批评的"诗性"理解

我们知道，文学批评与文学创作，向来如鸟之双翼车之两轮，既缺一不可，又共生共荣，一起结构、生成着整体的文学存在和发展。因此，每当文学创作乃至文学生存有所新变之时，便必然要求着文学批评相应变化，甚至还指望着批评会对创作、对生存有所"反哺"。不过遗憾的是，一直以来我们的文学批评似乎并没有很好地完成这一任务，不仅没完成，甚至还像我曾多次说过的，即便是在新的文化和文学语境下，我们今天的文学批评依然还存在着"几多几少"的问题：一是"不及物"的理论多，"及物"的批评少——好像所有批评者不拿出一整套的深刻理论就没有办法说话，又像是不鼓捣出某种流行的理论观念就不能被称为批评家似的，总愿意给自己找一种建构真理的感觉，而忘了原本批评不过是块磨刀石，不针对具体的文学现象，其所谓宏观与宏大，其实不过就是一种理论游戏；二是"洋"的批评多，"土"的批评少——这早已不仅是中国文学的问题，实际也是中国文化的问题，尤其是自从20世纪初以来，我们的文学批评始终都是西方一整套理论框架之下的"假洋鬼子",古代批评的传统被遗弃,有自己特色的现实文学批评话语体系又建立不起来,造成了一直到今天都无法治愈的严重"失语症";三是"假"的批评多,"真"的批评少——批评之所以是磨刀石即对创作有作用,并能够成为文学创作乃至文学发展的某种引导或先导,一定是有它能够发现并敢于批判种种不足的特质,也一定是有它一针见血又不留情面的姿态,如果做不到"好处说好,坏处说坏",我们很难想象批评可以真正达到于创作有所磨砺的目的,那些圈子里相互吹捧、圈子外相互指责、市场上唯利是图的各种批评,都在"假作真时真亦假"的意义上让文学批评失去了本真;四是"科学"的批评多,"诗性"的批评少——当作家用"心"去体会生活、表现生活时,批评家常常是用"科学"的态度、理论和模式来面对作品,这种缺乏心灵交流与情感互动的批评,既缺少"同情"也难见"感动",既然批评本身都无法回归到心灵和情感,当然就更不用说如何可以让批评引导读者走进那个"诗意"的栖居地了;五是"旧"的批评多,"新"的批评少——当然这个所谓的"旧"是狭义并相对的,主要是指那些使用现代以来形成的传统批评思理和方式来完成的"专业批评",说其"旧"其实主要是因为他们一说起批评和理论,好像就都是要板起面孔来,不仅要有逻辑、有层次甚至有哲学地来说,而且还要按照某种定型的话语套路来说,其成果也只能出现在旧有的文学生产流通载体即传统的文学报纸杂志上。问题其实就在于此——当下新媒体已经牢牢占据了大半江山,而当我们面对着自由而又自主、碎片而又个性、互联而又互动的网络文学创作已经日渐成为大众意义上的文学主流的新形势，如果没有一种可以基于并适应于新媒体平台的"新"的文学批评，我们一直坚守的文学批评的重任又将怎样才能完成呢？

当然，从某种意义上说，上述中的前面几点其实都是老生常谈，因为对其中一些问题，批评界不仅早有认识，甚至还曾有过许多共识，就像从当年鲁迅就已经开始的"打假"一直到现在，对"真"的文学批评的呼唤始终就没有中断过，而从20世纪90年代中期热闹起来的关于中国文论话语重建的讨论，似乎还在今天"强制阐释论"的话题中得到了进一步的深化，包括对所谓"科学"批评的批判和对"诗性"批评的提倡，我也曾在不同的文章中有过阐述[1]。所以本文的用意主要还是在一个自定义的所谓"新批评"上，即在新媒体时代以及网络文学时代已经到来的背景下，思考"诗性"对建构一种基于新媒体平台并针对以网络文学为主体的新媒体文学来进行的文学批评的合理性和可能性，意义倒并不在于有多"新"，只不过就是想为当下的文学批评建设提供一种有益的思路而已。

一

在我看来，"新批评"生成于"新媒体"，即来自新媒体语境及其对文学的改造，所以我们的讨论首先从几个概念之间的关系入手，即沿着几个概念之间的关系来展开思考——新媒体的出现与快速发展催生了新媒体语境，新媒体语境作为一个特殊的文化场域全方位地改变着文学的存在形态、表现方式和接受机制，新媒体为这种改变提供了技术前提，新媒体语境则提供了文化背景，它们最终将决定着文学批评的新变。

关于"新媒体"的定义很多，但我并不想纠结于概念本身，而是想从现象的理解出发来把握"新媒体"的几个特质：一，"新媒体"作为一个约定俗成的说法，最普及的意义就是指网络媒体，即"以数字技术为基础，以网络为载体的进行信息传播的媒介"[2]；二，"新媒体"作为一个相对宽泛的概念，是指"建立在计算机信息处理技术和互联网基础之上，发挥传播功能的媒介总和"[3]；三，"新媒体"既然是媒体，其根本要义便在于其作为传播媒介以及传播行为的实现上，即美国《连线》杂志所谓"所有人对所有人的传播"（Communications for all, by all）。据此我们不难厘清一个思路：计算机作为20世纪人类文明最重要的收获之一，对社会生活的影响早已超出了简单的工具概念，而在计算机技术发展、普及的基础上所出现的数字、网络技术等一众新生科技，虽为新生，但其成长、发展之快却出乎所有人意料，因而在这种日新月异的技术进步背景下，传播媒介开始出现巨变，以互联网和手机媒体等为代表的诸多有别于传统报纸、电视、杂志、广播等媒体的新型数字媒体不断涌现，而如电子刊物、博客、微博、短信、微信等新媒体的使用人群也以几何速度增长，从而以一个新媒体时代的全面到来，带来了社会从物质生活到精神世界同样巨大的变化。

较之传统媒介，新媒体之"新"并不少：传播主体的多元性与个性化，传播内容的多媒体与超文本性，传播行为的交互性，海量信息的共享性，信息传播的实效性与全球性等[4]，或者说是信息传播的"快、准、全、易"和公共的参与度"高"[5]——而这一切实际都是"新"在互联网或移动数字技术上。这就意味着，就像我们不能再把计算机技术仅仅视为某种计算手段一样，在当下这个时代里，也再不能把早已获得数字技术全面深度参与并以互联网为主体的新媒体仅仅视为某种传播工具，而是要在麦克卢汉所说的"媒介是人的延伸"的意义上，去体会新媒体新技术是如何实施其对社会肌体的"集体大手术"的[6]。所以新媒体语境的特质与样貌不言而喻——是一个可以自由抒发自我的公共话语空间：一方面它是一个极端个人化的表达平台，如果说传统媒体中的报刊、广播、电影、电视等都具有程度不同的某种公共和社会属性的话，那么以互联网为主的新媒体则首先是个人化乃至私人化的，并由于网络世界的虚拟性，几乎所有参与者都可以伪装或隐藏自己，任何潜在、隐秘、难以言说的情绪都可以自由表达，从而使这个空间中的所有话语模式几乎都有了主观、个性的特征；但另一方面它又是个公共的信息传播平台，对几乎所有人开放，且互联贯通能力极强，所有参与者之间均可以自由互动、全面交流，所有人的"数字化生存"都有着不折不扣的"在线民主"。也就是说，新媒体语境实际是给大众提供了一个充分消除掉了制约因素的公共话语空间，使传统媒体时代里必须被私密化的"真我"终于可以直接融入"大众"——这个"大众"反过来又由无数个"真我"结构而成。所以一边是最自我的表达，一边是最大众的传播，在传统媒体意义上曾经极端对立的自我与大众二者在新媒体中得以充分结合，甚至达到了"最自我的恰是最大众的"效果，从而使这个时代的文化氛围也变成既是最自我的又是最大众的，在大众狂欢的意义上创设出了一个从不曾有过的文化场域。

新的文化场域自然会带给文学以新的要求和变化，而新媒体语境依其自身属性所实现的对文学的诸多改造，主要体现为基于新传播媒介的、大众化的网络文学的出现，并同样呈现出自我表达与大众传播两个向度：一方面，网络写作从创作到接受都是"低门槛"甚至"无门槛"的，所有人都可以通过某个虚拟的 ID 来展现自己真实的生活，用最自由、自我的方式来完成最真实、自由的自我言说，以及同样最自由、自我的参与和接受。同时与意识形态规范下的传统文学相比，网络写作的题材限制几乎是不存在的，大众生活和思想的一切内容以及大众想象的全部空间，都可以成为网络写作的表现对象，其自我的自由表达在此所得到的是更加的纵容。另一方面，正如前述之所谓"新"，网络写作的存在与接受都有着极强的互动性、共享性、多媒体与超文本性等，其写作不再囿于传统的纸书，文本也不一定表现为文字，不仅各种多媒体形式都成为文学表达的物质手段，而更加多媒体化的网络传播也彻底打破了文学传播的传统媒介渠道与形式，从而以令人难以想象的迅捷与"全元"，开创了文学从未有过的甚至超越现实的传播空间和接受可能。

"数字媒介对文学发展的影响力比此前的所有媒介都要广泛、深刻和迅捷得多——这不仅包括文学创作、欣赏和传播的方式，也包括文学文本的存在形式和功能模式，还有文学生存、生长的整个生态环境和文化语境……"[7] 所以经由这种改造，网络文学的"身份合法性"也得到了确认：在当下的新媒体语境中，检验某种新生文学的合法性已再不能从传统媒介——同样的文本写作依赖于出版业、有纸质载体的是文学而存在于网络上就不算文学——的角度来认传统的"死理"，也不能仅仅由于它和我们人为划定的所谓"纯文学"不一样便加以否定——纯文学的范围并不等于文学的范围，它既不是文学的全部，也不是文学的标准。所以，不管技术的进步给人类语言表情达意的形式带来了怎样的改变，也不管文化背景的嬗变给人类情感外放内收的方式以怎样的自由，以网络写作为主体的新的文学现象的出现其实并没有也不可能动摇文学的本质，不过仍只是传统文学形态在当下的一种特殊演进和转型而已。换个角度，网络文学从技术特点上看是"数字化"的文学，而从受众角度看则是"大众化"的文学，所以倒不妨把新媒体语境对文学的改造看作是一场当代最具规模、也最彻底的"文学大众化"运动，就像现在网络写作中每个人既都可以是作家，也都可以是批评家一样。故我所谓网络文学，就是在这样一个"泛文学"乃至"泛审美"的新媒体时代里，以"在网上"的形式呈现出来的"新"的、"大众化"的文学形态。

二

新媒体时代最引人瞩目的文学现象莫过于网络文学的出现，一边是信息承载、传播能力超群的互联网技术，一边是几乎人人都有能力和机会参与的语言游戏，网络与文学二者结合而成的巨大浪潮，早已席卷了整个当代文坛。而尤其重要的是，作为一种新生的文学样式，网络文学的接受机制有着一些传统文学并不具备的特点：从媒介角度而言，网络文学的接受与其传播一样，都是依托于网络平台，而这一平台的虚拟、开放与共享等特性，则实实在在使接受行为有了彻底的放任和自由，尤其是相比于传统纸质书刊的发行迟滞、价格高昂以及"精致"阅读要求等，网络阅读不仅更新快、成本低，方式方法也更便利；从主体方面来看，网络写作与其受众之间所形成的实际是一种同样基于大众化的密谋和契合，其文学接受差不多都是一种个人的、利己的"自娱"行为，所以在网络文学这里，阅读的发生和接受的可能经常是与所谓经典文学理论不相干的，即只是将阅读当作快节奏生活中的一点消遣，关注的是扣动自己兴致的情节，津津乐道于爱恨所向的人物，更多以娱乐为目的来接受作品；再从效能层面来看，既然网络文学创作已失去了传统文学所谓"载道""言志"的功能规范，那么其接受便也常常只是一种在"双重虚拟"的世界里所能得到的"虚幻的满足"，所以在基于网络平台的个人的、即兴的、碎片化的阅读中，即便是追求文学功能性的作品，其文学效能的产生也要更加依赖于接受者本身，由此，接受与文本之间互动关系的建立，一方面因全新的网络传播而具有无限的空间，但另一方面又会因接受主体的不自觉而导致了文学效能的缺失。

而更重要的可能还在于，在某种可能更加宽泛的文学意义上来说，随着网络平台及其互动机制搭建的日趋健全和开阔，在今天的网络时代里，借助各种文学论坛以及各个网站评论版块的设置，每个人都可以自由地对网络作品进行某种自诩的"文学批评",这就改变了传统文学只有专业批评家才有资格对文学作品进行评判的局面,使原本属于"圈子"里的文学批评,在走上大众化道路的同时,又有了许多"新"的质素和可能:就批评对象而言,当今的文学批评已不只是针对传统文学的批评,而是针对新媒体时代里全部新生文学样式在内的"新批评";就批评方式来看,当下的文学批评不是仅指使用传统批评方式的文学评介活动,当前活跃于网络上的各种非专业、非学术的评论形式同样属于文学批评的范畴。按照白烨的说法,当下文学批评的不断发展和逐步分化已有"一分为三"的趋势,即"以传统形态的批评家为主体的专业批评、以媒体业者及媒体文章为主角的媒体批评、以网络作者尤其是博客文章为主干的网络批评"[8],不过我这里却隐约希望有一种前瞻,如果能在新媒体时代的背景下再深些去体会"互联网+"思维的笼罩性、世界"互联网化"的彻底性,以及"媒体融合"的全面性等,那么今后的文学批评是不是始终都能如此细致地分开或分清楚为几种形态？我甚至十分浅陋地想,也许就在不久的将来,并起码在活动空间和传播载体的意义上,会不会所有的文学批评都可能"网络化"？当然,正因是一种陋见,所以本文中便不敢有借所谓"融合"搞定整个文学批评的过分企图,而仍只是借"网络文学批评"之一隅来思考问题。

2015年2月3日,中国互联网络信息中心(CNNIC)在北京发布了《第35次中国互联网络发展状况统计报告》,显示截至2014年12月,我国网民规模达6.49亿,手机网民规模达5.57亿,博客用户规模为1.09亿,微博客用户规模为2.49亿,网络文学用户规模为2.94亿,网络文学使用率为45.3%。同时报告还称,网络文学目前已经有了一条相当成熟的产业链,由热门网络文学作品培养大量用户、制造口碑,再通过影视剧改编、游戏改编、实体书出版等连带产生一系列衍生产品,实现了文学、游戏、影视、动漫等产业的交叉融合[9]。不过现实的情况是,文学批评虽一直并不缺少对于网络文学的反应,但却连所谓"网络文学批评"的概念都未加厘清:一种是指针对网络文学的走传统之路的专业文学批评,其态度严肃,理论性强,队伍专业,实为"圈子内"即前述所谓"旧"的文学批评。它的问题是,面对创作、存在与接受机制都已迥异于传统文学的网络文学,却依然使用着传统文学的批评思理和方法,其文本选择既有严格标准(大部分的网络文学创作并不能入其法眼),其文学用意也有规范尺度(大部分的网络文学在其看来都是垃圾),不仅思维不是互联网的思维,甚至连阵地和舞台都不在网络而在传统的文学期刊、报纸和书籍上,实际还是传统意义上的文学批评活动。另一种是指在网络平台上对所有文学艺术的自由分析和评价,既包括对网络文学的批评,也包括对其他文学现象的批评,参与者虽也有部分专业人士,但还是以媒体人士、网络写手和普通网民为主,其核心表征是无论其创作或接受的主体都"居于"网络平台,不管是"移民"还是"原住民",总归都是"网络居民",并且自始至终其批评的行为和话语都是以网络平台为载体的。显然这是一种"圈子外"的批评,并因主体的鱼龙混杂以及话语的参差不齐而常常被专业的文学批评界认为其不存在或没必要关注。而问题的症结还在于,一直以来这两种批评之间被人为地划开了一条鸿沟,二者不但不愿搭界,甚至宁肯对立,传统的批评自命清高于学院化的框架之内,网络的批评天真烂漫于自由的空间当中,最后不仅都成了自说自话,又都在自己代表不了真正的网络文学批评的同时,否定了对方可能代表的权力,使现实的网络文学批评在看似繁荣的表象之下实际埋藏着致命的空洞。

"当下的文学批评,患上了比较严重的失语症。面对不断变化的现实生活,文学批评的话语体系、美学趣味、思维方式,某种程度上还停留不前。"[10]所以就网络文学批评而言,导致其"失语"的原因其实并不在于批评家与作者之间的经历不同或年龄错位,而在于其"以不变应万变"的"旧"的批评策略。换句话说,面对网络文学等新兴文学样式及其特殊的传播与接受机制,传统批评界仍按各种老"套路"来"兵来将挡,水来土掩"的做法显然无异于刻舟求剑,无益亦无补。而同时与之对立的所谓自由的、草根的网络批评也不如人意,虽然在主体、姿态以及阵地等方面均占据着主动,但又的确在深度、力度以及"文学性"等方面有着相当大的不足,同样难担重任。所以,"对于移动互联网时代文艺形态的想象,我们不能延续任何一种'网络移民'的路径,而是要考察网络新生——来自前文字时代的'文学性'必然穿越印刷时代,以'网络性'的形态重新生长出来。这就要求我们不能抱有任何既有的观念来界定、评价网络时代的文学,必须在纸媒文学体系外重建一套网络文学的评价标准和批评话语体系。"[11]不过批评的"重建"一定是要和文学的转型相统一的,即文学批评的重建同样要与文学的"网络化"

一道，借"网络化"得以焕发新生。所以我想强调的所谓网络文学批评，既针对网络"内"的文学，也面对网络"外"的文学，既是以"网络"的形态"发声"的专业批评，也是以"文学"的方式"立言"的草根批评，是二者如一对新人"同居"于网络这一新的平台，即与"在网上"的网络文学一样，也是始终都"在网上"的批评。同时文学批评的"重建"只是"新瓶装老酒"是不行的，除了新的平台外，还要有新的理念，不但要改变发声的地点，还要改变所发出的声音，要发出让人们听得到、听得懂并且愿意听的声音。而就当前"旧"多"新"少的批评现状来看，与其说是网络边缘化了文学批评，倒不如说是文学批评自己束缚了自己，"躲进小楼成一统"则不免曲高和寡甚至"被失语"。还要注意的是，网络文学之要义其实并不单是指其创作、传播、接受都是在网络上进行的，同时更是指其完成作品从创作到接受整个过程所用的思维也是互联网的，所以网络文学批评并不等于"文学性"的批评，而是"对文学"的批评，其对象和目的虽可固定，但其思维与方式却不可僵化，既不能再墨守传统的文学观念和理论常识，也不能限制在某种传统模式以及传统阵地上，而是要与网络文学的大众化相一致，成为一种面向大众、适合大众并为大众所乐意接受的"新批评"。

三

"重建"新的批评，当然也包括新的形式和方法，不过首先要明确的是：一，即便我们必须承认新媒体时代的文学已经有了全新的质素，批评也有了全新的平台和理念，但这并不意味着新的批评一定要把传统文学批评的种种方式方法统统否定并抛弃，完全新起炉灶、分家另过。二，虽然新的技术革命往往都是由西方兴起，而一直以来我们的文学批评又始终有着各种"西化"的影子，但是真正让中国大众喜闻乐见的批评形式并不能、也不应该由西方引进。三，既然我们一直都在不断指责中国文学批评的"失根"与"失语"，那么在今天重建某种新的文学批评之时，就十分有必要向中国古代文学批评传统中寻找资源，进而建构出更加具有中国特色的批评话语。

再进一步看，文学是人学，网络文学也不例外，尤其是在网络这一最大众的载体意义上，其背后始终都是由一个个鲜活的"人"所组成的"大众"，没有人则没有大众，而没有大众也就没有了网络文学，所以一直以来我们习以为常的那种效法西方的崇尚科学性、强调专业性的文学批评非但不能拉近文学与大众的距离，甚至反而会将本来属于大众的网络文学"去大众化"，因此，如何形成某种能够表达出阅读主体个性和个人性，并符合大众的泛审美精神追求的文学批评方式，即在被西方批评理论浸润已久的话语体系中重新找回属于自己的批评道路，才是我们真正的问题——这就不禁让我想到了中国古代文学批评的"诗性"传统及其"诗话"的批评方式，因为无论是内在的精神还是外在的形式，这种传统与方式，可能都是最接近文学的大众与大众的文学的。

如中国古人"文，心学也"之谓，中国古代文学批评是以"感受"对象的方式来"表现"自己的艺术理想，即是以"心灵化"的"感悟"和"品味"来发现"人"的存在即文学的"诗性"存在的,其中更多不是科学的判断和逻辑的思考,而是心灵的感受和情性的体味。所以简单来说,中国文学批评传统的整体、意象和感悟等都是"诗性"的批评特征,也正因此,才使它从来就不是一项科学研究,而是一种生命体验,并因其感受重于理论、情感高于逻辑的诗性思维,追求的始终都是文学与人、与心灵的契合,从而真正地留存住了人的个性和创造性。由此中国古代文学批评所生成的一种特殊批评方式——"诗话",不仅成为唐宋之后中国文学批评话语的主要形式,而且也是中国古代文学批评最重要的传统之一。概而言之,"诗话"思维的底子依旧是文学的"诗性",它作为一种所谓"由诗引出的漫话",在文学批评上的个性主要是随意、片段和感悟,既有很强的针对性,又有很高的自由度,既可以就诗论诗,也可以论文谈艺,既是关于文学的漫话和随笔,也是对于文学的独见和洞见,并且往往来自对文学的直观和直感[12]。其实不难发现,这种传统批评模式所内含的方式方法与我们于当下所要求的新批评之间竟然多有暗合之处,比如说其自然观照的精神气质,随意而谈的漫话本性,以及重感悟直觉而轻逻辑论证、重情感体验而轻科学分析的批评方式,即都非常契合于网络文学以及整个文学的大众化、平民化的文化语境,而其片段化的话语存在形式也在网络传播的意义上有着更大的优势。"我们的时代渴望整体把握、移情作用和深度意识,这种渴望是电力技术的自然而然的附属物……我们时代的标志,是厌恶强加于人的模式。我们突然之间热心起来,希望万事万物和芸芸众生都完全宣示自己的存在和个性。"[13]所以说,即便是在当下的新媒体新技术时代里,其实也一直并不缺少诗性以及对于诗性的追求,这也仿佛让我们看到了新媒体时代网络文学批评得以实现的一种可能,即用一种主观的、感性的、片段化的批评模式来替代现在流行的科学的、逻辑的、裁判式的文学批评。甚至可以直接说,我以为在当下的新媒体时代里,尝试一种"个人化思考,感悟式点评"的"诗话"型的即"诗性"的网络文学批评方式,或许更能既适合网络文学存在的新媒介特征,又适应当下大众文化的碎片化思考,且符合于文学艺术的情感化本性。

我们知道,网络文学的主体永远都是个人并个性化的,程式化、一体化的思想在网络这一极端利己的公共话语空间中很难开花结果,所以个人化思考便成为网络文学批评发生的可能甚至必然,同时犹如诗话的主观与随意,个人的思考不再受制于某种所谓的理论,也不需要某种科学的形态,想到什么便说什么,想怎么说便怎么说,反倒不仅让文学批评的主体得以显现,也让批评真正回到"及物"和"真实"上来了。与之相应,既然网络文学从主体到题材、从传播到接受都是大众化的,那么大众的审美心理和阅读习惯便对整个的文学实现过程有着决定性的意义,所以在当下文化氛围的消费性以及大众阅读的碎片化等影响下,去科学化、去理性化、去系统化的"点评"便成为网络文学批评不得不去尝试的批评形式。但要更加强调的是,所谓"个人化思考、感悟式点评"之形式要求的内里,实际仍是文学及其批评的诗性本质。换句话说,既然网络文学依旧可谓是文学，其批评依旧可谓文学批评，那么由文学的诗性本质所生成的诗性的批评要求便也同样是可能甚至必然的，即当我们的写作还在用心灵来完成的时候，我们的批评家们便不应放弃"心灵性"的阅读，所以这里我仍然期望的便是回到文学的诗性本质上来，"作家用'心'去体味把自己与世界联系起来的某种'生命'，而批评家则用'心'去感悟文本中的'生命'，以及作家试图从文本中呈现出来的'生命'"[14]——这也许不是关于何为"感悟式点评"等等的阐释，但应已足够说明我的想法了。

既然谈及"点评"等短小精炼的批评形式，那么有一点便还可以补充——微时代与微批评。在我看来，"微"可谓是当下最具热度的话题，似乎没多久的时间，微信便将本属短信的市场份额抢夺殆尽，微博也将博客挤到了话语场的边缘，而面世时间更短的微商则已经向传统营销商吹响了冲锋号，其他就更遑论文艺领域里各种微电影、微小说、微戏剧等等的层出不穷和花样翻新了——"微化"已经成为这个时代的特质之一，而文学批评自然也躲不过这股"微风"的吹拂，所以仿佛一夜之间，"微批评"即已成了尤其是移动网络平台上最热闹的批评模式之一。顾名思义，"微批评"就是微型的文学批评，其概念无非是两个含义，一是其依托于同样是新媒体的微博、微信等微平台，二是其形式更加短小，时常是以一段话甚至一句话来评价作品。不过我想强调的是，微批评除其平台和形式都具极端性以外，其内在理路与批评机制，则是和我们所谓的"个人化思考、感悟式点评"完全一致的。因此依我看，我们前述所谓诗性的网络文学批评若想真正发扬光大于当下的新媒体时代，微批评无疑是最好的应用之一。虽然看起来微批评并不像文学批评，而更像是网民们的一种休闲和消费活动，但在当下舆论话语权由官方、权威向民间转移的文化背景下我们必须看到，微博、微信、各色论坛等网络平台使信息发布更加自由和快捷，发达的网络技术使所有信息能够极速互联贯通，因而随着一系列媒介技术革新使舆论话语愈发的大众和平民化，微批评已经无可置疑地拥有了对大众舆论导向的巨大影响力，进而又在文学批评的意义上，显现出一种重新演绎文学诗性本质的可能和空间。

[参考文献]

[1] 张文东."诗性"的文学与批评的"诗性"[J].当代文坛,2011(3).

[2] 陶丹,张浩达.前言[M]//陶丹,张浩达.新媒介与网络广告.北京：科学出版社，2001：3.

[3] 熊澄宇,廖毅文.新媒体——伊拉克战争中的达摩克利斯之剑[J].中国记者，2003（5）.

[4] 程曼丽.什么是"新媒体语境"？[J].新闻与写作，2013（8）.

[5] 刘吉.新媒体定义以及新老媒体的关系[EB/OL].http://finance.sina.com.cn/hy/20070706/12263760711.shtml.

[6][加] 马歇尔·麦克卢汉.理解媒介——论人的延伸[M].何道宽,译.北京：商务印书馆，2000：100.

[7] 欧阳友权.数字媒介与中国文学的转型[J].中国社会科学，2007（1）.

[8] 白烨.文学批评的新境遇与新挑战[J].文艺研究，2009（8）.

[9] 中国互联网络信息中心（CNNIC）.第35次中国互联网络发展状况统计报告[EB/OL]. http://www.cnnic.cn/cnnicztxl/32survey/gy/201307/t20130711_40631.htm

[10] 黄平.批评如何回应当下生活[N].人民日报，2011-3-25.

[11] 邵燕君.新媒体时代的文学批评[J].文艺理论与批评,2014(5).

[12]刘德重,张寅彭.诗话概说[M].合肥:安徽教育出版社,2009:3.

[13][加]马歇尔·麦克卢汉.理解媒介——论人的延伸[M].何道宽,译.北京:商务印书馆,2000:23.

[14]张文东."诗性"的文学与批评的"诗性"[J].当代文坛,2011(3).

（原载2015年第6期《当代文坛》）

"诗性"的文学与批评的"诗性"

不算夸张地说，走进当下的文学已经遭遇了巨大的艰难和危险，因为起码从20世纪以来，我们开始进入了一个新的，但对于文学来说可能是某种悲剧的时代：知识和写作从未像现在这样泛滥性的普及过，新媒体的开放与自由让所有人都有可能成为诗人和作家，日常生活也被赋予了可以无限放大的美学意义，一切流行的艺术创作与接受几乎都在大众文化的意义上成为一种消费行为……而这些则使文学在其所谓"疆界"极度扩张的同时，日渐模糊了自己的模样和本性，甚至陷入了所谓"死亡"或"终结"的危言与困厄之中。当然，造成这种困境的背景很复杂，从个人到社会，从生产到消费，从政治到文化，很难也不可能一一解释清楚，但在我看来，也许其中一点至为关键，那就是文学"诗性"的缺失，以及同样缺少了"诗性"的文学批评。因此，走进大众消费时代的文学如何仍可以成为文学？或应该成为一种什么样的文学？以及在这个消费时代里如何来解读和评价文学？我想，这些都必须回到文学的本性即文学的"诗性"

本质上来看。

一

"诗性"是一个含蕴丰富、寓意深刻但却颇为模糊的概念，似乎很难给出一个科学的定义，不过维柯在《新科学》里提出的"诗性"以及"诗性的智慧（Poetic Wisdom）"等范畴，还是可以被视作一种渊源。维科指出，在原始人那里，"因为能凭想象来创造，他们就叫作'诗人'，'诗人'在希腊文里就是'创造者'"，因此，所谓诗性的实质，就是人的"凭想象来创造"的思维能力和审美行为，而所谓诗性的智慧也一样，就是原始人类的这种"凭想象来创造"的认知思维方式。维柯强调，人类这种"最初的智慧"所使用的是一种"感觉到的想象出的玄学"，原始人尽管没有推理的能力，"却全身是强旺的感觉力和生动的想象力"，因而"这种玄学就是他们的诗"，即他们"诗性的玄学"，同时这种"粗糙的玄学"便是诗性智慧的起源，"从这种粗糙的玄学，就像从一个躯干派生出肢体一样，从一肢派生出逻辑学，伦理学，经济学和政治学，全是诗性的；从另一肢派生出物理学……这一切也全是诗性的"[1]。由此，我们可以明确体会到，早期人类这种诗性的智慧的本质，就是人的想象力和创造性，不仅内含而且派生了后来所谓的审美思维或艺术思维，因此所谓诗性，一定是确立在"人"的意义上的，是人在与外部世界之间发生关系时对"自我"的一种特殊发现和验证，是人以其独有的想象和创造对世界和自我的一种重构和重建，并由此成为一种包含了人的全部本质性的特殊审美范畴。

通过这种渊源和内涵的梳理,实际也在同时澄明一点:诗性不是"诗",也不是"诗化",尽管诗性常常会在"诗"中相对凸显甚或借助某种"诗化"的形态有所体现,但我们所强调的诗性,并不是指某种具体的艺术样式或艺术手法,而是一切艺术都必不可少的某种审美意蕴和精神品格,是艺术品在本原意义上的具有某种抽象意味的内在品质——这很像海德格尔所强调的"诗意"。海德格尔以为,一切艺术本质上都是诗,但并不是说一切艺术都是诗歌或歌唱意义上的那种诗,而是说所有的艺术都具有某种"天性"即"诗意","语言本身在根本意义上是诗。因为现在语言是那种发生。在此之中,存在物作为存在物才完全向人们显露出来,所以诗——或者在狭义上的诗意——在其根本意义上是诗意最本源的形式。语言不是诗,因为语言是原诗;不如说,诗歌在语言中产生,因为语言保存了诗意的原初本性",因此,"艺术是真理设入作品,是诗。不仅作品的创造是诗,而且这种作品的保存同样也是诗……艺术的本性是诗。诗的本性却是真理的建立"[2]。同时,海德格尔还强调,艺术源于一种"存在之思",而"思"也是"原诗","在思中,在成为语言。语言是存在的家。在其家中住着人。那些思者以及那些用词创作的人,是这个家的看家人"[3]。所以,从维柯到海德格尔,实际上给我们阐明的,都是这样一种作为艺术的"本质"而不是其样态的诗性。

回到文学的意义上来说,文学的本质是诗性的,恕我浅陋,这应该是自有文学以来的传统共识。文学作为人类精神活动的特殊方式与产物，所面对与描述的，都是人关于自身的发现与验证，即关于生命的感悟和体验，无论作者以何种形式或如何将现实生活形象化或将主观想象现实化，其实质始终都是一种特殊的"人"的存在，以及"心灵性"的存在。所以中国古代一直讲"文，心学也"（刘熙载《游艺约言》），说"心生而言立，言立而文明，自然之道也"（刘勰《文心雕龙·原道》），谈"大道无形，唯在心心相印耳"（袁枚《随园诗话》），故无论是言志的还是缘情的，中国文学的主体始终是人的、心灵的存在，而其最高境界也在于"能表现人之内心情感，更贵能表达到细致深处"[4]。因此，所谓"东海西海，心理攸同"，我们所强调的文学的诗性便可以这样来稍加明确了：它是"存在之思"意义上的"诗"的存在，是"凭想象来创造"意义上的"人"的存在，是"以心印道"意义上的"心灵"的存在。这种诗性要求文学起码应该具有几个内涵：具有对人自身存在的全面观照，并能将这种观照化成作品内在的思想深度；具有对人的生命的深刻体验，并将这种体验化为作品内在的精神品格；具有对人的心灵的细腻体察，并将这种体察化作一种特殊的情感力量。同时，它还应该具有丰富的想象力和强大的创造力，要在我们所熟悉的这个世界之外，为我们创造出一个新的世界。由此可见，所谓诗性并不来自作品的语言、韵律、手法以及其他形式，而来自作品对人的存在及其全部价值的追问和发现，其反映人生及其本质意义的深度和广度，以及它所呈现出来的深刻的生命体验和隽永的心灵感悟。因此，即便是在那些力图还原历史人生景象的叙事作品当中，这种诗性也不是以历史学家、经济学家乃至思想家的面目出现，而仍是以一种强旺的生命力去感受包括自己在内的人的外在生存、内在生命以及精神存在，并以一种同样具有生命力的形式将之真实地呈现出来。所以，当我们确认一个作家或一部作品具有某种诗性的时候，其实并不是指它具有了某种诗的语言或外形，而是指它与我们的生命体验和心灵发现之间建立起了一种特殊的审美结构，即呈现出人的"诗性存在"。

当然，这样学理化地理解诗性这一概念，可能并不能还原甚至还有可能损害其本身应有的全部"诗性"，而且，就像我们总是不能用"文学性"来完全解释清楚文学这回事一样，诗性的概念里也包含着许多甚至只能意会而不可言传的意蕴，比如其中常常很突出的美的意象或意境、心灵的体验以及生命的感悟等等。因此我想，不妨举个例子来体会一下诗性在文学文本中的具体体现：沈从文是一个非常好的小说家，尤其是他的"湘西小说"如《边城》等，故事虽简单明了，叙述也朴实无华，但却被一致称赞为清新、自然而富有诗性，那么造成这种诗性的究竟是什么呢？是其散文诗化的结构，或是其自然流畅的语言？在我看来恐怕都不是，倒是当年李健吾的解释也许算是真的一语中的，他说："有些人的作品叫我们看，想，了解；然而沈从文先生一类的小说，是叫我们感觉，想，回味……犹如唐代传奇的作者，用故事本身来撼动，而自己从不出头露面。"[5] 所以，理解所谓诗性并不难，因为它常常不过就是我们自己心中的某种感悟和体味而已，而真正难的，则是我们可能时常会遗忘这种本不可或缺的创造和追寻。

二

应该说，人们在许多时候还是看到了诗性的弥足珍贵，并试图以诗性的名义来理解现实的种种存在和现象，甚至时常超出了文学的范围。但遗憾的是，因为诗性概念本身的模糊性，以及使用语境的文化映射不同，反倒造成了一些有意无意地"误读"。2008年1月21日，据说是由宁皖等地数所高校的教授学者评选出来的"2007年中国诗歌排行榜"榜单公布，其中评出了年度好诗榜、庸诗榜、最佳诗集、诗歌批评家和最具贡献的人物和刊物等等，同时，演员汤唯因出演李安执导的《色·戒》中的王佳芝而获选年度"诗性人物"。当然，无论当时还是其后，这可能都不过是一个故意吸引大众眼球的媒体事件而已，但如果认真思考一下，这一事件背后所映衬的当今社会的大众消费与娱乐性本质，以及我们还可以从中看到的文学无可奈何的背影，都不得不引起我们的重视。从某种意义上说，尽管张爱玲的小说所写的都是些"不彻底的人物"，但她却恰好在对"日常的""细节化"的生活本真和生命本身的执着关注中，发现了一种人生的本质即其参差而又苍凉的底子，并以一个个"普通人的传奇"，对这种人生给予了虽冷漠但却不乏诗性的表现。就像按张爱玲的本意来看《色·戒》，易先生和王佳芝不过是原始的猎人与猎物的关系，虎与伥的关系，最终极的占有而已，并没有所谓真正的爱情在里面，假如原本还算有些诗性的话，应该也仍在张爱玲惯常地对人性骨子里的虚伪和残忍的揭露，以及对人生的整体怀疑和惶惑。不过到了李安这里，男性导演以及商业片导演的本能却使作品具有了完全不同的情色味道,他毫无顾忌地借助性与暴力,对张爱玲及其文学进行了大胆的解构和重构。不论结果如何,但究其缘由,恐怕真的"不过是一种视觉吸引的商业手法而已"[6],而同样如此导演出的所谓"诗性人物",当然也都是当今这个大众消费时代的最佳写照。

从某种意义上说,文学的诗性在今天不仅会被不断地误读,甚至还会不断地被消解乃至被遗弃。众所周知,当今社会已是一个大众文化占据主导地位的消费时代,而大众文化的实质,实际就是物质消费,就连包括文学在内的其所谓精神产品,也同样是被大众置于物质消费的层面上来接受的。换句话说,在消费文化的意义上,任何一种文学的最终生成都将被大众化的文本消费所左右,因此,大众读者自身的日常生活以及阅读趣味已经不断形成并日益加强了对文学的实质性介入和作用。这就意味着这样一种事实:文学必须并已经成为一种商品,而且对于走进商品经济的作家而言也一样,文学既是文学,同时也是产品,它在两个意义上都进入市场——被市场或者接受,或者不接受,尽管前者是一种阅读市场,后者是一个消费市场,但实际上都被某种消费规律左右着。因此,尽管表面看来我们这个时代的文学仍然具有现实的繁荣,以及貌似越来越丰富的文学可能性,但事实上,当大众消费日渐成为一种最终的文化统治力量之后,文学也早已在某种意义上成为一种大众的物质消费行为。所以换句话说,正是文学自身作为某种可以被消费的商品所带来的"物质化"即其诗性的消解,使得文学开始不断遭到"何以成为文学"的质疑甚至否定。

在这个问题上，费瑟斯通对所谓后现代艺术的批评很有启示："在此，有一种双向的运动过程。首先是对艺术作品的直接挑战，渴望消解艺术的灵气、击碎艺术的神圣光环，并挑战艺术作品在博物馆与学术界受人尊敬的地位。其次是与之相反的过程，即认为艺术可以出现在任何地方、任何事物上。大众文化中的琐碎之物，下贱的消费商品，都可能是艺术（这里使人想起华霍尔与流行艺术）。艺术还可以在反作品（anti-work）中得到发现：如偶然性事件、不可列入博物馆收藏的即兴即失的表演,同时也包括身体以及世界上任何其他可感物体的活动。"[7] 因此，假如可以用这种"运动过程"来理解文学在后现代语境下的遭遇的话，那么我们便真会不无遗憾地看到，在大众消费的梦幻世界里，大众化了的文学已早就开始放弃了所谓深刻的思考或永恒的追问，甚至已经开始习惯对日常生活的自我陶醉，以及和某种"诗性人物"一样的"诗性想象"，文学的核心问题不再是所谓诗性的主题或主体，而只是现实的题材或存在，亦不再是文学阅读的想象与创造，而只是仿真现场的观看与接受。再借勒庞的观点看，如果可以说大众群体心理的"基本"事实就是"感情的强化"与"理智的欠缺"的话[8]，那么这一背景下的大众趣味及其阅读的本质也差不多如此，即可能是诸如以娱乐取代认知，以消遣取代审美，以快感取代体物，以读图取代想象，以接收取代创造……所以大众并非不需要文学，甚至可能比以往更加需要，只不过他们所谓的文学只有在应合了他们这种本质的时候才有可能被承认；所以大众依旧需要阅读，甚至不仅需要在阅读中得到抚慰，还想在阅读中得到惊奇、惊喜乃至震撼。

但遗憾的是，这些需要却往往以一种快餐式的消费行为解构了曾经作为某种思想或精神存在的诗性。

可能更加遗憾的是，如此强调大众消费对文学诗性的消解也许并不夸张，因为近年来我们文坛的一些现象和变化已经有了某种主动放弃诗性的取向，比如《人民文学》自2010年以来开始大力提倡的"非虚构写作"，在我看来就颇值得反思。《人民文学》在把非虚构写作视作一种文学的"新的可能性"的意义上，提出了一个"人民大地·行动者"的写作计划，希望借此"吁请我们的作家，走出书斋，走向吾土吾民，走向这个时代无限丰富的民众生活，从中获得灵感和力量"，希望非作家、普通人都拿起笔来，写"自己的生活、自己的传记"，以及各种非虚构小说或社会调查，并强调写作要"特别注重作者的'行动'和'在场'，鼓励对特定现象、事件的深入考察和体验"[1]。应该说，这种提倡首先具有十分充分的现实"纠偏"的意义，因为正如前述，走进当下的文学确实需要我们的作家们能够行动起来，走进生活，认真观察，用心体验，积极发掘出这个时代的深刻变化及其巨大的丰富性。不过，就像文学的意义并不在其只是生活的某种反映或复制一样，非虚构所内含的这种以还原来取代创造、用"在场"来复制生活的取向，却可能使文学本质上的诗性意义有所缺失，因为文学作为人的精神存在的特殊方式，其最大的价值和意义就在它是一种人自己的、自主的创造，并恰因这种创造真实地体验并实现了自己的"本质力量"，从而使人自身成为具有诗性本质的特殊审美主体。也就是说，文学的意义并不在于它仅仅告诉我们生活是什么样子，而且在于它要告诉我们生活应该是什么样子,这也许才是它真正的"可能性"。因此,当文学的边界在无限地打开,非虚构日渐成为时尚之时,我们还是应该始终保持一种对"物性"的警醒,以及对"诗性"的坚守。顺便说一句,与《人民文学》相似,2010年《收获·长篇专号》(2010年春夏卷)也以"文学无边界,可以多元探索"的名义刊载了郭敬明的《爵迹》,当时就有学者提出了批评并明确指出:"文学毕竟不是手艺,作为人的精神存在方式,文学提供给人的应该是灵魂的关怀和诗性的拯救。当然,为达成这个目的,可尝试各种途径,不一定非得宏大叙事;但再怎么尝试,都不应该包括堂而皇之地让精神向感觉退守、诗性向物性退守。"[9]对此我深有同感,并想同样强调,假设我们的文学杂志真的可以这样以放弃诗性为代价来到处开拓所谓新的文学可能性的话,那么,真正的文学可能也就离我们越来越远了。

三

文学需要批评,尤其是在文学已经遭遇着前所未有的困境之时,就像病人需要医生一样,不过,既然文学的本质是诗性,那么文学批评也同样应该是一种"诗性的"批评。因此,以文学的诗性为出发点,文学批评的诗性特质也同样不难把握,所不同的则是,批评所面对的作品与作家所面对的生活相比,甚至更加具有生命的体征和心灵的秘密。也就是说,当批评面对作为一种精神存在的作品时,它甚至应该有着更加强烈、丰富的诗性意味,即真正地把文学视为人学,更多用心性的感悟而不是物性的梳理，用诗性的眼光而不是科学的逻辑来发现、发掘那些集合在作品内外的人，及其生命、生存乃至心灵的意义。

事实上，如果我们回到中国文学批评传统，所谓诗性的批评实际是一个很古老的话题。就像古人讲"文，心学也"一样，中国古代文学批评也始终在讲"观文者披文以入情……觇文辄见其心"（刘勰《文心雕龙·知音》），并在"天人合一"的自然哲学观念映照下，总是以心灵的感悟和品味来发现人的存在即文学的诗性存在的。从庄子的"言意之辨"到刘勰的"物感之说"，从司空图的"滋味"到严羽的"妙悟"，从李白的"天然"到李卓吾的"童心"，从王昌龄的"诗境"到王国维的"意境"，从公安"三袁"的"性灵"到王士禛的"神韵"，等等，我们可以十分清晰地看到中国文学批评传统中的诗性所在及用意——这种传统可能比我们今天所谓诗性的批评稍微狭义一些，但在核心意蕴上却大体相通。不过遗憾的是，这种诗性的批评传统在五四以来的文学研究中被有意识地回避甚至中断了，一直以来，我们的批评家们都在所谓现代化的名义下，选择了一条"西化"的道路，"基本上是借用西方的一整套话语，长期处于文论表达、沟通和解读的'失语'状态"[10]，即便是在今天日渐成为热点的所谓文化研究中，也同样到处是雷蒙·威廉斯（Raymond Williams）、安东尼奥·葛兰西（Antonio Gramsci）以及米歇尔·福柯（Michel Foucault）等人的影子。因此，我们所看到的文学批评，常常便体现出一种以科学思维取代文学思维、以学术研究取代艺术研究、以逻辑判断取代诗性发现的非审美化取向。比如关于小说及其批评，自从当年我们自以为跟西方学会了怎么写小说以后，小说家及其批评家们所关注的核心便几乎始终都是在关注"叙事"的问题。这当然无可非议，因为小说本来就是一种叙事文体，但我想说的是：小说虽然是叙事，不是诗，但其本质还是诗性，因此它也只能是一种心灵的叙事，它总是用"动人的方式"来讲述"动人的故事"。所以，如果所谓"动人的方式"是一种"叙事"的话，那么，它就永远有一个更深刻的背景，也是它赖以存在的前提，即"动人的故事"。换句话说，"叙事"的意义永远依赖于"故事"本身的意义。那么,故事是什么？又何以动人？关键都在于它是否与人的心灵存在即诗性建立起一种联系，以及这种联系本身是否真正具有"深刻"和"本质"的意义。所以说动人的故事讲的从来都不是理，而是情（至情），那么即便批评要晓之以理，也都必须依靠动之以情，总是需要一种属于人的诗性的解读，即如前面提及的沈从文的小说以及李健吾的批评，便都是在这个意义上获得其所谓诗性的。

之所以重提诗性的批评，并不是要简单地否定所谓科学化的批评，而只是觉得在某种意义上，科学的方式和诗性的方式在本质上是对立的，因此在我们一直以来如西方文学研究一样始终坚守的科学批评和理性判断当中，也许会使人的诗性常常被理性的光辉所遮蔽，而文学批评的诗性也时常被文学批评（Literary Criticsm）的"裁判（Critics）"所取代了。或者说，既然所谓科学化的文学研究的本质是属于自然科学而不是文学的，而文学及其批评的本质是诗性，那么，像做外科手术一样来看文学，用客观、冷静、缜密的物性态度来对待人性的、心灵的即诗性的文学，就可能在解决了文学的外在联系与物性价值的同时,十分遗憾地遮蔽了它原本内在的、多元的、深邃的乃至神秘的文学性即诗性。波德莱尔当年曾说:"最好的批评是那种既有趣又有诗意的批评,而不是那种冷冰冰的代数式的批评,以解释一切为名,既没有恨,也没有爱。"[11]他虽然说的是批评的文本,但我理解可以涵盖批评的本质。所以立于当下而言,我们并不希望继续看到这样一种景象:和执着于小说的叙事差不多,当一些作家还在坚持用心灵创作的时候,许多批评家却已经早就放弃了"心灵性"的阅读,在他们时尚的批评话语当中,已经几乎看不到真正对于故事的心灵解读,而是差不多都属于科学范畴的叙事话语研究或社会文化研究了。

举个例子来说:麦家有一部可谓杰出的"谍战小说"《暗算》,创作于2003年,先在新浪网读书频道连载引起热议不断,后被改编成电视剧红极一时,并在2008年获得第七届茅盾文学奖,不仅挂满了时尚的光环,而且得到了主流的认同,并由此引发了一个个的研究热点,从小说到电视剧,从类型叙事到隐喻建构,见仁见智者可谓甚众。但是在我看来,其中许多仍然属于科学话语的叙事研究或社会文化研究,其实并没有真正把握住这部作品的诗性意义。我以为,这部小说的故事并不复杂,或者说其"动人的方式"比较简单,其实就是使用了一种甚至比较传统的类似于古典传奇的"讲故事"的方式,将瞎子阿炳、黄依依、林英等几个特殊的人和事,用那条看不见的战线串联起来,娓娓地讲给我们听。我没有觉得作者使用过太多的花哨和手法,所以我也做不出某种叙事的批评，我只是觉得"故事"本身是"动人"的，而之所以说它"动人"，就是因为它在我们的日常经验之外，给了我们一种心灵的"撼动"和"感动"。我注意到，2003年作者本人在创作谈里曾说："在读者留下的一大堆评论中，有一个声音似乎显得特别坚定而又响亮，这就是，人们在为他们感动，为他们流泪，为他们祈祷……"所以作者坚信并坚守着："有些东西，有些价值，有些目光，是恒定的，永世不变的。从理想的角度说，我写《暗算》的用意就是想找到，或者建立这些东西，这些价值，这些目光"。[12] 不管作家本人这种愿望在文本中达到了多少，但这首先是我极力赞同的，而且重要的是，这也是我作为一个读者在文本中首先获得的。如果说《暗算》是一个"密码"的"叙事"的话，那我读到的首先是一种特殊时代记忆里的"英雄"的密码，然后就是作者本人始终坚信并坚守的那些东西、价值和目光的密码，至于种种说他那些"结构"或"解构"中的"叙事"等等，我则没那么以为然，如果真的有什么"解构"或"重构"的话，我倒以为，解构的是故事，重构的却是精神——某个时代里已经被解构得太多的心灵与精神。我想，这也可算是我对所谓诗性批评的一种体会吧。

必须说明的是，如此重申并强调文学的诗性以及诗性的批评，并不是想否定当前的文学以及批评，当然更不是想否认或贬低小说等文学创作的叙事或技巧，而只是想在这个大众消费文化以及文学的叙事与技巧等等都有些泛滥的时代里，再提醒作家和批评家共同回归那些原本不该忽略的诗性而已。所以我不大主张作家在自己的创作中努力地去玩手法、改变手法或创新手法,当然更不主张批评家在批评中更多地去玩理论或者玩理论的创新,而是希望二者都回到文学的诗性本质上来,作家用"心"去体味把自己与世界联系起来的某种"生命",而批评家则用"心"去感悟文本中的"生命",以及作家试图从文本中呈现出来的"生命"……如此而已。

[注]

①参见《人民文学》2010年各期留言及第11期启示。

[参考文献]

[1][意]维柯.新科学[M].朱光潜,译.北京:商务印书馆,1989:175-182.

[2][德]M·海德格尔.诗·语言·思[M].彭富春,译.北京:文化艺术出版社,1991:68-70.

[3][德]海德格尔.人,诗意地安居:海德格尔语要[M].郜元宝,译.桂林:广西师范大学出版社,2000:24.

[4]钱穆.中国散文[M]//钱穆.中国文学论丛.北京:生活·读书·新知三联书店,2002:67.

[5]李健吾.边城[M]//李健吾.李健吾文学评论选.银川:宁夏人民出版社,1983:52.

[6]王东,王寒松.大众文化诉求与文本改造"套路"生成——以张爱玲小说的影视剧改编为例[J].当代文坛,2011(2).

[7][英]迈克·费瑟斯通.消费文化与后现代主义[M].南京:译林出版社,2000:96.

[8][法]古斯塔夫·勒庞.乌合之众:大众心理研究[M].北京:中央编译出版社,2005:5.

[9]汪涌豪.向物性退守,是否找错了文学的方向?[N].文汇报,2010-6-24.

[10]曹顺庆.文论失语症和文化病态[J].文艺争鸣,1996(2).

[11][法]波德莱尔.一八四六年的沙龙[M]//波德莱尔.波德莱尔美学论文选.北京:人民文学出版社,1987:190.

[12]麦家.暗算[M].北京:人民文学出版社,2006:321.

(原载2011年第3期《当代文坛》)

社会转型与文学传统

——以大众文化背景下的网络传奇为例

大概有一个基本的共识：作为社会发展整体演进过程的社会转型，必然会带来社会整体结构的全面性变化，形成社会主导思想以及社会文化思潮的演变，包括文学在内的艺术思维及其存在方式等，也都会发生不同程度的观念更新和形态演进，甚至生成某种新的文学机制和样式，即所谓"一时代有一时代之文学"。如众所知，在自晚清以来中国社会从传统走向现代的巨大转型中，中国文学的书写与存在方式已经发生了根本性的变化，并在一直延续着的裂变和演进中，不断创造着新的文学思想和形态。如"五四"时期以"人的发现"为内核的新文学的发生，就是以现代的思想和形态打破了中国传统文学内容与形式的束缚，以"叛逆者"姿态完成了富有现代性的新变与新生的历史进程。而在其后的文学史演化中，轨迹似乎也一直如此，无论是以"革命"文学为奠基的共和国文学，还是以"人的回归"为主体的新时期文学，乃至所谓以生命和生存为底蕴的新世纪文学，社会转型对文学思想及其形态的改革和创造而言，几乎始终都是一个可以持续确认的事实。

不过问题还有另外一面,就像我们一直以来同样不断强调的,文学的传统自有其自己强大的生命力和延续性,并由此作为一个具有强大规范性的语义场,会使文学思想及其形态的任何一种新变,都不得不在传统的背景下进行创设、检验和认定。所以当我们即便如本组文章一样强调着社会转型如何催生和规范着文学形态演进的时候,也还要不断清醒地看到,社会转型所带给文学的任何一种对应性的"新变",始终都不是一种简单而彻底的对传统的背叛,而是必然受到传统背景影响的一种特殊"转化"或"转型"。回到中国当代文学在20世纪90年代以来的一系列新变来说,借网络写作来简单观察一下作为中国文学特殊传统的传奇叙事在大众文化背景下的承袭和新生,显然会让我们对社会转型与文学传统之间的关系有些更准确的认识。

一、大众文化背景:市场经济与市场化的文学

按照西方社会学理论来看,"社会转型"(Social Transformation)主要是指社会结构具有进化意义的转换和性变[1],其实质是社会结构的整体性变动,虽然包含着各个社会结构层面如政治体制、利益机制和观念形态等的全面变化,但最突出的层面还是经济结构的转换。从某种意义上说,20世纪90年代以来是当代中国社会最重要的转型时期,因为如众所知,1992年邓小平的南方谈话,真正开始了"以建设社会主义市场经济为核心内容的经济体制改革,掀开了当代中国经济转轨、社会转型、发展方

式转变的大幕"[2],并在巨大的背景意义上使文学赖以生存的全部空间都烙上了市场经济的印记。

经济结构的转换首先带来的是社会文化样态的多元化。一方面,经济发展所带来的社会阶层的分化带来了明显的社会文化分层效应,长期计划经济体制下的文化"单一"并"统一"的结构被打破,主流意识形态为基本导向的文化"一元化"性质被消解,主流的、次生的、精英的、大众的、强权的、弱势的等各种利益集团以及各个社会层次都在市场中获得了自身存在的合理性和合法性,并生成了强烈的文化要求;同时,市场经济使原本可以被某种主流文化整合并统一的地域的、职业的、年龄的以及性别的具有多元差别的文化要求凸现出来,其所代表的不同文化主张不仅差别越来越大,而且影响越来越显著;而且,在现代化背景下所凸现出来的大众文化,与主流文化、精英文化形成了多元共存的态势,文化的权力话语开始被分享,并开始了不同质地文化之间的对话,尤其随着全球化时代的到来,不同文化背景下的文化行为开始在同一时空中共在共存,不同政治体制中的文化形式也在超越政治的前提下有了共融共生。但有意味的是,这种"多元"在市场经济中却又是"一元化"即"商品化"的,"市场机制"决定一切,一切都因处在"市场化"的轨迹当中而变成了某种商品或形成了某种商品化的特征,文化也不例外。现实文化甚至已经几乎完全成为一种可以被投资、生产、买卖、消费,并同样可以获得"利润"的商品,不仅是时髦的、流行的文化,即便是古老的、传统的文化,都可以被当作商品一样来定价、交换,不仅是物质的、有形的,即便是精神的、无形的，也一样可以拿来在市场里贴上标签出售，"不是非商品的文化行为是否存在，而是还有多少文化行为能够不以商品意识为其唯一的意识"[3]，于是文学随之成为商品。

市场经济带给文学最直接也最重要的变化还有生产机制的变化，即以"市场化"彻底改变了作家及其作品的存在方式。在市场经济的背景下，文学已经完全从"体制内"走向了"体制外"，原本"体制内"的意识形态框架下的价值判断，被体制供养并规范的作家，以及不以读者阅读为最终目的的文本创作等，都被一股脑地抛向了"市场"，一切的出发点和目的性都由市场来维系，一切的价值判断和生存权利都由市场来决定，于是作家及其作品不仅仅要迎合读者大众的审美心理而且还要时刻关注流行的阅读趣味，在摆脱了政治性依附之后，又有了一种向大众需求妥协甚至迎合的取向。同时伴随着文化市场的初步形成，当代数十年来形成的传统文学传媒体制也遭到了极大冲击，面对报纸、电视、网络等现代传媒手段，原本作为主流文学载体的各种文学期刊已渐成"昨日黄花"，而大众消费市场的兴起，文学策划的介入，也对文学生产、图书出版、文学评奖及文学消费等各个领域有着甚至决定性的作用，文学创作"不再是作家的个人创作，而是与策划、出版、评奖和流通等所有环节共谋的结果，是权力和市场的集体创造"[4]，从而在消费文化主导的大众文化语境之中，文学的作品与读者之间的关系便要靠消费价值来维系，文学不得不为了寻求生存与发展而大步走向大众文化，开始其颇为艰难地寻找自身出路的新变的旅程。于是，当时代、文化以及文学的"市场化"逐步将文学活动日益变为一种特殊的大众文化产业时，文学便从内容到形式都不得不彻底"大众化"了。

所谓大众文化乃至大众化的内涵其实无外乎商业性、世俗性、流行性、娱乐性等几个特性而已。就商业性而言，大众文化的形成及其演化完全是受市场这只看不见的手所左右的，其产品的制作、流通、消费完全是市场化的行为，这就使文学在面向大众并使自身成为商品的同时，必须遵守"市场法则"并以市场消费为基本导向；就世俗性来说，大众的存在本身就是一种世俗的存在，大众文化既产生于世俗生活同时又是世俗生活的重要内容，体现着大众社会中每个"个体"存在的合法性及其"私人"欲望的合理性，因此文学不仅要把世俗生活当作题材，而且要在描写中表现出某种特定的"适应性"即"媚俗"；就流行性而言，大众文化区别于精英文化的重要特征之一是其"时尚"，"赶潮流"永远要比"讲原则"有意义得多，所以文学变得追浪逐流，不仅再不能如传统文学孜孜以求所谓"道"或"理"，甚至连生活本身的内在逻辑也都染上了某种"流行病"——只求轰动不求永恒；再拿娱乐性来说，大众文化既然是现代社会市民日常生活背景下的产物，当然也就体现着大众日常生活的休闲、消遣和娱乐功能，其内容和目的都是为了使大众可以在官能享受的基础上得到更多感性的刺激，这就使文学不得不走出象牙塔来到十字街头，用自己的语言表演，来给大众营造某种"赏玩"的景观和价值。

所以从社会转型的背景意义上看，当代大众文化的兴起及其对文学市场的左右——其技术理性规范已经足够操纵我们的判断和审美——使得文学不得不将其价值与意义首先设定为某种"娱乐的"以及"消闲的"即"消费"性的存在，非但很难形成本质上的新变，反倒是越来越有了某种传统化的必然，即回归某种大众所喜闻乐见的传统模式，进而将传统的传奇叙事——以最通俗的形式讲述对大众最具吸引力的"新异"故事——作为一种市场化、大众化的创作机制和表现模式。或者说，传奇叙事以及文学叙事的传奇性，正因其"通俗化"以及"流行性"而首当其冲地成为一种大众文化背景下的现实文学选择。而新背景下大众读者们求新、求异的阅读心理需求，作家迎合大众的生存和创作方式，文学产品可以批量"生产"的产业化形式，以及全球化、信息化社会生活从物质到精神的日新月异，尤其是网络及其所谓文学的异军突起等，则不仅更为丰富地提供了传奇得以产生的必要内容与条件，同时还使传奇的"生产"获得了更大的空间和可能。

二、泛文学语境：大众狂欢与网络写作

市场经济作为社会生产力高度发展的产物，对社会发展有着巨大的推动作用，故随着社会主义市场经济的飞速发展，中国社会很快进入了一个崭新的以市场经济为决定性背景、以大众传媒为机制性主导的大众消费和狂欢时代，尤其是泛文学语境下的网络写作的出现，仿佛使当代中国文坛的样貌一夜间被改头换面，文学开始换了一个"新的活法"。不过遗憾的是，这种"新的活法"似乎并未能给文学带来更加美好的未来，因其已

经完全由于创作主体的多元、阅读群体的巨大、创作题材的广泛以及传播方式的多样等走向了"边缘化""去精英化",即基于新传播媒介的"大众化"。

网络写作的大众化首先体现为创作主体的大众化。可能愈是在现代化的社会里,便愈是容易产生沟通的欲望以及同时的艰难,所以大众的"倾诉"便亟须一个利于并属于某个个体的平台,而网络写作的"低门槛"乃至"无门槛"则恰好提供了这样一个天地:作者既可以通过虚拟的ID讲述自己真实的经历,并由此避开读者对作者隐私的窥探和道德评价,同时还可以通过自由、散漫的写作完成最大化的、"自由化"的自我言说,并借此尽情享受某种自恋般的快感。因此不仅任何内容的文学(包括非文学的)作品都可以在网络上发表,而且大众读者也可以充分自由地选择阅读、评论乃至推广或拒绝,既然从创作到接受都是大众性的存在,因此便始终都是大众自我的休闲和狂欢。于是网络文学便在传统文学不可想象的意义上拥有了巨大的创作群体,及其不可想象的产品规模。但与传统文学精英化写作不同的是,数量庞大的网络作品大多来自那些更具有"业余"性质的写手,因而不同于"精英文学"写作那样话语权被掌握在少数人手中,网络世界里的任何人都可以、可能拥有借网络文学写作来表现自我的权力。尤其是随着网络科技的迅速普及以及"参与"网络人数的急剧增长,网络写手开始不断呈现出"年轻化"与"非科班"的结构,他们并没有,或者还来不及接受正统的文学观念灌输,种种所谓文学创作的"规矩"和"方圆"也没有,或者还来不及影响他们,所以在借助网络匆匆走上了所谓文学写作之路时，他们的脑海实际是一种"空洞的充实"——"空洞"在于没有任何条条框框可以束缚他们的创作，而"充实"则在于其中充满了甚至要溢出来的幻想和想象力——这又显然与前述所谓文学的大众化有了某种先天的契合。

同时，时代社会以及创作主体的大众化带来了网络文学写作题材的大众化。如果说时代生活本身的大众化在传统文学写作的意义上还不得不因某些主流意识形态的规范而显得言不由衷的话，那么在以网络这一特殊平台为载体和媒介的文学写作中，起码题材的限制在某种意义上是可以忽略了：大众生活的丰富内容，大众思想的里外世界，大众想象的全部空间，以及大众精神的犄角旮旯，都可以成为网络写作的表现对象——哪怕这些表现根本就是无意义的。所以网络文学的题材往往总是这样几类：要么是为大众所喜闻乐见的言情、玄幻、武侠、恐怖等具有"流行性""噱头性"乃至"传奇性"的作品，要么是描写自身真实经历（包括假造的真实）的个人化的隐私写作，当然也不乏一些同样属于个人的心情感悟，但更多是无病呻吟或搔首弄姿之作。题材的大众化带来了思想的大众化，很多没有主题、没有思想的作品开始出现，如果说它们一定有点什么的话，那么通过各式各样的大众题材给沉浸在虚拟的时空里的大众讲述某种同样发生在虚拟时空里的奇异而好玩的故事，就是故事以及写作本身的意义。

显然，这种主体与题材的大众化实际上都来自网络存在方式本身以及网络写作与传播方式的大众化。在泛文学语境下，文学作品的创作方式不再限于传统的纸质形式，而是可以在电脑上随意创作、修改甚至是某种"链接式"的网络化；文字也不一定是最终的呈现形式，各种多媒体的形式如图画、音视频等都可以用作文学表现的物质手段；文学的传播媒介也打破了传统的以纸质报纸、杂志、书籍为载体的惯例，在早已十分丰富了的广播、电影、电视等传播媒介之外，又以多媒体化的网络传播形式极大拓展了文学传播的渠道和介质，而且这一渠道和介质的传播又是那样难以想象的迅捷和"全元"，从而使网络文学更加具有了某种超越现实的传播空间和接受可能。如此一来，网络的写作与受众之间便形成了一种同样基于大众化的密谋和契合，使网络文学借其媒介平台的迅捷、低价的优势传播，形成了对普通大众的绝大吸引力，从而拥有了充分大众化的受众群体。甚至伴随着这种创作与阅读的大众化，原本属于"圈子"里的文学批评也不知不觉地走上了大众化道路，即随着网络平台及其互动机制搭建的日趋健全、合理和开阔，各种文学论坛以及各个网站评论版块的设置，每个人可以自由地对网络作品进行某种自诩的"文学批评"，每个人都可以既是作家也是批评家，从而真正实现了文学活动全部过程与内容的大众化。

不过回到我们的话题上来，如此强调网络文学的"大众化"存在，实际还是为了证明一个背景化的问题，即网络文学大众化的特点直接决定了网络文学叙事模式的大众化。换句话说，尽管网络写作的出现在社会转型的背景下意味着某种文学形态的演进或新变，但实际上，这种外在媒介化的样态变化其实根本没有脱离也脱离不了其内在的大众化本质及其所规范的书写模式，即网络文学的大众化特点决定了网络写作必须首选某种大众所喜闻乐见的叙事方式来完成自己的文学之旅,因而作为一直以来最传统也最普及的传奇叙事便直接成为网络文学的首选叙事方式。即如我们所看到的,网络小说创作可以通过不同的平台来展现——论坛、文学原创网站、博客、微博、社区网站、视频网站等——虽然这些平台都有自己的"游戏"规则,展示的内容也各具特色,比如有的是以穿越或玄幻的题材为主,有的是以短篇或"微小说"的形式为重,有的是以言情或都市的生活为首选,有的是以连载或链接的方式为前提等,但是种种的形形色色当中却始终有一点是共通的,即都是满足大众消费性的阅读心理期待的前提下,书写某种具有极端吸引力的传奇故事,而之所以如此,实则就是文学传统在大众文化时代里的特殊影响和作用。

三、传奇的传统:浪漫精神与现实梦想

弗莱曾经指出,文学发展史里始终存在着一种"传奇"模式,它作为神话的变体,"讲述的是一个与人类经验关系更加密切的世界",内容是"朝着理想方向",形式上更趋于程式,所以"在所有的文学形式中,传奇是最接近如愿以偿的梦幻的。正是因为这一原因,从社会的角度看,传奇起到一种奇妙而矛盾的作用",而这种所谓的奇妙又矛盾的作用,即指传奇是属于"无产阶级"的形式,"无论社会产生多么大的变化,传奇还会东山再起","传奇的那种永葆童真的品格,表现为对往昔的非常强烈的留恋,对时空中某种充满想象的黄金时代的执着追求"[5]。

回到中国文学传统来说，传奇就是用"尽设幻语""作意好奇"的虚构来有意识地创造一个想象的世界，其所谓"无奇不传，无传不奇"的"怪诞"也好，"世情"也罢，总归都是精心剪裁出来的动人故事，并于其中有着寄语人生的寓言意蕴。更重要的是，传奇既是中国文学的一种叙事模式与传统，同时也是其艺术思维及接受的模式与传统，包括在"五四"以来的整个二十世纪的中国文学中，也始终都有着不曾间断的承袭和发展[6]。

不过，即便可以充分强调传奇作为传统在中国文学中始终是连绵不绝的，但并不等于说它在各朝历代文学里所表现出来的叙事模式是完全相同的。所以及至众神狂欢的网络时代和多媒体化的大众写作里，网络文学尽管如我们所说的必然会在大众化的意义上对传奇传统给予本质性的承袭，但也一样会给这个久远的传统与样式以巨大的改造和创新，这反倒从另一个角度说明了文学传统在社会转型中的变与不变。

首先，网络传奇完美地借助并重新创造了一个可能仅仅属于它且越来越广阔的虚拟时空，使网络文学无论是载体还是描写的"内容本体"及其艺术空间，都有了一个以往任何文学艺术形式都无法体验到的自由的、浪漫的精神家园，从而使传统的传奇叙事有了更加广阔的空间和可能。更有甚者，网络写作里甚至连作者身份都是虚构的，就像作家陈村所说的："谁知道你是谁呢？你知道网上的对方又是谁呢？轻装上阵，一种如鱼得水的感觉成为网络文学最大的诱惑，即便是千万双眼睛同时注视我的一言一行，这又有什么大不了的呢？又不是观众在电视中看你的表演？"[7]因此在这个虚拟空间里，写作主体及其写作行为本身始终都作为一个表象充分真实却又本质完全虚拟的"真实的谎言",更加有了"奇异""奇幻"乃至"虚幻"的传奇色彩。比如"穿越小说"的故事都是依据科学原理设计出时空穿越的线索,主人公无论男女或是爱憎,都是在一个从现实时空"穿越"到另一时空之后的生与死;"玄幻小说"则是让故事发生在以武侠"江湖"为蓝本建造的玄幻世界里,现实的影子虽依旧若隐若现,但比武侠小说更加荒诞不经;而"架空小说"虽多是历史人生的传奇故事,但所描述的物理时间和物质空间却仍是作者凭空虚构的,不是历史与现实的实存时空。故其所谓"架空",实际是在写作与阅读的双重意义上对历史与现实的双重"架空",其中既没有历史也没有现实,写作与阅读的唯一意义都只在于某个传奇的故事本身,假使说其中确实表现出了某种人生的奇遇或人性的异变的话,那它也只是来自"作意好奇"的传奇故事本身。

其次,与网络世界的虚拟本质相统一,网络传奇作为某种大众写作与阅读共同构建起来的传奇世界,始终有着大众"狂欢"的性质和样态。网络世界里永远都是一场场的大众"狂欢",网络文学也是一种具有某种极端性的"狂欢化"文学。如果说网络世界是以其虚拟性的存在为大众举办了一场狂欢节化装舞会的话,那么所谓网络传奇的写作与阅读则就是这场舞会中最耀眼的一对明星搭档,其种种自由而放任、华丽而张扬的幻象般的一举手、一投足,都在舞会内外参与并营造着非同寻常的大众狂欢的场景和氛围。巴赫金说:"在狂欢节上,人们不是袖手旁观,而是生活在其中,而且是所有的人都生活在其中,因为从其观念上说，它是全民的。"[8]而且狂欢中并没有表演者与观赏者之分，人们无论性别、不分高低贵贱地置身、参与其中，似乎只有在狂欢节上，人与人之间的关系才可能跨越了种族、宗教、等级的界限，重新变成一种自由、平等的关系，体现出了对于现实的颠覆性——这似乎就是对于网络写作、阅读乃至网络生存方式精神本质的一种现成描述。所以说，网络文学中传奇叙事的发生背景以及全部依据都来自其作为网络写作与阅读的"全民狂欢"的性质，尤其是在文学的意义上，所有的写作、发表和阅读，不仅没有门槛、没有约束，同时也没有权威、没有主流，当然也就没有负担、没有责任，所有的人都可以在这个平台上自由述说，也都可以自由选择，每个人既都是演员，也都是观众，既都是写手，也都是读者，既都是参与者，也都是旁观者，接受和拒绝的权力都只在自己——网络文学中的传奇，实际就是一种以"众声喧哗"为主要模式的具有民间意味的叙事狂欢。

第三，网络写作常以一种远离主流或是拒绝主流的态度，虽然总是让自己处于大众视线的中心，但传述的却始终是个人的话语，无论是亲身经历的再现，还是道听途说的转达，或者是语不惊人死不休的夸张想象，几乎全都是一种个人化的传奇。

在网络生存所特有的个人状态下，也许是习惯了网络文学的自由平等对作家社会责任感的消解，或者是主动追求某种个人话语的恣意张扬和无拘无束，网络文学的写作者们几乎都回到了一种自我的状态，思想与生活本身的意义都被置于以自我为前提和中心的位置上，所叙述的或乐意叙述的大多只是个人生活的感悟，自我情感的体验，以及物质欲望的张扬，即便有少数人试图在网络写作中弘扬某种属于主流的存在，也会在一种大众话语的汪洋中瞬间沉默。尤其是在网络写作仿佛是年轻人的特权和专属的意义上，写作者在唾手而得了一个可以充分张扬自己灵魂和想象的网络世界之后，既有了天马行空的思想空间，也有了畅通无阻的话语平台，从而以一种属于他们自己的自由书写，给网络的生活以及网络的文学带来了前所未有的喧嚣和繁荣。尽管因其社会阅历、文化积累、生活内容乃至情感体验的残缺等，使所谓的自由思考有了太多的空想意味以及过于自私的自我，从动力到表现几乎都只是一种自我情绪的冲动和宣泄，但同时，他们一方面把"自我"在与社会的对立中封闭起来，另一方面又把"自我"在与网络连接起来的过程中极端放大，前者的对立使他们保持了与主流、与意识形态之间的距离，而后者则使他们把自己的个人体验和情感纠葛极度夸张地展示出来，从而形成的便都是属于"我"的即以"我"为中心的叙事和传奇。

显然，社会转型所带来的整体结构变化以及文学传统于其中的变与不变，仅仅依靠某种大众文化背景下的网络写作的分析是无法完全呈现的，不过这并不妨碍我们去体会，消费时代的到来给人类社会带来了日新月异的影响，也给文学带来了不可回避的挑战和变化，而网络文学作为一种具有新变意味的文学类型，或许可以全新的姿态走上大众文化构建起来的当下文坛，但其骨子里却依旧不能摆脱一种早已在大众文化中根深蒂固的传统——传奇和传奇叙事。因此说，社会转型时期里大众文化背景下的文学演进,始终还是一种传统与现代相结合的新传奇。

[参考文献]

[1]范燕宁.当前中国社会转型问题研究综述[J].哲学动态,1997(1).

[2]任仲平.社会主义市场经济改变中国命运[N].人民日报,2012-07-10.

[3]李洁非,杨劼.共和国文学生产方式[M].北京:社会科学文献出版社,2011:197.

[4]孟繁华,程光炜.中国当代文学发展史[M].修订版.北京:北京大学出版社,2011:337.

[5][加]诺斯罗普弗莱.批评的解剖[M].天津:百花文艺出版社,2006:268-269.

[6]张文东,王东.浪漫精神与现实梦想——中国当代小说中的传奇叙事[M].北京:人民出版社,2013:35.

[7]陈村.陈村眼中的网络文学[J].芳草,2000(7).

[8][俄]巴赫金.巴赫金全集:第六卷[M].石家庄:河北教育出版社,1998:8.

(原载2015年第1期《当代文坛》)

"诗性批评"：文学研究的传统与发展

"传统与发展，构成了文学整体的两端"[1]，在任何一种文学以及文学研究的意义上，所有的创新中都会有着传统的因素，即便是在文学越来越文化化、文学研究越来越科学化的今天，中国文学批评传统的"诗性"原则，也仍然有着本质规定性的意义。

一

自20世纪初始，中国新文学意义上的文学批评与研究，开始了它的现代化进程。在这一现代化进程中，主要有两种思路产生着主导的作用：一是所谓"破"，即打破并放弃中国传统的文学批评思维和模式，无论是考据，还是感悟，或是点评，都在现代以来的文学批评与研究中被视为糟粕而遭唾弃；二是所谓"立"，即以西代中地向西方借用了一整套的逻辑和概念，种种科学的研究，不同主义的批评，都在理性的名义下，成为现代中国文学批评与研究的主导选择。从周作人的人道主义发端，到茅盾的社会历史批评，从李健吾的印象主义文论，到冯雪峰、周扬的马克思主义文艺理论应用，始终都在反传统的意义上强化着西方理论话语的力量，甚至如梁实秋等与传统之间关系比较密切的京派文人，也在走近西方新古典主义批评的选择上，形成了与中国传统文学批评截然不同的路数。

于是，中国现代以来的文学批评和研究，一直走的是一条"西化"之路，"我们的美学和文艺理论中的概念、范畴、命题，基本上还都是从西方文化中来的（从柏拉图、亚里士多德到车尔尼雪夫斯基），并没有吸收多少中国的东西"[2]。事实的确如此。自20世纪初新文学以启蒙与救亡为出发点引进了社会历史批评以后，这一外部研究的方式几乎统治了中国现代文学批评与研究大半个世纪；而20世纪80年代中期以来，对欧美各种文学批评理论的引进和使用，也始终是中国文学批评理论几乎唯一的话语方式；即便是在这之后成为热点的文化研究，在我们的视野中也同样到处是雷蒙·威廉斯（Raymond Williams）、安东尼奥·葛兰西（Antonio Gramsci）以及米歇尔·福柯（Michel Foucault）等人的影子。

问题就是这样出现的，长期以来中国文学批评理论向西方话语的"寻租"行为，使中国传统的文学思维与批评思理被十分可惜地漠视和放弃了，"长期以来，中国现当代文艺理论基本上是借用西方的一整套话语，长期处于文论表达、沟通和解读的'失语'状态"[3]。而更有意味的是，中国文学研究的这种"失语"，还更加深刻地导致了我们文学研究长期以来以科学思维取代文学思维、以学术研究取代文学研究、以逻辑判断取代文学发现的错误取向。因此，在当前流行的文学研究当中，已经几乎看不到真正属于文学本体的文学研究和批评，满眼充斥的几乎都是属于科学范畴的学术或文化研究。实际上，中国文学研究的"失语"也好，西方文学研究的话语"霸权"也好，问题的关键在于——文学是否应该有一个真正属于文学自身的批评和研究方式？同时，究竟什么样的文学批评和研究方式才有可能让我们可以真正达到文学的"本体"？

对于前者的回答可以是肯定的而且并不难得到确认，而对于后者则可能众说纷纭。我以为，从某种意义上说，科学的方式和诗性的方式在本质上是对立的。因此，在西方文学研究始终坚守的科学批评和理性判断当中，人的诗性常常被理性的光辉所遮蔽，而文学批评的"诗性"则更加被文学批评（Literary Criticsm）的"裁判（Critics）"所取代。所以，当我们试图回到文学以及文学批评的"本体"的时候，便不得不把目光转向中国文学以及中国文学批评的传统，因为只有在这里，我们才能发现真正属于人的文学的"诗性"的批评。或者说，曾经被我们遗憾地抛弃了的中国文学"诗性批评"的传统，正是我们有可能打破科学至上主义批评和研究的最好、也最必要的选择。

二

简单地说，文学作为人类精神活动的特殊方式与产物，所面对与描述的是人关于"自身（人）"的发现与验证，是作者主观心灵的形象"物化",其真正本质就是其"诗性"。换句话说,无论在哪个意义上,文学始终都是生命的发现和体验,因此,文学批评无论怎样的富于科学性和个性,都不能超越文学的这种"诗性存在"而自行其是。它必须要在这种"诗性存在"的发现和体验中意识到"自己是一种具有独创性的顽强的创造力量"[4]。

"文,心学也。"(刘熙载《游艺约言》),故中国文学创作的最高境界"在能表现人之内心情感,更贵能表达到细致深处"[5],而中国文学批评便也始终在讲"观文者披文以入情……觇文辄见其心"(刘勰《文心雕龙·知音》)。而按照海德格尔的观点,"思之诗是存在真正的拓扑学","唱与思是诗之邻枝","它们源于存在而达到真理"[6],存在之思乃是作诗的原始方式,思(语言)是原诗(Urdichtung),"所有艺术作为让所是的真理出现的产生,在本质上是诗意的"[7]。维柯曾在《新科学》中提出了"诗性的伦理"以及"诗性的"政治、经济、逻辑等概念,而实际上,"诗性"在维柯那里主要是指"诗性的智慧(Poetic Wisdom)",而这一具有原始意味的思维方式的本质也就是人的创造性[8]。所谓"东海西海,心理攸同"(钱钟书《谈艺录·序》),故"诗性",就是诗的存在,就是人的存在,就是心灵的存在。"诗性"并不取决于作品的语言、韵律以及形式,而取决于作品反映人的生命的内在的"深度",以及对人的存在及其价值、意义的追问和发现,因此这种"诗性"不是以历史学家、经济学家乃至于思想家等等的面目出现,而只是以自己跃动的生命力感受着包括自身在内的人的内在生命和精神生存,并以具有生命力的形式将之真实地呈现出来,当人们说一个作家以及一部作品具有某种"诗性"的时候,其实并不是指它具有了某种诗的外在形式,而是指它与我们的生命体验和发现之间建立起了一种特殊的审美结构,呈现出"人的诗性存在"。

众所周知,从20世纪以来,文学的"疆界"在不断地扩大,"现在除了诗歌、小说、戏剧作品之外,它还包含了范围广大的叙述文类,不论是公开的还是私人的,随笔或者回忆录"[9],甚至还可以包括德里达所谓的"电信技术王国"中的一切,而这种扩大了的"文学"的概念则无疑导致了一个可怕的后果,即文学将会在这个"电信时代"里"终结"。事情真是这样吗?当然不是!这实际上还是一个西方思维所形成的谬论。"在西方,文学这个概念不可避免地要与笛卡尔的自我观念、印刷技术、西方式的民主和民族独立国家概念,以及在这些民主框架下言论自由的权利联系在一起。从这个意义上说,'文学'只是最近的事情,开始于17世纪末、18世纪初的西欧。它可能会走向终结,但这绝对不会是文明的终结。"[10]因此,我们完全有理由相信,作为"物性"存在的文学有可能会真的"终结",但作为人类精神文明存在方式之一的文学并不会终结,非但不会终结,它反而会在越发物质化的人类生存当中具有越来越不可替代的作用,因为人类的文明存在本身,不但富有诗性,而且需要诗性。所以,我们对于文学的任何一种发现与追问,即所谓的文学研究,都必须回到文学的诗性本质上去,并只有从文学的诗性本质出发,才能真正在文学的意义上面对文学。

三

文学疆界的扩大,必然带来文学研究疆界的扩大,随之而来,传统意义上的"纯"文学研究的领地便越来越萎缩。所以,人们不但在追问"文学研究会怎么样呢?它还会继续存在吗"?甚至也像对文学一样有了一种"终结论"的说法,认为文学研究的时代已经过去了,并且再也不会出现这样一个时代——"为了文学自身的目的,撇开理论的或者政治方面的思考而单纯去研究文学。"[10] 当然,这并不是一个确切的结论,而只是一个模糊的担忧,不过,恰是在这种担忧当中,蕴含了一个十分深刻的命题:面对文学,我们必须"为了文学自身的目的",回到一条真正属于文学的"研究"道路上来。

文学的本质是"诗性"的,文学研究的本质也是诗性的,而"西化"的文学研究的整体思路是理性的、科学、逻辑的、判断的。换句话说,西方文学研究方法论的建构,本质上是以自然科学为基础的,即关注的始终是外在于人的那一部分,其对文学的认识和批评,往往具有外科手术的特点,客观、冷静、缜密,是以物性的态度来对待人性的文学。这种思理的好处我们早已熟知,但其局限也同样明显。因为,以科学研究的方法来解决文学问题,以理性概括的思维来解读文学作品,以逻辑判断的模式来获得文学发现,都是在解决了文学的外在联系与物性价值的同时,十分遗憾地遮蔽了它原本内在的、多元的、深邃乃至神秘的"文学性"即"诗性"。尤其是在这种科学至上的逻辑体系当中,文学成为一个科学研究的物质对象,而不是一个可以感悟和品评的精神存在，甚至连文学批评也往往直接被文学的学术研究所取代。即便是回到文学批评本身来看，如果说西方文学批评的思理是以技术理性来研究对象的话，那么，中国文学研究的传统则是在感受对象的过程中来表现自己的艺术理想。因此说，更加接近文学以及文学研究"诗性"本质的是中国文学的传统和中国传统的文学批评。

在"天人合一"的自然哲学观念映照下，所谓"心生而言立，言立而文明，自然之道也"（刘勰《文心雕龙·原道》），故无论是"言志"的还是"缘情"的，中国文学认识世界与反映世界的方式始终是以人的心灵的存在为主体的。而"诗岂易言哉"？"大道无形，唯在心心相印耳"（袁枚《随园诗话》）。在这个意义上说，中国传统的文学研究方是真正"从文学目的"出发的审美批评，是以心灵的感悟和品味，来发现"人"的存在即文学的"诗性"存在的。从庄子的"言意之辨"到刘勰的"物感之说"，从司空图的"滋味"到严羽的"妙悟"，从李白的"天然"到李卓吾的"童心"，从王昌龄的"诗境"到王国维的"意境"，从公安"三袁"的"性灵"到王士禛的"神韵"，等等，我们于中国传统文学批评中看到的，始终都不是科学的、逻辑的判断，而是心性的、诗性的感受和体味。简单来说，中国传统文学批评的"诗性"特征大约有三：一曰"整体"，所谓"圆照"与"通观"皆是也，即按照整体知觉的方式去感受、体验自然流转的生命存在；二曰"意象"，所谓"圣人立象以尽意"，故"穷形以尽相""得意而忘言"，即是在文学的形象思维中（而不是在科学的理性阐释中）去体味人生的真谛；三曰"感悟"，论文者关注"文心"，但更在乎"我心"，所谓"以神遇而不以目视，官止知而神欲行"（《庄子·养生主》），即以直观性的思维无须逻辑推理而形成对事物本质的直接领悟。统而言之，中国传统的文学批评，从来都不是一项技术性的科学研究工作，而是一种发自于"心性"并落实于"心性"的生命感受，其重感受而不重理论、重情感而不重逻辑的诗性思维，始终在要求着文学与人、与心灵的契合，真正地留存了人的（无论是创作者的还是接受者的）思性、个性、创造性即其"诗性"，让我们可以从文学的自身不断回到人的自身。

就现实的情况而言，人与文学的存在，从来都不缺少知识和文化，但却越来越缺少"诗性"，尤其是越来越科学化的文学研究与批评，也在文化研究、思想史研究以及消费研究的意义上，越来越丧失了它的"文学性"即"诗性"。我们并不是一概反对文学研究中应有的科学和逻辑思维方式，而是反对那种唯科学化、唯逻辑性的态度，强调文学研究与批评需要诗性与科学性的融合。应该说，随着文学以及文学研究边界的不断扩大，文学研究吸收整合不同的学科理论方法不仅是必然的，同时也是必要的，并且也的确会给文学研究带来新的视野和活力，但是无论如何，这些研究都不能以消泯文学研究的"本义"为代价，那些过分注重理论操作性、轻视文学审美经验性的研究倾向是必须予以回避的[11]——文学研究可以走出文学，但必须最终回到文学本身即回到文学的诗性本质，才真正可能为人提供一种心灵家园的构建或生存的终极体验，进而达到文学研究的"本义"——这并不是一个操作层面上的问题，而是一个如何在"传统与发展"的意义上建设某种"诗性批评"的思想原则问题。因此，对文学诗性本质以及中国文学"诗性批评"传统的反思，不仅是一种必要，同时也是一种启示：无论文学如何边缘化，也无论文学研究如何科学化，但只要人类的精神生活还在延续，人类的想象力和想象空间还在，文学的诗性本质以及文学研究的诗性要求就必然存在，同时，21世纪的文学研究与批评就还都必须承担起一个重任，即以"诗性批评"来回复文学的诗性本质以及人的诗性存在！

[参考文献]

[1]陈思和.中国新文学整体观[M].上海：上海文艺出版社，2001：34.
[2]叶朗.现代美学体系[M].北京：北京大学出版社，1999：25.
[3]曹顺庆.文论失语症和文化病态[J].文艺争鸣，1996（2）.
[4][法]阿尔贝·蒂博代.六说文学批评[M].北京：生活·读书·新知三联书店，1989：164.
[5]钱穆.中国文学论丛[M].北京：生活·读书·新知三联书店，2002：67.
[6][德]M·海德格尔.诗·语言·思[M].北京：文化艺术出版社，1991：19-20.
[7][德]M·海德格尔.诗·语言·思[M].北京：文化艺术出版社，1991：67.
[8][意]维柯.新科学[M].北京：商务印书馆，1989：175.
[9]刘辉.文学研究疆界的扩展及与文化研究的关系——王宁访谈[J].中国图书评论，2008（1）.
[10][美]J·希利斯·米勒.全球化时代文学研究还会继续存在吗？[J].文学评论，2001（1）.
[11]温儒敏.现当代文学研究中的"空洞化"现象[J].文艺研究，2004（3）.

（原为2008年11月20日在韩国东亚大学石堂学术院第三届"21世纪人文学动向"国际学术大会上的主题演讲，经修改后发表于2009年第4期《东疆学刊》）

隐喻·主题·记忆

——论张爱玲小说的政治叙事

在现实的意义上，任何写作都是"体制"下的写作，都必须依从于某种现实政治结构及其话语机制，张爱玲的小说创作也不例外，虽然她始终都在申辩自己的写作是完全脱离政治的[1]，但事实并非如此。与所有人一样，张爱玲的小说也是一种政治叙事，其政治话语虽有"隐喻""主题"与"记忆"等叙事样式的不同，却始终贯穿在她各个时期的小说创作当中。

张爱玲的小说创作，从1943年5月的《沉香屑 第一炉香》，到1976年写完却出版于2009年初的《小团圆》，虽几经搁浅，亦断断续续几十年[2]。一直以来，受夏志清的影响，人们常以《秧歌》和《赤地之恋》为分界线来思考张爱玲的小说创作历程，将其分为三个时期，即"上海时期(《传奇》)""香港时期(《秧歌》和《赤地之恋》)""美国时期(《怨女》和《半生缘》等)"[3]，甚至更愿意将"上海→香港→上海→香港"看作是"张爱玲写作的循环之旅"，以证明"香港时期"的里程碑意义[4]。但实际上这种具有鲜明"政治意味"的"地域性"划分，恰因对"香港时期"的"偏重"而成为一个"伪题"。在我看来，"上海时期"如果是以"沦陷时期"来标示的话应可确定,因为《传奇》几乎是唯一的 ③[5];"美国时期"也可以,因为期间间或几部"记忆性"文本的书写,以及在"惘然的回忆"中不断改写的文本,都具有相同或相通的品格;但是唯独"香港时期"不能单独划分出来,因为就在此前不久的1950年3月至1952年1月间的"上海时期"里,张爱玲还有《十八春》与《小艾》两部小说——尽管和她到香港之后的《秧歌》和《赤地之恋》在"政治情绪"上完全相左,但在"迎合"某种现实政治的"政治叙事"意义上却完全取向相同。所以纵观张爱玲小说创作的整体历程,我主张还是用一种虽通俗但却更整一的划分:前期(1943—1949)——《传奇》;中期(1950—1955)——从《十八春》到《赤地之恋》;后期(1956—1995)——从《五四遗事》到《同学少年都不贱》或《小团圆》。而我所谓"整一",实际就是着眼于其政治叙事的整体取向。

一、前期创作的"政治隐喻"(1943—1949):《传奇》

我曾在指认张爱玲《传奇》的政治叙事时明确谈到,写作是张爱玲甚至唯一的生存方式,而她的"自私"与"智慧"则是其生存和写作的"本质特征"——"自私"是说她"人生的底子"是"自私"的,并一直活在"自己的世界"里;而"智慧"则是说她有自己的"活法",即以一种特殊的写作来活出"自己的享受"——《传奇》首先如此[6]。

《传奇》是张爱玲小说创作的起点也是巅峰,其中内含了她几乎全部的现实"生存智慧"即"政治智慧"。"生在现在,要继续活下去而且活得称心,真是难,就像'双手辟开生死路'那样的艰难巨大的事"[7],所以在当年沦陷中的上海滩,喊着"出名要趁早"的张爱玲,首先要"自私"的"活着",然后为了"活得称心",便不得不以一种特殊的"智慧"写作作为她"活着"的方式来"进入"这个特殊的时代,即以一种委曲的政治叙事来仅仅做"自己的文章"。但这篇文章真的是"自己的"吗?恐怕不是,也不可能是,因为沦陷的上海只是一个相比其他地域和时代都更加严酷的"如此这般窒息与庞乱的氛围"[8]。

不过,"日本侵略者和汪精卫政权把新文学传统一刀切断了,只要不反对他们,有点文学艺术粉饰太平,求之不得,给他们什么,当然是毫不计较的。天高皇帝远,这就给张爱玲提供了大显身手的舞台"[9]。所以在这种特殊的"政治文化"背景下④[10],为了在乱世里"就近求得自己的平安"乃至活出"自己的享受"来[11],张爱玲便不得不在其极端自私的个人主义心态的驱使下,自觉地走向了与"国家、政治"并不直接相连但却与沦陷区政治密切相关的"饮食男女",为现实政治文本以及文本的政治书写创造了一种特殊的叙事方式。

"小说,无论如何,都处身于政治的变迁当中,有意识也好,无意识也罢,总是以叙事的方式阐释着政治,参与着政治,成为政治美学形式的表达。"[12]从这个角度看,《传奇》的政治叙事可说是"有意识"的。张爱玲说:"我发现弄文学的人向来是注重人生飞扬的一面,而忽视人生安稳的一面。其实,后者正是前者的底子。又如,他们多是注重人生的斗争,而忽略和谐的一面。其实,人是为了要求和谐的一面才斗争的……文学史上素朴地歌咏人生的安稳的作品很少,倒是强调人生飞扬的作品多,但好的作品,还是在于它是以人生的安稳做底子来描写人生的飞扬的。"而在所谓"飞扬"与"安稳"、"斗争"与"和谐"、"力"与"美"、"英雄"与"凡人"、"时代"与"记忆"乃至"神性"与"妇人性"等等对立当中,前者是一般"弄文学的人"所注重的,后者才是她自己所追求的[13]。不过有意味的是,如果所谓"神性"是一种"永恒的超越"的话,那其所谓"妇人性"则差不多就是一种"委曲以求全、妥协以求生、苟且以求安的生存态度"[14],由此,张爱玲自觉而明确地展示出了一种与"主流"完全不同的"自私"和"逃避"的人生观与文学观。所以,张爱玲并不是从来都"没有写历史的志愿"[15],而是从来都没有对于历史和时代的"责任心",只是试图以一种"自私"的现实"智慧"来书写历史,因而她在一个战争和革命的时代里面偏不写战争和革命,而只写那些"沉重的""古老的记忆","人类在一切时代之中生活下来的记忆"[16],如《传奇》;然后却在一个不再充满革命和战争的时代里切切书写着自己从那个时代走过来以后的"革命记忆"和"战争体验",如《色·戒》与《小团圆》——这就是张爱玲的"智慧"以及"政治"。

由这种"自私"与"智慧"结合而生的叙事策略所导引,《传奇》的叙事时间和空间几乎都成了一个隐喻。一方面,《传奇》里的故事差不多都是关于时间的寓言,而寓言的核心即是一种对历史以及时代的对立、颠覆和重构:时代叙事及历史叙事被个人叙事或私人叙事所取代,"时间"在私人的、"过去的"甚至"退化的"的意义上与现实的整体、"进化"以及"进步的"时代、历史完全背离，所有的故事和人，都被笼罩在一种游移于"回忆"与"现实"之间"陈旧而模糊"的时间情境中，在"现在"的意义被昨天的"回忆"消解了的同时，没有了"明天"，用她自己的话来说，在这个"影子似的沉没下去"的时代里，书写这个时代的她"没有""也不能有"对于"一个将要到的新时代"的"象征"和"建构"。所以，张爱玲在她极端个人主义的"政治智慧"导引下，发现和书写一个时代的阴暗混沌的"背影"、一个社会的没有前途的"过去"以及冰山在水面以下的"没有光的所在"，既是一种现实的无奈，也是一种写作的技巧，当然也就是她力图塑造的"政治个性"。于是，她截断了包含着过去、现在和未来的完整的"时间流"，以私人时间颠覆了原本具有"集体记忆"性质的历史时间概念，在其他作家力图把握时代脚步和社会变化的时候，只是从"现代"的意义上发现了"过去"，对立性地解构并重构着社会化的历史，使其话语形式中的"时间"在现实的意义上成为一种个人政治意识的"隐喻"。另一方面，《传奇》的"空间"也完全是一种从"公共空间"中被"封闭"出来的"个人空间"⑤。可以说，对现代以来所谓"主流"的大多数作家而言，"文学创作本身就是一种积极生活、介入与他人共同生活世界的方式"[17]，所以他们对都市生活以及现实时代的把握，也都体现在一种积极的"参与"和"承担"之中。不过，在沦陷时期的极端政治之下，中国人的"政治权利"和"公共性品格"已被彻底取消，与之相应，极端政治语境下的"文学空间"的"公共性"也被迫成为一种"私人空间"里的"私语性"，所谓的"莫谈国事"及"饮食男女"，实际都是这种政治语境下的无奈体现。因此在《传奇》里，社会和时代的"公共性"背景总是彻底模糊的，取而代之的都是"封锁"着的"个人空间"，无论是具有封闭性的没落的旧家庭，还是中西杂糅的"怪胎"式的生存环境，都呈现出一种"非理性"的文化氛围即"空间政治"。即如她自己那个曾飘荡着"鸦片的云雾"的"家"一样[18]，一个个没落的旧家庭与时代相背离地坚守着一种自成体系的封闭与沉沦，挣扎在躲不掉的回忆的"梦魇"中，由几代人共同演绎着一幕幕的"现代鬼故事"，用这些"现代的鬼话"隐喻着与"五四"以来"人的话语"及其"公共性"的疏离和对立。依阿伦特的观点，文学和艺术作为"积极生活"中的"行动（Actor）"，是最有可能在公共生活中显示"我是谁"的，但前提是必须有一个"自由言说"的环境[19]。不过张爱玲显然意识到了，现实的文学作为一种"行动（Actor）"是危险的，因此任何一种对"公共空间"的"参与"，都不能以"斗争"的姿态而只能以"暧昧"的方式来实现，所以她"智慧"地选择并设计了一个完全游离在现实"公共空间"之外的"个人空间"，以一种"退避"甚至"退隐"的姿态，在"自己的世界"里窃窃"私语"，将"五四"以来具有社会和时代意义的"我是谁"的问题置于社会和时代的"背影"里，既彰显了一个消费意义上的"私语者"的"我"，又有效地规避了一个"行动"意义上的"我"的危险，形成了一种深刻的、隐喻的政治叙事[20]。

二、中期创作的"主题政治"（1950—1955）：
从《十八春》到《赤地之恋》

张爱玲小说创作的政治叙事，并没有所谓"起点"或"终点"

的意义,只要社会与时代的政治本质不能消解,这种政治叙事便同样不能消解,甚至还会在更加明晰的政治形态之下愈演愈烈,其中期创作便是一种鲜明地呈现。此时张爱玲小说政治叙事最重要的特点是:一改《传奇》时"委曲的""非政治主题"的写作姿态,也不再只是"个人主义"的"忆往"题材和写法,而是把目光集中于"现实"的人事,迎合着现实的政治要求,以一种显在的摇摆于"左""右"之间的"政治主题"的叙事,有意识地试图重新申说"我是谁"。

抗战胜利后,因与胡兰成的婚姻,以及沦陷时期态度暧昧的写作等,张爱玲遭到来自各方面的"文化汉奸"一类的指责甚至谩骂[21],虽然忍不住可以站出来辩白几句,但其小说创作却一时沉寂下来。"内外交困的精神综合症,感情上的悲剧,创作繁荣陡地萎缩,大片的空白忽然出现"[22],直到1950年3月25日,她才以笔名"梁京"开始在上海《亦报》上连载长篇小说《十八春》,带着一种异样的光彩登上了新时代的文坛。小说从1949年倒溯18年开始写起:平民女子顾曼桢与世家子弟沈世钧于上海相恋,中间曲折横生,致使人事相隔,18年后两人于新时代里偶然相遇,虽然唏嘘不已却憾难复合,结尾时,"几位青年男女经过重重感情波折,最后都投身到'革命的熔炉'去寻找个人的理想"去了[23]。可以显见,这个故事依旧延续了《传奇》所刻意营造的"情欲"故事模式,并同样是"在普通人里寻找传奇"的叙事策略,不过在叙事话语上却尝试了与《传奇》不同的写实风格。不过值得注意的是,张爱玲将一部自己前所未有的长篇小说作为在新时代里"重新"写作的开端,并以她并不熟悉的连载形式在新时代到来不久便匆匆面世,这里面是极有政治意味的。而同样有意味的是,与《传奇》那种几乎完全"忆写""陈旧而模糊"的沪、港不同,《十八春》写的是一个"现代上海"的故事,作者站在一个新时代里,不仅诅咒着那个"不合理的社会制度"[24],且有意识地写到了这个新时代所带来的变化,虽然从18年前写起,但最后落笔却在当下,并留下了一个"光明的结尾"。这就更让人们看到,随着新时代的到来,张爱玲的政治"敏感"与"智慧"终于可以光明正大地登场,并以对政治风尚的自觉追随,开辟了一条由日渐鲜明的"政治主题叙事"所铺就的创作道路。

1951年底至1952年初,张爱玲在《亦报》连载发表《小艾》,这部在新政治形势下创作的中篇小说,也是她在内地时期的最后作品。张爱玲曾说她"非常不喜欢《小艾》",一是因"缺少故事性",不够"传奇";二则从她后来的体会看,觉得写出的故事与最初的构想变异太大了,尤其是在结尾上,不但没有像原本设想的旁敲侧击一下共产党,反倒给了小艾一个"美丽的远景"[25]。联想到张爱玲说这句话时已是在1986—1987年的美国,而《小艾》又在台湾由《联合副刊》重新发表,其中的政治寓意便不言自明了。不过这倒也反证了当年《小艾》的写作中应该是有着一种对现实政治的刻意迎合的——故事写的是大户家里女佣小艾的一生,这可谓是张爱玲一向熟悉并擅长的题材,不过写来与《传奇》不同,小艾最后走进了新时代,虽没有像曼桢那样远赴东北参加建设,但在上海同样也是为未来"幸福的世界"而工作着。而且,如果说在《十八春》里张爱玲还有意无意地尽量不在字面上显现出直白的政治话语的话，而在《小艾》当中，则已经毫无顾忌地出现了一些诸如"蒋匪帮"等富有明确政治性的用语，进而更加凿实了一种现实的政治主题叙事。由此可见，不管张爱玲在刚刚走进新时代之时还有着哪些忐忑或是犹疑，但"在思维方式、价值评判、社会观念上已贴近主流话语"了[26]。

1952年夏张爱玲到香港后，期间复学、赴日等均不如意，在为美国驻香港总领事馆新闻处翻译美国文学作品的同时，开始以英文写作《秧歌》⑥。1954年4月，《秧歌》中文版先在美国驻香港总领事馆新闻处发行的杂志《今日世界》上连载，7月由香港天风出版社出版单行本，不久后的10月，《赤地之恋》也由天风出版社刊行。对张爱玲来说，这两部作品原本并没什么大不了，不过仍然是她以"活着"为欲念的"私人的政治"叙事而已。但没想到的是，"不过如此"的两部作品，却引发了一场围绕其政治话语的跨越世纪之后仍没完没了的纷争。在我看来，如果除去评论者站在不同政治立场上的"有色"评判以及由此生成的"定性"与"定位"，围绕着两部小说的话题并不十分丰富，其中有意味的话题也许只是一个，即张爱玲"为什么写"或"为什么这样写"？

如我所强调的，张爱玲的小说创作，始终是其生存的甚至唯一的方式，对她来说，"写作"不过是手段，"活着"才是目的。因此作为"活着"的前提，任何一种现实政治的"影像"，都会委曲甚至直接地投射在她的"智慧"写作当中，进而形成一种委曲或直接的政治叙事，《十八春》与《小艾》向"左"如此,《秧歌》与《赤地之恋》向"右"也不过如此，这种已成"定势"的"政治智慧"与"政治叙事"是完全可以确认并一目了然的。当然，政治的主题并不是一定由政治性的话语写出来才好,这个道理张爱玲是完全明白的,所以她在《秧歌》和《赤地之恋》的写作当中都使用了一个富有深意的"导读",即《秧歌》的"跋"和《赤地之恋》的"自序",刻意地强调自己"为什么写"或"为什么这样写"的材料背景与写作策略。她曾说《秧歌》"里面人物虽然都是虚构的,事情却都是有根据的",并言之凿凿地说材料来自"三反"运动中《人民文学》上刊载过的"一个写作者的自我检讨"[27];而《赤地之恋》虽是"把许多小故事叠印在一起",但"所写的是真人实事"[28]。但可笑的是,我依张爱玲的说法认真查阅自1950年10月创刊至1954年底的《人民文学》,却根本未发现她说的这份材料⑦[29]!又有传说张爱玲曾参加土改工作队在江苏农村走过几天,我看恐怕也未必是真⑧[30],即便是真,也未必有了"真实的生活"。正如她自己强调过的,如果对"背景"不熟悉,即便有了材料,"有了故事与人物的轮廓,连对白都齐备",她也"暂时不能写",甚至"到那里去一趟也没有用……去住两三个月,放眼搜集地方色彩,也无用,因为生活空气的浸润感染,往往是在有意无意中的,不能先有个存心",所以她只能"写所能够写的,无所谓应当"[31]。可是《赤地之恋》中则不仅有土改,在上海之外还有抗美援朝,都是她所不了解、不熟悉的,那她信誓旦旦的"真实"从哪里来呢?所谓"写所能够写"的信条又在哪里呢?后来她才承认,《赤地之恋》的故事是在"授权(Commissioned)的情形下写成的",连故事大纲都"已经固定了"[32],故其所谓"真实",原来不过是一种"遵命"于现实意识形态斗争的"政治真实"而已!

三、后期创作的"政治记忆"(1955—1995):
从《色·戒》到《小团圆》

1955年秋,张爱玲到了美国。如果说香港还因当年"求学"而有"家园"之意的话,美国对张爱玲来说则是一个彻头彻尾的"他乡",所以这时才是她人生以及文学之路的真正转折。于是,经历了英文写作的彻底失败之后[33],张爱玲不无遗憾地开始了她漫长的"回忆"之旅。不过,如果说当年她是在《传奇》里试图发掘"人类在一切时代之中生活过的记忆"的话,那么现在却剩下"自己的世界"里的一种"个人记忆"了。现实的情况是,张爱玲虽身在美国,远离中国,但实际上并没有真正远离依然"对峙"的现实政治文化,尤其在自己忽然成为一种"阅读"的"政治标本"之后[34],她的政治意识便在自己和别人的共同记忆中被又一次激发出来,进而使"政治记忆"叙事成为其后期小说创作的"底子"。

"政治记忆"在张爱玲后期小说中的存在样态主要有两种:一是以不断泛起的"政治记忆"作为一种"检讨"来不断改写自己的旧作;二是让在当年不敢或不能言说的"个人记忆"浮出水面并重新成为历史与个人政治的"地标"。

张爱玲大概可算是一个改写自己旧作数量以及次数最多的作家之一,这一方面与她的文学史地位的纷争与重评有关,同时也是她在"他乡"的政治文化里不断检讨自己"政治记忆"的结果。事实上,早在当年《十八春》连载次年出单行本时,张爱玲便已有过对作品的大幅修订，其动因和效果便都是为了确立并修正她与主流话语之间的某种联系，以及自己政治身份和话语空间的确认，并初步体现了她在"经济、文化的危机中得以引发和深化"的"自我反省的能力"[35]。这种具有强烈政治意味的"自我反省的能力"在她1966年再次将《十八春》改写为《半生缘》时同样得到了承袭，其中许多情节的改变尤其是结尾只到沈、顾二人重逢即戛然而止，刻意删去二人同赴东北参加革命建设等等，都是按照作品重新出版的政治要求来完成的，甚至使两部作品有了两种完全不同的政治倾向。《金锁记》改写为《怨女》也一样，如果说当年傅雷看重《金锁记》是因为曹七巧所具有的"深刻的悲剧性格"的话[36]，而到了《怨女》当中，银娣却被改造为一个"小奸小坏"的平常女性，仿佛又是一次她对当年那段官司的遥远回应。其他如《秧歌》《小艾》等也都经过重新发表和多次修润，即便是新作发表如《五四遗事》《色·戒》《浮花浪蕊》等，也都是"屡经彻底改写"，甚至在收入《惘然记》中时还在修改[37]。从这些作品在20世纪50年代即已成篇却在20世纪70年代屡经改写后发表的过程来看，记忆里的"政治"应该始终是她难以回避的一种"规范"吧。

实际上，《色·戒》《五四遗事》《浮花浪蕊》等创作也可视为后期创作中的另一种"政治记忆"。比如《五四遗事》中仍旧不能释怀的对"五四"以及"五四"以来新文化的"反讽式"的记忆描绘，或如《浮花浪蕊》中借和挑夫一起出罗湖口岸时的害怕狂奔所表现出某种讥刺，尤其是《色·戒》，简直就是当年"政治斗争"的某种再现。关于《色·戒》，张爱玲曾有两次自己做出解释^{⑧[38]}：一次是因有人指责她有同情汉奸的嫌疑而回应说，"这故事的来历说来话长，有些材料不在手边，以后再谈"，暗指《色·戒》原有"本事"[39]；再一次是因有人指证《色·戒》确有所本时回应说即便真有此事，但"当年敌伪特务斗争的内幕哪里轮得到我们这种平常百姓知道底细"？又试图否定"本事"[40]。其中虽自相矛盾，破绽不少，但分析起来还是前者更为真实。现在看来，当年的"郑苹如刺丁默邨"一案，实应为《色·戒》故事之本：一则从胡兰成角度讲，此事他既不会不知，热恋中亦应不会不对张爱玲讲；二则从张爱玲角度说，沦陷时期她身边并不乏走动于汪伪政权中人，更何况这种"本事"原就十分具有"传奇"色彩。事既如此，而张爱玲为什么迟迟未能落笔，落笔后又何以必经反复修改方使其面世？我看恐怕还是其"自私"与"智慧"结晶的政治意识使然。试想，小说后来发表时早已事过境迁多年，但还是引发了许多纷争，欲令当时，则以张爱玲之"妇人性"又何以堪！所以余斌说：张爱玲有独特的个人视野，"她'张看'到的一切总是与他人所获不同，无论何种题材，她总是能在其上留下鲜明的个人印记"[41]，其实这种"印记"又如何不是一种特殊的政治记忆呢！

《小团圆》可谓是张爱玲最"可信"的"情感传记"[42]，当然，用一部小说来为自己的一生做脚注，也许并不是《小团圆》创作的初衷，但在现实上却有了这种客观效果，所以，如果对照着去读《小团圆》，张爱玲的人生可能会有更加清晰的影像。不过，与一般小说的虚构和想象不同，自传体的叙事往往都是一种追忆，故追忆中的"往事"便成为一种特殊的"现实"，被作者所寄寓的心理力量内化为一种寓意丰富的象征结构，甚至比现实的"事实"来得更加深刻。在《小团圆》里，张爱玲大概只写了自己"三十年"的人生历程，但却唱出了两种"成长"的变奏：一个旧的大家庭的没落、衰变，在追忆中成为一首挽歌；而一份刻骨铭心的爱恋，在追忆中却"梦境般"地等待着复活[43]。虽然它不是一部"成长小说"，但是其中种种在"退化的""失落的"过程中"成长"的生命经验，却是张爱玲自己不得不时时捡拾起来的"自我"的碎片，她所生活的这个时代的"外在的"任何"进步"，还是未能带她逃离那个过于狭小的"自己的世界"，自始至终，时代和个人依旧是完全对立的，《传奇》里面"自私"的"自我"不但回来了，而且以更加暧昧的姿态退出了一个原本激扬的历史时空——唯一不同的是，这时的张爱玲已经可以不再借助任何的政治智慧，而直接将自己的"记忆"敷衍成一种更加极端私人的"政治"和叙事。如结尾的那个梦："青山、蓝天、阳光"的背景下，"之雍出现了，微笑着把她往木屋里拉……二十年前的影片，十年前的人。她醒来快乐了很久很久"。[44]用林幸谦的观点看，这里似乎暗示了张爱玲倾向于"小团圆"的怀念和延续[45]，设若果真如此，那么，张爱玲一生乃至最后的"等待"和"快乐"除了一份"自恋"的"乱世情缘"之外还有什么呢？在其私人的"政治"里，一个如此激扬的时代，一场民族兴亡的斗争，有时甚至连一场"春梦"的背景都不是！

"个人即政治（personal is political）"，任何个体的生存及其主体的生成其实都逃不脱政治的透渗、介入和刻画，所以，再私人的记忆也都会有着政治的印记，再私人的政治也都包含着种种"现实"的政治话语,《小团圆》也如此:比如在万众一心的抗日战争中九莉却想着"这又不是我们的战争",虽是遁词,"但是没命还讲什么?总要活着才这样那样"的心理是真实的[46];而当战争即将结束时九莉却"希望它永远打下去",虽有一种矫情在里面,但她"不觉得良心上过不去"的态度却难免说不过去[47];尤其是在最后结尾时,张爱玲还忘不了做一点揶揄甚至讽刺:"现在大陆上他们也没戏可演了。她在海外在电视上看见大陆上出来的杂技团,能在自行车上倒竖蜻蜓,两只脚并着顶球,花样百出,不像海狮只会用嘴顶球,不禁伤感,想道:'到底我们中国人聪明,比海狮强。'"[48]看到张爱玲如此不再遮遮掩掩地将自己的"政治底色"如此"揭发出来",前面有关其政治叙事的指认应该可以更加凿实了吧!

从本质的意义上说,写作就是建立一种人与外在世界之间的存在与阐述关系,其意义和结果都是写作者借之以进入社会,并在社会公共的权力与利益关系中获得某种自身存在的合法性,因此,任何方式的写作其实都是一种政治实践,并必然地于其中体现着写作者的某种政治情怀。就张爱玲而言,前述所谓她在不同阶段上以不同方式呈现出来的政治叙事,尽管可以因其不同的语境而获得不同的理解,但其中以"自私"的人生观和价值观为核心构建形成并贯穿始终的"私人的政治"却是毋庸置疑的。实际上,一直以来在张爱玲的理解与评价当中,也许正是因为无视或忽略了她的这种"底子上"的政治情怀与叙事,所以才会时时出现一些仅仅就其《秧歌》和《赤地之恋》而论的意识形态对立,甚至会以两极化的思维与批评模式,不是清晰而是模糊了关于张爱玲的文学批评乃至文学史定位。因此,如此确认并梳理张爱玲小说创作中的政治叙事,并不是要以某种特殊的意识形态来否定张爱玲的文学才华及其小说创作的艺术成就,而是希望借此厘清其文学写作的现实关系维度,寻绎到一个重新解读张爱玲的视角,对其文学世界做出更符合事实的阐释和判断。

[注]

①张爱玲在《自己的文章》(1944)中说:"我的作品里没有战争,也没有革命。"在《有几句话同读者说》(1947)中也说:"我写的文章从来没有涉及政治,也没有拿过任何津贴。"

②按出版时间看,《小团圆》是张爱玲最后面世的小说,但《同学少年都不贱》的写作时间可能在《小团圆》之后。据陈子善考论,《同学少年都不贱》的创作时间当在1973至1978年间,而据宋以朗随《小团圆》出版时公开的通信来看,《小团圆》应该在1976年3月便已完成并寄出了。

③《传奇》于1944年8月15日由上海杂志社初版,《传奇》增订本于1946年由上海山河图书出版公司出版,略可以"唯一"概称。

④这是借用加布里埃尔·A·阿尔蒙德、小G·宾厄姆·鲍威尔的"政治文化"观点,是指"在特定时期流行的一套政治态度、信仰和感情",本文中的所谓"政治"也时常是在这个意义上的用法。

⑤这里所谓的"公共空间"及"个人空间"或"私人空间",是我个人的一种理解和用法,主要是指在"公众"和"个人"的对立意义上所生成的"生存活动空间",其"政治性"隐含在某种"活动方式"与"活动场域"的关系中,当然也隐含着某种权力结构。

⑥1952年7月,张爱玲持香港大学同意复学证明出境抵港,先寄住女青年会,11月因"奖学金波折",乘船赴日本寻昔日好友炎樱谋求工作未果,三个月后返港,开始为美国驻香港总领事馆新闻处工作,参见陈子善作《张爱玲年表》,收入《同学少年都不贱》。又,此间经历后在其小说《浮花浪蕊》及《小团圆》中均有体现,既可见张爱玲初出中国内地后生计之艰难,更可见出《秧歌》《赤地之恋》两部作品实为其"生存政治"下之

产品。

⑦艾晓明不仅查阅了1950年至1954年间的《人民文学》,而且遍查了1950年至1954年间当时登载这类检讨最多的《文艺报》,也没有任何发现。

⑧据袁良骏说,张爱玲曾随上海作家组织的土改工作队去江苏农村走过几天,这一材料来自上海文坛前辈唐弢与袁的谈话。不过据张子静说,他曾就"有人传说张爱玲曾去苏北参加土改"一事专门问过上海文艺界前辈龚之方,而龚之方则答曰:"我不清楚这回事,我也没听张爱玲提起过。"分析来看,龚之方自1946年7月与张爱玲相识,至张离开中国内地之前一直来往密切,张的《太太万岁》等影片就是由龚与桑弧共约创作的,《传奇》增订本也是两人合作结果,龚还是当年《亦报》社长,张创作《十八春》,也是龚与当时《亦报》总编唐大郎两人共约并连载于《亦报》。由此可见,以龚与张的熟悉程度与密切联络,如果张在农村待上一段时间参加土改,即使张不说,龚也应大概知道。故可见此事大致为虚。

⑨张爱玲最初写《秧歌》时,便有用英文写作——因不合中国读者以及东南亚读者口味——来试图进入"英语"文学世界的努力,不过最后未能如愿。虽然1955年英文版《秧歌》由美国纽约查理斯克利卜纳公司出版后得到美国书评家的好评。但从1957年《赤地之恋》(Naked Earth)英文稿不为美国纽约Dell公司接受之后,其先后创作或改写的《粉泪》(Pink Tears)、《北地胭脂》(The Rouge of the North)也始终命运不济,虽然最后《北地胭脂》终由英国伦敦Cassell & Company出版社出版,但反映寥寥,"张爱玲从此对英文创作小说不抱任何希望"。

⑩张爱玲另有一次也谈到《色·戒》的材料,不过不是什么回应,而是说"故事都曾经使我震动","甚至于想起来只想到最初获得材料的惊喜,与改写的历程"。

[参考文献]

[1]张爱玲.自己的文章[M]//金宏达,于青.张爱玲文集:第四卷.合肥:安徽文艺出版社,1992:174.

张爱玲.有几句话同读者说[M]//金宏达,于青.张爱玲文集:第四卷.合肥:安徽文艺出版社,1992:258.

[2]陈子善.序[M]//张爱玲.同学少年都不贱.天津:天津人民出版社,2004.

宋以朗.前言[M]//张爱玲.小团圆[M].北京:北京十月文艺出版社,2009.

[3]夏志清.中国现代小说史[M].上海：复旦大学出版社,2005：254.

[4]苏伟贞.孤岛张爱玲[M].台北：台湾三民书局,2002：31.

[5]陈子善.张爱玲年表[M]//张爱玲.同学少年都不贱.天津：天津人民出版社,2004：195-196.

[6]张文东."自己的文章"的背后——张爱玲《传奇》的政治叙事[J].文艺争鸣,2010(7).

[7]张爱玲.我看苏青[M]//金宏达,于青.张爱玲文集:第四卷.合肥：安徽文艺出版社,1992：228.

[8]邵迎建.传奇文学与流言人生：张爱玲的文学[M].北京：生活·读书·新知三联书店,1998：10.

[9]柯灵.遥寄张爱玲[M]//金宏达,于青.张爱玲文集:第四卷.合肥：安徽文艺出版社,1992：427.

[10][美]加布里埃尔·A·阿尔蒙德,小G·宾厄姆·鲍威尔.比较政治学——体系、过程、政策[M].曹沛霖等,译.上海：上海译文出版社,1987：29.

[11]张爱玲.我看苏青[M]//金宏达,于青.张爱玲文集:第四卷.合肥：安徽文艺出版社,1992：238.

[12]骆冬青.叙事智慧与政治意识——20世纪90年代小说的政治透视[J].小说评论,2008(4).

[13]张爱玲.自己的文章[M]//金宏达,于青.张爱玲文集:第四卷.合肥：安徽文艺出版社,1992：172.

[14]解志熙.走向妥协的人与文——张爱玲在抗战末期的文学行为分析[J].文学评论,2009(2).

[15]张爱玲.烬余录[M]//金宏达,于青.张爱玲文集:第四卷.合肥:安徽文艺出版社,1992：53.

[16]张爱玲.自己的文章[M]//金宏达,于青.张爱玲文集:第四卷.合肥：安徽文艺出版社,1992：174.

[17]徐贲.文学的公共性与作家的社会行动[J].文艺理论研究,2009(1).

[18]张爱玲.私语[M]//金宏达,于青.张爱玲文集:第四卷.合肥:

安徽文艺出版社,1992:105.

[19]徐贲.文学的公共性与作家的社会行动[J].文艺理论研究,2009(1).

[20]张文东."自己的文章"的背后——张爱玲《传奇》的政治叙事[J].文艺争鸣,2010(7).

[21]陈子善.1945—1949年间的张爱玲[J].南通大学学报,2007(3).

[22]柯灵.遥寄张爱玲[M]//金宏达,于青.张爱玲文集:第四卷.合肥:安徽文艺出版社,1992:425.

[23]张子静.我的姐姐张爱玲[M].上海:学林出版社,1997:132.

[24]叔红.与梁京谈《十八春》[M]//金宏达.回望张爱玲·昨夜月色.北京:文化艺术出版社,2003:215.

[25]张爱玲.重访边城[M].北京:北京十月文艺出版社,2009:130.

[26]杜英.离沪前的张爱玲与她的新上海文化界——从《十八春》的修订看解放初期的张爱玲[M]//李欧梵.重读张爱玲.上海:上海世纪出版股份有限公司上海书店出版社,2008:354.

[27]张爱玲.秧歌[M].台北:皇冠文化出版有限公司,2008:193.

[28]张爱玲.赤地之恋[M].台北:皇冠文化出版有限公司,2008:3.

[29]艾晓明.从文本到彼岸[M].广州:广州出版社,1998:30.

[30]袁良骏.论《秧歌》[J].汕头大学学报,2007(6).

张子静.我的姐姐张爱玲[M].上海:学林出版社,1997:120-134.

[31]张爱玲.写什么[M]//金宏达,于青.张爱玲文集:第四卷.合肥:安徽文艺出版社,1992:133-134.

[32]水晶.替张爱玲补妆[M].济南:山东画报出版社,2004:20.

[33]张爱玲.忆胡适之[M]//张爱玲.重访边城.北京:北京十月文艺出版社,2009:16.

余斌.张爱玲传[M].桂林:广西师范大学出版社,2001:331.

苏伟贞.孤岛张爱玲——追踪张爱玲香港时期(1952~1955)小说[M].台北:台湾三民书局股份有限公司,2002:82-84.

[34]夏志清.中国现代小说史[M].上海:复旦大学出版社,2005.

[35]杜英.离沪前的张爱玲与她的新上海文化界——从《十八春》的修订看解放初期的张爱玲[M]//李欧梵.重读张爱玲.上海:上海书店出版社,2008:366.

[36]迅雨(傅雷).论张爱玲的小说[J].《万象》,1944:5(3).

[37]张爱玲.惘然记[M]//张爱玲.重访边城.北京:北京十月文艺出版社,2009:121.

[38]张爱玲.《惘然记》序[M]//张爱玲.张爱玲文集:第四卷.合肥:安徽文艺出版社,1992:339.

[39]张爱玲.羊毛出在羊身上——谈《色·戒》[M]//张爱玲.重访边城.北京:北京十月文艺出版社,2009:111.

[40]张爱玲.续集自序[M]//张爱玲.重访边城.北京:北京十月文艺出版社,2009:155.

[41]余斌.《色·戒》考[M]//李欧梵.重读张爱玲.上海:上海世纪出版股份有限公司上海书店出版社,2008:391.

[42]宋以朗.前言[M]//张爱玲.小团圆[M].北京:北京十月文艺出版社,2009.

[43]张爱玲.小团圆[M].北京:北京十月文艺出版社,2009:15.

[44]张爱玲.小团圆[M].北京:北京十月文艺出版社,2009:283.

[45]林幸谦.张爱玲"新作"《小团圆》的解读[J].中国现代文学研究丛刊,2009(4).

[46]张爱玲.小团圆[M].北京:北京十月文艺出版社,2009:56.

[47]张爱玲.小团圆[M].北京:北京十月文艺出版社,2009:209.

[48]张爱玲.小团圆[M].北京:北京十月文艺出版社,2009:283.

(2009年11月在台湾彰化师范大学国文系暨台文所举办的"从近现代到后冷战:亚洲的政治记忆与历史叙事"国际学术研讨会上题为"张爱玲小说的政治叙事"的演讲,删改后题为《隐喻·主题·记忆——张爱玲小说的政治叙事》,发表于2011年第1期《中国文学研究》,2011年第15期《新华文摘》全文转载)

论文学阅读中的审美心理需要

我们所说的文学阅读，是指作为文学接受最初环节和第一层面的一种对文学文本进行的、通过视觉接受而获得意义理解的心理过程和实践行为，是与一般意义上的文学欣赏、批评和研究活动等理想化了的文学接受行为相区别，不具备更多的仪式性、目的性和更高层次审美要求的，在文本与读者之间首先建立的联系。同其他文学接受活动一样，与其他阅读活动比较而言，在文学阅读发生和实现的过程中，完成的依旧是一种特殊的审美心理过程。这是一个对象化的过程，是一个主体客观化的过程，是阅读主体在对象化的过程中不仅要获得信息，且更要获得精神愉悦和心理满足的过程，其阅读行为的发生和完成，阅读主体对阅读对象的选择、对阅读行为的规范乃至对阅读心态的调整，其实都直接来源于阅读的审美心理需要。

文学阅读的主体是读者，而读者则是一个具有"主体"的规范意义的概念，其心理需要是其一切行为产生的原始动机（当然我们还要注意，"主体"的人的心理需要，是一个社会化了的心理需要）。按马斯洛的观点来看，在精神的层面上，人的需要是多种多样的，但就文学所能供给的内容看，它又是被文学的审美功能或审美属性所决定——需求内容总是与对象属性相一致的。因而，尽管接受主体本身有不同的、多样的精神需求，但接受对象本身的审美属性却决定了接受主体的需求的审美对象化，从而使文学阅读在现实活动的意义上，虽然也偶尔表现出一种（或一些）非心理化的、物质性的需要，在物化文本的解读形态上体现出认识价值和文化特性，但就其整体的需求和动机而言，从情感宣泄到心理补偿，从审美发现到自我实现，从个人需要到社会理想，总还是直接体现为具有特殊内涵和确指的审美心理需要。

从心理——社会学的角度看，个人需要是一个有自身逻辑的系统，这个系统既包含了由低到高的层次分化，也有同一层次间的派生和衍化。首先，人的需要以生存需要为起点，然后由自存需要派生出对个人生活资料的需要（储备需要）。但是任何生活资料都不能被个人不加区别地占有与消费，生活资料的自然属性（具体用途）与社会属性（所有权及使用权）必须得以判别，由此，从储备需要派生出对生活经验的需要，即认识需要（这些主要是靠个人去学习、积累和掌握的）。当这一过程进入精神的世界以后，对认识需要的完成就要依靠它所派生出的对生活热情的需要，即自亲需要。为了不使生命热情超越生活本身的规范，个人的自亲需要自然派生出对生活使命的需要，即审美需要，而审美的实质则是完成生活使命而充分发挥自己的潜能，将自己的本质力量对象化。因而人们在履行自己的生活使命时,审美的需要就会派生出对生活理想的需要,即自立需要。而当个别的人进入社会的角色时,其需要也就有了不同层次上的他向性和交互性的需要。由此可见,作为实践性需要的审美需要,也是一种特殊的心理需要,它是遵循逻辑关系在生存、生理、信息、心理等需要的基础上必然发生的个人需要,是作为主体的人的一般需要中的高级需要,其特殊的内涵和要求必然地体现于文学实践中,使其成为作为一种精神文化范围内的文学接受活动中的客观需要[1]。事实上,阅读活动的发生并不是完全来自个人的需要,尤其是当个人的需要在对象化的过程中与对象的影响相结合的时候。因此,阅读活动的发生和完成来自两个方面的合力,个人的一般化需要只是其中的一个方面。另一方面,不同的文学现象都体现着特殊的认识价值和审美功能,阅读活动作为一种主观意念对象化的活动,作为客体的文学文本在对象化的过程中也因不同的价值和功能而规定着阅读主体的需求,因而,阅读对象的审美价值和功能也间接地在社会的意义上成为文学阅读活动发生的动力。这样,按照发生学的理解,从作为读者的个人需要到作为接受者的社会化需要,审美心理需要在人的阅读行为(主要还是个体)中具有特殊的意义和要求。这也是文学阅读区别于其他阅读及接受的最根本的特性。

通过对人类文学活动本质及其发展历史进程的考察,我们不难发现,文学本身是一种对人的价值和本质力量的确认方式,文学的发展历程,就是人的自我发现和自我实现的历程,在文学活动中,始终都体现着人对自身命运和本质内容的关注、发现及反思,即人的自我发现和实现。也正是在通过文学确证自己、发现自己的同时,人才获得了一种特殊的审美体验与感受,发现并确证了美。以西方文学发展的进程为例,在古希腊时期、文艺复兴时期、启蒙运动时期的从图腾崇拜向英雄崇拜再向世俗崇拜的文学发展、过渡与转化的过程中,就生动地反映了三次人的发现,深刻地记录了人的觉醒过程。这个过程,实际上就是美的发现的过程,就是人的自我实现的过程,就是审美创造的过程。因此,人的自身的发现和实现,既是文学创造的基本前提,也是文学阅读的最基本的心理动因或需求。按照马克思的"美是人的本质力量的对象化"的理解,简单地说,审美活动的目的就是彰显人的主体特征。就文本而言,其中体现着人的(首先是创造者)的主体意识或者说本质力量的对象化;就阅读而言,对文本的接受活动中体现的则是接受者的本质力量的对象化。也正因此,较之于作家主体和客观世界的审美关系,读者主体和客观文本的审美关系就有了更大的、更广泛的意义。如果说文学创作是创造,文学阅读是一种再创造的话,那么这种再创造从内容到形式则更是审美的,其中所体现的也正是读者的本质力量的对象化。按照伊瑟尔的理解,阅读主体通过在阅读过程中的分解,造成了阅读过程中产生的自我意识的提高:"意义的构成并不意味着相互作用的本文视点中出现的整体的创造……而是通过系统地阐述这一整体,使我们能够系统地阐述我们自己,发现我们至今仍未意识到的内在世界。"[2]在这里,阅读主体与作为客体的文本之间结成了特殊的审美关系,在这种关系中,阅读主体产生了更深刻的自我意识,以最大限度的心灵主动性去改造客体、再造客体,并从中观察自己、发现自己,实现自己的自我意识即本质力量。就像苏联美学家莫·卡冈也说过的:"艺术就像一面魔镜,每个人从中不仅可以看到臆想出来的另一个人,还能在这个虚构的人身上看到真正的自我,看出自己身上的许多非常深刻和重要的自我。"[3]

文学是情感的,这是一个不争的结论。按现代心理学的认识,寻求补偿是人的天然本性,尤其在飞速发展的现代社会里,人们常常因物质羁绊和生活牵累而使精神世界和感情生活有所缺失,其本然的追求逐渐演变为一种内在的补偿需要,而由于文学作品的情感特征和理想品性,就使得文学阅读成为满足人们情感补偿的最理想的方式之一。20世纪80年代以来,以琼瑶等人的名字为代表的港台地区和海外华人的"言情小说"占据了差不多整个内地的阅读市场。20世纪90年代以后,间或有大陆作家加入的这一"言情系列"的影视作品又充斥了影视荧屏,在千家万户里讲述着一个又一个的浪漫的爱情故事。在这些故事里,传统的"才子佳人"的母题在当代社会里延续下来,虽然有了更加新鲜的包装,但是"美人"依旧,"爱情"依旧,爱情的"理想"依旧。所有这些故事,在为大众营造了一个女人的世界的同时,也为大众营造了一种爱情生活乃至现实生活的理想模式——聪颖而美丽的女人与成熟而又成功的男人、无法逃脱的婚姻现实与无法抗拒的浪漫激情、峰回路转的情天恨海和无怨无悔的美丽情怀。从琼瑶到岑凯伦,从亦舒到席鹃,从梁凤仪到于晴,从琼瑶的《月朦胧、鸟朦胧》到梁凤仪的《世纪末的童话》甚至一直到池莉的《来来往往》,少男少女的故事转成了成年人的童话,平平常常的日子有了挡不住的诱惑,女人的梦在男性的世界里做了又醒,醒了又做,男人的心在女性的柔情和激情中破了又补,补了又破,可是无论如何,无论男人和女人,在这个世界里,最美好的、最真实的甚至是最隐私的愿望实现了,最理想的、最渴望的甚至最不理性的目的达到了,最不可信、最不可能甚至最不应该的故事发生了,读者和影视观众——大众,得到了最大的情感补偿。

在文学阅读活动中,人们体验到的审美情感不仅会使已存在的(preexistent)内心情感得到补偿和丰富,而且会使人们获得心理上的满足和审美上的升华。即便是如悲剧者,也正像朱光潜先生所说:"和一般艺术一样,悲剧也是被人深切地体验到、得到美的表现并传达给别人的一种感情经验。强烈感情的经验本身就是快乐的源泉,表现的美和同感的结果更能增强这种快乐。"[4]也正因此,心理的和情感的补偿就有了陶冶和净化的作用。不过,长期以来我们一直过分地重视文学阅读的审美和净化的作用,而其实,阅读过程中人们所获得的补偿和愉悦不仅仅是审美的,同时还包括了精神和心理的现实享受过程,这一过程甚至可以有较强的生理性。正像有人曾经分析的,"阅读《射雕英雄传》同阅读《追忆流水年华》是两种完全不同的心理经验。简单地说,阅读《追忆流水年华》这类深奥烦琐的高雅作品需要花费力气去'啃',即主动集中注意力去体会和思索;而阅读《射雕英雄传》却是件轻松愉快的事,只要无所用心地享受刺激的快感就是了"。[5]从这个意义上来说,为什么多年以来武侠小说能够持久地、广泛地占领着我们的阅读市场甚至一直到今天进一步占领我们的影视屏幕？大众阅读的对"刺激的快感"的需求大概是一个相对重要的原因。也正因此，文学阅读的发生是离不开感官的愉悦、身心的放松、心理的快感等等这样一些简单的东西的。尤其是在今天这样一个主体上高度紧张和分化、客体上"视像"飞舞张扬而又飞速幻灭的时代和世界里，简单的休闲、消遣、娱乐的需要已经渐渐成为人们进行文学阅读时的一个最基本也最现实的精神要求。对电视画面的感官享受，对休闲文学的轻松感受，甚至对POP广告的津津有味，文学以及文学之外的轻松和放纵给了我们一个时常需要的精神家园。一个情节曲折的故事、一部装帧精美的好书，甚至一个美轮美奂的广告，都会带给人们一份无拘无束的放松和解脱。在文学这个以美的情感和方式营造出来的世界里，把审美作为存在和接受的共同形式，我们不仅能让自己的心灵随时得到抚慰，而且也会使它时时得到修补。画家马蒂斯曾经说："我梦寐以求的，乃是一种具有均衡性、纯粹性以及清澈性的艺术。这种艺术没有一切带有麻烦和令人沮丧的题材。它对于每一个劳心的工作者，无论是商人或作家，都能产生镇定的作用，既像是一副心灵的镇定剂，又像是一只能够恢复疲劳的安乐椅。"[6]也正是从这个意义上说，对于帮助我们心灵的成长、人性的完善和人格的建构，保证我们精神世界的均衡性、完整性和丰富性，文学阅读始终有着其他阅读所不可替代的作用。

从文学阅读的基本要求来看，审美作为一种特殊的心理要求和活动，无论是内容，还是其形式，在阅读中给人们带来的情感激动和精神愉悦都具有稳定性和持久性，会使人们在审美愉悦中受到潜移默化的影响和熏陶。梁启超在谈到小说对人的"支配之道"时曾总结了"熏""浸""刺""提"四种"力",其中"熏""浸"二"力"所指的差不多就是这一点,"熏也者,如入云烟中而为其所烘,如近墨朱处而为其所染;……人之读一小说者,不知不觉之间,而眼识为之迷漾,而脑筋为之摇扬,而神经为之营注;今日变一二焉,明日变一二焉,刹那刹那,相断相续;久之而此小说之境界,遂入其灵台而据之,成为一特别之原质之种子"。"浸也者,入而与之俱化者也。"[7]不仅如此,一部优秀的文学作品,其意义、价值和作用还会随着时间的推移和时代的变迁而展现出更大的魅力。也正因此,文学的"寓教于乐"的功能向来也尤为人们所重视,当人们在文学作品中获得知识和学问的同时,本身已经包含了潜在的受教的要求,作品的生活知识、人生体验、道德教育和精神引导就转化为了现实的目的实现,人们对文学阅读的审美需要也才会历久不衰。

总起来讲,文学阅读既因人们求知的愿望而体现着文学特有的认识价值,也由于情感的愉悦和心灵的净化而表现着文学的审美功能,同时还在对象化的过程中还原着人的自我和本质。文学阅读活动的发生和完成,在鲜明的现实目的和功利化的个人需要基础上,更有着复杂的审美要求和心理动机。当然,我们这里所分析的审美心理需要,在理论和现实的意义上都不是文学阅读的唯一动机,而只是文学阅读活动得以发生和完成的直接动因和基本要素,它总是要和人们的求知、评价等其他需求相互联系、相互作用,共同影响着人们在阅读活动中的取向和感受,影响和决定着文学阅读活动的发生乃至实现。

[参考文献]

[1]黄鸣奋.需要理论与艺术批评[M].厦门:厦门大学出版社,1993:49-61.

[2][德]沃尔夫冈·伊瑟尔.阅读活动——审美反应理论[M].金元浦,周宁,译.北京:中国社会科学出版社,1991:181.

[3][苏]莫·卡冈.卡冈美学教程[M].北京:北京大学出版社,1990:254.

[4]朱光潜.悲剧心理学[M].北京:人民文学出版社,1987:254.

[5]高小康.大众的梦——当代趣味与流行文化[M].北京:东方出版社,1993:157.

[6]马蒂斯.画家的笔记[J]∥邵大箴.马蒂斯和他的写意艺术.文艺研究,1986(1).

[7]梁启超.论小说与群治之关系[M]∥梁启超.饮冰室全集:论说文类.排印本.北京:中华书局,1916.

（原载2003年第2期《东北师大学报·哲学社会科学版》，有改动）

武侠小说批评二题

一、武侠小说的新文化价值

纵观武侠小说,大致可做新、旧两分。所谓"新",是指五六十年代以来的以金庸、古龙、梁羽生等人为代表的武侠创作;所谓"旧",是指自唐人传奇至《三侠五义》《儿女英雄传》等,也包括了平江不肖生、还珠楼主、宫白羽等人的创作的武侠。或有"新艺侠"与"侠女小说"之分。

近四十年来,新武侠作为一种文化现象,在华语世界获得了多层次的、大群体的认定,不论"纯文学"家们乐于承认与否,这已是不争的事实。分析新、旧武侠小说的创作,新武侠较之旧武侠,无论是主体发展,或是个体追求,确都已反映出了一种新的文化导向,或者说是具备了诸多的新文化的价值因素。

对于英雄的崇拜与追求(或称"侠"的观念),在武侠小说的创作中,无论新旧,本都是主体的内容,但在不同的文化构建中,却具有了不同的内涵和发展。

如果把唐人传奇中的一些作品视为武侠小说的先河,那么红线女、虬髯客、聂隐娘等可作"开宗立派"的武侠英雄,他们身上所体现的那种与社会政治密切相关,有着浓厚的忠君事主思想的英雄观念,恰恰贯穿了旧武侠的主体发展。《三侠五义》的侠者展昭,为了皇上的一句戏言,感激不尽地成了"御猫";义者"五鼠"由渔霸海盗"改邪归正"成了忠君不二之臣,就连世代为人所乐道的侠女十三妹,也在《儿女英雄传》中成了诰命夫人、绝足江湖而终,都统一地反映了旧武侠中与社会政治息息相通的英雄观念的双性结构。正如鲁迅所说:所谓"侠之流",都是为"人主"为"权贵"服务的。或者"说动人主",或者"跟一个好官员或钦差大臣,给他保镖,替他捕盗",或者"替国家打别的强盗——不'替天行道'的强盗去了"。有着"加足"的"奴性"。到以平江不肖生、宫白羽等人为代表的旧武侠,尽管多的是江湖的个人恩怨,少见了些忠君事主的人臣作为,但官府之威,天子之仪,亦是不敢稍加冒犯,或者可以说是走上了敬而远之的道路。至新武侠,"侠"的观念才有了根本性的变化,演化成了完全的个人英雄主义。新武侠中,江湖武林,已不再是仰天子之威的宗法制世界;英雄侠士,也多不再是忠君事主的奴侠之流。金庸笔下的红花会众侠,可以将朝廷礼法视若无物,对皇上尽情戏侮;古龙笔下的西门吹雪、叶孤城可以英雄到在天子头上——紫禁之巅大打出手。梁羽生笔下尽管多了些宗法礼制的观念,所谓君,已多成误国误民之君,所谓侠也多是不为君臣之礼所动,只为炎凉民情所苦的信剑求公之侠,就连大侠郭靖的襄阳保卫战也已不再是食君之禄、忠君之事的圣举,而是不求功名,但求民生的保国为民的义举了。

新武侠的发展造就了英雄观念的发展。新武侠中的英雄观念,不仅脱离了政治、宗法的内涵,也渐渐脱离了江湖恩怨的内容,更多地界定在英雄性格的完成上。为武而战,为名而搏,为剑而生,几乎成了新武侠中共同的英雄追求。既有如老顽童的嗜武如狂,也有如孟神通的走火入魔;既有如桃花岛主的强者的自恃身份,也有如荆无命的弱者的不甘下流;既有如少林众僧"我不入地狱,谁入地狱"的舍生取义,也有如武当道长"剑在人在,剑亡人亡"的成功成仁。正是所谓"有所不为,有所必为"的英雄性格,构成了新武侠中一系列的新的价值追求。

与英雄观念的发展相统一,新武侠中更多地体现了英雄的自我价值的追求和认定。与旧武侠相比,新武侠中的英雄们,不仅强调了与传统观念时有相悖的生活意义,也强调了心理发展的高层次要求。

旧武侠中,也许是继承了汉时布衣大侠剧孟郭解的传统,有武者行侠仗义、济世活人,往往风餐露宿,饿肤劳骨,不敢多言自己所欲,更不敢以奢侈为求,略有些财帛者,不求为己,先求施人。粗衣一身,长剑一把,完全是旧武侠英雄们的定式。既有如神偷寄兴一枝梅的财无所留,也有如北侠欧阳春的生无所娱,到了还珠楼主等人的武侠中,侠者多有神明相助,辟谷之术,坐化之道,衣食住行已更成身外之事,毫不言求。至新武侠中,江湖似乎大变。古龙笔下的"欢乐英雄"们,陆小凤、楚留香们,食不可无佳肴,饮不可无美酒,居不可无美人,声色犬马,凡人间享乐之事,无不俱好,更以奢侈挥霍为能事。

金庸笔下的洪七公,身在丐帮,性好美食,黄蓉调弄的几样小菜,连读者见了也不禁食欲大动。如果再加上卧龙生等人笔下的赌鬼、赌王,新武侠实在不免纵情声色之嫌。其实,正如孟夫子所言:"食色,性也。"本是必为之事,奈何着意不为? 或者应该说,这里也正是新武侠将现代人的文化心态赋予古人,造成了新武侠英雄与传统道德的距离,走出了英雄们自我价值追求的第一步。

新旧武侠中英雄心理需求不同层次的发展是和不同时代的文化构建统一在一起的。用马斯洛的人文主义理论来说明,也许是恰当不过了。马斯洛所阐明的人类心理需求发展的从生存、安全、尊重、归属到自我实现的五个层次,也正是和人类文化心态的发展统一在一起的。旧武侠中,或者是"侠以武犯禁",或者是"三游"的"乱之所由生",红线女、十三妹等英雄们的心理要求,也许超过了生存的层次,但却不可超越安全与尊重的层次。《青城十九侠》中的罗鹭有一段话:"读书除了会做人外,便是猎取功名。我们既不做亡国大夫,猎取功名当然无望。却眼看着许多无告之民,受贪官污吏宰割。我们无权无勇,单凭一肚子书,也奈何人家不得,只好干看着生气,岂是圣贤己饥己溺的道理!那么我们功名不说,连想做人也做不成了。再要轮到自己头上,岂是读书可了的? 何如学些武艺,既可除暴安良,又可防卫自己,常将一腔热血,泪洒孤穷,多么痛快呢!"罗鹭的弃文习武所反映出的心理追求,无疑是统一的时代心态的生存与安全的层次要求。到新武侠中,由于当代的自由、开放的社会文化心态的反映,英雄心理要求的发展,就已经超越了生存、安全的低级层次，更多地体现在自我价值的认定，即自我实现的需求上。古龙笔下的花满楼，有武而目盲，一个人独自生活在小楼上。但他"非但完全不需要别人的帮助而且随时都在准备帮助别人"，他不但活得很愉快，而且活得很充实，只因为他"对人类和生命充满了热爱，对未来也充满了希望"，只因为他知道：人生的"问题并不在于你是不是个瞎子"。金庸笔下的段誉，毫无尚武之心，却常有仗义之举。有大理段氏的一阳指神功不学，有大理国王储的地位不尊，独自一人浪迹江湖，历尽苦难却仍是"痴心不改"，其行其止，无不昭示着一种价值的追求与认定。再有如楚留香、陆小凤等管尽天下毫不关己之事，其中说侠，却又不乏非侠，亦正亦邪中，总是有自我的挣扎与奋斗，也总是体现了一种新的价值导向。

武侠之为文学，也有艺术追求的完成。如果说从唐人传奇到《儿女英雄传》只是依附于中国古典小说的总体发展。那么平江不肖生的《江湖奇侠传》和还珠楼主的《蜀山剑侠传》等创作，则应该说是代表了旧武侠小说艺术上的最高成就，但仍没有脱离中国古典小说的传统做法。情节的安排和人物的塑造，仍然是大多以传统的道德观念为转移，往往是"缘欲使英雄儿女之概，备于一身，遂致性格失常，言语绝异，矫揉之态，触目皆是矣"（鲁迅语）。尤其是旧武侠中的神怪，更使旧武侠步入奇谈之路，加上作者旧有习惯的单一因果的叙述方法和对武打细节的片面强调，大大降低了旧武侠的艺术价值。这也许正是"纯文学"家们不愿承认武侠小说为文学的一个因素吧。

新武侠中，艺术成就最高者，当推金庸和古龙，而艺术追求上创新意识最强者,当唯在古龙。金庸武侠"集三十年以来各派武侠之长,并吸收了现代西洋文学的写作技巧"(徐学语)。作品以人物性格发展为主线来安排情节,设计结构、叙述手法多样,悬念设置巧妙,时空转移与角色转换浑然玉成,开创了武侠小说新的艺术境界。古龙武侠较之金庸,又走出了一条更新的路。古龙十分强调"氛围"的创作,无论是状人,还是状物,古龙都用大量的喻象,众多的对比,以及丰富的貌似矛盾、实含哲理的词句来构置"氛围",看似对人、物不着一墨,实则人、物神形毕现,呼之欲出,尤其是在武功的描写上,突破了以打写武的旧法,以人写武、以情见功,使武侠小说进一步走出了自我的束缚。以古龙为代表的一系列武侠作家,如倪匡、萧逸、司马翎、温瑞安等,都在作品中大量运用了新的现代派的写作技巧:推理小说的悬念发展,意识流小说的心理强化,甚至包括了意象主义的些许手法,使武侠小说以完全的文学样式焕发了新的生命力。

武侠小说的新文化价值,不同结构地体现在新武侠所代表的思想发展,人格完成以及现代派的艺术追求上。其他的如"剑术、轻功、掌力、诗、书、画、色"为"七艺"的武学的发展,"手中无剑,剑在心中"的"天人合一"的有机自然观的发展等等,也都不同层次地昭示着武侠小说的新文化价值。

二、侃侃武侠小说的遗憾

武侠热也热过,凉也凉过,凉热都不曾乏人评说。现下来侃侃武侠之遗憾。实不敢妄谈高论。用一句武侠中的话来说，只是不愿让他人"专美于前"罢了。

不爱读武侠的人评起武侠来，不外采两个字——"无稽"，爱读武侠的人也常有首肯之意。所谓"无稽"者，无非所谓"玄"也。以今人之笔写古人之事，"无稽"者为多，本是自然。但"无稽"成"玄"，则不免即生遗憾。

武侠中最大一"玄"，当为武功之"玄"。金庸笔下天山童姥的神功可使白发老妪转眼而成垂髫小童；萧逸笔下的万里黄河追风客无备之下可一跃躲过攒射的火铳；东方英笔下的"东方第一剑"一击可毙尽身围百余人。其他种种皆可谓叹为观止。武功一"玄"，人和故事也就"玄"了，甚至成了"志异"了。温瑞安笔下的大侠萧秋水能受制于唐门地府不食不饮十年而终于精神焕发而出；古龙笔下的叶凌风可以数百丈高的崖上摔下来，又在烂泥中泡了几十天不但未死，反而多了门功夫；《剑气长江》中的一洞龙王连肠胃都烂得干净，不但活得很好且能常让别人的身上添一个致命的"洞"。再如其他的"百年灵蛇""千年血参""万年首乌"之说更是令人瞠目不已，这些虽是"玄"的刺激，却是"玄"的离了谱些。

今所谈"武侠"，多称"新武侠"，大致是指王度庐等人其后近三十年的"武侠"。其实所谓新，也仅指金庸、古龙、梁羽生等几位"开坛立派"的大家而言。其后的大多侠，却是又步入了一些新的固定的模式。说因袭也好，说继承也好，已无从观其新意。

古龙先生曾有所谓"变"说中言："武侠小说的确已落入了

一些固定的形式。——一个有志气、'天赋异禀'的少年，如何去辛苦学武，学成后如何去扬眉吐气，出人头地。——一个正直的侠客，如何运用他的智慧和武功，破了江湖中一个规模庞大的恶势力。"泛阅陈青云、云中岳等人之大量作品，虽然其中也有种种神话般的巧遇奇合，种种的爱恨难舍，种种的侠士异人，种种的香艳刺激，但个中人物却几无能辨其眉目之异。连一代宗师的梁羽生先生的天山系列凡百本亦步入重复，实在不能不说是遗憾。人物故事一固定，连武侠的语言也走入窠臼，凡少男必"玉树临风"，凡少女必"粉面含春"，凡招式必"成语为名"，凡出剑必"冷电精芒"，连绿林好汉的"风紧、扯呼"都已成了定式。特色也可说是特色，但如此庞大之作品群仅如此从一而终，也可算遗憾。自古龙先生始，武侠小说语言渐有所变，至温瑞安，司马翎等人亦小有所成。然卧龙生、云中岳等虽有创新之意，却无创新之力。作品中以今充古，"神偷小子"等满口当代港台地区之俚语，连"保险""投资"等当代商业术语也流行于江湖，以此大弄噱头。令人啼笑皆非，这就不仅仅是遗憾了。

所谓武侠者，武者当为"力"，侠者当为"义"，以武行侠，并非一味以力为权，以武为勇。义之所在，既有忠孝，亦有情谊，所以武侠本不是能脱开"人性"的内涵的。可惜的是，读三十年武侠，大多以打斗、凶杀、血腥、残酷为主旨。如司马文鼎的《天杀龙虎客》、卧龙生的《绝情剑》等，观其名则杀，读其文亦杀，未见其侠，只见其武，走一路杀一路，行一生杀一生。场面是够精彩，气氛也够刺激，却忘记了人性才是任何小说中都不可缺少的。

遍览武侠，成功者有之，失败者有之，令人血脉偾张者有之，令人抚几而倦者有之，不一而是。也许是"人在江湖，身不由己"，却大多免不了武者之玄，侠者之囿，人性之不足可算武林之一憾事。

（原载 1990 年第十八、十三期《新文化报》）

辑二　传奇

从"新小说"到"五四小说"

——传奇叙事与中国现代小说叙事发端

中国现代小说叙事的形成与发展是"接受新知与转化传统并重"[1]，与"史传""诗骚"等文学传统必然对现代小说叙事发生影响一样，"传奇"作为中国古代小说以及中外文学"异构同质"的叙事模式及传统，在中国现代小说叙事从"新小说"到"五四小说"的发端历程中，也有着不可忽视的现实影响。

一

在中外文学史上，都有所谓传奇小说及传奇叙事传统。中国古代小说自唐代开始成熟发展起来并成为一种叙事性文学体例，其代表即是唐人传奇，这种"作意好奇，假小说以寄笔端""纪述多虚，而藻绘可观"[2]的叙事，同时也在发生学的意义上成为中国古代文学叙事的基本模式与传统。所以，明清时期具有"作意好奇"色彩的长篇戏曲（南戏）乃至《水浒传》《红楼梦》等具有"世俗化"意义的小说，都称为传奇。在欧洲古典文学当中,传奇一般指中世纪骑士文学中的一种长篇故事诗(romance),主要描写骑士爱情、游侠和冒险故事,十三世纪后变成散文体,后来"浪漫主义"和"长篇小说"两词即由其演变形成。在传统的意义上,西方叙述性小说被区分为"传奇"和"小说"两个主要模式,"小说是真实生活和风俗世态的一幅图画,是产生小说的那个时代的一幅图画。传奇则以玄妙的寓言描写从未发生过也似乎不可能发生的事情。小说是现实主义的;传奇则是诗的或史诗的,或应称之为'神话的'"[3]。因此,中外所谓"传奇",都是对奇闻异事的某种记录与叙述,是一种具有"特异"色彩的"叙事"。

关于中国古代传奇,鲁迅曾在《中国小说史略》中有过概括而精当的梳理,其中主要说明了这样几个问题:一,传奇是在神话传说、古史寓言,特别是志怪小说的基础上发展演进而成的,"尚不离于搜奇记逸";二、传奇是文人有意识地创作,乃"作意好奇";三、传奇在艺术表现上有突出的特点,不仅"叙述宛转,文辞华艳",而且"篇幅曼长","意想"丰富[4]。这些既是传奇小说之所以"特绝"而成就"特异"的原因,也是传奇小说"特绝"而"特异"的叙事要素,因此,传奇从一开始就呈现出了重视情节的"新异",并以想象性描写为主的特点。虽然传统"史传"文学对中国叙事文学发展始终有着巨大影响,但是就传奇而言,还是因其"人间言动"的"志人"传统和"好意作奇"的写作目的,体现出了反拨"史传"影响的生活化、世俗化甚至言情化的取向,并因其这种"日常化"表现的"正因写实,转成新鲜"的特点,形成了一种新的"世情传奇"。因此,传奇的本质特征与叙事模式,即在"尽设幻语""作意好奇"的虚构色彩和"无奇不传,无传不奇"的情节化取向,以及"假小说以寄笔端"的特殊"寓言"模式。

传奇在欧洲文学史上也有着悠远的历史,按照吉利恩·比尔的说法,古罗马诗人奥维德的《变形记》作为古希腊罗马神话的大汇集,即是一种"唤起往昔和社会意义上遥远的时代"的传奇,"它的生命活力则一直持续到中世纪以后。伊丽莎白时代的人迫切求助于古希腊的传奇,'西部'小说和科幻小说常常被看作传奇的现代变异"[5]。同时,传奇不仅提供了一种可以成为中世纪文学创作素材的"众所周知的故事",而且确定了一种叙事文学的特殊价值取向,即作为"诗的或史诗的"的传奇,实际上是"表现了一个在所有人里持久地存在的世界:一个想象和梦幻的世界"[6]。美国小说家霍桑曾经对"传奇"和"小说"进行过经典性地区分:"如果作家把自己的作品称为传奇,那么毋庸置疑,他的意图是要在处理作品的形式和素材方面享有一定自由。如果他宣称自己写的是小说,就无权享有这种自由了。人们普遍以为,小说是一种非常注重细节真实的创作形式,不仅要写人生中可能发生的偶然现象,也要写常见的一般现象。传奇作为艺术创作,必须严格遵守艺术法则,如果背离人性的真实,同样是不可原谅的罪过,但它却在很大程度上赋予作者自行取舍、灵活虚构的权利,以表现特定环境下的真实……如果传奇故事真能对人有所启发,或产生某种有效作用,一般是通过一种非常曲折微妙的方式,而不是表面上的那种直接方式。"[7]而按照伊恩·P·瓦特的梳理,尽管西方现代小说(novel)兴起于18

世纪的英国,并以笛福、理查逊和菲尔丁三位伟大作家为代表,标志着现代小说在改造传统"散文虚构故事"(fiction)的基础上得以兴起的重要转折,但是,如果按照现代"小说"(novel)的"定名"来看,其作为"一种文化的合乎逻辑的文学工具"所给予"独创性""新颖性"的"前所未有的重视",又始终在语词的原意上有着"新颖的"和"新奇的"具有"传奇"意味的界定[8]。

因此,中外文学史上的所谓"传奇"具有"异构同质"的特点,都是以想象性的情节营造为核心来讲述具有虚构色彩的故事,或者说是富于奇异色彩的叙事。就"小说"作为一种古今中外文学中共同发展起来的叙事体类而言,既在"虚构性"这一本质属性上完全一致,也在"新异的"或"想象与梦幻"的叙事意味上完全相通,即如吉利恩·比尔所强调的:"所有优秀的小说都必须带有传奇的一些特质:小说创作一个首尾连贯的幻影:它创造一个引人入胜的想象的世界,这个世界由详细的情节组成,以暗示理想的强烈程度为人们领悟;它靠作家的主观想象支撑。就最普遍和持久的层次而言,也许这样理解现实主义小说更为准确,它是传奇的变种而不是取代了传奇。"[9]所以,在中国现代小说的发端期上,当中国小说家们努力按照西方"小说"模式来做所谓"新小说"以至"五四小说"时,便必然地有了一种"承袭"传统并在"发展"的意义上进行"转化"的表征。

二

在整个中国古代文学进程中,小说始终处于一种地位不高但受众不少的尴尬境地。以最初"小说之祖"庄子的一句"饰小说以干县令，其于大达亦远矣"为代表，小说自发生之时起，便始终被置于一种不平等的文学地位上，其作为一种特殊叙事文体的特征与魅力虽不断被发现，但是与正统诗、文主流文学之间的距离却一直没有缩短；同时，作为一种具有通俗化、大众化乃至市民化意味的文学体类，尤其是明清以来如《三国演义》《红楼梦》《水浒传》等几部传奇小说著作在"市井细民"间的充分流传与认可，小说已经在大众接受者的意义上具有极大市场和影响。晚清以来，这种"尴尬"终于被打破，以"新小说"的观念、定位及叙事方式等发生的一系列变化为标志，中国小说发展开始走进叛逆与承袭共容、传统与发展合力的新阶段。

1897年天津《国闻报》刊载《本馆附印说部缘起》一文，列举大量中外文学及政治改良史事，说明小说具有"出于经史上"的"易传行远"的特点，以及可以"持"天下之"人心风俗"的社会作用[10]，可谓对于传统小说观念进行叛逆的"革命"檄文。其后不久，梁启超发表《论小说与群治之关系》，从改良社会的角度和要求出发，全面论述了小说的重要价值与作用，强调"欲新一国之民，不可不先新一国之小说"，"今日欲改良群治，必自小说界革命始；欲新民，必自新小说始"[11]。由此而引发，不管是因西方新思想输入所带来的启发民智、改良社会的要求，还是因小说本身在近代以来创作繁荣所带来的艺术探讨或文学理想，在晚清以来的小说批评理论与实践提倡当中随处可见这种叛逆的思想和追求，并因这种叛逆初步定位和确立了"新小说"的具有某种现代意义的位置和价值。

不过,任何一种叛逆与新变的背后,总会有着各种传统与现实间的矛盾,"新小说"的发展也不例外。实际上,在"新小说"家们极力鼓吹和提高小说地位的"新"观念当中,起决定作用的还是一种把小说(文学)与政治紧密相连的"文以载道"的"旧"的传统思维模式。"近年以来,忧时之士,以为欲救中国,当以改良社会为起点;欲改良社会,当以新著小说为前驱。此风一开,而新小说之出现者,几于汗牛充栋。"[12]值得关注的是,"新小说"家们这种传统的"工具论"甚至"道具化"的观念,却带动形成了"新小说"的一种回归传统艺术表现方式的"主观化"叙事倾向:"一大批致力于社会改良的志士仁人,正在为开启民智而发愁的时候,'发现'了小说这个极其普及的文艺形式,于是便毅然选定它作为自己的宣传形式,用它来批判社会,宣传民众,鼓吹改良。他们注意的仅仅是宣传效果,而并不在乎小说的本质是什么,小说应该怎样才更具艺术感染力。过于强烈的'参与'意识,使他们根本忘掉了客观这一重要原则。"[13]早期"新小说"的这种叙事取向,虽然在某种程度上消解着中国古代小说以情节为中心的叙事模式,但却因作家主体"参与"所造成的"讲"故事模式的主观化,使"新小说"有了回归传统的"全知"叙事方式及浪漫表现色彩,尤其与中国古代小说家"说书人"的叙事身份以及传统小说"说书人"叙事形式形成了某种"传奇"意味上的契合。

更为重要的是,随着近代以来中国社会城市化进程的加快,以及现代都市商业生活的形成与繁荣,文学发展的进程逐渐被纳入一种商业化的轨迹当中,小说杂志的创办与发行、小说观念及其创作、读者以及小说家本人等，也都逐渐成为文学走向"市场"的一种被制约物，在传统与现实的双重压力下，形成了一种"媚俗"的取向。"作家由以启蒙思想家或带有明显政治倾向的社会活动家为主转为以纯粹卖文为生的文人为主；小说读者由以'出于旧学界而输入新学说者'为主转为以小市民为主；小说创作目的由以启蒙教育为主转为以牟利生财为主。"[14] 甚至到"五四"新文学初起时，这种现象仍然是一个整体的弊端："中国现在做文学（小说，剧本尚少）的人……他们本来不是研究文学的人；看了一部《红楼梦》、几部林译爱情小说便欲提笔做写情小说了；看了英文的六辨士小说便也半通不通的翻译了；现在是侦探小说最时髦，他们就成了侦探小说家；现在是哀情小说时髦，他们就成了哀情小说家；现在是新思潮勃发的时候，他们也就学时髦来做新思想的小说了！"[15] 于是，在迎合以市民为主的大众阅读"趣味第一"的要求下，小说原本所具有的"消闲"特征尤其凸显出来，其中对于小说娱乐性、趣味性及"新异"性的极力追求，不仅使民初的"新小说"思想归于平庸、创作流于形式，而且还在整体上形成了一种对于传统"传奇"叙事的回归，如言情小说要传"奇情"，黑幕小说要传"奇事"，社会小说要传"奇闻"，冒险小说要传"奇遇"，历史小说要传"奇迹"，侦探小说要传"奇案"，武侠小说要传"奇技""奇侠"等等，仍都是所谓"无奇不传，无传不奇"。

浦安迪说："19世纪西学东渐以来，中国早期的近代翻译家如严复和林纾这一代人，经过苦心'格义'，把novel译成'小说'，在当时实在只是一种不得已的权宜之计。"[16] 但实际上，就中国近代翻译家们发生于本国古典文学的素养而言,他们的苦心"格义",其实恰好有着一种生发于中国传统小说概念及其功用的理解,如陈平原所说,清末民初中国翻译家们对外国文学作品的选择与翻译,不但"规定了中国读者对西洋小说的理解",同时也"取决于中国读者旧的审美趣味——善于鉴赏情节而不是心理描写或氛围渲染"[17],文学翻译标准的建立以及翻译作品本身,都有着很强的依中国读者欣赏习惯和审美趣味形成的"随意性"和"故事化",不仅对外国文学作品"其措辞无味,不适于我之国人者"进行随意"删易"[18],而且常常只选取作品的故事情节进行翻译,任意删减其中原本大量的、丰富的心理与环境描写等等。所以说,在中国近现代文学努力将西方现代小说(novel)视为一种"现代"叙事样式"拿来"的过程中,中国小说的传奇叙事传统始终是具有某种"先在"的制约性的。假如我们不是过分拘泥于中国现代小说在"novel"意义上的"现实"性或"现实主义"性,而是充分体会其与中国传统小说"传奇"传统以及西方小说"fiction",尤其是"romance"之间的"异构同质"性,那么,中国小说在"现代"发端语境下向中外传统传奇叙事承袭的"过渡性",及其在发展中对这种传奇叙事的现实"转化",便完全可以被确认为是一种必然的存在,并成为我们不断重新检视中国现代小说叙事发生的一个新视点。

三

"中国小说叙事模式的转变,新小说家只是开了个头,作了一系列很有意义的尝试,这一转变的初步完成,是在五四作家手中完成的。"[19] 换句话说,中国现代小说叙事模式的转变与形成,既是在"新小说"以来不断尝试、发展的过程,也是在"五四小说"发展中不断确立、调整的过程,重要的是,思考"五四小说"现代叙事的形成与发展,与审视"五四"新文学的发生与发展一样,都无法回避其与传统之间的必然联系。

在"五四小说"的观念发生当中,传统的"教化"文学观念并没有真正被打破,以"启蒙与救亡"的思想意识为基点,发现问题、正视问题并试图解决问题这一具有强烈现实功利性的要求,始终是所谓"问题小说""乡土小说"乃至整个现代小说创作的"为人生"的思想主流。就"五四小说"家主体而言,如中国"五四"一代乃至后来的许多知识分子都有的通病一样,他们对传统文学或文学传统都持着一种"既爱又恨,说恨还爱"的"爱恨交织"的矛盾心态,并且因他们与传统的距离太近而必然承袭得太多,因而在他们决绝地反叛传统的同时,又总是会对传统表现出某种下意识甚至有意识地认同,有着一种鲁迅所谓"中间物"的特点[20]。不过有意味的是,这种"中间物"的存在也许恰好对中国新文学的发生是有利的,因为"'五四'文学革命在中国小说史上的意义,不仅在于由此开始了现代小说的创造,而且对中国传统小说的价值作出了新的评价"[21]。因此说,"五四小说"家们完成的是两个工作:一是在"新小说"之后进一步借助外来以及现实的因素,大胆地背叛传统,在"启蒙与救亡"的新的"教化"意义上,将小说提高到了新文学"正宗""主流"的地位上来;二是通过对中国传统小说的重新梳理和评价,将中国传统小说中积极的、优秀的艺术表现手段整理和张扬成为自己的有利资源,并努力地进行中西之间的融会贯通,完成中国小说发展的"现代"转型。

　　同时,近代以来中国社会意识结构尤其是读者"市场"的变化,也是一种绝不可忽视的"中间物"的存在。为了完成"启蒙"的重任并使之获得最大效益,尽管市场化的追求当中包含了太多"媚俗"的因素,但人们还是在与西方的对话中寻找并吸收着某些新叙事方法的同时,努力地寻求和承袭着为中国大众所"喜闻乐见"的形式。众所周知,中国古代小说作为一种长期"民间化"的发展,事实上早已经形成了一种"传奇化"的阅读"惯例"——奇巧新异的情节,婉曲连贯的叙述,出类拔萃的人物,丰富夸张的想象,等等——对象化的存在对小说创作发展有着决定性的作用。罗家伦曾针对近代以来中国文学传统的缺少改变说:"中国虽自维新以来,对于文学一项,尚无确实有效的新动机、新标准。旧文学的遗传,还丝毫没有打破,故新文学的潮流也无从发生。"[22]这种说法虽有些夸大其词,但对于一般大众读者的阅读欣赏来说,旧的标准没有改变或者说新的标准没有形成,却的确是个事实,就像当年鲁迅谈及自己译介外国小说的遭遇时说的:"《域外小说集》初出的时候,见过的人,往往摇头说:'以为他才开头,却已完了!'那时短篇小说还很少,读书人看惯了一二百回的章回体,所以短篇便等于无物。"[23]不见得是读书人读的都是"一二百回的章回体",倒可能是长期以来古典小说叙事方式所培养形成的接受习惯,让"初见"外国短篇小说的读书人感到了没有所谓"兴味"。茅盾也曾说,五四时候一般读者读小说还是只看"情节",不管什么"风格"和"情调"[24],而等到20世纪40年代的张爱玲再来看时,对这种大众读者的要求则认识得更加明确:"百廿回《红楼梦》对小说的影响大到无法估计。等到十九世纪末《海上花》出版的时候,阅读趣味早已形成了,唯一的标准是传奇化的情节,写实的细节。"[25]所以,尽管中国现代小说家们一直像鲁迅一样强调自己做小说"所取法的,大抵是外国的作家"[26],但他们毕竟是中国人,"仍然有中国向来的灵魂",因而其"固有的东方情调,又自然而然地从作品中渗出,融成特别的丰神"[27]。因此说,"五四小说"家们在努力进行叙事模式"革新"的同时,还不得不认真思考并有意无意地去迎合读者大众的通俗化乃至"传奇化"的阅读心理要求,尤其在"启蒙"意识的导引下,"五四小说"乃至整个现代小说应该更加可能遵循一种市场与读者的追求,强化其"一般工农大众"的意识而不是"知识分子精英"的意识,以向"传奇"传统的选择来换取最大化的市场效益和宣传鼓动效应。实际上,从鲁迅的"新编"历史故事到沈从文的"湘西世界",从新感觉派、后期浪漫派的"现代都市传奇"到张爱玲的普通人的《传奇》,从"革命文学"的"浪漫叙事"到解放区文学的"革命历史传奇",中国现代小说中始终贯穿了一条相当明晰的"传奇"思路。

文学作为一种传统,是一个巨大的场域和力量,在这个强大的语义场中,任何一个文学体类的发生和发展,都将在固有的规范中得到检验和认定。中国现代文学发端于中外交汇、古今争斗的历史文化背景下,其中所完成的中国与西方、传统与现代之间的任何一种"对话",始终都是一个复杂的影响和互渗的过程,因此,在中国现代小说叙事发生与形成的过程中,其向传统传奇叙事的承袭与发展,不仅是一种必然的联系,同时也是一种必要的选择。

[参考文献]

[1]陈平原.中国小说叙事模式的转变[M].北京大学出版社,2003:146.
[2][明]胡应麟.少室山房笔丛·二酉缀遗:中[M].上海:上海书店出版社,2001:371.
[3][美]雷·韦勒克,奥·沃伦.文学理论[M].北京:生活·读书·新知三联书店,1984:241.
[4]鲁迅.中国小说史略[M]//鲁迅.鲁迅全集:第9卷.北京:人民文学出版社,1996:70.
[5][英]吉利恩·比尔.传奇[M].北京:昆仑出版社,1993:5.
[6][英]吉利恩·比尔.传奇[M].北京:昆仑出版社,1993:12.
[7][美]霍桑.序言[M]//霍桑.七角楼.南京:译林出版社,2001:1-2.
[8][美]伊恩·P·瓦特.小说的兴起[M].北京:生活·读书·新知三联书店,1992:6.
[9][英]吉利恩·比尔.传奇[M].北京:昆仑出版社,1993:70.
[10]严复,夏曾佑.本馆附印说部缘起[N].国闻报,1897-10-16.
[11]饮冰(梁启超).论小说与群治之关系[J].新小说,1902(1).
[12]天僇生.论小说与改良社会之关系[J].月月小说,1907(9).
[13]宁宗一.中国小说学通论[M].合肥:安徽教育出版社,1995:306.
[14]陈平原.二十世纪中国小说史[M].北京:北京大学出版社,1989:136.
[15]佩韦(茅盾).现在文学家的责任是什么[J].东方杂志,1920(17).
[16][美]浦安迪教授讲演.中国叙事学[M].北京:北京大学出版社,1996:25-26.
[17]陈平原.小说史:理论与实践[M].北京:北京大学出版社,

1993：236.

[18]陈平原,夏晓虹.二十世纪中国小说理论资料:第1卷[M].北京：北京大学出版社,1989：50.

[19]陈平原.二十世纪中国小说史[M].北京：北京大学出版社,1989：15-16.

[20]鲁迅.写在《坟》后面[M]//鲁迅.鲁迅全集：第1卷.北京：人民文学出版社,1996年：285-286.

[21]王瑶.中国现代文学史论集[M].北京：北京大学出版社,1998：319.

[22]罗家伦.今日中国之小说界[J].新潮,1919(1).

[23]鲁迅.《域外小说集》序[M]//鲁迅.鲁迅全集：第10卷.北京：人民文学出版社,1996：163.

[24]茅盾.评《小说汇刊》创作集二[M]//茅盾.茅盾全集第18卷·中国文论集.合肥：黄山书社,2014：276.

[25]张爱玲.国语本《海上花》译后记[M]//金宏达,于青.张爱玲文集：第4卷.合肥：安徽文艺出版社,1992：356.

[26]鲁迅.书信[M]//鲁迅.鲁迅全集：第12卷.北京：人民文学出版社,1996：212.

[27]鲁迅.《陶元庆西洋绘画展览会目录》序[M]//鲁迅.鲁迅全集：第7卷.北京：人民文学出版社,1996：262.

（原载2007年第6期《山西大学学报》，有改动）

"历史中间物"

——鲁迅《故事新编》中的传奇叙事

自鲁迅的《故事新编》问世以来,对其文本意蕴及叙事策略等问题的认识,一直众说纷纭,有称为"历史小说"的,有看作"讽刺文学"的,也有说是"文化寓言"的,但大多都是将鲁迅置于某个"反传统"的场域中,强调其"现代"意义上的"创造",而忽略了他对于中国古代小说叙事传统的承袭。实际上,以鲁迅治中国小说史之功,尤其对志怪传奇叙事传统的深切认识与独到见解,必然会在《故事新编》这类向历史取材的小说创作中积淀、融合着一种属于传奇的叙事取向。

一

中国古代小说自唐代开始成熟发展起来并成为一种叙事性文学体例,其代表即是唐人传奇。所谓传奇,大概就是对奇闻异事的记录与叙述,但其作为中国小说发展到成熟阶段的产物,则不仅是唐人小说的一种概称,同时也是中国古代小说的一种重要体类，并在发生学的意义上成为中国古代叙事文学的基本模式与传统。所以，明清时期具有"作意好奇"色彩的长篇戏曲（南戏）以及《水浒传》《红楼梦》等具有现实主义意味的小说，都称为传奇。在《中国小说史略》中，鲁迅曾以七章的篇幅梳理了魏晋六朝以来的志怪、传奇小说，充分论证了传奇在中国古代小说叙事发展中的特殊意义，体现出他明确而深刻的传奇理念。

按照鲁迅的梳理，中国古代小说源自古代神话传说、寓言故事以及各种史书，如《山海经》《穆天子传》、诸子文集等，都为小说提供了丰富的素材和叙事的经验。及至魏晋六朝志怪与志人小说出现，作为渐趋成型的小说代表，虽仍以"怪异"为本，但志人者多写奇人，不仅有了一定的章法和结构，也有了初具规模的情节叙述和人物性格描写，"或者掇拾旧闻，或者记述近事，虽不过丛残小语，而俱为人间言动，遂脱志怪之牢笼也。"[1]在这种从"志怪"向"志人"的过渡当中，小说至唐传奇始见成熟——"小说亦如诗，至唐代而一变，虽尚不离于搜奇记逸，然叙述宛转，文辞华艳，与六朝之粗陈梗概者较，演进之迹甚明，而尤显者乃在是时则始有意为小说。胡应麟云：'变异之谈，盛于六朝，然多是传录舛讹，未必尽幻设语，至唐人乃作意好奇，假小说以寄笔端。'其云'作意'，云'幻设'者，则即意识之创造矣。此类文字，当时或为丛集，或为单篇，大率篇幅曼长，记叙委曲，时亦近于俳谐，故论者每訾其卑下，贬之曰'传奇'，以别于韩柳辈之高文。顾世间则甚风行，文人往往有作……实唐代特绝之作也。"是故"传奇者流，源盖出于志怪，然施之藻绘，扩其波澜，故所成就乃特异，其间虽亦或托讽喻以纾牢愁，谈祸福以寓惩劝，而大归则究在文采与意想，与昔之传鬼神明因果而外无他意者，甚异其趣矣。"[2]

鲁迅对传奇的这种理解是十分精当的：一，传奇是在魏晋六朝志怪的基础上发展演进而成的，"尚不离于搜奇记逸"；二，传奇是文人有意识地创作，乃"作意好奇"；三，传奇在艺术形式上体现了很高的水平和要求，不仅"叙述宛转，文辞华艳"，而且"篇幅曼长"，意想丰富——这些既是传奇之所以"特绝"而成就"特异"的原因，同时也体现了传奇特殊的"特绝"而"特异"的叙事要素。因此，传奇的本质特征与叙事模式，即在"尽设幻语""作意好奇"的虚构色彩和"无奇不传，无传不奇"的情节化取向，并因"假小说以寄笔端"的要求，常常与中国小说的"史传"传统一起，汇聚成一种特殊的"寓言"模式。

在其他一些论述当中，鲁迅也始终强调着唐人传奇的这些成熟品格与叙事意义，如在论及六朝小说与唐人传奇的区别时，以为唐人传奇的特色即在于"神仙人鬼妖物，都可以随便驱使；文笔是精细，曲折的，至于被崇尚简古者所诟病；所叙的事，也大抵具有首尾和波澜，不止一点断片的谈柄；而且作者往往故意显示着这事迹的虚构，以见他想象的才能了"。[3] 即便是一些仍旧多讲鬼怪事情的唐人传奇，鲁迅也以为"然而毕竟是唐人做的，所以较六朝人做的曲折美妙得多了"。[4] 并且充分肯定了唐人传奇在"餍于诗赋，旁求新途，藻思横流，小说斯灿"[5]的文学整体流变中的特殊价值。同时，又因对唐人传奇以及唐代艺术的独特观察与体验，鲁迅还广泛搜求、反复校订，辑录完成《唐宋传奇集》，不但集存了一份至今仍弥足珍贵的小说史料，也为我们提供了一部观察唐人传奇及其叙事的文学标本。

上述种种，清晰可见鲁迅对于传奇及其作为一种叙事传统的深刻体认，以及因这种体认的特殊激发所形成的传奇小说史观。因此可以说，鲁迅《故事新编》的创作，无论是题材选取还是艺术表现，始终都得到了传奇的吸引与滋养，并最终积淀成为一种特殊的传奇叙事。

二

《故事新编》八篇小说虽均属"历史题材"，但并非一般意义上的"历史小说"。鲁迅说自己并不想做"博考文献，言必有据"的"教授小说"（历史小说），而只是"想从古代和现代都采取题材，来做短篇小说"，做法上也是向历史"只取一点因由，随意点染，铺成一篇"[6]。因此，故事"新编"的关键，并不在于作品题材内容本身的属性和含义，而在于作品艺术表现的整体取向和策略，故所谓"新"，并非完全在于自造，所谓"新编"，则是借创作主体所确定的某种特殊原则来选取并改造历史故实。从选材来看，《故事新编》除两篇取材于远古神话外，其余均取材于具有某种传说性质的史事，其中全部的人和事都有着一个本质上的共同点，即具有超越日常"平凡性"的某种"神性"或"特异性"——这种仅向具有"传奇"色彩的史事进行选材的"搜奇记逸"的原则，显然是属于"传奇"的。从艺术表现看，小说叙事中一系列以"客串"形式发生在"虚拟"的戏剧性人物身上的事件和活动,既不是历史的"重现",也不是现实的"摹写",而只是一个个具有双重超越性质的奇异的"故事",因之而创造的,便是一个卓然独立于历史与现实之间的具有"中间物"色彩的传奇世界。

《补天》取材于远古神话,幻想丰富,想象大胆,既有原始洪荒的"奇异"场景,也有"造人""补天"的"伟大"工程,甚至还有颛顼的禁军在女娲尸体肚皮上扎寨等离奇、诡异的情节,其故事构造及场景描绘上"作意好奇"的旨趣,显然是属于"传奇"而不是"历史"的。《奔月》也取材于神话,但却打破了追求"特异"情节和场面的一般传奇原则,富有深意地在某种现实困境中来营造"人"的精神世界的传奇——后羿从"英雄"到"凡人",从"辉煌"到"寂寞",乃至最后遭受来自学生和妻子的双重背叛,始终都是一种极富"传奇性"的精神生存的考验和奇迹。《铸剑》取材于本身即有强烈传奇色彩的传说故事,饱含如眉间尺寻仇复仇历程中不寻常的遭逢机遇、宴之敖神秘离奇的举止及诡异的牺牲方式等典型的传奇要素,而当复仇的情节定格于鼎锅中头颅决斗的场面时,其"奇谲怪异"的传奇叙事亦达到了高潮。《非攻》与《理水》所取的人和事,都是一段"神话了的历史",叙事风格虽与前三篇不同,但传奇意味却十分一致,其中所塑造的"埋头苦干""拼命硬干"等"中国的脊梁",即在这种"神话了的历史"中所创造的民间英雄形象,虽外在朴实但内里张扬,虽思想单纯却不失浪漫,整体叙事上均有着鲜明不掩的民间传奇趣味。

在《出关》《起死》和《采薇》中,小说叙事的奇异浪漫色彩更多被一种"漫画式"的戏剧化描写所取代，集中体现了鲁迅传奇叙事的另一种风格和色彩——以喜剧人物为中心，创造具有"滑稽"色彩的传奇故事。《出关》和《起死》的取材虽可谓"博考文献"，但更多是"漫画化"的"点染"，作品中到处都充满了大大小小的喜剧人物和喜剧性的场面，老子、庄子始终狼狈地处在一种极端不和谐的环境中，原本具有某种"神圣"性质的史实被漫画式的滑稽本质彻底消解，由特殊的调侃所形成的"故事"性叙述，因其"奇异"的色彩而形成了一种具有独特讽刺意味的"漫画化"的传奇叙事。在《采薇》中，在伯夷和叔齐二人"义不食周粟"而饿死首阳山的"史实"背后，同样是一个如作品结尾留给人们的那个"漫画化"的印象——"好像看见他们蹲在石壁下，正在张开白胡子的大口，拼命的吃鹿肉。"[7] 当鲁迅把这样一个与《狂人日记》相同的主旨置于历史典故中来进行传奇性的演绎时，原本枯槁无味的历史故实，便忽然有了一种十分强烈的"故事"色彩，并因这种"作意好奇"的"另类"叙事，演化出一段异常新颖的历史传奇。

可以说，在整体选材与艺术表现上，《故事新编》与唐人传奇有着几乎一致的原则，即都是"搜奇记逸"，都是在"虚"与"实"的"对立共构"中将"故事"重新演义，并"假托"着作者的深刻"寄意"。事实上，《故事新编》虽与《呐喊》《彷徨》的主旨大体相同，但却是以传奇的"故事"性叙事来进入现代写作的，因此不仅少了许多《呐喊》和《彷徨》般的沉郁气氛，让人能够在更具故事性的叙事中体会到作者的"用意"，而且作为一种"传统叙事"，还具有了一种相对于"五四"以来新文学"传统"

而言的"非传统叙事"的特色,从而在历史与现实之间形成了一种特殊的"中间物"意味。

三

鲁迅曾反复申说《故事新编》的做法是"只取一点因由,随意点染","叙事有时也有一点旧书上的根据,有时却不过信口开河"[8],这些都让我们明确体会到,所谓"故事新编",实际上包含两个内容,一是对所取"旧事"内容上的改造,二是对所造"新事"表现上的创新,但其中真正有意味的,恐怕还是作为一种创造"新形式"的"实验",即所谓"随意点染"或"信口开河"的叙事策略。有人依据叙事学的原理将《故事新编》的叙事策略整理为三个方面:叙事的假定性,叙事的镜像性以及叙事视角的多样化操作[9]——这种梳理是相当细致并富有启发性的,但问题是,用这种相对纯粹的叙事学原理来解读鲁迅具有传奇意味的"新编"的"历史故事",是不是有点过分牵强于一种理论系统的设定,又恰因这种过于严密的理论化"细读",反而使小说叙事的整体策略被相对拆分或消解掉了?其实,如果我们不是更多羁绊于有关"现代"的叙事理论,而是尽量照顾到鲁迅小说创作与传奇叙事传统之间的联系,那么便完全可以从整体上体会到《故事新编》的传奇叙事策略。

传奇叙事就是将某种"作意好奇"的"虚构"按照"传奇"的情节化取向现实地结构在具体叙事话语当中——就《故事新编》的整体叙事而言,与其选材与表现上的传奇取向相统一,也体现为一种传奇传统意义上的"情节"叙事取向,即首先是在给我们讲述着一个个近乎"特异"的故事,而制造这些"特异"故事的,则并不是对传奇叙事传统中善于幻想、富于想象、长于叙述等个别要素的承袭,而是具有统摄意义的,小说叙事模式上一种"虚实逆造"的特殊策略。

所谓"虚实逆造",是指作者按照某种主观意图,将具有"确定"性质的历史或现实中"先在"的"虚"与"实",在小说叙事中进行逆向性的某种"再造",形成另一种文本意义上的具有"新异"特点的"虚"与"实",从而在这种特殊的"虚实交融"中,创造一个具有"特异"意味的"新"的世界。换句话说,历史本来是确定的或具有某种"神性"的真实(神话、传说也在长期流传的过程中形成了一定的确定性[10]),但是当小说叙事将这种"神性"真实置于一种文本虚构的"现实"生活场景中时,它的被历史确定性所生成的"神性",便发生了逆向性的转变,转向"非神性"即日常化的"人性",其先在于文本的"实"的属性也在文本虚构化的叙述中被逆向性地消解,并在被消解的过程中成为一种文本内在的"虚"的故事性存在。于是,这种由"实"向"虚"逆向性的"再造"或"重建",便因其所建立起的"虚构"的现实"真实",打破了原本"确定"的历史"真实",恰好"再造"了一个完全"新异"的故事性的历史存在。

同时,这种逆向性"再造"的过程始终是一种"双向"的运动模式,现实生活本身所具有的日常意义上"人性"的真实,在小说叙事不断将其虚构为"历史"的某种"真实"存在的同时,其原本被现实形态所确定的"人性"也在发生着逆向性的转化,转向"非日常"化的"神性",其"先在"于文本的"实"的属性也在这种"虚构"中被逆向性地消解,并同样在被消解的过程中成为一种文本内在的"虚"的"历史"性存在。因此,作为一种共同的模式,"日常"生活在改造着"神圣"历史的同时,其原本具有现实场景"真实"意味的日常性存在,并没有获得"历史"意味上的"实",而是同样被逆向性地"虚"化了——它根本不是也永远不会成为"历史"的真实存在,在不断上升为一种具有历史的"伪现场"叙事的同时,其原本在现实存在意义上已经获得的"真实性",同样被这种"历史的叙述"消解掉了,非但没有获得历史的"神性"真实,反而丧失了它原本所具有的现实的"人性"真实——日常生活不是被历史化,而是被叙事在历史的意义上"故事"化了。

简而言之,《故事新编》这种"虚实逆造"的传奇叙事,所创造的已经既不是一个历史的世界,也不是一个现实的世界,而是一个居于历史与现实之间的被"悬置"起来的"故事"的世界,是一种"历史"与"现实"之间的"中间物"存在。这些"故事"对于"历史"而言是"新异"的,对于"现实"也同样是"新异"的。所以,由这种双向"逆造"——"历史生活"被"现实化"、"现实生活"被"历史化"——所生成的小说叙事,便有了一种整体性的传奇特征。

四

鲁迅曾将自己视为一个"在转变中"以及"在进化的链子

上"的"中间物"[11]——"这个概念标示的不仅仅是鲁迅个人的客观的历史地位,而且是一种深刻的自我意识,一种把握世界的具体感受世界观。"[12]因此,当鲁迅始终以这种"独特而复杂"的"中间物"眼光来打量"整个"世界时,他对"历史"的态度以及对"历史"的书写,便始终贯穿了这种"中间物"意识,并在《故事新编》中创造了一种特殊的"历史中间物"传奇。

在《故事新编》的整体叙事中,鲁迅总是对"历史"中的人和事进行某种特殊的"现实"化及"日常生活"化改造,故意消解着这些历史故实的"神性",如神话中的女娲、后羿,传说中的大禹、眉间尺,以及史记故实中的老子、庄子等等,都不再是高高在上的具有"非人间"性的"神",而是与平常人一样被各种生活琐事所烦恼,甚至常常会感到许多无奈的现实的"人";但同时,这些在文本意义上被改造成为"人"的"神"们,并没有真正丧失他们的"神性",而是仍然有着许多"超人"的属性和力量,就像女娲依旧可以顺手"造人"一样,实际上还是一种"非人"的"神"。因此,所有"现实"性的存在及其描写,仍只是一种叙事的"假定",并没有成为一种历史的"真实",而这些"非人非神""亦人亦神"的人物与故事,都在一种"中间物"的意义上被"悬置"起来,成为一种相对于历史与现实都可谓"新异"的"第三世界",所谓"新编"的"历史",便在这种"既是又非"的"历史"与"现实"的意义上,只能成为一种特殊的传奇"故事",即"历史中间物"的传奇。

这种"历史中间物"的基本模式,对《故事新编》的传奇叙事具有统摄意义。首先,《故事新编》的叙事时间是一种"中间物"的创造。所有故事的"新编",都是鲁迅在现实生活中对具体事件和人物进行观察、感受以及得到"刺激"之后完成的,是他基于"中间物"意识所形成的内心体验在对神话、历史进行"异化"描述中的释放。因此,鲁迅把他对历史"吃人"本质的体验与对现实"沉睡"事实的发现整合在一起②[13],将现代的话语、事件、现象以及人物等直接移植到古代的、历史的以及神话的语境当中,或者是把现实的生活时间糅合进古代事件中作为统一的演述时间,如《补天》中那个"古衣冠的小丈夫"的出现;或者是令古人讲着现代的话语以及在"旧事"里讲述"今时"发生的事情,如《理水》中"文化山"上的学者以及"水利局"里的会议等,均形成了一种"虚实交错"的时间存在,既无所谓"古""今",也无所谓"历史"与"现实","过去"与"现在"相互指涉,既相互消解、变异,又相互逆转、再造,从而在古代与现代之间形成了一种特殊的时间张力,创造了一种属于"历史中间物"的传奇时间。

其次,《故事新编》中的空间背景也是一种意象化的"中间物"存在。这是一个人、鬼、神在变形中共存的世界,一切场景和生活形式,既不遵循现实的生活逻辑,也不符合神话想象的思维,而只是一个寓意深刻的"特异"的意象性空间。"浪漫主义的背景描写的目的是建立和保持一种情调,其情节和人物的塑造都被控制在某种情调和效果之下。"[14]《故事新编》中的背景描写即是这种"情调和效果"的营造,如《补天》中天崩地裂的场面,《奔月》中"空空如也"的野地,《采薇》中兵危城困的都城等等,都是鲁迅以自己"荒原感"的体验"虚构"出的一个"灾难性"的世界。这种完全意象化的空间，同样是"历史的空间"与"现在的空间"之间在相互指涉中消解、变异，并相互逆转、再造出来的"历史中间物"。在这个空间中，所有神话的、英雄的世界都堕落于世俗的世界当中，而凡俗的世界则又在"神话"的意义上具有了一种特殊的"超现实"的意义，历史空间与现实空间都被充分地相互边缘化、替代化及至"中间"化，并具有了悖谬意义的历史蕴含。就像作品中的古代圣贤们一样，从"神话"走进"人间"，却又只能从"人间"逃离——因为在这种"中间物"的时空当中，没有"人"或者"神"不会陷入彻底的迷惘和无奈。

再次，《故事新编》在整体叙事上同样使用着一种具有"中间物"意味的模糊视角。人们已经看到的是，《故事新编》既在表面上使用着传统叙事的"全知视角"，又在文本内部进行着巧妙地"视角的转换和限定"，因而是一种"视角的多样化操作"[15]。但实际上，如果我们能够更深刻地体会文本，把握其始终以"历史"与"现实"的双向指涉与"逆造"来创造"历史中间物"的传奇理念，那么，便完全可以确认一种具有统摄意味的叙事视角的使用。模糊是一种功能——在"历史中间物"的创造中，必然结构着一种从历史可以感知现实、从现实可以走进历史的充分自由的叙事模式，以及一种"全知"可以收束为"限知"、"限知"可以突破为"全知"的具有整合意味的叙事视角，因此，这种可以"有意识地游走于作者与人物之间以及作品内外"的视角，便在一种始终"不稳定的、不明确的、难于间离"的意义上，成为一种"具有整合意味的新的'模糊（ambiguous）'的视角"[16]。

而且，正是这种具有特殊叙事功能的"模糊"，才使得《故事新编》有了一种全方位创造"历史中间物"的传奇品格。

关于《故事新编》的话题是丰富的，仅就其传奇叙事而言，当然也还蕴含着许多有意味的内容，比如关于小说情节叙事的"突转"以及创作方法上的"油滑"等问题。不过，在"中间物"意识可以作为鲁迅内在思想基础以及"中间物"传奇可以作为小说叙事策略的意义上，每一次"突转"或每一个反讽，其实都是一个"逆造"的过程，所呈现出的始终还是一种悖论性的情境；而创作手法以及风格上的喜剧性存在，也不过是一种因"双向逆造"所完成的"虚""实"之间的"戏剧性"转换，大概都是一种创造"历史中间物"的传奇模式——当我们基于这种具有统摄意味的传奇叙事策略来观察《故事新编》时，许多问题可能都已变得简单些了。

[注]

① 韦勒克强调，现代以来的对所谓"神话"的认识，已经有了一种正统的观念，"即'神话'像诗一样，是一种真理，或者是一种相当于真理的东西。"

② 鲁迅曾说："试将记五代，南宋，明末的事情的，和现今的状况一比较，就当惊心动魄于何其相似之甚，仿佛时间的流驶，独与我们中国无关。"

[参考文献]

[1] 鲁迅.中国小说史略[M]//鲁迅.鲁迅全集：第9卷.北京：人民文学出版社，1996：60.

[2] 鲁迅.中国小说史略[M]//鲁迅.鲁迅全集：第9卷.北京：人民文学出版社，1996：70-71.

[3]鲁迅.六朝小说和唐代传奇文有怎样的区别?——答文学社问[M]//鲁迅.鲁迅全集:第6卷.北京:人民文学出版社,1996:323.

[4]鲁迅.中国小说的历史的变迁[M]//鲁迅.鲁迅全集:第9卷.北京:人民文学出版社,1996:315.

[5]鲁迅.《唐宋传奇集》序例[M]//鲁迅.鲁迅全集:第10卷.北京:人民文学出版社,1996:140.

[6]鲁迅.故事新编:序言[M]//鲁迅.鲁迅全集:第2卷.北京:人民文学出版社,1996:341-342.

[7]鲁迅.故事新编:采薇[M]//鲁迅.鲁迅全集:第2卷.北京:人民文学出版社,1996年:412.

[8]鲁迅.故事新编:序言[M]//鲁迅.鲁迅全集:第2卷.北京:人民文学出版社,1996:341-342.

[9]郑家建.被照亮的世界——《故事新编》诗学研究[M].福州:福建教育出版社,2001:97-119.

[10][美]雷·韦勒克,奥·沃伦.文学理论[M].北京:生活·读书·新知三联书店,1984:206.

[11]鲁迅.写在《坟》后面[M]//鲁迅.鲁迅全集:第1卷.北京:人民文学出版社,1996:286.

[12]汪晖.原版导论 探索复杂性[M]//汪晖.反抗绝望——鲁迅及其文学世界.石家庄:河北教育出版社,2000:33.

[13]鲁迅.华盖集:忽然想到:四[M]//鲁迅.鲁迅全集:第3卷.北京:人民文学出版社,1996:17.

[14][美]雷·韦勒克,奥·沃伦.文学理论[M].北京:生活·读书·新知三联书店,1984:248.

[15]郑家建.被照亮的世界——《故事新编》诗学研究[M].福州:福建教育出版社,2001:114-119.

[16]王东.模糊是一种功能——对张爱玲《传奇》叙事视角的另一种解读[J].文艺争鸣,2005(1).

(原载《鲁迅研究月刊》2007年第12期)

《边城》的传奇叙事

——重读《边城》兼论沈从文小说叙事的"中国经验"

凌宇先生曾指出,沈从文的"湘西小说"中有一种"人物与情节全属虚构与想象"的"浪漫的传奇",美学特征即在其"从作品情境里透射出来的人生情绪的理想性"①[1]。受此启发,笔者曾对沈从文"湘西小说"中的"传奇叙事"进行过粗略探讨,不过限于思路与篇幅,其中及于《边城》者甚少[2]。事实上,自《边城》问世以来,70余年的研究成果早已蔚为大观,或指其为"牧歌",或指其为"悲剧",或从历史批评的角度论其"现实批判",或以原型批评的方法谈其"象征与文化",见仁见智者虽甚众,然单以"传奇"视之者尚未见[3]。所谓遗憾,便刺激我们不得不思考,既然沈从文的"湘西小说"可谓传奇,而《边城》又是沈从文"湘西小说"中的"经典",那么,又何以不可将《边城》视为一个"传奇"?也许,正因从"传奇"的角度重读《边城》,还可以更贴近地看到沈从文小说创作中的某种"中国经验"呢!

一

所谓传奇，语义上是指对奇闻异事的记录与叙述，而就中国文学叙事的传统而言，其基本要素则大致有三：一是"尽设幻语""作意好奇"的"虚构"，即有意识地创造出一个想象性的世界；二是"无奇不传，无传不奇"，即以情节为中心来精心剪裁动人的故事；三是有着"游戏成文聊寓言"的寓言意蕴，带有明确目的性的浪漫主义抒情方法是其核心创作方法[4]。由此可见，传奇与小说并无本质上的区别，起码在"想象与虚构"这一叙事本质上是完全相通的。故所谓传奇者，关键在一"奇"字，而要指明如《边城》者亦为传奇，当然也不得不首先自"奇"字谈起。从《边城》的表层叙事来看，这的确是一个普通的爱情故事，人物不多，事件也很简单，甚至连作者的叙述话语也透着那么的委婉温柔，仿佛这里真的只是一个再自然、再日常不过的"边城"——可这又是一个多么"奇特"的世界啊：在这个"边城"世界里，"奇迹"般的大自然随处给着人们"非常愉快"的"印象"，"处处有奇迹，自然的大胆处与精巧处，无一处不使人神往倾心"[5]，生活中的"一切总永远那么静寂，所有子民每个日子皆在这种寂寞里过去"，人们虽也有"梦"，但却"一定皆各在分定的一份日子里，怀了对于人事爱憎必然的期待"[6]。他们"毫无机心"，与世无争，对一切"自然的安排"都平静地接受，虽也有贫富之别，但却无贵贱之分，民情的淳朴，人情的优美，与那宁静的白塔、清澈的溪流、酉水边的吊脚楼、端午节的赛龙舟以及中秋男女月下的对歌等和谐相融，既恍如陶渊明笔下的"世外桃源",又有着湘西原始的如诗如梦般的奇美与神秘——在20世纪30年代战乱频仍的现代中国,在饱受现代工业文明污染的现代人的生活里,以及在"革命"与"阶级"叙事渐成主流的现代叙事当中,这又是怎样的一个传奇啊!

"传奇无实,大半皆寓言耳"[7],《边城》也如此。茶峒虽是一个可以求证的"边城",但实际并不是一个"现实"的世界,而只是一个活在沈从文的"过去的印象"里的"想象的世界"②[8]。当年徐志摩便说过沈从文的"乡村画"并不是"写"成的,而是"想成"的③[9],而沈从文自己也说,尽管小说是"用文字很恰当记录下来的人事",但却"必须把'现实'和'梦'两种成分相混合,用语言文字来好好装饰、剪裁,处理得极其恰当"[10]。实际上,沈从文虽然早已从"边城"走进了"都市",但他的"梦"却始终没有走出那个"乡下"的"边城",并一直在"边城"里寻找"生命",在生命中寻找"人性"。因此,虽然这份"生命"的"怀想"与"幻想"都来自作者真实而丰富的"边城经验",但他并不是仅仅瞩目远逝的"过去"画出一幅世外桃源来"领导读者去桃源旅行",而是要借"过去"来品"现在"并看"未来",表现一种"优美、健康、自然而不悖乎人性的人生形式"[11]。所以他不是"引用现实",而是"再创造现实"[12],别人是在"用文字写人类行为的历史",而他则是以一种对"真实"世界的"新奇"想象,通过已经添加了自己"过去生命中一点哀乐"的"边城记忆"来书写"自己的心和梦的历史","寓言"着他试图以"最后的浪漫"来保留"神性"在人间的人生与文学理想[13]。

《边城》是沈从文就自己所接触的"小乡城"来叙述那里面

人们的"爱憎与哀乐",而"为了使其更有人性,更近人情",又完全是"老老实实的写下去"的[14],所以《边城》里的人事看起来是那样的真实生动而又清新自然,似乎并不传奇。但实际上,"生活本身就是一种动人的传奇"[15],所以传奇不一定"志怪","世情"里亦早已内含着传奇。唐人"有意作小说"时,便已经开始了传奇的生活化、世俗化甚至言情化的过程,并形成了以普通人、小人物为描写对象的"世情传奇"传统,后来如明清戏曲中的所谓"传奇",以及晚近的《金瓶梅》《红楼梦》等小说,都是在"世情"以及言情的世俗化意义上与传奇相通。故所谓传奇,其实并不反对"明镜照物,妍媸毕露"的"实录"笔法④,如鲁迅所云:"盖叙述皆存本真,闻见悉所亲历,正因写实,转成新鲜。"[16]因此,《边城》传奇的浪漫品格,也许正因这样"老老实实"地细致描摹每个人"应有的一份哀乐",而愈发显现出其对应于"现代社会"的人生与人性的"理想化"的奇异色彩。

二

所谓传奇以及传奇的魅力,不仅在"奇",也还在于"传",动人的故事总需要一种动人的讲述。本来,在"五四"以来中国小说的现代化进程中,主流作家们已经普遍"把淡化情节作为改造中国读者审美趣味并提高中国小说艺术水准的关键一环,自觉摆脱故事的诱惑,在小说中寻求新的结构重心"[17],但沈从文不是,他不仅极爱讲故事,也极擅长讲故事。"中国人会写'小说'的仿佛已经有了很多人,但很少有人来写'故事'"[18],

所以他从不写那些"一般人所谓小说的小说",而是尝试各种"讲故事"的文体技巧实验,宁可"在章法外接受失败",也"不想在章法内得到成功"[19],而《边城》的传奇叙事,大概就是其以"古代经验"突破"现代章法"的文体实验之一。

在回到传统以及民间的意义上,沈从文在《边城》里是以仿佛"说书人"的"叙述者"身份把故事"讲"给人"听",而不是"写"给人"看"的。他像回忆一段往事一样,给我们描绘了一幅神奇而又神秘的边城风景,又同样像讲述一段往事一样,给我们娓娓道来了翠翠与大佬、二佬之间微妙的感情纠葛,以及其中每个人的"爱憎与哀乐"。沈从文是个非常善于利用自身固有生活经验"材料"资源的作家,即便在走进北京乃至成熟的创作之后,他实际上也还一直都是从自己的"湘西记忆"中努力搜寻那个"边城"里的动人故事,所写种种既是自己所历见的湘西生活之"常",但又是在普通人日常经验之外的"非常"。"边城"里的风习人事对沈从文来说不仅熟稔,而且印象深刻,但对于现代的都市中人而言却无不都是一种新鲜和刺激,全然是一个"陌生的世界"[20]。所以在《边城》的叙事当中,沈从文不是对自己生活经验进行创造性地"变形",而是只将生活中的伟大与平凡,性情方面的美丽与琐碎,"老老实实地写下去",用这种"原始的"经验本身作为"故事",让它在某种"素材"的意义上自己"说话","犹如唐代传奇的作者,用故事本身来撼动,而自己从不出头露面"[21],使原本并不那么"传奇"的生活事件或材料,在"原始"的意义上以及"原生态"的叙述中反能更加发出奇异的光彩。

"在《边城》的开端,他把湘西一个叫作茶峒的地方写给我们，自然轻盈，那样富有中世纪而现代化，那样富有清中叶的传奇小说而又风物化的开展。他不分析；他画画，这里是山水，是小县，是商业，是种种人，是风俗是历史而又是背景。"[22]而借用现代叙事学的理论来说，其实这就是《边城》传奇叙事的特殊时空。《边城》的叙事是一种私人记忆般的历史叙事，作者用一种似乎"从前"或"从来如此"式的故事叙述，将"时间"置入私人的"过去的印象"中，使"空间"也在"过去"的意义上呈现为一种"原始"的边城背景，并在这个未受现代文明侵袭的原始古朴的"边城"时空里，把所有的人物和故事都调弄成了一种"原始"的"底色"。众所周知，晚清以来及"五四"新文学的主流中早已蕴含并确认了一种以"新"汰"旧"的"进化"的时间意识和历史观念，但从古老的"边城"走出来的沈从文却始终在用他的古老的"故事"消解、颠覆着"时代"的这种"进化性"的价值判断。在他看来，这个民族的"目前"是"堕落的"，只是在"伟大的过去"里，才真正充盈着那些"优美、健康、自然而不悖乎人性的人生形式"[23]。因此，在其他新文学家们依然力图把握时代脚步和社会变化的时候，沈从文却从对"现代"的否定上发现了一个弥足珍贵的"过去"，进而以具有"凝固"并"永恒"意义的原始时空与"进化"及"主流"的现实时空之间所生成的巨大张力，构出了一种只能属于"边城"的传奇。

三

沈从文对于传奇的趣味与选择是毋庸置疑的。首先，他的人生与传奇都属于那个在他生命中具有本源意义的"湘西","边城"是他生命底层的传奇记忆,也是他生命成长的传奇背景。在"湘西"这个到处都是奇迹都是传奇的"别一个国度"里,沈从文既读着《今古奇观》等传奇"小书",也读着湘西现实传奇的人生"大书",尤其在土著部队里所历见的诸多边城故事和生命传奇,更在他敏感的心灵及记忆的底色上不断渲染和刻画了他那些浪漫的"边城"幻想,也直接积淀了他艺术萌芽中的传奇想象。后来,沈从文从"边城"走进北京,但遗憾的是他并没有真正走进"现代",而是相反地走进了他那个永远的"过去的印象"。因为在他走进"现代"的生存和文学的"梦"里,唯一的资源就是他作为人生经验的湘西记忆和作为文学经验的传奇积淀,所以他便不得不将"边城"的人生经验转化成为一种试图引人入胜的乡村背景和边城传奇,并因此形成了与"五四"新文学传流间的某种疏离,甚至对抗,进而在遭到"主流"写作打压之后⑤[24],自觉将对"湘西"的重新发现与回想置于现代写作的另一端,敷衍出一个"传奇"的边城世界。同时,沈从文的文学理想就是要造一个"供奉人性"的"神庙",甚至执着地试图在一个"神已经解体"的时代里以"最后的浪漫"来保留神性在人间[25]。所以,他把小说简单地定义为"用文字很恰当记录下来的人事",但却强调所谓"恰当"即是所有故事都必须以"人性"为核心,即应如唐人传奇处理故事一样必须"贴近人情"[26]。"我似乎还有另外一种幻想,即从个人工作上证实个人希望所能达到的传奇。我准备创造一点纯粹的诗,与生活不相黏附的诗。情感上积压下来的一点东西,家庭生活并不能完全中和它消耗它,我需要一点传奇……"所以，这个"用一种温柔的笔调来写爱情"的"边城传奇"，实则产生于欲借一种"传奇"之形传"不奇"之神的重建神性与诗性的"计划"之中[27]，自觉地有了一种浸润着丰富现实关怀地对传奇这一浪漫传统的创造性承袭和"转化"。

必须强调的是，作为传统的传奇叙事，以及沈从文对传奇传统的自觉承袭，还鲜明地体现着中国小说现代化进程中的"中国经验"的背景与影响。中国小说自唐代开始成熟发展起来，其标志就是唐人的传奇，渐变以来，这种"作意好奇，假小说以寄笔端""纪述多虚，而藻绘可观"[28]的传奇叙事，便不仅是一种小说的体例，也成为一种叙事的模式，甚至是一种中国传统小说创作乃至接受上的思维模式。尤其是明清以来，诸如《三国演义》《水浒传》《红楼梦》等传奇小说在"市井细民"间的广泛流传，所谓"无奇不传，无传不奇"，便成为人们对小说创作的一种自觉理解，同时甚或有了一种可以用来解读人生的意义。晚清以来，中国小说叙事开始了具有某种西方背景的"现代化"进程，并在表面上形成了一种借取西方所谓"现代小说（novel）"观念来对反拨和改造传统叙事的样态，因此，甚至常有人以为中国现代小说的发生与发展是在彻底背叛与放弃传统文学模式的前提下完成的。但事实并非如此。尽管如陈平原所说，在清末民初以来中国现代小说的发端期里，就中国小说的理解来说已经有了一个全新的参照系，或是"用西方小说眼光反观传统"，或是"用传统（诗文小说）笔法来解读西方小说"[29]，但实际上这两者之间的"互为因果"或"循环往复"，并没有真正在现实层面上获得可以摆脱传奇叙事传统的小说理念。对于中国"现代"小说叙事而言，中国读者最传统的审美趣味和阅读习惯，从来还只是"善于鉴赏情节而不是心理描写或氛围渲染"[30]，及至"五四"新文学兴起，中国的"一般读者读小说还是只看情节，不管什么风格和情调"[31]，甚至在整个的现代文学阅读当中，唯一的标准还是"传奇化的情节，写实的细节"[32]。所以，清近以来的"现代"小说家们，不管是如何在"启蒙与救亡"的前提下抬高并确认着"小说"作为新文学"正宗""主流"的地位，或者是重新梳理和评价中国传统小说，并努力完成其中西交汇式的"现代"转型，但都在现代小说叙事的发端意义上，始终无法回避一个"先在"的传奇叙事传统。尤其在中国社会城市化进程加快，以及文学发展进程逐渐被纳入商业化轨迹的背景之下，面对传统与现实的双重压迫，已经走进"现代"的小说家们，也都在努力进行叙事模式"革新"的同时，又不得不认真思考并有意无意地去迎合读者大众的通俗化乃至"传奇化"的阅读心理要求，在娱乐性、趣味性及"新异"性的取向当中，形成一种向传统"传奇"叙事进行"承袭"与"转化"的整体态势。

事实上，"五四"以来的大多知识分子及小说家，都对传统文学或文学传统持着一种"爱恨交织"的矛盾心态，有着一种"中间物"的特点⑥[33]，因而在他们表面决绝反叛传统的同时，又常常对传统表现出某种下意识甚至有意识地认同。及至"京派"同仁在20世纪30年代鲜明地选择了"恢复传统"的文化策略之后，虽不能明确地说他们在"运用过去的丰富的储蓄"[34]的努力当中确实包含了对于某种传统"叙事"的重新发掘和"运用",但我们还是乐于相信,作为一个"现代"的小说家,从湘西这一"原始"时空走出来又偏偏不肯与"时代"同流的沈从文,其疏离于现代"主流"的"边城"叙事当中,至少有着一种在传统与现代的"对立共构"中的自觉选择,以及作为"中国经验"的传奇叙事背景。

顺便说一句,在西方的叙事传统中也有所谓"传奇"(romance),并与"小说"两分:"小说是真实生活和风俗世态的一幅图画,是产生小说的那个时代的一幅图画。传奇则以玄妙的寓言描写从未发生过也似乎不可能发生的事情。小说是现实主义的;传奇则是诗的或史诗的,或应称之为'神话的'"[35],但实际上,"所有优秀的小说都必须带有传奇的一些特质……就最普遍和持久的层次而言,也许这样理解现实主义小说更为准确,它是传奇的变种而不是取代了传奇"[36],而其所谓现代小说(novel)的"定名",则亦仍存留着"新颖的""新奇的"等传奇性的界定[37]。因此,考虑到中国现代小说古今交融、中西交汇的生成背景,这或许恰好还可为传奇叙事这一"中国经验"的所谓"现代化"转型做一旁解。

[注]

① 凌宇将沈从文"湘西小说"中"根据少数民族的某些生活习俗点染而成"和"据佛经故事加以引申与铺陈"等两类题材视作"浪漫的传奇",但认为《边城》只是"具有鲜明的现实主义与浪漫主义交织的倾向"。

② 沈从文曾这样谈及他的故乡凤凰城:"现在还有许多人生活在那个城市里,我却常常生活在那个小城过去给我的印象里",完全可以推之于他对茶峒的"印象"。

③这是当年徐志摩在沈从文描写湘西苗家赶集情景的散文《市集》发表时所加的按语"志摩的欣赏",原载1925年11月11日《晨报副刊》。

④唐人刘知几在《史通》中说:"爱而知其丑,憎而知其善,善恶必书,是为实录。"

⑤鲁迅曾在致钱玄同的信中数次批评沈从文等的创作是"用了各种名字,玩各种玩意儿""大抵意在胡乱闹闹,无诚实之意",虽有误读,但在客观上还是造成了沈从文与新文学主流间的某种对立。

⑥鲁迅把自己视为一个"在转变中"以及"在进化的链条上"的"中间物",但这一概念完全可以用来指称其时一批知识分子及整个时代意识。

[参考文献]

[1]凌宇.从边城走向世界[M].修订版.长沙:岳麓书社,2006:267,280.

[2]张文东.传奇传统与边城想象—沈从文"湘西小说"中的传奇叙事[J].中国文学研究,2008(1).

[3]杨瑞仁.七十年来国内学者《边城》研究述评[J].中南大学学报·社会科学版,2006(12).

[4]张文东,王东.浪漫传统与现实想象——中国现代小说中的传奇叙事[M].北京:中国社会科学出版社,2007:22-23.

[5]沈从文.边城[M]//沈从文.沈从文文集:第6卷.广州:花城出版社,1984:78.

[6]沈从文.边城[M]//沈从文.沈从文文集:第6卷.广州:花城出版社,1984:79.

[7]耿光怡.《闲情偶寄》选注[M].北京:中国戏剧出版社,2009:21.

[8]沈从文.从文自传[M].重庆出版社,1986:5.

[9]沈从文.《市集》附:徐志摩《志摩的欣赏》[M]//沈从文.沈从文文集:第10卷.广州:花城出版社,1984:13.

[10]沈从文.小说作者与读者[M]//刘洪涛.沈从文批评文集.珠海:珠海出版社,1998:142.

[11]沈从文.《从文小说习作选》代序[M]//沈从文.沈从文文集:第11卷.广州:花城出版社,1984:45.

[12][美]金介甫.凤凰之子·沈从文传[M].北京:中国友谊出版公司,

2000：242.

[13]沈从文.水云——我怎么创造故事，故事怎么创造我[M]//沈从文.沈从文文集：第10卷.广州：花城出版社，1984：273-282.

[14]沈从文.《边城》题记[M]//沈从文.沈从文文集：第6卷.广州：花城出版社，1984：70.

[15]沈从文.水云——我怎么创造故事，故事怎么创造我[M]//沈从文.沈从文文集：第10卷.广州：花城出版社，1984：284.

[16]鲁迅.中国小说史略[M]//鲁迅.鲁迅全集：第9卷.北京：人民文学出版社，1996：234.

[17]陈平原.中国小说叙事模式的转变[M].上海：上海人民出版社，1988：125.

[18]沈从文《月下小景》题记[M]//沈从文.沈从文文集：第5卷.广州：花城出版社，1984：42-43.

[19]沈从文.《石子船》·后记[M]//沈从文.沈从文文集：第3卷.广州：花城出版社，1984：89.

[20]凌宇.从边城走向世界[M].北京：生活·读书·新知三联书店，1985：52.

[21]李健吾.李健吾文学评论选[M].银川：宁夏人民出版社，1983：67.

[22]李健吾.李健吾文学评论选[M].银川：宁夏人民出版社，1983：53.

[23]沈从文.《从文小说习作选》代序[M]//沈从文.沈从文文集：第11卷.广州：花城出版社，1984：45.

[24]鲁迅.书信[M].//鲁迅.鲁迅全集：第11卷.北京：人民文学出版社，1996：446，452.

[25]沈从文.水云——我怎么创造故事，故事怎么创造我[M]//沈从文.沈从文文集：第10卷.广州：花城出版社，1984：294.

[26]沈从文.小说作者与读者[M]//刘洪涛.沈从文批评文集.珠海：珠海出版社，1998：145-147.

[27]沈从文.水云——我怎么创造故事，故事怎么创造我[M]//沈从文.沈从文文集：第10卷.广州：花城出版社，1984：279.

[28][明]胡应麟.少室山房笔丛·二酉缀遗：中[M].上海：上海书店出版社，2001：371.

[29][30]陈平原.小说史:理论与实践[M].北京:北京大学出版社,1993:236-237.

[31]茅盾.评《小说汇刊》创作集二[M]//茅盾.茅盾全集18卷·中国文论集.合肥:黄山书社,2014:276.

[32]张爱玲.自己的文章[M]//金宏达,于青.张爱玲文集:第四卷.合肥:安徽文艺出版社,1992:356.

[33]鲁迅.写在《坟》后面[M]//鲁迅.鲁迅全集:第1卷.北京:人民文学出版社,1996:286.

[34]朱光潜.朱光潜全集:第九卷[M].合肥:安徽教育出版社,1987:339.

[35][美]雷·韦勒克,奥·沃伦.文学理论[M].北京:生活·读书·新知三联书店,1984:241.

[36][英]吉利恩·比尔.传奇[M].邹孜彦,肖遥,译.北京:昆仑出版社,1993:70.

[37][美]伊恩·P·瓦特.小说的兴起——笛福、理查逊、菲尔丁研究[M].高原,董红钧,译.北京:生活·读书·新知三联书店,1992:6.

(原载2012年第2期《东北师大学报》,有改动)

"滚滚红尘"中的"新传奇"

——论张爱玲的"传奇"理念

《传奇》是张爱玲最有代表性的小说集,不仅是她小说创作的高峰,也是她小说创作的主体。因此,一般对张爱玲小说的研究,往往都是从《传奇》入手,或者以对《传奇》的研究为骨干。但是,在从不同角度和程度上认识《传奇》时,人们更多地把视线放在了对其思想意蕴、意象描写、苍凉色彩、隐喻风格等等的发现,而"传奇"本身,则并没有得到更精到地解读。换句话说,在还没有对张爱玲的所谓"传奇"做出更深刻理解的时候,人们已经直接进入了她的"传奇"世界,因此,对于她的所谓"传奇"就有了诸多的"误读"——常常以为她的"传奇"并不是"传奇",而是"非传奇""反传奇",或者是对"传奇"的消解①[1]——其实,如果我们真正把握住张爱玲对于文学传统以及现实文学要求的理解,并不难发现,张爱玲的所谓"传奇",不过是一种按照她自己的"传奇"理念所完成的"新传奇"。

1944年小说集《传奇》出版时,在扉页上印着张爱玲的题词:"书名叫《传奇》,目的是在传奇里面寻找普通人,在普通人里寻找传奇。"这既是张爱玲认识生活和介入生活的一种角度,也是她对传统与现实的一种发现和选择,同时更是她对所谓"传奇"的独特理解和定位,这在现代都市文本书写上的意义是十分深刻的。

一

在文学史上,传奇通常是指小说的一种样式,中国和欧洲的古典文学中都有所谓传奇小说。中国的古典小说,自唐代开始成熟、兴盛发展起来成为一种叙事性的文学体例,因"传奇"之名始见于晚唐作家裴铏的《传奇》一书,宋代以后,文人们便以此来概称唐人小说。用今人通俗的定义来说,传奇就是"中国古代作家(或文人)用文言创作的一种写人叙事的文学作品,相当于近现代的中、短篇小说"。[2]后来尽管明清时期的长篇戏曲(即南戏)也称为传奇,但按照语词的原初意义,人们一般还是习惯于把它理解为对小说的指称,故后来如《水浒传》《红楼梦》等小说,有时也都称为传奇。在欧洲文学史上,传奇一般指欧洲中世纪骑士文学中的一种长篇故事诗(romance),主要描写中世纪骑士爱情、游侠和冒险故事,13世纪后变成散文体,后来"浪漫主义"和"长篇小说"两词即由其演变形成。由此可见,讲故事,或者称叙事,是中外文学史上所谓"传奇"的异构同质的根本特征。

关于传奇小说,鲁迅在《中国小说史略》中曾有许多概括而精当的论述,其中主要说明了这样几个问题:一、传奇小说是在传统文学、特别是志怪小说的基础上发展演进而成的,"尚不离于搜奇记逸";二、传奇小说是文人有意识地创作,乃"作意好奇";三、传奇小说在艺术形式上体现了很高的要求,不仅"叙述宛转,文辞华艳",而且"篇幅曼长","意想"丰富[3]。这些既是传奇小说之所以"特绝"而成就"特异"的原因,同时也体现了传奇小说特殊的"特绝"而"特异"的叙事要素。所谓"奇",就是"奇人""奇事",有着"异想""奇幻"甚至"神异"的意思,具有"虚构"的叙事要求。因而传奇小说作为人物的故事,从一开始就呈现出了重视情节的"新异"并以记叙描写为主的特点。西方叙事文学的传统是"把'史诗'(epic)看成是叙事文学的开山鼻祖,继之以中近世的'罗曼史'(romance),发展到18和19世纪的长篇小说(novel)而蔚为大观,从而构成了一个经由'epic-romance-novel'一脉相承的主流叙事系统"[4]。故虽然叙述性小说的两个主要模式在英语中分别称为"传奇"和"小说",但是"小说是真实生活和风俗世态的一幅图画,是产生小说的那个时代的一幅图画。传奇则以玄妙的寓言描写从未发生过也似乎不可能发生的事情。小说是现实主义的;传奇则是诗的或史诗的,或应称之为'神话的'"[5]。于是,浓郁的"神话"或"虚构"的叙事色彩,又是中外"传奇"的一个共性特征。因此,传奇一词在现代汉语中的解释很通俗:指情节离奇或人物行为超越寻常的故事,而在《辞海》中即使是把传奇解释是小说体裁之一时,也没有忘记加以"以其情节多奇特、神异,故名"的说明。

  张爱玲有着极高的文学功底和天分,并因个人经历的影响,深受中国古典文学的熏陶,对近代小说阅读也较多,不但"熟读《红楼梦》，不同的本子不用留神看，稍微眼生点的字自会蹦出来"[6]，像《金瓶梅》《海上花列传》等作品，也对她的创作影响极大，在她身上积淀了浓厚的中国传统文人的趣味，并且使她"一直就想以写小说为职业。从初识字的时候起，尝试过各种不同体裁的小说，如'今古奇观'体、演义体、笔记体、鸳蝴派、正统新文艺派等等……"[7]。而她的所谓"传奇"，则在对传统小说或"本土文学"的趣味上，更多地与传统文学中的"传奇"理念相一致，作为一种叙事样式，首先表现为具有"特异"色彩的、"陌生化"的故事性。

正如人们所意识到的——"小说本来就是传奇，或者说是志怪、志人与传奇的结合体。现代小说既然在本质是属于虚构类文学，当然不能脱传奇之'魅'"[8]。张爱玲也曾说，她的《传奇》是"为上海人写了一本香港传奇"，是"试着用上海人的观点来察看香港的"，"用意"是写出"上海人心目中的浪漫气息的香港"。在她的眼里，"上海人是传统的中国人加上近代高压生活的磨练"，与香港人的差异到处可见，甚至仅从日常生活中对于汉字的"理解"就可以看到不同的"历史感"和"文化感"[9]。因此，张爱玲带着所谓"传统的中国人"的自我认同，所力求发现和表现的，是一种相对于上海文化"经验常识系统之外"的"新异"的领域和人物，讲述的是一个个对于沪上读者来说带有异国情调的"陌生化"的故事，如《沉香屑 第一炉香》《沉香屑 第二炉香》《金锁记》《心经》《茉莉香片》和《倾城之恋》等作品中的新奇的环境，奇特的事件，病态的性格，特异的"情结"，变态的心理，以及陡转的结局等等，其所具有的超越现实的"传奇化"了的叙事时空和人物事件，便成为《传奇》的一个"奇"的卖点。——后来张爱玲在谈及《红楼梦》等作品对阅读趣味形成的影响时，还曾明确地指出，现代大众阅读趣味的"唯一标准"就是"传奇化的情节"和"写实的细节"[10]。以张爱玲这样一个不怕迎合通俗的小说家，或者说是一个向大众主动贴近的通俗小说家，她的所谓"传奇"，也就在与传统的"好意作奇"相通的意义上获得了首先定位。

二

中国小说的叙事传统，向来受到史传文学对其整体叙事策略和模式的巨大影响，但是"传奇"的发展，却还在反拨史传文学叙事影响的过程中形成了另外一种取势。陈平原说："'史传'之影响于中国小说，大体上表现为补正史之阙的写作目的，实录的春秋笔法，以及纪传体的叙事技巧。"[11] 所谓"补正史之阙"，实际上是指小说尽管属于"逸史"的范围，但并没有摆脱流连于经史子传的历史叙事的阴影，这一点在中国古典的文言以及白话小说上都可以看到。但是在唐人"有意作小说"之后，小说（即传奇）则开辟了走向"世情"生活的另一条道路，而唐人传奇的最大成就恐怕也就在于此。在唐人传奇的兴盛发展中，其"人间言动"的"志人"传统和"好意作奇"的写作目的，使小说真正开始了生活化、世俗化甚至言情化的过程，尤其是在以普通人、小人物为描写对象的所谓"世情传奇"的层面上，具有了十分深刻的文学史意义。其实，后来在明清戏曲中的所谓"传奇"，寓意即与唐传奇的"世情"要求不远,而晚近的一些小说,如被张爱玲视为她的"一切的泉源"的《红楼梦》《金瓶梅》等,实际上也都在"世情"以及言情的世俗化意义上与传奇相通。《红楼梦》的作者不但将自己的作品定义为"传奇",而且在"缘起之言"中还说:"致若离合悲欢,兴衰际遇,则又追踪蹑迹,不敢稍加穿凿,徒为哄人之目,而反失其真传者……"(《红楼梦》第一回)这种叙事上的取向,则恰好说明了——所谓"传奇",其核心就是一种"世情"的"实录"。这种"明镜照物,妍媸毕露"的史传文学经验,既是一种人物描写的辩证法,其实也是叙事的一种技巧,甚至很符合现代小说的叙事要求。以这种方法来写人、叙事,因真实而具新奇,由自然转呈深刻,正如鲁迅所云:"盖叙述皆存本真,闻见悉所亲历,正因写实,转成新鲜。"[12]由此可见,"传奇"的传统本身即有着"特异"与"本真"相统一的结构特征。所以,在"情节的奇异"与"细节的写实"上,张爱玲的"传奇"不但没有走向传统的反面,而且呈现出一种具有现代意义的整合建构。或者说,尽管张爱玲的传奇叙事具有"跨越特定的经验和想象的界限"的意味,但实际上并非所谓"反传奇""非传奇",或对"传奇"的有意"消解",而是一种按自己对文学与人生的独特理解,在"现实"的"世情"上来重新定位、结构的,现代都市中"普通人"的"新传奇"。

张爱玲有着对文学的独特理解:"我发现弄文学的人向来是注重人生飞扬的一面,而忽视人生安稳的一面。其实,后者正是前者的底子。……而人生安稳的一面则有着永恒的意味……文学史上素朴地歌咏人生的安稳的作品很少,倒是强调人生飞扬的作品多，但好的作品，还是在于它是以人生的安稳做底子来描写人生的飞扬的。"[13] 注重"人生飞扬的一面"的文学，是"超人的""英雄的"，属于时代、历史的"宏大"叙事，这在"五四"以来差不多可以算作是一种主流叙事。但这并不为张爱玲所注重，她所注重的是人生"有着永恒的意味"的"安稳的一面"，即人生的"底子"，注重表现与"飞扬"对立的"和谐""素朴地歌咏人生的安稳"的文学。张爱玲这种文学的"底子"的理解与她人生的"底子"的理解相一致，都体现为对现实生活的物质层面上的"本真"和"生命的本身"极为执着的关注，如她所说："生在现在，要继续活下去而且活得称心，真是难，就像'双手辟开生死路'那样的艰难巨大的事，所以我们这一代的人对于物质生活，生命的本身，能够多一点明了与爱悦，也是应当的。"[14]

从"超人"到"人"以及到"女人"，从"飞扬的人生"到"安稳的人生"以及"物质的人生"，张爱玲对于"生命的本质"的认识始终是十分"实际"的，"日常的"，"细节化"的。她曾经在散文《公寓生活记趣》中，借许多饶有兴味的生活细节，充分地表达了自己作为一个普通人对于同样普通而现实的"小市民"生活的关注甚至喜欢——在梅雨季节里大家一起轮流抢救水灾，从六楼上跑下去买臭豆腐，抱了一叠书匆匆下山与蛇打着照面，喜欢听市声，听见电车响才睡得着觉……"实际的人生"对于张爱玲而言，不仅仅是一种生活的状态，而且是一种生命的"警示"，是她要"设法除去一般知书识字的人咬文嚼字的积习，从柴米油盐，肥皂，水与太阳之中去找寻实际的人生"。[15]的一种生活与写作的信念。

"实际的人生"不属于"超人",而属于普通人,他们往往又都是一些"不彻底的人物"[16],并且在一个"影子似地沉没"的时代里有着被"抛弃"的"恐怖",于是在"回忆与现实之间"时时发生的"尴尬的不和谐"中,人生有了"郑重而轻微的骚动,认真而未有名目的斗争",而人生的本质则变成了种种甚至"荒唐"的"奇异的感觉"[17]。这不是一个时代的伟大的"悲壮"的完成,而是承载了这时代的"广大的负荷者"的日常生活中所体现出的"苍凉的启示"——于是,对时代、文明、前途的虚无与绝望,因为在物质细节上更加"真实",反倒成为一种"主题永远悲观"的"常"中之"奇"。因此,张爱玲"传奇"的所谓"传统"与"现代"之间,"回忆"与"现实"之间,"英雄"与"凡人"之间,"飞扬的人生"与"安稳的底子"之间,以及"主题"与"细节"之间的对立和统一,终于都在一种"特异"与"本真"的整合建构的意义上,笼统地指向了一个明确的目的——"在传奇里面寻找普通人,在普通人里寻找传奇"。

三

1946年上海山河图书公司出版《传奇》增订本,张爱玲在卷首借对封面画面的描述,阐述了自己在"传统"与"现代"之间对"传奇"的独特理解:"封面是请炎樱设计的。借用了晚清的一张时装仕女图。画着个女人幽幽地在那里弄骨牌,旁边坐着奶妈,抱着孩子,仿佛是晚饭后家常的一幕。可是栏杆外,很突兀地，有个比例不对的人形，像鬼魂出现似的，那是现代人，非常好奇地孜孜往里窥视。如果这画面有使人感到不安的地方，那也正是我希望造成的气氛。"[18]在这个画面中，张爱玲借两种视线的"互视"，使原本"家常的一幕"与"突兀"的现代人的"窥视"之间形成了一种在双向"否定"并"重建"意义上的"新"的发现，家常生活的"本真"在"非常好奇地孜孜往里窥视"的现代人眼里转成为"特异"，而"像鬼魂出现似的"、没有面目的"现代人"形象，则又以对于"传统"的家常生活的"特异"的"介入"，转成为一种"使人感到不安"的、真实的生存体验，现代与传统之间形成了一种在"特异"与"本真"互视并互动意义上的"张力场"。因此，张爱玲的描述，"激活了一个画面内的对于'奇幻'世界的双重判断和双重期冀，从而在'室内'与'栏外'，'家常的一幕'与'鬼魂'，'传统'与'现代'之间创造了双重奇观"，"发掘"出了一种"新奇"的"跨越双重界限"的"新传奇的想象力"[19]。而事实上，这也正是张爱玲把握这个世界时一直坚守的独特方式，于细微处见出人生的内蕴。渗透在故事中的零零碎碎的折磨，那种在局外人看来是生命的浪费，在局内人自己却是生死攸关的体验。她所"希望造成的气氛"，其实就来自于这样一种以新见异、以常见奇的想象和发现，是一种在常态生活上体现着非常态意义的"奇异的感觉"。

再明确点说，张爱玲的"传奇"理念具有"双重"结构的特征以及"二元对立共构"的意味，它体现在两个实际并不完全对等的层面上：一是"传奇"的语词意义，指情节离奇或人物行为超越寻常的故事，理解的核心在"奇"上，即所谓的"奇人、奇事"，但这还是表层的;二是"传奇"的叙事意义,接近于中国古典小说传统上的"世情传奇",理解的核心在"底子"上,即所谓的"从描写现代人的机智与装饰中去衬出人生的素朴的底子",这才是深层的。表层的理解表明了张爱玲走向通俗、迎合阅读的"写作"的心态,深层理解才体现了张爱玲注重人生"安稳""永恒"的"人的神性"的"文学"的理念。深层与表层的理解之间,实际上是一个"特异"与"本真"在非常态与常态之间双重否定并重新建构的过程。"安稳"和"永恒"是常态的,是对"特异"的否定和重建,这种否定和重建体现为世俗生活原生态的"本真"的"日常的一切";"特异"是非常态的,是对"安稳"和"永恒"的否定和重建,这种否定和重建主要体现为"回忆与现实之间"的时时发生的"奇异的感觉"——这种常态与非常态之间的"对立"和"共构",才形成了张爱玲的"新传奇"。如果说张爱玲在前面我们提到的那些"传奇"中是借故事本身的"特异"而形成了"传奇"的"现实"效果的话,那么,她在《红鸾禧》《留情》《红玫瑰与白玫瑰》《等》《桂花蒸 阿小悲秋》等作品中则是通过平凡的人生和写实的细节体现出了"虚无"的时空和"无事"的悲哀,使普通的生活在生活本身的"原始"味道出来之后,于宏大的历史叙事语境之中因获得了"奇异的感觉"而成为"传奇"的可能。所以,当我们真正在"二元"理解的意义上进入张爱玲的《传奇》世界时,就会更深刻一些地发现——张爱玲所说的"传奇",其内质是"参差"的"苍凉",而不是"奇幻"的"悲壮",主要反映的是"普通人"在"日常"生活中的"奇异的感觉"。

韦勒克说:"当我们一次又一次地重新阅读一部作品并且认

为我们'每读一次都在其中发现了新的东西'时,我们通常所指的并不是发现了更多的同一种东西,而是指发现了新的层次上的意义,新的联想型式,即我们发现诗或小说是一种多层面的复合组织。"[20]张爱玲对于"传奇"的理解,作为一种"新的联想型式",就是在传统与现代之间重新"发现",并在"特异"与"本真"之间重新建构的一种特殊理念。

[注]

①艾晓明从《倾城之恋》篇名对"倾国倾城"一词所暗示的"非凡的爱情传奇"并没有发生这一角度入手,称其是一部"张爱玲版本的'娜拉走后怎样'"的"反传奇的故事";戴清以是否"传奇"为标准,把《传奇》中的作品分成了三类——第一类是带有传奇因素的作品,第二类是以表面上传奇的故事套子来解构古典传奇的"反传奇",第三类是甚至不包含传奇的任何因子的"非传奇";李今分析张爱玲对"爱情神话""男性神话"和"女性神话"的消解时也认为张爱玲的传奇实际上是一种对传奇的消解。

[参考文献]

[1]艾晓明.反传奇——重读张爱玲的《倾城之恋》[J].学术研究 1996(9).

戴清.历史与叙事——二十世纪中国文学与文化批评[M].北京:学苑出版社,2002:46.

李今.张爱玲的文化品格[J].香港作家,1998(4).

[2]薛洪勣.传奇小说史[M].杭州:浙江古籍出版社,1998:1.

[3]鲁迅.中国小说史略[M]//鲁迅.鲁迅全集:第9卷.北京:人民文学出版社,1996:70.

[4][美]浦安迪教授讲演.中国叙事学[M].北京:北京大学出版社,1996:9.

[5][美]雷·韦勒克,奥·沃伦.文学理论[M].北京:生活·读书·新知三联书店,1984:241.

[6]张爱玲.《红楼梦魇》自序[M]//金宏达,于青.张爱玲文集:第四卷.合肥:安徽文艺出版社,1992:329.

[7]金宏达.回望张爱玲·昨夜月色[M].北京:文化艺术出版社,2003:95.

[8]逄增玉.志怪、传奇传统与中国现代文学[J].齐鲁学刊,2002(5):86.

[9]张爱玲.到底是上海人[M]//金宏达,于青.张爱玲文集:第四卷.合肥:安徽文艺出版社,1992:20.

[10]张爱玲.国语本《海上花》译后记[M]//金宏达,于青.张爱玲文集:第四卷.合肥:安徽文艺出版社,1992:356.

[11]陈平原.中国小说叙事模式的转变[M].上海:上海人民出版社,1988:224.

[12]鲁迅.中国小说史略[M].//鲁迅.鲁迅全集:第9卷.北京:人民文学出版社,1996:234.

[13]张爱玲.自己的文章[M]//金宏达,于青.张爱玲文集:第四卷.合肥:安徽文艺出版社,1992:172.

[14]张爱玲.我看苏青[M]//金宏达,于青.张爱玲文集:第四卷.合肥:安徽文艺出版社,1992:228.

[15]张爱玲.必也正名乎[M]//金宏达,于青.张爱玲文集:第四卷.合肥:安徽文艺出版社,1992:51.

[16]张爱玲.自己的文章[M]//金宏达,于青.张爱玲文集:第四卷.合肥:安徽文艺出版社,1992:172-173.

[17]张爱玲.自己的文章[M]//金宏达,于青.张爱玲文集:第四卷.合肥:安徽文艺出版社,1992:174.

[18]张爱玲.有几句话同读者说[M]//金宏达,于青.张爱玲文集:第四卷.合肥:安徽文艺出版社,1992:259.

[19]孟悦.中国文学"现代性"与张爱玲[M]//王晓明.批评空间的开创:二十世纪中国文学研究[M].上海:东方出版中心,1998:347.

[20][美]雷·韦勒克,奥·沃伦.文学理论[M].北京:生活·读书·新知三联书店,1984:278.

(原载2007年第1期《社会科学战线》,有改动)

"自己的文章"的背后

——张爱玲《传奇》的政治叙事

可能,关于张爱玲小说的"政治叙事"并不是一个"全新"的话题,尤其近年来随着《秧歌》和《赤地之恋》等作品解读语境的变化,对这类公认具有"政治情绪"的作品,已经有了许多针对性的阅读和评说。不过在已有对张爱玲小说政治叙事的指认和解读当中,大家好像都忽略了《传奇》[1],要么说《传奇》不是政治叙事,要么以为此时的张爱玲的确"远离"政治。但事实并非如此。写作是张爱玲生存的主要方式,甚至是唯一的方式。而在现实的意义上,任何写作都是"体制"下的写作,都必须依从于某种现实政治结构及其话语机制,都不能脱离一定社会意识形态的影响甚至左右,张爱玲的小说创作也不例外。尽管张爱玲一直都在为自己辩护,称自己的写作是完全脱离政治的[2][1],但在我看来,与所有人一样,张爱玲的小说创作同样是一种政治叙事,反映在其《传奇》当中,不过是一种"委曲的姿态"和"特殊的话语"而已。

一

简单点说,读张爱玲的《传奇》,我的感觉主要有两个,一是她的"自私",一是她的"智慧",这既是对她的人而言,也是对她的文本而言,是对其生存和写作"本质"的整体印象。"自私"是说张爱玲一直活在"自己的世界"里,而"智慧"则是说她自有自己的"活法",即以一种特殊的写作作为自己的"活法"。所谓"知人论世",论张爱玲的《传奇》,也可先从她的"人"说起。大家都知道,她说要写出"人生"的"底子"③[2]。那么,她自己"人生"的"底子"是什么呢?我以为,"自私"而已。

张爱玲是一个自私的人,胡兰成当年就曾说她是个"个人主义者":"有一次,张爱玲和我说'我是个自私的人',言下又是歉然,又是倔强。停了一停,又思索着说:'我在小处是不自私的,但在大处是非常的自私。'她甚至怀疑自己的感情,贫乏到没有责任心。"④[3]。两情相悦中的对白也许是最真实的,张爱玲的确是自私的,而且是一种"人生的底子"上的自私。从一开始,她就是个"古怪的女孩","从小被目为天才",除了"发展我的天才"以外"别无生存的目标",偏又生逢乱世,一无倚靠,只有在自己的世界里,在"没有人与人交接的场合",才"充满了生命的欢悦"[4]。所以"天才"一路走来,"向来很少有正义感。我不愿意看见什么,就有本事看不见"[5],"能够不理会的",便"一概不理会",当年战地医院里那个叫她"姑娘"的人"终于"死去了,她"欢欣鼓舞"亦"若无其事"[6],甚至连"自然"的"造人"(生孩子)都觉得是一种"浪费"[7]……这种"自私"

是骨子里的,是她人生关照以及自我生存的起点和终点,并使她一直都"活在自己的世界"里[8]。

"生在现在,要继续活下去而且活得称心,真是难,就像'双手辟开生死路'那样的艰难巨大的事"[9],对张爱玲来说,"活着"本身就是一种无奈。"受过教育的中国人认为人一年年地活下去,并不走到哪里去;人类一代一代下去,也并不走到哪里去。那么,活着有什么意义呢? 不管有意义没有,反正是活着的。我们怎样处置自己,并没多大关系,但是活得好一点是快乐的,所以为了自己的享受,还是守规矩的好。"[10]所以,"自私"的本能以及人生态度虽可能并不是一种政治,但无论怎样的"活着"却都离不开时代的背景,而当这种"自私"转成一种"活着"的方式并希望可以借"守规矩"来"活得好一点"时,在"写作"的层面上便生成了一种具有政治意味的"智慧"。换句话说,乱世里的张爱玲首先要"自私"的"活着",然后又要活出"自己的享受"来,因而写作便作为她"活着"的甚至唯一的方式,只能以一种特殊的"智慧"来进入这个特殊的时代,仅仅做"自己的文章"——这不仅是她小说创作的发生,其实也是她整个写作的思想背景。因此我不承认张爱玲对政治是不敏感的,而是相反以为她对政治有着特殊的吸嗅和感悟,不然便会低估了她的"智慧"以及她智慧的"写作"。回望"沦陷时期"的上海滩,众所周知,那是怎样一个"低气压的时代"和"水土不相宜"的地方啊[11]! 可就在这么特殊的"政治文化"⑤[12]背景下,张爱玲的写作竟"太突兀""太像奇迹"般地出现了,其中的"大智慧"实不得不让人仔细琢磨。"小说,无论如何,都处身于政治的变迁当中，有意识也好，无意识也好，总是以叙事的方式阐释着政治，参与着政治，成为政治美学形式的表达。"[13]。因此，时代的、必然的"政治"在张爱玲这里转成一种"智慧"的生存和叙事，不仅必需，而且必然。由此，张爱玲"人生的底子"上的"自私"与"自己的文章"里的"智慧"便形成了一种完美的"共构"，用"自己的文章"，为现实政治文本以及文本的政治书写创造了一种特殊的叙事方式。

其实，当年傅雷对张爱玲的评价中最意味深长的并不是所谓"好评"或"恶评"，而是具有"政治文化"意味的"深刻的人生观"的强调："倘没有深刻的人生观，真实的生活体验，迅速而犀利的观察，熟练的文字技巧，活泼丰富的想象，决不能产生一样像样的作品。"[14] 的确如此，题材也好，技巧也罢，都不仅仅是"写什么"与"怎么写"的问题，"文学"上最终的"深度"与"实质"都来自"深刻的人生观"，而遗憾的是，张爱玲在自私的"底子"上生成的"智慧"却没能走进傅雷所强调的"一切都是斗争"的"深刻"的人生，而是走进了"最基本的""真实而安稳"的、但却"依旧是庸俗"的人生[15]。所以，在"自己的文章"里，仿佛一切都是"对立的"一样——"飞扬"与"安稳"，"斗争"与"和谐"，"力"与"美"，"英雄"与"凡人"，"时代"与"记忆"，等等，前者是一般"弄文学的人"所注重的，而后者才是张爱玲自己所追求的——她自觉而明确地展示出了一种与傅雷、与一般"弄文学的人"当然也就是与某种"主流"完全不同的人生观与文学观[16]。当然，这种"自己的"人生与文学本来并无不可，甚至相反因从"人"的角度重新调整了"五四"

以来文学的出发点和落脚点而可谓颇为难得。但这并不能让我们对其这种所谓"洞见"中的"自私"与"逃避"可以忽略不计。借用她的说法，如果所谓"神性"是一种"永恒0的超越"的话，那么所谓"妇人性"则差不多就是一种"委屈以求全、妥协以求生、苟且以求安的生存态度"[17]，是一种只想自己能于乱世中"活得好一点"的"自私的逃避"，甚至"委曲的迎合"，因为在这个"沦陷"的时空里，的确是"有"一种"政治"不需要"反抗的英雄"而只需要"妥协的妇人"的！所以，张爱玲并不是从来都"没有写历史的志愿"[18]，而是从来没有对于历史和时代的"责任心"，只想以一种"自私"的现实"智慧"来书写历史。因而她在一个"战争"和"革命"的时代里面偏不写"战争"和"革命"，而只写那些"沉重的""古老的记忆"，"人类在一切时代之中生活下来的记忆"[19]，如《传奇》；然后却在一个不再充满"战争和革命"的时代里切切书写着自己从"那个时代"走过来以后的"革命记忆"和"战争体验"，如《色·戒》与《小团圆》⑥[20]——这就是张爱玲的"智慧"，当然也是她的"政治"。

无论如何，人生中最重要的问题始终还是政治问题，没有任何人可以逃脱现实政治的本质性制约，故无论人生观以及文学观"深刻"与否，都与现实的政治文化与规范密切相连，归根结底都是政治问题。张爱玲其实很明白这一点，也知道自己根本无从可以逃离现实的时代以及时代的政治，就像她后来借作品中人物所感慨的，"政治决定一切。你不管政治，政治要找你"[21]。这并不是她在新中国成立后的一时感悟，其实也是在《传奇》的创作中便已经真切感知到了的，所以她可以在现实的感情上毫不回避具有特殊政治身份的胡兰成,而在文学的写作当中却刻意地避免涉及任何政治,可以想见其"大胆"与"小心"之间,又如何的寄寓着怎样一种敏感而复杂的"政治智慧"啊!当然,我们尽可以将张、胡之间的关系视作一种绝对"单纯"的爱恋,但却无法将其极力回避现实的文学写作也看作是一种绝对的"单纯",若果真"单纯",想必我们也早就可以在《传奇》的任何一个角落都看到时代所"内含"的政治了。因此,如果说张爱玲的"自私"在人生的"底子"上决定着她"活着"的人生观的话,那么,她的"智慧"则进一步将其转变成了一种具有"私人的政治"意味的文学观。所以"委曲"也好,"逃避"也罢,张爱玲的小说创作始终都在一种极端个人主义的立场上,在"去政治化"的表面之下,掩藏着一种"自我的政治"。

二

《传奇》是张爱玲小说创作的起点也是巅峰,其中内含了张爱玲几乎全部的现实"生存智慧"即"政治智慧",因此其中的政治叙事也是最不易见或最易忽视的。表面看来,《传奇》写的都是"饮食男女",尤其作者还反复标榜自己"从来没有涉及政治"[22],更使得《传奇》仿佛真就只是一种"俗世情恋"中的"人性传奇"了。但实际不然。我以为,《传奇》中起码内含了两种"政治叙事",一是其"时间政治",二是其"空间政治"。

在《传奇》里,几乎所有故事都是一个关于时间的寓言,是以私人的、过去的甚至"退化的"的"时间"对时代的、"进化"

以及"进步的"历史"时间"的颠覆和重构。这种时间里的人事，有着自己相对独立的一整套政治架构，一切的家庭生活和爱情故事仿佛都是"从来如此"的，从未因时代历史的变化而发生"底子"上的变化，都只是"时代和社会的背影"，而所有的故事和故事里面的人，也都被笼罩在一种游移于"回忆"与"现实"之间"陈旧而模糊"的时间情境中，"他们唱歌唱走了板，跟不上生命的胡琴"[23]。众所周知，在中国近代以来的新文化以及新文学中，时间的"概念"本身是具有价值和意义的："进化论时间意识和历史意识已经构成为一种主流性的意识形态话语，构成为一种文化上的'集体无意识'深深地积淀在作家的世界观、思维模式和创作心理中"，并因此使时代的文学叙事体现为"对所谓必然性、进步性的追求"以及"历史乐观主义、理想主义的预言与自信"[24]。对张爱玲来说，"因为自从一九三几年起看书，就感到左派的压力，虽然本能的起反感，而且像一切潮流一样，我永远是在外面的，但是我知道它的影响不止于像西方的左派只限于一九三〇年代。"[25]，因此这种主流的"时间意识"便成为她走上文坛时的巨大的"影响的焦虑"和"现实的困恼"："似乎从'五四'一开始，就让几个作家决定了一切，后来的人根本就不被重视。她开始写作的时候，便感到这层困恼。"[26]所以在《传奇》中，张爱玲把包含着过去、现在和未来的完整的"时间流"截断了，具有"集体记忆"性质的历史时间概念也被她的私人时间所颠覆，在"时代"的作家们力图把握时代脚步和社会变化的时候，她只是从"现代"的意义上发现了"过去"，对立性地解构并重构着社会化的历史，话语形式中的"时间"在现实的意义上成为一种时代政治意识的对立性"隐喻"。艾晓明说:"看张爱玲的作品,与看那一时代许多作家的作品感觉不同,这种不同的感觉概言之,是时间差。"[27]这种"时间差"实际上恰是张爱玲所重构的一种"时间政治":"Michael Angelo 的一个未完工的石像,题名《黎明》的,只是一个粗糙的人形,面目都不清楚,却正是大气磅礴的,象征一个将要到的新时代。倘若现在也有那样的作品,自然是使人神往的,可是没有,也不能有,因为人们还不能挣脱时代的梦魇。"[28]这个时代"在影子似的沉没下去",书写这个时代的张爱玲"没有"、"也不能有"对于"一个将要到的新时代"的"象征"和"建构",因为在她的个人主义的"政治智慧"导引下,发现和书写一个时代的阴暗混沌的"背影"、一个社会的没有前途的"过去"以及冰山在水面以下的"没有光的所在",既是一种现实的无奈,其实也是一种写作的技巧,当然更是她想塑造的"政治个性"。

与整体的个人或私人叙事策略相一致,《传奇》的"空间"也是一种从"公共空间"中被"封闭"出来的"个人空间"⑦[29],并通过"一种情调"的"建立和保持",使"其情节和人物的塑造都被控制在某种情调和效果之下"[30]。随着中国现代社会的形成及发展,现实政治实践的"公共空间"也在大都市的背景下日渐形成,"五四"以来的"主流"作家们,都是以"写作"作为自己的"政治实践"来进入"公共空间",并不断确立自己的"政治公共性"品格的,所以他们对都市生活以及现实时代的把握,也都体现在一种积极的"参与"和"承担"之中。不过,在"沦陷时期"的极端政治之下,中国人的"政治权利"和"公共性品格"都被彻底取消了,与此相应,极端政治语境下的"文学空间"的"公共性"也被迫变异,成为一种封闭在"私人空间"里的"私语性"。所以在《传奇》里,社会和时代的"公共性"背景是彻底模糊的,取而代之的是"封锁"着的"个人空间",无论是具有封闭性的没落的旧家庭,还是中西杂糅的"怪胎"式的生存环境,都呈现出一种"非理性"的文化氛围和"空间政治"。傅雷曾描述过张爱玲小说的"空间背景":"遗老遗少和小资产阶级,全部为男女问题这噩梦所苦,噩梦中是淫雨连绵的秋天,潮腻腻、灰暗、肮脏、窒息与腐烂的气味,像是病人临终的房间……青春、幻想、热情、希望,都没有生存的地方。川嫦的卧室,姚先生的家,封锁期间的电车车厢里,扩大起来便是整个的社会,一切之上还有一只瞧不见的巨手张开着,不知从哪儿重重地压下来,要压瘪每个人的心房。"[31] 如张爱玲自己那个曾飘荡着"鸦片的云雾"的"家"[32],这些没落旧家庭曾经的辉煌早已只剩下"满眼的荒凉",其中的遗老遗少们,却与时代相背离地坚守着一种自成体系的封闭与沉沦,在躲不掉的回忆的"梦魇"中,用一个个"现代的鬼话",隐喻着与"五四"以来"人的话语"及其"公共性"的疏离和对立。依阿伦特的观点,文学和艺术作为"积极生活"中的"行动"(Actor),是最有可能在公共生活中显示"我是谁"的,但是前提是必须具有一个"自由说话"的环境[33]。而从张爱玲这里来看,显然,文学作为一种"行动"是危险的,"我是谁"的确认也十分艰难,因此对于"公共空间"的任何一种"参与",都只能以一种十分"暧昧"的方式来实现。所以她仍然"智慧"的选择并设计了一个完全游离于现实"公共空间"之外的

"个人空间",以一种"退避"甚至"退隐"的姿态,在一个"封锁"着的"自己的世界"里窃窃"私语",将"五四"以来具有社会和时代意义的"我是谁"的问题置于社会和时代的"背影"里,既彰显了一个消费意义上的"私语者"的"我",又有效地规避了一个"行动"意义上的"我"的危险,有了一种十分吊诡的政治色彩。

三

几乎所有人都承认,张爱玲的小说创作是"传统"与"现代"的结合,但在我看来,这种结合的"底子"并不在"现代",而是在"传统",她以"传奇"命名自己的创作,实际就是一种来自"中国经验"的叙事策略与模式。

众所周知,自唐人传奇以来,在中国小说的发展演变当中,早已形成了"无奇不传,无传不奇"的叙事特色和接受传统,即便在"五四"以来的新文学中,这一特色传统也没有本质上的改变,现代大众阅读的"唯一标准",还是"传奇化的情节"和"写实的细节"[34]。因此张爱玲初登文坛,便刻意地以"传统的中国人"的自我认同为上海人"写"了一本浪漫的香港传奇[35]。所谓"在传奇里面寻找普通人,在普通人里寻找传奇"[36],张爱玲的这种"用意"与其"政治叙事"的整体设计完全一致,就是要在那种属于"超人的"或"英雄的"的"时代"叙事之外,找寻一种完全属于自己的"素朴地歌咏人生的安稳"的文学,发掘"普通人"在"影子似地沉没"的时代里所感受到的被抛弃的

"恐怖"，以及"回忆与现实之间"的种种"荒唐"和"奇异的感觉"[37]。在与现实"主流"相对立的意义上讲，这可能是一种特殊的"政治叙事"，但从小说叙事的角度来看，却是一种独特的艺术"发现"和"再现"，唯其如此，才使得时代、文明及前途的虚无与绝望，在更加"真实"的物质细节的意义上，成为一种"主题永远悲观"的"常"中之"奇"。

张爱玲曾借《传奇》增订本的"封面画"阐释过她独特的"传奇"理念："封面是请炎樱设计的。借用了晚清的一张时装仕女图。画着个女人幽幽地在那里弄骨牌，旁边坐着奶妈，抱着孩子，仿佛是晚饭后家常的一幕。可是栏杆外，很突兀地，有个比例不对的人形，像鬼魂出现似的，那是现代人，非常好奇地孜孜往里窥视。如果这画面有使人感到不安的地方，那也正是我希望造成的气氛。"[38] 在这个"特异"与"本真"互视并互动的"张力场"里，张爱玲以一种双向否定与重建的独特方式来把握着世界，并以其"以新见异，以常见奇"的想象和发现，深刻地发掘到了一种常态生活中具有非常态意义的"奇异的感觉"。所谓"对立者可以共构，互殊者可以相通"[39]，故其"传奇叙事"即在这种"特异"与"本真"、"非常态"与"常态"之间双重否定并重新建构的"对立共构"过程中，以平凡的人生和写实的细节具化着虚无的时空和"无事的悲哀"，使日常的生活在其本身的"原始"味道出来之后，于宏大的历史叙事语境之中因之"奇异的感觉"而成为"传奇"的可能。

从某种意义上说，张爱玲"政治叙事"更多是她生存和生命感觉的犹疑和摇摆，并没有在小说的"叙事"层面上改变或消解其"传奇"的策略和模式。首先从叙事时间来看,《传奇》中仿佛被"封锁"起来的日子,都是以回忆与现实两种时空"视线"的对立和发现,来引发文本内外"心理镜像"的错位与对立的,并把所有人生的意义置于回忆与现实之间的"尴尬和不和谐"上,让某种"个人的""凝固的"或者"过去时的"心理时间与时代的、变化以及"进化"的现实时间对立起来并形成某种颠覆,使"陈旧的记忆"所浮现的不再是一种现实的、时代的故事,而是一种"不能挣脱时代的梦魇"般的"奇异的感觉",以及这种感觉中的现实生存心理的悲剧;再从叙事空间看,《传奇》中在沪、港两地反复游走的叙事空间,几乎把现代都市所有原本广阔、开放甚至喧嚣的"正常"的大背景,都模糊成具有深刻的心理意味并给人以"非常"感觉的具体背景,如姜公馆、白公馆等,使之都有着一种"噩梦"般的"心理处所"意味,而其中人所共有的冷漠、自私与残酷的心理特征,便与破败、荒凉、封闭的环境浑然一体,造成了处处都是"畸形"、人人充满矛盾的"日常"但却"特异"的生活环境,并由此来深化作品所力图形成的"奇异"以及"荒凉"的氛围;另从叙事结构来看,张爱玲以为,要表现人生的真相,就必须丢掉诸多巧妙而且有趣的"悬念"和"突转"等,不用"善与恶,灵与肉的斩钉截铁地冲突那种古典的写法",而用"参差的对照的写法"来在日常的生活中表现小人物的悲剧[40],因此其小说叙事结构的焦点便往往从外在的故事情节转为内在的人物情绪,把人物性格尤其是心理情绪作为结构中心,形成了一种以生活结构为核心的叙事原则[41]。

必须承认的是,与当年"左翼"小说以及后来种种简单化的政治叙事相比，张爱玲的《传奇》及其"传奇叙事"作为其政治叙事的承载形态，始终具有十分突出的特色和功效。尤其在现代以来大众文化市场渐趋成熟的语境当中，当主流作家们时常害怕"流俗"的时候，张爱玲毫无顾忌地以一种不怕"媚俗"的努力，大胆地借用传统的"传奇"技巧，争取到了广大的读者并确立起了自己的文学个性，尽管因"私人的"政治叙事而显得态度暧昧，但并不妨碍她成为现代中国小说真正走向"大众化"叙事的经典范例。因此，就张爱玲而言，我们既不能因"人"而废"文"，也不能因"文"而毙"人"，"人""文"既可以"合一"，同时也可以"两立"，即如我们可以指责张爱玲"自私"的人生观及其"妥协"的文学观，但并不能因此而看低她"传奇"叙事的艺术价值一样——因为懂得，所以慈悲。

[注]

① 《传奇》是张爱玲的中短篇小说集，于1944年8月15日由上海杂志社初版，增订本于1946年由上海山河图书出版公司初版。

② 张爱玲在《自己的文章》(1944)中说："我的作品里没有战争，也没有革命。"在《有几句话同读者说》(1947)中也说："我所写的文章从来没有涉及政治，也没有拿过任何津贴。"

③ 张爱玲说："好的作品，还是在于它是以人生的安稳做底子来描写人生的飞扬的。"

④ 后来胡兰成在其《山河岁月》中还曾明确谈及张爱玲的自私："她从来不悲天悯人，不同情谁，慈悲布施她全无，她的世界里是一个没有夸张，亦没有一个委屈的。她非常自私，临事心狠手辣。她的自私是一个人在佳节良辰上了大场面，自己的存在分外分明。"

⑤ 这是借用阿尔蒙德、鲍威尔的"政治文化"观点，是指"在特定时期流行的一套政治态度、信仰和感情"，本文中的所谓"政治"也时常

是在这个意义上的用法。

⑥ 阿伦特以为：人的行动实践既作为"自我展现"，则必须依赖于"他者"的共在，因此，这个由"他人"与"我"之行动者之间共同参与而形成的共同之"自我展现"的场域，即"公共之空间"。

⑦ 不过本文所谓"公共空间"和"个人空间"或"私人空间"等，既依此观点，但也包含在"公众"和"个人"的对立意义上所生成的"生存活动空间"意味，其"政治性"隐含在某种"活动方式"与"活动场域"的关系中。

[参考文献]

[1] 张爱玲.自己的文章[M]//金宏达,于青.张爱玲文集:第四卷.合肥:安徽文艺出版社,1992:174.

张爱玲.有几句话同读者说[M]//金宏达,于青.张爱玲文集:第四卷.合肥:安徽文艺出版社,1992:258.

[2] 张爱玲.自己的文章[M]//金宏达,于青.张爱玲文集:第四卷.合肥:安徽文艺出版社,1992:172.

[3] 胡兰成.评张爱玲[J].杂志,载1944(6).

胡兰成.山河岁月[M].北京:中国社会科学出版社,2003:148.

[4] 张爱玲.天才梦[M]//金宏达,于青.张爱玲文集:第四卷.合肥:安徽文艺出版社,1992:16-18.

[5] 张爱玲.打人[M]//金宏达,于青.张爱玲文集:第四卷.合肥:安徽文艺出版社,1992:94.

[6] 张爱玲.烬余录[M]//金宏达,于青.张爱玲文集:第四卷.合肥:安徽文艺出版社,1992:54,60-61.

[7] 张爱玲.造人[M]//金宏达,于青.张爱玲文集:第四卷.合肥:安徽文艺出版社,1992:95.

[8] 李渝.跋扈的自恋[N].中国时报,1995-9-14.

[9] 张爱玲.我看苏青[M]//金宏达,于青.张爱玲文集:第四卷.合肥:安徽文艺出版社,1992:228.

[10] 张爱玲.中国人的宗教[M]//金宏达,于青.张爱玲文集:第四卷.合肥:安徽文艺出版社,1992:111-112.

[11] 迅雨(傅雷).论张爱玲的小说[J]万象,1944-5:3(1).

[12][美]阿尔蒙德,小鲍威尔.比较政治学:体系、过程、政策[M].

曹沛霖等,译.上海:上海译文出版社,1987:29.

[13]骆冬青.叙事智慧与政治意识[J].小说评论,2008(4).

[14]迅雨(傅雷).论张爱玲的小说[J].万象,1944-5:3(1).

[15]张爱玲.自己的文章[M]//金宏达,于青.张爱玲文集:第四卷.合肥:安徽文艺出版社,1992:172-175.

[16]张爱玲.自己的文章[M]//金宏达,于青.张爱玲文集:第四卷.合肥:安徽文艺出版社,1992:172-175.

[17]解志熙.走向妥协的人与文[J].文学评论,2009(2).

[18]张爱玲.烬余录[M]//金宏达,于青.张爱玲文集:第四卷.合肥:安徽文艺出版社,1992:53.

[19]张爱玲.自己的文章[M]//金宏达,于青.张爱玲文集:第四卷.合肥:安徽文艺出版社,1992:172-175.

[20]张爱玲.续集自序[M]//张爱玲.重访边城.北京:北京十月文艺出版社,2009:155.

张爱玲.小团圆[M].北京:北京十月文艺出版社,2009.

[21]张爱玲.十八春[M].南京:江苏文艺出版社,1986:356.

[22]张爱玲.有几句话同读者说[M]//金宏达,于青.张爱玲文集:第四卷.合肥:安徽文艺出版社,1992:258.

[23]张爱玲.倾城之恋[M]//金宏达,于青.张爱玲文集:第二卷.合肥:安徽文艺出版社,1992:48.

[24]逄增玉.现代性与中国现代文学[M].长春:东北师范大学出版社,2001:171.

[25]张爱玲.忆胡适之[M]//张爱玲.重访边城.北京:北京十月文艺出版社,2009:19.

[26]水晶.替张爱玲补妆[M].济南:山东画报出版社,2004:23.

[27]艾晓明.反传奇——重读张爱玲《倾城之恋》[J].学术研究,1996(9).

[28]张爱玲.自己的文章[M]//金宏达,于青.张爱玲文集:第四卷.合肥:安徽文艺出版社,1992:174.

[29]蔡英文.政治实践与公共空间——阿伦特的政治思想[M].北京:新星出版社,2006:84.

[30][美]韦勒克,奥·沃伦.文学理论[M].北京:生活·读书·新知三联书店,1984:248.

[31] 迅雨（傅雷）.论张爱玲的小说[J]万象，1944-5：3（1）.

[32] 张爱玲.私语[M]//金宏达，于青.张爱玲文集：第四卷.合肥：安徽文艺出版社，1992：105.

[33] 徐贲.文学公共性与作家的社会行动[J].文艺理论研究，2009(1).

[34] 张爱玲.国语本《海上花》译后记[M]//金宏达，于青.张爱玲文集：第四卷.合肥：安徽文艺出版社，1992：356.

[35] 张爱玲.到底是上海人[M]//金宏达，于青.张爱玲文集：第四卷.合肥：安徽文艺出版社，1992：20.

[36] 张爱玲.传奇[M].上海：上海《杂志》出版社，1944：扉页.

[37] 张爱玲.自己的文章[M]//金宏达,于青.张爱玲文集:第四卷.合肥：安徽文艺出版社，1992：172-175.

[38] 张爱玲.有几句话同读者说[M]//金宏达，于青.张爱玲文集：第四卷.合肥：安徽文艺出版社，1992：259.

[39] 杨义.中国叙事学[M].北京：人民出版社，1997：21.

[40] 张爱玲.自己的文章[M]//金宏达,于青.张爱玲文集:第四卷.合肥：安徽文艺出版社，1992：172-175.

[41] 张文东.论张爱玲《传奇》之叙事模式[J].社会科学战线，2009(10).

（原载 2010 年第 7 期《文艺争鸣》，2010 年第 12 期《人大报刊复印资料中国现当代文学》全文转载）

常与非常：张爱玲《传奇》叙事之结构模式

以情节为结构中心，是中国传统古典小说的基本模式，也是一般传奇的基本叙事套路。自唐人传奇以来，在"作意好奇""叙述宛转"中形成的所谓"悲欢离合""奇巧诡怪"的"际遇"，以及"变幻""新奇""缠绵"的笔法，等等，都是一般传奇"讲故事"的叙事结构的重心，如鲁迅所言：传奇"虽亦或托讽喻以纾牢愁，谈祸福以寓惩劝，而大归则究在文采与意想"[1]。在欧洲中世纪的骑士传奇中，优雅的爱情作为"满足贵妇人闲暇时阅读需要而虚构的幻想作品"，也都被"提供了千篇一律的开端和结尾，叙事的主要兴趣不是爱情关系本身的发展，而在于骑士为他的贵妇人所完成的冒险活动"[2]。而所谓"际遇"和"冒险"，其实都是在一系列的"偶遇"和"巧合"的基础上所形成的"离奇而又曲折"的情节，所以，"传奇"也才常常成为"传""奇"。

不过，在一个注重自我或注重表现自我的时代意义上，叙事是作者通过讲故事的方式把"人生经验的本质和意义"传示给他人，而这种人生经验的本质和意义在"偶遇"和"巧合"中的存在，多多少少是缺乏了一种必然性的。因此，在"将文艺当作高兴时的游戏或失意时的消遣的时候""已经过去"的现代叙事中，"五四"以来的文学叙事，便在作品结构中心或重心的问题上，逐渐形成了一种"非情节化"的结构意识，有了一种"切近日常生活、表现平民百姓喜怒哀乐"的文学取向——像叶圣陶常常如旁观者般冷静地解剖小人物灰色的生命，郁达夫总是在"自叙传"中细腻地袒露零余者惶惑的心态，而鲁迅则是在"看与被看"的模式中同时展示大众麻木的目光和知识者痛苦的灵魂——由此，也形成了"五四"以来新文学"非英雄化"的审美趣味和要求。所以鲁迅说："这些极平常的，或者简直近于没有事情的悲剧，正如无声的言语一样，非由诗人画出它的形象来，是很不容易觉察的。然而人们灭亡于英雄的特别的悲剧者少，消磨于极平常的，或者简直近于没有事情的悲剧者却多。"[3]

因此，要表现人生的真相，就必须丢掉那么多巧妙而且有趣的"悬念""发现"和"突转"，并且不是使用"善与恶，灵与肉的斩钉截铁的冲突那种古典的写法"，而必须用"参差的对照的写法"来在日常的生活中表现小人物的悲剧[4]。于是，普通人的日常生活成为主要表现对象，对近乎无事的悲剧的关注，便使得现代小说从以情节结构为中心转为以人物心理为结构中心，并在接近生活原生态的意义上获得了更大的艺术结构空间。

20世纪40年代的上海，张爱玲所处的也是一个即使需要亦无法创造英雄的创作环境，因此，尽管在小说的情节、人物（或性格）及背景（或环境）三个要素之间以"情节"最具有"娱乐性",而张爱玲也充分意识到了"情节的传奇化"的阅读要求,但是,对于时代和文学有着深刻而独特理解的她,还是自觉不自觉地体现出了与"五四"文学叙事"非英雄化"相一致的"反英雄化"取向。那种"注重人生飞扬的一面"的、属于历史时代"宏大"叙事的、"超人的"、"英雄的"的文学,并不为其所看重,她所注重的是人生"有着永恒的意味"的"安稳的一面",即人生的"底子",注重表现与"飞扬"对立的"和谐"、"素朴地歌咏人生的安稳"的文学[5]。张爱玲这种文学的"底子"的理解与她人生的"底子"的理解相一致,都体现为对现实生活的物质层面上的"本真"和"生命的本身"极为执着的关注,张爱玲对于"生命的本质"的认识始终是十分"实际"的,"日常的","细节化"的。

"实际的人生"不属于"超人",而属于普通人,他们往往又都是一些"不彻底的人物"——"极端病态与极端觉悟的人究竟不多。……所以我的小说里,除了《金锁记》里的曹七巧,全是些不彻底的人物。他们不是英雄,他们可是这时代的广大的负荷者。因为他们虽然不彻底,但究竟是认真的。他们没有悲壮,只有苍凉。悲壮是一种完成,而苍凉则是一种启示。……而且我相信,他们虽然不过是软弱的凡人,不及英雄有力,但正是这些凡人比英雄更能代表这时代的总量。"[6]正是因为这种对现实人生的真切关注,张爱玲才有意识地选择了"英雄"的对面——"不彻底的人物",并深刻地看到他们在一个"影子似地沉没"的时代里所感受到的被"抛弃"的"恐怖",在"回忆与现实之间"时时发生的"尴尬的不和谐"中,人生有了"郑重而轻微的骚动，认真而未有名目的斗争"，而人生的本质则变成了种种甚至"荒唐"的"奇异的感觉"。[7]这不是一个时代的伟大的"悲壮"的完成，而是承载了这时代的"广大的负荷者"的日常生活中所体现出的"苍凉的启示"——于是，在摆脱了因"英雄"的"传奇"生涯而形成的"情节离奇"的诱惑之后，张爱玲自觉地以普通人的日常生活为表现对象，着眼的自然也只能是"近乎无事的悲剧"。她所谓的"传奇"的焦点便从外在的故事情节转为内在的人物情绪，"传奇"本身成为服务于人物主观感受的一种心理传奇。对时代、文明、前途的虚无与绝望，因为在物质细节上的更加"真实"，反倒成为一种"主题永远悲观"的"常"中之"奇"。从这一点上，当张爱玲把人物性格尤其是心理情绪作为结构的中心时，就打破了人们传统的或者思维常态上的对于传奇的理解，给了人们一种具有"奇异的感觉"的，不一样的"新传奇"。

二

1944年小说集《传奇》出版时，在扉页上印着张爱玲的题词："书名叫《传奇》，目的是在传奇里面寻找普通人，在普通人里寻找传奇。"这是张爱玲认识生活和介入生活的一种角度，也是她对传统与现实的一种发现和选择，标志着她对人生、文学以及传奇的独特的理解。而更重要的是，对于张爱玲的传奇叙事而言，这里实际上已经体现了她对"传奇"的结构要求的理解——这是一种化生活为结构，融结构于生活的结构原则，对于传统的结构模式而言,也就是于无结构中求结构,其情节线索的淡化,实质上是使其更加地接近了生活的原生态。《传奇》中的大部分作品都体现着这种要求,而在《封锁》《等》《桂花蒸 阿小悲秋》《留情》以及《鸿鸾禧》等情节意义比较淡化的作品中的体现则比较鲜明。

《封锁》是一个典型:在作品的叙事中,情节线索的意义在封闭的时空间里几乎丧失了,故事主要在停驶的电车这个相对的生活空间中发生,叙事结构是按照电车外(运行)——电车内(停驶)——电车外(到站)这一以"电车"为中心的线索展开的。"电车"是现代都市生活中一种普遍的运输工具,其运行具有固定的轨道、方向和终点,在没有发生"停电"或是"封锁"等特殊事件时,它的"永远不会断"地重复运行是定时、定向甚至是不可逆的。张爱玲选择"电车"作为叙述线索的中心,就使得"电车"的上述属性在小说的叙事结构中具有了无所不在的渗透性。

作品开篇这样写来:"开电车的人开电车。在大太阳底下,电车轨道像两条光莹莹的,水里钻出来的曲蟮,……就这么样往前移……没有完,没有完……如果不碰到封锁,电车的进行是永远不会断的。封锁了。摇铃了。……每一个'玲'字是冷冷的一小点,一点一点连成了一条虚线,切断了时间和空间。"[8]

叙事就这样首先从运行着的电车(电车外)开始——这是上海人日常生活的原生形态:"经过近代高压生活磨练的"上海人在日复一日、年复一年的满负重载的奔波、忙碌中,总还是一种"往前移"的日常形态,也正因为其"日常",所以"开电车的人"他不发疯。吕宗桢和吴翠远这样的上海人的日常生活或者前移轨迹也当然不例外,也许他们天天都可能在电车上相遇,但不会相知或相爱,就像生活中许多擦肩而过的人一样——这一开端在结构上的意义是突出的,甚至具有象征的意味。但是一个特殊叙事时间"封锁"的出现,日常的生活状态被打破,于是"前移"的叙事线索被中断,电车运行的停顿造成了叙事时间在空间意义上的凝固,结构的焦点突显出来,叙事的主要部分转入静止的车厢内继续——其实也就是转入了人的内心世界:主人公在众声喧哗和与三等车厢模糊的对比中悄然出场,一个原本未知、没有预谋的调情计划"不声不响地宣布了"……"计划"中,吕宗桢在封闭的空间中所完成的只是一个心理上的位移,它既是对生活某种东西的回避,其实也是对某种东西的欲望。"封锁"的空间不期然地使"封闭"的心灵具有了"开放"的意义,但是电车本身空间的结构形式,并没有使人物的心理超越相对固定的空间,于是所有短暂的快乐和自由最后还是回到了"钱的问题"上,人物心理活动的结构被生活本身的结构所束缚,只不过是"整个的上海打了个盹,做了个不近情理的梦。"——"封锁"结束了,电车在正常的行驶中到达一个个站台,曾经扭曲或变形的叙事也重新回到原来的轨迹上。吕宗桢回到了家里,生活中最后的归宿也成为叙事的结束,"乌壳虫不见了,爬回窠里去了"。

《桂花蒸 阿小悲秋》也同样,正如作品中炎樱的题记:"秋是一个歌,但是'桂花蒸'的夜,像在厨里吹的箫调,白天像小孩子唱的歌,又热又熟又清又湿。"[9]故事的开始是阿小早晨上工"牵着儿子百顺,一层一层楼地爬上来";结尾是第二天早晨阿小到阳台上晾衣服,"向楼下只一瞥,漠然想道:'天下就有这么些人会作脏!'好在不是在她的范围内"。一天一夜的时间里,阿小的生活中好像发生了许多事,但是她的生活轨迹却仿佛从来就没有从厨房走出去过,甚至连她的心理活动和情感要求也被公寓生活的琐屑的物质形式彻底地规范起来了。于是,叙事的时间意义在一个相对凝固的生活空间中被异常"实际"地"日常化"和"细节化"了,所谓故事,根本就像"桂花蒸"的"又热又熟又清又湿"的生活一样,夜里和白天同样"唱"起的那一首"秋歌",在模糊了情节的线索结构意义的同时,反倒明晰了生活原生状态所赋予的现实结构意义。

在《等》中,和作品的题目一样,诊所里的时间是几乎没有意义的,但是空间上所体现出的结构形式却深有意味。"白漆隔子"是叙事结构的分解点,它所隔开的两个实际上并无法真正隔离的房间,使治疗的人和被治疗的人成为两个叙事的线索,而每一线索的展开又都被另一线索所纠缠,互相隔离而又互相牵绊,甚至可以在"弄堂口新开的一家药房"上产生交叉并延伸,生活原生态的细密而又散乱的结构在人物心理的对立和空白中产生了叙事上的深度和灵活。从而,这种于生活结构处求叙事结构的做法,打破了传统的叙事结构模式,在更接近生活的"原生"的本质的意义上,把注意力转向了那熟悉的生活以外的某些陌生的东西。——尽管作者还是在讲着"日常"的故事,读者也还是在读着"日常"的故事,但已经不再是由说书人而是由人物讲述故事,人物的功能性意义增强,人物讲述成为作者创作的构思的中心,所以作者的感受、人物的心理甚至另外一个声音的"插入"或"议论",就都交织着有了特殊的意义和地位,于此形成了张爱玲小说叙事的一种具有"非常态"意味的特殊结构。

三

不过,张爱玲《传奇》的叙事结构并没有因为生活原生态结构的散乱性而进入混乱,而是借助生活原生态的"显层结构"与人物心理上的"隐层结构"完成了一种"常态"与"非常态"的对立共构,由此形成了她叙事结构上富有"张力"的双层结构特征。

张爱玲传奇叙事的显层结构即我们通常意义上的情节结构,主要体现为按照生活原生态所具备或应该具备的故事线索所形成的情节叙事的组合形态。在这个结构层次中,张爱玲把"传奇性的大线索结构"加以平凡化和模糊化,尤其是在篇幅都不长的大部分小说中使之"日常化""家庭化",形成了按照主要人物生活进程进行情节式叙事的结构形态。但是,结构的本质意义并不是某几个故事(叙事)成分的简单编配,作品结构生命感的获得,还要在不同叙事形态的意义上,在生活的厚度和意蕴的深度中获得补偿。因此,使"平凡"的故事尽可能地具有"不平凡"的心理力量,即平凡的情节、平凡的人物与不平凡的心理挣扎和极具深度的道德(不是社会的)主题之间的双重建构,便成为张爱玲以"常"见"非常"的传奇叙事结构的总体追求。因而,其传奇叙事的"隐层结构"即主要地体现为具有"非常"意义的人物心理力量作为功能性的要素,借助其在与作为

"常态"表现的显层结构要素的对立中所形成的"张力",成为作品意义生成的决定力量。

也曾有学者看到了张爱玲小说的"叙事单元之间的深层结构"的"吸引力",但是仅仅把它定义为按照人物的"精神历险"或"灵魂挣扎"来完成的结构类型[10],因而并没有真正把握住张爱玲小说作为一种"传奇"的特殊叙事模式的结构特色。所以当我们同样从叙事单元的结构分析进入《传奇》作品的分析时,看到的就应该不仅仅是一种类型,而是一种"对立共构"的张力结构,而且这种叙事结构的"显""隐"两层是相互生发并相互转化的。——我们也以《沉香屑 第一炉香》为例:

作品写的是一个涉世未深的少女葛薇龙逐步走向沉沦的故事,故事可以分为一显一隐两个结构层面:显层的情节结构以葛薇龙为中心,由几个故事单元按照事件发生的时间顺序组成——葛薇龙进入梁太太府邸→进入梁太太的社交圈→爱上乔琪乔→发现被骗→走向堕落。在这个显层结构中,不同故事单元的结构关系具有"常态"的情节上的合理性,但并不能以其独立存在的形式而构成深刻的生活意蕴,其简单的"前后因果"式的叙事顺序实际上是被人物心理力量和状态的变化所决定的,即显性的情节线索是与隐性的心理发展轨迹相吻合,并被其所决定的。在隐层结构中,葛薇龙的精神状态、心理活动以及其"灵魂的挣扎"所形成的是一种具有"非常"意义的,直接推动显层的情节发展的结构功能,并在不同的故事单元上体现出来。在第一单元中,葛薇龙是一个有着进取心和独立意识但却"无知"的少女,她的单纯、自信的精神内质与梁太太的交际花式的灵魂与生活之间在本质上是对立的,而当她进入梁太太的家的时候,其"原在"的"单纯"或"无知",便与梁太太的精神与生活的"污浊"之间形成了一种"张力",于是在两个对立灵魂的交战中,这种有自信的"无知"使得她并没有抵抗住梁太太带有侮辱性的"接纳",从此埋下了她走向沉沦的因子,而后来的似乎只是一种"生活流"的情节的变化,其实都可以从第一单元的这种富有张力的心理结构中找到线索。在第二单元中,葛薇龙进入了梁太太的社交圈子,日常生活的主题是"应酬",而读书则变成了"晚上"的事情,这种生活时间上的交替,实际上是被她灵魂上的游移和挣扎所决定的。当其原来的具有高尚意味的读书目的被"新"的原本"属于"梁太太的价值观和人生观所逐渐取代时,自我的丧失就使她在不得不成为梁太太的诱饵的同时,又在心理上产生了报复的欲望,灵魂的挣扎使生活的天平开始出现明显的倾斜,她与梁太太之间原来的心理性的对峙,逐渐地成为生活中的"争风吃醋"。由此可见,隐层结构的心理力量本身并不是情节要素,但它在必须借助于显层的故事性叙事获得体现的同时,也决定着显层结构的平衡存在和变异方向。二者的对立是相对的,而在二者的整合性的共构中,叙事作品本身的文化容量和隐喻功能才真正地得到了保证。同时也正是因为人物及人物心理所具有的功能性,显层结构的故事单元在以日常的"平衡"状态体现着隐层结构时,还会必然激发出隐层结构中所蕴含的"不平衡"的心理力量,从而使隐层结构在心理结构和力量的变化发展中,不断上升并逐渐成为显层结构,在打破原来的故事单元之间的平衡的同时,重新建立起一种心理结构上的平衡，由此通过一"显"一"隐"两个结构层次的转化，形成新的叙事结构。从第三个故事单元开始，葛薇龙在自欺欺人的心理挣扎中爱上了乔琪乔并很快被乔琪乔把她心灵中所保有的唯一一点真情摧毁掉了，于是，在经历了幻想的贬值、自信的破灭之后，人性的力量终于被物欲的诱惑战胜，葛薇龙终于彻底抛弃了她原来力图坚守的人格完整和精神家园，自觉地沉沦于深渊之中。小说就是在这样一种"自我保有——自我挣扎——自我丧失"的"灵魂挣扎"的隐层结构与"平衡——平衡被打破——重新平衡"的显层结构之间的对立共构上，形成了叙事结构的"常"与"非常"的双层性。

如果按照上面这个思路再来看曾被视为"精神历险"或"灵魂挣扎"的《传奇》中的《茉莉香片》《红玫瑰与白玫瑰》以及《沉香屑 第二炉香》等作品，我们显然可以发现更多富有意味的张力结构关系，而不仅仅是一种人物的心路历程。其实，张爱玲的整个《传奇》叙事也是基本遵从了这种结构模式的，就像我们并不能简单地把《金锁记》的叙事结构关系看成是曹七巧的生命历程的变化使然一样。

四

有着深厚中国文学根底和西方文学修养的张爱玲，在其叙事结构本身的双层性上还体现出叙事策略的两端取向，并因此形成了其传奇叙事结构的双构性——这种双构的两端并不是一般所说的"新"与"旧"，而是暗合了"常"与"非常"的"传统"

与"现代"。

艾晓明把《倾城之恋》的叙述内容和场景变化按普洛普的叙事功能分析进行过定义假设，认为它是在"出走——归家、需求——获得、匮乏——满足"这样一个具有"两极"性的基本结构上展开叙事的，并有一系列的"空间位移"的意义。[11]而按我的理解，这部小说的叙事结构在这里并不是空间或行为上的意义，而依然是按照生活结构来完成的心理性结构，更重要的是，在这一具有心理意味的结构中，作者是以对"传统"与"现代"的独特理解，使叙事在传统意识与现代精神之间反复游走，体现出了反讽式的两端取向。

从白流苏的角度看，"出走""需求""匮乏"的内容都是首先来自生活结构的不合理，而造成这一不合理的"前在"因素是传统意识——即封建性的社会心理内容。一个旧式的封建意味极浓的大家庭中，一个"具有"现代意识而离了婚的女子，这本身就是一种不和谐。作品中有一段人物的话："你别动不动就拿法律来唬人！法律呀，今天改，明天改，我这天理人情，三纲五常，可是改不了的！你生是他家的人，死是他家的鬼，树高千丈，叶落归根——"[12]——作为现代社会基本要素的法律意识与以三纲五常为要素的封建意识之间的对立，在白流苏的境遇中甚至具有了"绝对"的意义。因此，她所"需求"或"匮乏"并不是所谓现代意识上的"独立与自由"，而依然是传统意识上的"安身和立命"，她的"出走"，当然可以算是对传统家庭的反叛，但却并没有真正走出封建传统的意识框架。因此在当她"似乎"得到了"爱"但却而没有得到"承诺"的时候，她不也还是"回家"了吗？

从某种意义来说，作者在给予白流苏更多的封建性的同时，赋予范柳原的是更多的"现代"的内容。现代意识以及"洋场气"十足的他，在从一个封建的家庭中把白流苏挖掘出来之后，并没有与其进入传统的爱情与婚姻理解中，他给予她的其实只是在现代洋场中随处可见的"高级调情"式的"爱情"。这一点我们甚至可以直接从范柳原所改用的一句古诗中看到："死生契阔——与子相悦，执子之手，与子偕老。""成说"改为"相悦"，一个洋场阔少式的"现代"浪子与一个急于安身立命的"传统"女子之间就形成了一种无法克服的不和谐，由此在"古老"的爱情信念与"新派"的情感游戏之间所形成的对立，便构成了小说叙事不断将其反讽式地加以统一的两端。

其实在范柳原和白流苏身上，所凝聚的都不只是单一的现代或是传统的东西，和上海与香港这两个现代化的都市一样，传统与现代在它们身上本来就是一种反讽式地普遍存在。白流苏在有着充分的传统的生活理念的同时，还有着对于现代生活的充分追求，而范柳原的"新派人"的"混血"的生活理念中也保持着对于"真正的中国女人""顽固"的"看中"。而在两个人的关系上，可以分别走向传统与现代两端的生活轨迹却因为这种反讽在特殊的叙事时间里获得了结合，本来无法在正常的叙事中获得成功的"爱情"关系在"倾城"的特殊时空里得到了"正常"的婚姻结果。现代生活所提供的可能，在被传统意识模糊了"必然性"之后，又重新借助一个城市的倾覆，形成了一个生活原生态上的开放式的结局。但是，最后生活的"没有结束"

却又在心理上具有了"结束"的意味。因此,《倾城之恋》中结尾的开放性,使我们能感觉到的实际上已经不是人物或白流苏心理上的开放(她的心灵时间在获得了空间栖息地的同时已经消失),而是生活本身的无端和开放。——于是,白流苏"反叛"的现代性被"满足"的非现代性所取代,追求"自由"的"出走"终于又回到了没有"自由"的"围城"中;而范柳原的"洋派"或者"现代",也经过"现代化"的拆卸和组装,成为一个"资本主义文化与中国封建文化媾生出的怪胎"。于是,生活本身的原生结构使作品具有了"现实"但却是反"现代"的意义,叙事结构本身也即成为一种"反讽"。正如赵园所说:"这才是'传奇'所提供的最有价值的'普遍'。半殖民地半封建的中国社会这一独特侧面中,包含着近现代中国历史的某些本质。这两面——近现代中国上流社会生活的强烈的封建性与日益加强的资本主义性,无疑是张爱玲所占有的极其独特的经验材料。"[13]

这种反讽式的双构性结构,在《金锁记》中体现为现代社会的"开放性"被曹七巧"没有光"一样的封闭起来,在《沉香屑 第二炉香》中体现为人物对于"性"及人性的不同理解,在《沉香屑 第一炉香》中体现为葛薇龙在追求"自我"价值的同时对自己的"丧失",等等。张爱玲的这种结构方式,把"传统"与"现代"、"封闭"与"开放"、"反叛"与"皈依"交织在一起,借二者之间"常"与"非常"所形成的"张力场",构成了某种深刻的间离效果,并通过小说在时空结构上所实行的反复"穿插"和"折叠",使叙事本身在"双构"内容的纠缠、对比和撞击之中产生哲理的升华,在解剖着人生处境无法把握的困窘的同时,得到了对世界意义的非常强烈而深刻的理解，透露出了一种人世沧桑的命运感。

[参考文献]

[1] 鲁迅.中国小说史略[M]//鲁迅.鲁迅全集：第9卷.北京：人民文学出版社，1996：70.

[2][美]伊恩·P·瓦特.小说的兴起——笛福、理查逊、菲尔丁研究[M].北京：生活·读书·新知三联书店，1992：151-152.

[3] 鲁迅.几乎无事的悲剧[M]//鲁迅.鲁迅全集：第6卷.北京：人民文学出版社，1996：371.

[4] 张爱玲.自己的文章[M]//金宏达，于青.张爱玲文集：第4卷.合肥：安徽文艺出版社，1992：175.

[5] 张爱玲.自己的文章[M]//金宏达，于青.张爱玲文集：第4卷.合肥：安徽文艺出版社，1992：172.

[6] 张爱玲.自己的文章[M]//金宏达，于青.张爱玲文集：第4卷.合肥：安徽文艺出版社，1992：173-174.

[7] 张爱玲.自己的文章[M]//金宏达，于青.张爱玲文集：第4卷.合肥：安徽文艺出版社，1992：174.

[8] 张爱玲.封锁[M]//金宏达，于青.张爱玲文集：第1卷.合肥：安徽文艺出版社，1992：97.

[9] 张爱玲.桂花蒸 阿小悲秋[M]//金宏达，于青.张爱玲文集：第1卷.合肥：安徽文艺出版社，1992：174.

[10] 宋家宏.走进荒凉：张爱玲的精神家园[M].广州：花城出版社，2000：241.

[11] 艾晓明.反传奇——重读张爱玲的《倾城之恋》[J].学术研究，1996（9）.

[12] 张爱玲.倾城之恋[M]//金宏达，于青.张爱玲文集：第2卷.合肥：安徽文艺出版社，1992：49.

[13] 赵园.开向沪、港"洋场社会"的窗口——读张爱玲小说集《传奇》[J].中国现代文学研究丛刊，1983（3）.

（原载2005年第6期《吉林大学社会科学学报》，有删改）

"不能挣脱时代的梦魇"

——论张爱玲《传奇》叙事的心理时间模式

一

"在传奇里面寻找普通人,在普通人里寻找传奇。"——这句写在《传奇》扉页上的话,无疑可以被理解为是张爱玲认识生活和介入生活的一种角度,是她对传统与现实的一种发现和选择,标志着她对人生、文学以及传奇的独特理解。由此可见,张爱玲的所谓"传奇",就是在传统与现代之间,在英雄与凡人之间,在"飞扬"与"安稳"之间,即在常态与非常态之间,找到可以对立共构的契合之点,力图发现和把握人生平稳的"底子"中的"奇异的感觉"。这种对于文学的理解与张爱玲对于人生的"底子"的理解相一致,都体现为对"日常的""细节化"的生活"本真"和"生命的本身"的极为执着的关注。在这种对现实人生的真切关注中,张爱玲深刻地看到了"普通人"在一个"影子似地沉没"的时代里所感受到的被"抛弃"的"恐怖",体会到了在"回忆与现实之间"时时发生的"尴尬的不和谐"中人生所具有的"郑重而轻微的骚动,认真而未有名目的斗争"。于是,她有意识地选择了"英雄"的对面——"不彻底的人物",作为叙事的功能主体,在对细节化的常态生活进行重新体味和建构之后,以在非常态的心理意义上完成的一种特殊生命体验,营造了一个个现代都市中普通人的"新传奇"。这些传奇不是一个时代的伟大的"悲壮"的完成,而是承载了这时代的"广大的负荷者"在"无事的悲哀"之中体会到的一种超越生活本身的"苍凉的启示"——人生的本质无非就是如此种种甚至"荒唐"的"奇异的感觉"[1]——对时代、文明、前途的虚无与绝望,因为在物质细节上的更加"真实",反倒成为一种"主题永远悲观"的"常"中之"奇"。

传奇无论新旧,都是要讲故事,而故事则来源于"历史",由一系列的事件构成。在故事中——"事件被界定为过程。过程是一个变化,一个发展,从而必须以时间序列(succession in time)或时间先后顺序(chronology)为其先决条件。事件本身在一定时间内,以一定的顺序出现。"[2]所以,"事件本身的一定顺序"属于"故事时间",叙事作品总是这样一种时间流的记录;而作为"讲故事"的作者按照叙事策略加以重新结构的"叙事时间",无论是把同一的情节线切断并重新剪辑组合,还是把不同的情节线打破并重新拼凑起来,则都是用以对"故事时间"加以描绘的"文本时间",更多地具有作者如何讲故事的"心理时间"的意义。其实,叙事就是作者通过讲故事的方式把人生经验的本质和意义传示给他人。浦安迪说:"叙事文展示的是一个延绵不断的经验流(flow of experience)中的人生本质。"[3]这种所谓"延绵不断的经验流"就是一种叙事的时间性描述。而作为"经验"本身，叙述的心理意义便在叙事时间中具有了功能核心的位置。

1946年上海山河图书公司出版《传奇》增订本，张爱玲在卷首借对封面画面的描述，阐述了自己在"传统"与"现代"之间对"传奇"叙事的独特理解："封面是请炎樱设计的。借用了晚清的一张时装仕女图。画着个女人幽幽地在那里弄骨牌，旁边坐着奶妈，抱着孩子，仿佛是晚饭后家常的一幕。可是栏杆外，很突兀地，有个比例不对的人形，像鬼魂出现似的。那是现代人，非常好奇地孜孜往里窥视。如果这画面有使人感到不安的地方，那也正是我希望造成的气氛。"[4]在这个画面中，张爱玲借两种视线的"互视"，使现代与传统之间形成了一种特殊的"张力场"，在确立了她具有对立共构意义的"传奇"叙事策略的同时，还深刻地蕴含了一种对于"传奇"叙事时间的独特理解——过去时的"晚清"与现在时的"现代"——这并不是一种要求于文本营造的气氛，而是一种具有对立性质的时间策略。这一张力场所发生的心理上的"奇异的感觉"，并非来自故事或事件本身的对立，而是来自两种时空间的视线的对立，所引发的心理感知、感觉的对立，是在互相的发现中所发生的心理镜像的错位与对立——张爱玲所谓的"生活的本真"或者"本质"，实际上就是在现实与传统之间的这样一种特殊发现和理解。

所以，当张爱玲把所有的人生意义置于"在回忆与现实之间"的尴尬和不和谐的层面上时，在"陈旧的记忆"中浮现的，就已不再是一种"现实的""时代的"的故事，而是一种传达和营造着"不能挣脱时代的梦魇"的"奇异"的生存感觉。在与生命的感悟联系起来之后,个体生存的"时间感",便具有了一种无法摆脱的心理悲剧的意义,而所谓人生的"苍凉的启示",也便成为一个心理的传奇。杨义曾说:"三万余言的中篇《金锁记》比《倾城之恋》远为浑厚的地方,就在于它引入了洋场世界这个法力无边的魔影,使其人生人性的剖示带有浓重沉郁的悲剧感和历史感,从而写成一部关于黄金和情欲的心理传奇。"[5] 其实,如果从"时间感"的角度看,不仅仅是《金锁记》,《传奇》中的所有作品大概都可以作为"心理传奇"来看。当张爱玲把生成于"变异"的个人感觉上的心理时间作为《传奇》叙事的一个基本功能层面时,具有错位与对立性质的叙事时间,就成为她"心理传奇"特殊叙事策略的具体呈现。

二

在叙事策略上,张爱玲《传奇》的创作,基本上是回避了宏大的时代叙事及历史叙事,即更多地体现为个人叙事或私人叙事。在她的"传奇"中,"时间"总是私人的,个体的,特殊的,这种"时间"具有脱离现实"时间"意义的"过去的"甚至"退化的"性质,它与作为现实背景下的时代、历史"时间"的整体的、"进化的"以及"进步的"性质之间具有很大的差异。在这种"时间"里活跃着的人物和故事,并没有与时代、历史、民族以及政治的生活产生什么关联。在她的"传奇"世界中,一切的家庭生活和爱情故事仍然是"从来如此"的陈陈相因和离合悲欢,并没有因为时代历史的变化而发生"底子"上的变化,所以,她小说中的"日常的"生活就具有了一种"时代和社会的背影"上的心理意义。

《倾城之恋》一开始就是一个与现实完全不同的时间情境:"上海为了'节省天光',将所有的时钟都拨快了一小时,然而白公馆里说:'我们用的是老钟。'他们的十点钟是人家的十一点,他们唱歌唱走了板,跟不上生命的胡琴。"[6]《金锁记》的开篇也同样:"三十年前的上海,一个有月亮的晚上……我们也许没赶上看见三十年前的月亮。年轻的人想着三十年前的月亮该是铜钱大的一个红黄的湿晕,像朵云轩信笺上落了一滴泪珠,陈旧而迷糊。老年人回忆中的三十年前的月亮是欢愉的,比眼前的月亮大,圆,白;然而隔着三十年的辛苦路往回看,再好的月色也不免带点凄凉。"[7]这种游移于"回忆"与"现实"之间"陈旧而模糊"的时间情境,在张爱玲的《传奇》中到处都是:《沉香屑 第一炉香》中是借用"家传的霉绿斑斓的铜香炉"的时间意象;《沉香屑 第二炉香》中叙事者以两个不同的身份首先营造出的是一种"阅读过去"与"讲述现实"之间的不和谐;《茉莉香片》中是"绞动"在聂传庆心里的"二十多年前"的那把"生了锈了"的刀,等等。其他接近或存在于现实时间情境的也同样具有"陈旧而模糊"的意味:《封锁》中的吕宗桢与吴翠远的偶遇和相爱不过是"整个的上海打了一个盹";《花凋》中的川嫦是和"这可爱的世界"一起"一寸一寸地死去了"的;《琉璃瓦》中生活留给姚先生的只是一个"只怕他等不及"的"来得好",等等。于是,所有的故事和故事里面的人,在这样一种"陈旧而模糊"的时间里，在"现在"的意义被昨天的"回忆"消解了的同时，都没有了"明天"。

张爱玲的"传奇"中，鲜明地有两个时间系统，一个是现在，一个是过去，作为包含着过去、现在和未来的完整的"时间流"在她的叙事中是被截断的。在20世纪40年代新文学的作家们依然力图把握时代脚步和社会变化的时候，张爱玲只是从"现代"的意义上发现了"过去"，体现出她在个体化的叙事时间上与社会化的历史时间之间的差异。在"五四"以来的新文学中，时间的概念本身是具有价值和意义的："进化论时间意识和历史意识已经构成为一种主流性的意识形态话语，构成为一种文化上的'集体无意识'深深地积淀在作家的世界观、思维模式和创作心理中。……文学叙事体现为对所谓必然性、进步性的追求，体现为历史乐观主义、理想主义的预言与自信……"[8] 但是在张爱玲的故事里，这种具有"集体记忆"性质的历史时间概念被她的私人时间所取代了，这种私人时间所指向的是过去，而不是现在，更不是未来。从故事时间的角度来看，在她的作品里，故事的背景时间大多是很模糊的，唯有"过去时态"是可以肯定的，那是一个无涯的过去，一幕幕中国古老大家庭发生在一天、一百年甚至一千年间的生活场景——是具有"过去时"的一种甚至亘古不变的"没有光的所在"（尽管它常常同时又具有了一种表层的"现代"的、"洋派"的日常生活状态）。因此，艾晓明说："看张爱玲的作品，与看那一时代许多作家的作品感觉不同，这种不同的感觉概言之，是时间差。"[9]

这种在现代与过去之间形成的"时间差"，实际上所体现的就是张爱玲对于小说故事与时代关系的感受,也是她对于时代和社会的一种发现:"Michael Angelo 的一个未完工的石像,题名《黎明》的,只是一个粗糙的人形,面目都不清楚,却正是大气磅礴的,象征一个将要到的新时代。倘若现在也有那样的作品,自然是使人神往的,可是没有,也不能有,因为人们还不能挣脱时代的梦魇。"[10] 这个时代"在影子似的沉没下去",书写这个时代的张爱玲"没有","也不能有"对于"一个将要到的新时代"的"象征",因为她所发现和书写的是一个时代的阴暗混沌的"背影",是一个社会的没有前途的"过去",是冰山在水面以下的"没有光的所在"。如果说在某种意义上,"小说家就是一些过着流亡生活的流亡者"[11],那么张爱玲就是一个自我放逐于"陈旧而模糊"的记忆中的"流亡者",她在十里洋场中的"安身立命",从生命体验的角度来看,依旧是一个挣扎于"时代的梦魇"的心灵的"流亡生活"。与《传奇》增订本的封面画面参照起来看,张爱玲在这种心灵时间的理解中所体现出的人生经验和感悟,无疑是与时代的"集体意识"或"集体无意识"相悖的。由此所形成的张爱玲的叙事时间,就是在"凝固"的、甚至"退化"的意义上与时代的"进化"的"主流"的"时间"构成了一种张力,并渗透出无所不在的"奇异的感觉"。

三

在叙事时间模式的建构上,张爱玲总是自觉地用心理时间对故事时间进行"变异"来传达"人生经验的本质和意义"。如

《倾城之恋》中:"白公馆有这么一点像神仙的洞府:这里悠悠忽忽过了一天,世上已经过了一千年。可是这里过了一千年,也同一天差不多,因为每天都是一样的单调与无聊。"[12]"一天的现实"与"一千年的过去"之间或者"一千年的现实"与"一天的过去"之间的意义上的等同,实际上已经打破了时间本身作为物理概念的规定性,给出的并不是对"事件"时间的一种描述,而是一种与小说中人物相关但更与作者对社会和时代的理解相关的心理时间。这是一种在没有"现在"的"过去"里越走越远的时间,是一个渐渐沉下去的背影,它不仅是一种时间差,也是张爱玲的传奇叙事通过心理时间对物理时间进行意义消解来建构叙事时间模式的基本策略。

在张爱玲的"传奇"中,故事的发生、发展以及终止,一般还是有时间的顺序性的,其中的故事时间甚至是连贯的、明晰的——曹七巧"披着黄金枷锁"的"三十年";范、白两人的"倾城之恋";许小寒"恋父"情结的发生与失败;川嫦在爱情季节里的"花开"与"花凋";"封锁"的开始与结束;以及"生命自顾自"地在"等"中"走过去了",等等——故事时间都是属于生活本身的"常态"的时间。但是当张爱玲在传奇叙事中截取生活的片段,走进微观化的叙事时间之内时,被从时代、社会生活中割裂出来的人物生活经历的叙述,却形成了一种被割裂、扭曲的特殊叙事时间。这种叙事时间把原本"延绵不断"的"时间流"切割成一个个片段,或者瞬间的时间被延长,或者大段的时间被压缩,造成了一种近乎"非常态"的叙事时间。在"常态"的故事时间里,一切都"日常"地按照生活本身的逻辑在发生着变化,社会在变,生活在变,人的思想和行为也在变。但是在"非常态"的叙事时间里,"每个人的自私,和偶然表现出来足以补救自私的同情心"却丝毫不变。社会与生活的变动不居,被一种永恒的心理意义所消解和重建,因此,日常的生活便有了并不平常的意义,现实的时空在自私而又绝望的心理意义上成为一种本质上的虚无,原本"无事"的生活因此转成了"无事的悲哀"。于是,在故事时间与叙事时间的"常态"与"非常态"的对立共构中,张爱玲模糊、甚至扭曲了时间的价值和意义,使其许多原本平淡的情节因为叙事时间的扭曲和变形具有了特殊的魅力,使人物和故事成为一种现实阅读中的"传奇"。

《金锁记》中有一段常被研究者引用的文字:"季泽走了。丫头老妈子也都给七巧骂跑了。酸梅汤沿着桌子一滴一滴朝下滴,像迟迟的夜漏——一滴,一滴……一更,二更……一年,一百年,真长,这寂寂的一刹那。"[13]这段文字向来被视为最精彩的心理描写之一:一瞬间的时间被无限地延长了,一生的爱和痛苦也在一瞬间爆发了:"无论如何,她从前爱过他。她的爱给了她无穷的痛苦。单只这一点,就使他值得留恋。多少回了,为了要按捺住她自己,她迸得全身的筋骨与牙根都酸楚了。今天完全是她的错。他不是个好人,她又不是不知道。她要他,就得装糊涂,就得容忍他的坏。她为什么要戳穿他?人生在世,还不就是那么一回事?归根究底,什么是真的,什么是假的?"[14]"常态"的时间被打破以后,人物的心理在一瞬间飞扬起一个个的深刻而永恒地追问与自问,一生的爱和希望,在"一刹那"间如云烟随风散去,七巧的心,也在"一刹那"间沉入了永恒的黑暗。这是人物心理变态的一个关键的转折,"非常态"的叙事时间所揭示出的心理和情感世界,也使故事在"一刹那"间展示出了人生的具有永恒意味的"恐惧"和"荒诞"。

"描绘内心生活的主要问题,本质上是个时间尺度的问题。个人每天的经验是由思想、感情和感觉的不断流动组成的。"[15]因此,通过叙事时间与故事时间之间的变异所形成的叙述时间速度,无疑会带来对故事发生状况的独特理解,从而体现出作者的深刻的历史视野和对于生活的特殊理解。在相对凝固的叙事时间上的定位,使瞬间时间得以延长,通过对时间进行凝固化的切割,往往会造成一种空虚、荒凉的心境,更适合保留人物"内心的真实"。如在《封锁》《留情》以及《等》《桂花蒸 阿小悲秋》等作品中,张爱玲把故事的发生都放在比较狭小的时空中,其"减速"叙事的时间都是近乎凝固的,生活本身的"瞬间"的"无事"在阅读意义上被充分地漫长化,转成为超越了具体时空的人的生存心理上的"无奈"和"荒凉",形成了一种渗入骨髓的"悲哀"。而在"加速"叙事中,大段时间的压缩则形成对时间的空白式的跳跃,个体生命的历程在有节奏的省略和递进中,也就具有了更大的心理内涵和生命内涵。如在《倾城之恋》中,白流苏第一次到香港后并没有得到她所希望得到的"爱和承诺",又回到了上海,但是,这是一个既非她所愿,也非她所能承受的"时间":"一个秋天,她已经老了两年——她可禁不起老!于是她第二次离开了家上香港来。"[16]只用了一句话,在叙事时间的压缩中,白流苏心上的疮疤被冷漠地揭开,她对现实和自己的清醒但却无奈的认识,直接交代了她重回到香港并最终把自己交给了范柳原的必然性。

　　无论是"减速"或是"加速"叙事，在传达着作者对于生活的深刻体验的同时，都使叙事中"日常"的生活具有了一种"非常的""奇异的感觉"。《金锁记》是一个通过叙事时间变异来完成心理叙事的典型——张爱玲在用了近三分之一的篇幅写了姜家一个上午的生活，进行了瞬间时间"漫长化"的减速叙述之后，只是巧妙地用一个简单的意象，便把大幅的时间进行了压缩，完成了七巧"十年"生活的"跳空"式的加速叙述："七巧双手按住了镜子。镜子里反映着的翠竹帘子和一副金绿山水屏条依旧在风中来回荡漾着，望久了，便有了一种晕船的感觉。再定睛看时，翠竹帘子已经褪了色，金绿山水换了一张她丈夫的遗像，镜子里的人也老了十年。"[17]十年时间的一闪而过，留下的并不是一个现实的"空白"，而是作为"加速的一种极端行为"[18]，强化了前面一个上午生活的减速叙述中所预设的"十年"生活的底蕴。这种蒙太奇式的"叠印"不同时空场面的手法，突出的是两个"常态"与"非常态"的对应场之间的"张力"，制造了一种特殊的美学效果，更真切地表现出人物的情绪和心理感受，突出了作品的整体氛围，更好地体现出作家的那种"个人即使等得及，时代是仓促的"主观"预感"式的理解。

　　这些用时间的变异来讲述的传奇故事，无论其发展或是其结局都是典型的"张爱玲式"的"心理传奇"。在某种意义上，它所具有的不仅仅是"传奇"的效力，而是生命哲学的特殊传示，因为它总是在不断地提醒着人们：生存本身就是一个无法挣脱的梦魇。

[参考文献]

[1] 张爱玲.自己的文章[M]//金宏达,于青.张爱玲文集:第4卷.合肥:安徽文艺出版社,1992:172-174.

[2][荷]米克·巴尔.叙述学:叙事理论导论[M].北京:中国社会科学出版社,1995:42.

[3][美]蒲安迪教授讲演.中国叙事学[M].北京:北京大学出版社,1996:7.

[4] 张爱玲.有几句话同读者说[M]//金宏达,于青.张爱玲文集:第4卷.合肥:安徽文艺出版社,1992:259.

[5] 杨义.中国现代小说史:第3卷[M].北京:人民文学出版社,1998:457.

[6] 张爱玲.倾城之恋[M]//金宏达,于青.张爱玲文集:第2卷.合肥:安徽文艺出版社,1992:48.

[7] 张爱玲.金锁记[M]//金宏达,于青.张爱玲文集:第2卷.合肥:安徽文艺出版社,1992:85.

[8] 逄增玉.现代性与中国现代文学[M].长春:东北师范大学出版社,2001:171.

[9] 艾晓明.反传奇——重读张爱玲的《倾城之恋》[J].学术研究,1996(9).

[10] 张爱玲.自己的文章[M]//金宏达,于青.张爱玲文集:第4卷.合肥:安徽文艺出版社,1992:174.

[11] 程戈.小说境遇的历史嬗变与小说家的身份诉求[J].东北师大学报:哲学社会科学版,2003(4).

[12] 张爱玲.倾城之恋[M]//金宏达,于青.张爱玲文集:第2卷.合肥:安徽文艺出版社,1992:53-54.

[13] 张爱玲.金锁记[M]//金宏达,于青.张爱玲文集:第2卷.合肥:安徽文艺出版社,1992:105.

[14] 张爱玲.金锁记[M]//金宏达,于青.张爱玲文集:第2卷.合肥:安徽文艺出版社,1992:105.

[15][美]伊恩·P·瓦特.小说的兴起[M].北京:生活·读书·新知三联书店,1992:215.

[16] 张爱玲.倾城之恋[M]//金宏达,于青.张爱玲文集:第2卷.合肥:安徽文艺出版社,1992:74.

[17]张爱玲.金锁记[M]//金宏达,于青.张爱玲文集:第2卷.合肥:安徽文艺出版社,1992:99.

[18]曹文轩.小说门[M].北京:作家出版社,2002:61.

(原载2005年第2期《东北师大学报》,有改动)

论"新感觉派"小说的传奇叙事

韦勒克等人说:"当我们一次又一次地重新阅读一部作品并且认为我们'每读一次都在其中发现了新的东西'时,我们通常所指的并不是发现了更多的同一种东西,而是指发现了新的层次上的意义,新的联想形式,即我们发现诗或小说是一种多层面的复合组织。"[1]就以刘呐鸥、穆时英、施蛰存等为代表的"新感觉派"小说而言,人们一直以来所意识到的,往往只是其大胆突破传统的"现代主义写作"意义上的"新、奇、怪",并没有真正地认识到,新感觉派的小说叙事作为现代都市写作的一种特殊文本,与中国文学传统尤其是传奇叙事传统之间的关系不但是密切的,而且是深刻的。

一

从文学史的背景来看,传奇作为一种文学叙事,其"作意好奇"的虚构色彩和"搜奇记异"的情节化取向,以及"假小说以寄笔端"的寓言方式，始终是中外小说叙事的基本特征与传统[2]，甚至可以说，"所有优秀的小说都必须带有传奇的一些特质……也许这样理解现实主义小说更为准确，它是传奇的变种而不是取代了传奇"[3]。实际上，在自唐人传奇始见成熟的中国小说叙事传统中，无论创作抑或接受，传奇叙事早已成为一个具有双重规定性的巨大背景，尤其在大众阅读的意义上，所谓"无奇不传，无传不奇"，更是一种强大的"集体无意识"。因此，中国现代小说的发生和发展，也始终是被传奇叙事传统所制约的，不但晚清以来的中国文学几乎完全是"取决于中国读者旧的审美趣味——善于鉴赏情节而不是心理描写或氛围渲染"[4]，"五四"以后人们的"传奇化"阅读惯例也丝毫没有打破，一般读者读小说还是只看情节，不管什么风格和情调[5]，甚至在整个中国文学的"现代"阅读中，唯一的标准始终还是"传奇化的情节，写实的细节"[6]。这个强大的语义场，使其间任何一种文学叙事的发生和发展，都不得不在其固有的规范中得到检验和认定，即如中国现代小说家们，便始终处在传统与现实的双重压迫和魅惑下，既努力尝试文学叙事的"革新"，又不得不有意迎合大众读者的通俗化、传奇化的阅读要求，进而因娱乐性、趣味性及新异性的取向，形成了一种向传奇叙事传统进行"承袭"与"转化"的态势[7]。新感觉派其实也不例外。

由现实的场阈来说，上海作为中国近代以来"传奇"般崛起的现代都市，其所特有的融世界性、都市性以及华洋交错的现代性为一体的"海派"文化背景，始终是一个从物质到文化，从文学到市场，从作家到读者都被融入其中的巨大"传奇"空间，是一个不断制造并宣泄着现代都市生活"新感觉"的"奇异的新世界"[8]，特别是其中庞大的现代市民阶层的创造，对文学来说尤其重要——这是一个关联整个现代都市文化结构生成以及文化传播体系建设的核心阶层，它不仅决定着自身在现代社会结构中的主体地位，也决定了其在文化消费市场中的主体地位，当然也同时决定了既然服务于这一阶层就必然为这一阶层的哪怕低俗的趣味所左右的阅读媒介，即报纸杂志以及它的通俗化倾向。"海派作家本质上是一种报刊作家。因为海派须臾离不开现代文明产物之一的报刊，他们是依附于报刊为生的一群"[9]，从这个意义上说，市场化和商业化的思想理念既是海派作家从事创作的基石，也是他们作品本质之所在，他们必然地作为大众文化的一种代表出现，并再借助于大众媒介的引导，使通俗化成为其创作不可取代的第一追求。因此，当1928年夏刘呐鸥从日本带回来横光利一、谷崎润一郎等人的"新感觉派"小说后，如穆时英、施蛰存等一批海派文人，便在同样一种"不健全的生活"和"物化的欲望"中，体会到了现代都市文化所特有的商业化、市场化的大众娱乐需求，试图标新立异地创造一种"新感觉"中的"都市风景线"。

"文学和城市之间始终有着密切联系。城市里有文学所必需的条件：出版商、赞助者、图书馆、博物馆、书店、剧院和刊物。这里也有激烈的文化冲突以及新的经验领域：压力，新奇事物，辩论，闲暇，金钱，人事的迅速变化，来访者的人流，多种语言的喧哗，思想和风格上活跃的交流，艺术专门化的机会。"[10]新感觉派们"都市风景线"的营造，背后动因是现代的大众消费，表现出来的风景却是通俗的浪漫故事,其结合集中地表现在消费主义的蔓延上,尤其是其作品本身所体现的消费性特点及其所表达的消费文化观念、所崇尚的消费社会原则,乃至所倡导的消费社会的生活理想。消费文化的主体是日常的大众,但大众消费的心理需求却永远有着超越日常的情感渴望,因此,新感觉派都市小说故事发生的背景大多在舞厅、公园、电影院、咖啡馆等都市消费文明的载体身上,极尽所能地为大众读者勾勒出了一种中国人不常经历、却异常向往的繁华都市生活。他们通过对这些都市特定人群(主要是中产阶层)的生活方式具有目的性的描写,给大众读者提供了一种中产阶层生活模式的想象空间,极大地满足着大众读者(一般性的)窥视中产阶层(某种特定的)的欲望。作品中所展示的生活,已经不再仅仅是与现实相对应的物质性生存,而是表达了中产阶层物质与精神诉求的一种特殊生活模式,必然在大众读者心目中成为一种具有理想意味的生活想象,进而充分刺激着大众读者的欲望与想象,使他们在消费文本的同时,也完成了对中产阶层乃至更高阶层生活的假想性消费,因此其小说便更加成为一种"传奇"。

二

"传奇的中心乐趣是奇异"[11],而在现代都市的快速节奏与娱乐目的制约下,"通俗"是核心旨趣,即"奇异的故事"。于是,如刘呐鸥、穆时英、施蛰存等一批连生命都属于都市的青年人,迅速突破了正统以及习惯的眼光与文学模式,放弃了虽刚发于

"五四"不久但已被他们视为陈旧的评价标准，不仅态度暧昧地引进了新的都市文化的价值概念，而且十分自觉地接受并适应了充分市场化的商业写作环境，在其自身也成为文化大众一分子的同时，极力"用一种新的媚俗手法来夺取广大的读者"[12]，不仅始终执着于小说作为"故事"的"传奇性"，并采用通俗文学的一些写作规范和叙事策略，如曲折离奇的爱情故事、一见钟情的叙事模式等来吸引大众的阅读，还尤其注重用现代都市里一些"另类"的"人事"来营造着对作者和读者而言都可谓全新的"感觉"，创造出了仅仅属于二十世纪二三十年代的上海这一现代都市的"新传奇"。

与当时其他流派创作都不同的是，无论从哪个角度来看，新感觉派作家们对于现实"人事"的选择都是"另类"的，因而也是"奇异"的。他们总是将上海"十里洋场"中的都市"畸形寄生虫"作为自己小说的主人公——荒唐的资本家，妖艳的舞女，出轨的妻子，老练的交际花，性变态的城市下等职员，以及这个城市里的"游手好闲者"[13]等——并且让这些在日常生活视野中往往被看作"另类"的人物及其生活与生存方式，按照传奇叙事的"冒险"与"奇遇"模式，以其本身的"特异"与"极端"，将都市形象塑造得更加立体可感，不但衬托出城市繁华富丽、骄奢淫逸的色调，也在文本内外散发出忧郁的商业消费文化气息。如刘呐鸥的《游戏》《风景》，穆时英的《被当作消遣品的男子》《上海的狐步舞》以及施蛰存的《花梦》等文本中，男女主角都是被都市欲望完全腐蚀的人物，不仅有着极端混乱的感情生活，甚至将性当作娱乐和游戏，追求纯粹的肉感刺激，一次次地沉湎于原欲宣泄的欢乐之中……其中种种欲望化的生存态度与方式,以及作家并没有及时赋予的道德评判,都可谓极端的大胆和"另类"。同时,"他们的审美感觉和表现手段是时髦的,花哨的,富有刺激性的,在当时中国文坛上又是极为新颖的"[14],作品所展示的现代都市文明所特有的那种喧闹、速度、色彩以及沉湎于物质的纵放享乐情绪,以及种种具有传奇意味的个人生活的"极端化",作为一种与市民生活"日常化"的对立性存在,呈现出一种与时代的现实相背离的形式。因此,新感觉派这种文本生活、作家生活与社会生活的双重背离,尤其与主流的左翼文本不同,完全隔离了当时大多数人所必须面对的战争的动荡和创伤,展现的只有对都市繁华以及色情的描绘,从色彩斑斓的舞厅、咖啡厅、跑马厅到电影院,男女的追逐欢娱,都在他们仅仅关注自身感觉以及欲望的同时,成为都市男女赤裸裸的性欲求和复杂心理的传奇性地再现。

"二三十年代的上海,是名副其实的国际大都市,作为东亚魔都,不仅是冒险家的现实生活乐园,也是文学家的精神想象的兴奋点。"[15]实际上,新感觉派笔下种种"奇异的故事",都来自上海都市文化本身所独有的矛盾结构——这里既是一个充满活力以及新生文化的"冒险家乐园",同时又到处都是旧文化包围下的"里弄"或"亭子间"式的艰难生存——传奇般的现代都市与并不传奇的日常生存之间是一种传奇般的对立与错位。都市生活的物质性丰富与快感式繁华既是一种挡不住的诱惑,又是一种在精神层面上"物"对"人"的挤压与异化,使都市人不可避免地陷入了物质与精神、灵与肉、欲望与道德、狂欢浪漫与空虚无聊纠结不清的痛苦的两难境地,具有了强烈悖逆的荒诞感与难言的痛苦。所以,新感觉派对于这个现代大都市的一切新奇事物以及感官刺激的描写,便作为一种同样"错位"的文学想象,以其欢快沉醉的都市体验与生存压迫的充分释放所结合而成的"新感觉",及其对于大众(也包括作家自己)的情感补偿与宣泄,形成了一种特殊的、对立性的"吸引",进而演化为都市"传奇"的制造。新感觉派不乐于讲述那些具有意识形态意味的"为人生"的"故事",而是把自己的目光自觉限定在消费场所以及于其中所获得的"新奇的"感受上,通过精心描摹现代都市生活的光怪陆离,同时展示都市人具有"消遣""游戏"意味的情感与生存状态,来形成对于"租界"内外、"里弄"以及"亭子间"大众的特殊吸引,让那些在市井生活中早已充分走向个人主义的人们,有机会可以建立起一种全新的"奇异"想象和渴望。在他们的作品中,随处可见的是人的赤裸裸的欲望,多元及多变的情感追求,以及现代社会特有的压抑等等,这种告别了意识形态的"欲望化叙说",充分结构出一种依据大众阅读趣味而形成同时又游离于大众日常生活的"奇异的故事",其中同样具有"游戏"意味的情节与叙述,亦作为现代都市小说的形式化追求,进一步使这些小说有了直接与通俗文学接轨的"传奇"意味。

三

人们普遍以为,新感觉派的小说叙事有着一种并不"传统"

的"现代性",即用"心理—情绪"结构来淡化小说叙事的故事情节,如穆时英的《Pierrot》中以大段的内心独白来表现潘鹤龄的内心痛苦、人格分裂和自我斗争,刘呐鸥的《残窗》靠人物的心理意识活动来推进小说的叙述进程,以及施蛰存的《魔道》中的心理分析结构等等,以为其更具有现代心理小说的意味,而并非传统意义上的情节叙事。但实际并非如此。与传奇总是要以某种浪漫的方式讲述具有"特异"色彩的"故事"一样,新感觉派笔下的所有"风景"其实首先都是"故事性"的,不管是"游戏"里面荒唐的性爱经历,还是夜总会里面落魄的人生遭际,或者是古典人物的形象颠覆,归根结底仍都是一些"特异"的"故事"而已。就像当年沈从文所指出的,穆时英"不只努力制造文字,还想制造人事,因此作品近于传奇(作品以都市男女为主题,可以说是海上传奇)"[16]。其实,穆时英等笔下那种"男女凑巧相遇,各自说出一点漂亮话"[17]的叙事程式,也无非就是要在一种"对立性"吸引的建立中,营造一个个传奇性的欲望与情感的"故事"。

  真正有意味的是,尽管这种以营造并渲染气氛来捕捉都市生活里某种独特感觉的意趣,常常使新感觉派小说的"情节"看起来并不是传统意义上"外在"的"事件",而是具有现代意味的"内在"的"感觉",但实际上并没有与传统的传奇形成本质上的差异。"情节"作为一种"存在"的进程与状态,并不能简单地界定为"外在"的"事件","内在"心理存在即"感觉"的特殊变化形态,同样应该成为"情节"性的存在。换句话说,"情节"的内涵规定及其存在方式的不同,只是其所表现的内容性质的不同，而并不是这些内容在表现结构方式上的不同，在以寻求"特异"性为中心的叙事结构意义上，"内在的感觉"即是一种与"外在的事件"具有同样叙事功效的"情节"化存在。因此，新感觉派小说叙事这种"向内转"的叙事取向，非但没有消解情节化的叙事，反倒更加深刻地形成了以"情节"为核心的结构模式，以及这种模式所必然呈现的特异性。从总体"感觉"来看，在新感觉派所发现并描摹的现代都市中，现代人的生存始终是一种悖论性的状态，他们一方面尽情地享受着现代文明的物质条件，一方面又在心理上对其产生着无可奈何地排拒，似乎永远逃脱不掉一种骚乱躁动的情绪氛围。所以，当施蛰存们以这种悖论式的现代意识来结构其"心理—情绪"叙事的时候，那些"大胆地把弗洛伊德、蔼理斯、萨德的性欲理论，以及大量的有关病态心理、神秘主义和神话学的西方作品"融入自己的理念和创作的艺术表现，便都成为一种"追求色情和怪异的小说实验"[18]，并使其"感觉化"的叙事也必然呈现出一种传奇结构的轨迹。

骚乱躁动的情绪氛围来自一种特殊的传奇时空。新感觉派小说笔下主要是二十世纪二三十年代"十里洋场"的种种娱乐场所，其中所有的"人事"几乎都是一种"欲望之城"中的"狐步舞"。在刘呐鸥们所描绘的"都市风景"中，摩登女郎的面孔千变万化，香艳娇软的靡靡之音不绝于耳，人们总是沉湎于声色犬马的名利场，享受着声电光影的感官刺激，不停地辗转于糜烂暧昧的欲望之城当中。因此，新感觉派小说更多地在人物感觉的心理空间意义上使用着更心理化的时间，或者时序颠倒、并列，场景切割和突然转变，或者故意拉长时空，使时间暂停下来，中断其正常延伸，加强横切面的开展，或者使作品中人物、事件的演进时空和作者的叙述时空以及阅读者的接受时空相互渗透，因此来营造文本叙述以及阅读感觉的特异。如穆时英的《Pierrot》里以"无数都市的风魔的眼"来展开的"都市的风土画"，将多层次的时空画面像蒙太奇镜头般交错并置地呈现在读者面前，即一个典型的非理性的颠倒错乱的视像世界。由此，新感觉派这种跨越时间的空间整合的结果，便使小说呈现出"立体""交叉"的叙事时空，形成了"奇"与"异"的绝对叙事优势，并作为一个"传奇"的"瞬间"，存留于中国现代文学的历史"时空"当中。

当然，中国的新感觉派确是受到了日本新感觉派的影响与启发，并有着某些现代主义的追求和体征。但更为重要的是，新感觉派在作为一种现代主义写作的同时，非但没有完全忽略或废弃对中国小说传奇叙事传统的承袭，反而以一种特殊的消费策略和大众体验，让传统的传奇叙事在现代都市中"变形"和"转型"，创造了一种十分深刻的独属于都市大众的通俗文本。"中国是有都市而没有描写都市的文学，或是描写了都市而没有采取了适合这种描写的手法"[19]，在中国文学始终缺少真正的都市文本的背景下，新感觉派第一次深刻发现并描摹出了现代繁华都市的真面目，以现代都市中人"新奇的感觉"衍生出一种符合大众"通俗化"需求的传奇叙事，因"新鲜"转而"生动"，使"五四"以来新文学寻找描绘现代都市适当方式的追求，获得了极具建设性和启示性的成果。

[参考文献]

[1][美]雷·韦勒克，奥·沃伦.文学理论[M].北京：生活·读书·新知三联书店，1984：278.

[2]张文东，王东.浪漫传统与现实想象——中国现代小说中的传奇叙事[M].北京：中国社会科学出版社，2007：35.

[3]吉利恩·比尔.传奇[M].北京：昆仑出版社，1993：70.

[4]陈平原.小说史：理论与实践[M].北京：北京大学出版社，1993：236.

[5]茅盾.评《小说汇刊》创作集二[M]//茅盾.茅盾全集第18卷·中国文论集.合肥：黄山书社，2014：276.

[6]张爱玲.国语本《海上花》译后记[M]//金宏达，于青.张爱玲文集：第4卷.合肥：安徽文艺出版社，1992：356.

[7]张文东."传奇"叙事与中国现代小说发端[J].求索，2007（10）.

[8][美]李欧梵.上海摩登——一种新都市文化在中国1930——1945[M].北京：北京大学出版社，2001：138.

[9]吴福辉.作为文学（商品）生产的海派期刊[J].中国现代文学研究丛刊，1994（1）.

[10][英]马·布雷德伯里，詹·麦克法兰.现代主义[M].上海：上海外语教育出版社，1992：76.

[11]吉利恩·比尔.传奇[M].北京：昆仑出版社，1993：66.

[12]司马长风.中国新文学史：下[M].香港：香港昭明出版社，1978：103.

[13][美]李欧梵.上海摩登——一种新都市文化在中国1930——1945 [M].北京：北京大学出版社，2001：43-50.

[14]杨义.京派海派综论：图志本[M].北京：中国社会科学出版社，2003：141.

[15]张国安.导言[M]//刘呐鸥.刘呐鸥小说全编.上海:学林出版社，1997.

[16]沈从文.论穆时英[M]//沈从文.沈从文文集：第11卷.广州：花城出版社，1984：204.

[17]沈从文.论穆时英[M]//沈从文.沈从文文集：第11卷.广州：花城出版社，1984：204.

[18][美]李欧梵.上海摩登——一种新都市文化在中国1930——

1945[M].北京:北京大学出版社,2001:162.
[19]杜衡.关于穆时英的创作[J].现代出版界,1933(9).

(原载2008年第12期《求索》,有改动)

中国现代"革命叙事"的"传奇"取向

众所周知,自"五四"新文学发生以来,中国现代文学便在社会时代所赋予的特殊使命和时空之内,形成了一个具有强烈现实规定性的"启蒙"与"救亡"要求,并在中国现代文学丰富地发展中逐渐演变成为一种"主流"的意识框架。在这个意识框架之下,中国现代文学中各种各样的文学思想及其体式,便不仅是人为地,同时也必然地依从于中国现代历史的政治形势变化,从而使"革命叙事"成为20世纪上半期中国现代文学中的主流。这种讲述无产阶级革命斗争故事的主题叙事,不仅贯穿于"革命文学"、左翼文学和解放区文学当中,并以其浓烈的"政治浪漫主义色彩"[1],创造出一种特定时代里的"革命传奇"乃至"革命英雄传奇"。当然,这种革命英雄传奇与民间英雄传奇之间的历史渊源是显见的[2],但耐人寻味的是,中国古代文学一直以诗文为正统,源自民间的传奇叙事始终都未能进入主流文化,而在"五四"以来的新文学中,这种民间的传统却不但进入了主流,而且成为一种"主流"的叙事模式。我们以为,革命叙事中的这种英雄传奇向传奇叙事传统的承袭,当然是晚清以来中国小说"现代化"发展中的一种必然取向,但可能更是"五四"以来中国新文学"大众化"诉求的一种现实实现。

一

作为一种特殊的讲述革命故事的方式,革命叙事中的传奇叙事在中国现代文学中的出现,有着十分复杂而深刻的原因。从创作主体来说,这里既有作家对于小说文体不断加深认识的原因,同时也有顺应社会时代特殊表现要求的考虑;从文学接受者来看,革命叙事的传奇模式不但符合普通大众(尤其是工农大众)的阅读欣赏习惯,同时也满足了他们对于某种理想生活与人物的渴望。但是,无论是从创作者的形式创造与时代表现来说,还是从接受者的阅读习惯与审美期待来说,种种革命的英雄传奇或历史传奇的发生与发展,都离不开传奇文学作为中国小说叙事传统的影响。

传奇是中国小说的核心叙事模式和传统,也是中国小说开始其"现代化"进程时必须承袭的文学与文化背景。就中国的叙事传统而言,唐人传奇作为中国古代小说的成熟,其"作意好奇,假小说以寄笔端""纪述多虚,而藻绘可观"的"情节化"叙事特征[3],对后世的文学叙事有着决定性的影响,故所谓"无奇不传,无传不奇",始终都是中国传统小说创作与接受的思维模式和自觉意识。西方虽有小说与传奇两分,如小说被认为是"真实生活和风俗世态的一幅图画,是产生小说的那个时代的一幅图画"，而传奇则是"以玄妙的寓言描写从未发生过也似乎不可能发生的事情"[4]，但实际上，"所有优秀的小说都必须带有传奇的一些特质……"[5]。因此，所谓"东学西学，心理攸同"，就发端于古今交汇、中西融合背景下的中国现代小说而言，尽管自晚清以来中国小说家们便开始了自己"现代化"的努力和进程，并借取西方"现代小说（novel）"对传统叙事进行了一系列的反拨和改造，但是，中外文学叙事共通的"传奇"思维与叙事模式，始终还是一种本质上的魅惑和制约。同时，叙事本身必须受到叙事"接受"的制约，而在长期以来的"传奇叙事"的影响下，中国读者最传统的审美趣味和阅读习惯，就是"传奇化的情节，写实的细节"[6]。所以，"五四"以来中国现代小说叙事的生成、革新或演化，往往都被规范在"启蒙与救亡"的主题叙事及其所内含的"大众化诉求"当中，始终不得不认真思考并有意迎合大众读者的通俗化、传奇化的阅读要求，努力向传奇叙事传统进行承袭和转化，"革命叙事"便也由此形成了必然的"传奇"取向。

在中国小说史上，英雄传奇的源头大概是在南宋"说话"中的"说铁骑儿"，"'说铁骑儿'"是"自北宋灭亡以来，民间艺人们所津津乐道，与夫广大听众所热切欢迎的，包括了农民暴动和起义以及发展为抗金义兵的一些英雄传奇故事"[7]，明清以降，这种"以民族战争中的英雄为主体而不是以一朝一代的兴废为主体的"[8]的传奇，逐渐与一般"讲史"或"演义"区分开来，尤以《水浒传》等为代表，形成了更具有"小说（Fiction）"意味的叙事模式。简单说来，与历史演义所不同的是，英雄传奇的重心不在于"传史",而在于"传奇",它是"以英雄而不是帝王为中心人物,以沙场征战而不是宫廷斗争为主要场景,以社会危机而不是朝代兴废为叙事框架;虽有一点历史的影子,但更多的是小说家的想象与发挥,故事线索单纯,戏剧冲突也相对集中"[9],因此其"人物可真可幻,事迹若虚若实",历史年代、事件材料也毫不拘束,不但"作者很容易见长",尤其使"读者也更易感到趣味"[10]。而更为重要的是,英雄传奇与历史演义之间的这种区分,表面看似只是"写什么"和"怎么写"的问题,但实际还内含着"为什么写"的问题,即如李渔所谓"传奇无实,大半皆寓言耳",如果说英雄传奇的创作目的就是为了表现英雄们的"忠义精神",而"忠义精神"即体现为"济民"与"为国"的话[11],那么,在二十世纪中国"革命"的现实背景下,按照"启蒙与救亡"的主题叙事要求,以"为大众"的传奇形式来表现"革命的"英雄们及其新的"济民"与"为国"行为,便成为"革命叙事"的一种自觉思考和必然选择。

二

"20世纪是中国历史上的一个特殊时期:在深重的民族文化危机情境中,各种'卡里斯马'人物横空出世,风云际会,各显英雄本色。这种英雄姿态也在这时期小说中获得有力的象征性形式,这就是现代卡里斯马典型。20世纪中国小说的一个贯穿始终的显著特色,便是创造这种典型。"[12] 就这种"英雄"的追求而言,首先有着应和普通大众一般"侠义""侠客"等心理和情感诉求的民间意义，尤其是在中国近代以来落后挨打的现实历史情境之下，对于民间传统意义上的"侠客"与侠义精神的追求，其实往往也是近代以来精英知识分子们的潜在心理，就像秋瑾曾自命为"鉴湖女侠""汉侠女儿"，而鲁迅也曾号自己为"戛剑生"等等。这种自觉加于自身的具有"侠客"意味的名号，实际上反映出的是一种时代共同的对于"英雄"的呼唤和期盼，同时也便必然成为一种"英雄"的创造要求。不过就革命叙事的英雄传奇而言，这种"英雄"的形塑却更多是被无产阶级波澜壮阔的革命斗争所激发出来的。"革命是指一个社会的政治制度、社会结构、领导权、政府活动和政策以及社会的主要价值观和神话，发生迅速的、根本的、暴力的全国性变革"[13]，在现实的意义上，革命斗争的主流必然成为一种主流的文学追求，因此，"早在20世纪20年代，革命英雄理念就成为中国无产阶级文学思想中的重要美学范畴"[14]。这一理念的出现，深刻的适应着深重民族危机和阶级斗争的需要，同时体现着革命斗争的主体——人民大众尤其是工农大众的现实追求，其实质并不是艺术的追求，而是政治的理想，革命者自身所寻绎的革命叙事，在必然符合革命主体的审美趣味的意义上，也自然地成为"五四"以来新文学主流探索"大众化"道路的一种有效尝试。

实际上，"五四"以来的中国知识分子和新文学，始终有着一个共同坚守的价值取向和思想追求，即"文艺大众化"。"从'五四'文学革命到当代大众文化，'文艺大众化'是纵贯20世纪中国文艺思潮并占据主流支配地位的思潮观念"[15]，从"国语的文学"到"平民文学"，乃至整个"为人生"的文学，中国现代文学始终都有着"向大众"和"为大众"的姿态与表现。虽然从某种意义上说,"五四"以来所谓"文艺大众化"的要求在"民间"被视为边缘存在的同时带有了较强的知识分子"自语"的色彩[16],但是无论如何,"大众化"要求本身所具有的"底层"立场以及这一立场所内含的"阶级"属性,都在现实的"革命叙事"当中得到了充分的体现,甚至直接成为"革命叙事"的一种现实文化要求及具体文学表现。因此,早在"普罗文学"当中,蒋光慈便强调"革命文学是以被压迫的群众做出发点的文学"[17],并以《少年漂泊者》等"革命传奇"践行了这一"大众化"理念;到郭沫若等"无产文艺的通俗化"观点出来以后[18],所谓"大众形式"则进一步成为"革命文学"以及左翼文学核心的叙事追求。按照茅盾的理解,"大众形式"的原则就是:"(一)从头到底说下去,故事的转弯抹角处都交代得清清楚楚。(二)抓住一个主人翁,使故事以此主人翁为中心顺序发展下去。(三)多对话,多动作;故事的发展在对话中叙出。人物的性格,则用叙述的说明。"[19]很明显,这种"大众形式"几乎完全是从中国古典小说中归纳出来的,其现实应用的理由就是只有利用传统的形式才能更好地向广大人民群众表达革命的思想和主张,广大人民群众也才能被早已熟悉的形式所吸引和引导。应该说,这一艺术原则的确认,为"革命叙事"提供了一个可操作的模板——回到中国文学的叙事传统上去,并与后来毛泽东所强调的既有"新民主主义"内容、又有"民族形式"的"中国作风和中国气派"形成了对接。因此,在中国20世纪上半叶以"革命"为核心特征的时代背景下,无论是夺取政权、重建社会秩序的革命斗争要求，还是在社会危机中能够"挺身而出"的革命人物追求，历史与现实的着眼点均未与传统的英雄传奇形成太大距离，甚至相反地被激进的时代赋予了更多的传奇色彩，从而在更具有表现内容和方式上的"虚构""想象"甚至"戏剧化"的意义上，"革命叙事"便直接承袭了英雄传奇的叙事传统，并在"文艺大众化"的前提下得到主流意识形态的支撑，衍生出了属于革命者自己的英雄传奇，进而成为中国现代文学主流叙事的重要模式。

三

革命英雄传奇有着被"革命"所决定的双重内容：一方面表现宏大的革命事件与进程，与时代的主流意识形态话语密切统一；一方面表现革命中的英雄人物，展现革命中人们的选择、情感和命运，而革命叙事者们所书写的自己以及同志们的"英雄传奇"，则常常是一种革命英雄人物的成长史。不过，这种传奇化的英雄形象的塑造，并没有使革命英雄传奇脱离"大众化"的立场，而是相反地直接回到了民间的传统上来。李渔曾言："传奇无实，大半皆寓言耳。欲劝人为孝，则举一孝子出名，但有一行可纪，则不必尽有其事，凡属孝亲所应有者，悉取而加之，亦犹纣之不善，不如是之甚也。一居下流，天下之恶皆归焉。"[20]革命英雄传奇的审美心理结构与这种传奇传统之间的认同感几乎是完全一致的，其艺术创作的出发点和落脚点，都在于革命现实与革命理想之间的全面统一。因此，"启蒙与救亡"的主题在"革命"的意义上被绝对化地强调着无产阶级革命者自身的英雄品格，以及可以唤醒更多"沉睡着的"无产者的革命英雄形象与英雄精神，使革命英雄的叙事具有了强烈的浪漫与理想色彩——异常强烈的正义感和反抗精神，超人般的意志品质及斗争本领，可以战胜各种艰难困苦的顽强人格，揽天下为己任的自觉革命要求——他们要么是时代精神、社会理想的先觉者，要么是冲锋陷阵、奋勇杀敌的战斗者，要么是毫不利己、专门利人的献身者。简而言之，在"革命文学"以及左翼文学中出现的英雄人物，往往是普通群众中的先知先觉者，是一批有着浪漫的共产主义理想的知识分子，可能拖着孱弱的身体，但却是工人与农民运动中的精神领袖；而在解放区文学中出现的英雄主人公，则往往是出身于普通群众阵营中的朴实能干、在党的培养和领导下飞速成长起来的工农兵代表，即所谓革命造就了英雄，英雄推动着革命。

革命叙事是一种对于革命者从内到外的、全面的叙事性改造。如同传统传奇中的忠奸脸谱一样，革命英雄往往是浓眉大眼、身材魁梧，相反，各种各样的反动人物则往往都是相貌丑陋、表情猥琐，意识形态性的阶级成分区分成为决定相貌美丑的叙事因素。同时，革命英雄和传统传奇中的英雄人物也一样，往往出身贫寒、深受压迫、历经磨难、奋起反抗，不但经历丰富，甚至身怀绝技，就像《少年漂泊者》中的汪中等。不过，在革命传奇当中，艺术与形式是被思想和内容所决定的，因此，按照传奇叙事本身的结构要求以及传统表现方式的特点，在小说形式上，革命传奇虽然在早期"革命文学"以及"左翼文学"中还能够时常体现出"五四"新文学传统的"新形式"化，但渐次到了解放区文学中,却更多地回归传统,直接承袭了传统章回体小说的叙事模式。如柯蓝的《洋铁桶的故事》,首先是使用了章回体的叙事形式,然后又运用着"说书人"的叙事语态,走的几乎完全是《水浒传》一般的叙事路数。而在叙述语言的"通俗化"上,革命英雄传奇大多使用朴素流畅的口语,往往还带有地区方言的特点,如陈登科在《杜大嫂》里对主人公的刻画:"杜学华的老婆杜大嫂,生得一身精壮大汉子,两腿像木杠子,走起路来像走骡子,差不多的男人不是她的对手,耕田耙地,播种撒麦,样样全套。"[21]这种向叙事传统直接承袭的结果就是,"大众性"的艺术与形式被"主流"的思想和内容所决定,革命英雄传奇作为"文艺大众化"的通俗化创作实践,集中体现了"启蒙思想"尤其是意识形态的导引。

回顾而言,"五四"以来所形成的中国现代作家自觉的启蒙意识,尽管在"文艺大众化"的论战中因对"五四"新文学的评价标准存有分歧而同遭争议,但无论是其所谓的超越或是继承,这种启蒙思想和精神,事实上都无法被越过或被忽视。而随着政治局势的复杂变化,作家心态受到了社会环境、战争局势、政治因素等等的影响,他们的启蒙意识便体现为更加强烈的现实责任感和历史使命感,也让文学不可避免也理所应当地承担了政治航标的作用。因此,"主流"意义上的中国现代文学,往往都体现为特定时期里的实用功利主义,即文学的审美功能弱化,社会功能强化。而"主流"作家们所关心的,则更多是文学作为一种改造社会、救人心智、拯救民族的工具性存在。革命英雄传奇亦如此,就是在与"革命叙事"直接统一的前提下,以其"大众化"前提下的意识形态性,成为传奇传统在革命文学叙事中的一种特殊承袭和转型。

[参考文献]

[1]逄增玉.志怪、传奇传统与中国现代文学[J].齐鲁学刊,2002(5).

[2]宋剑华,戴莉.传统与现代:论革命英雄传奇对民间英雄传奇的历史演绎[J].社会科学辑刊,2002(4).

[3][明]胡应麟.少室山房笔丛·二酉缀遗:中[M].上海:上海书店出版社,2001.371.

[4][美]雷·韦勒克,奥·沃伦.文学理论[M].北京:生活·读书·新知三联书店,1984:241.

[5]吉利恩·比尔.传奇[M].北京:昆仑出版社,1993:70.

[6]张爱玲.国语本《海上花》译后记[M]//金宏达,于青.张爱玲文集:第4卷.合肥:安徽文艺出版社,1992:356.

[7]严敦易.水浒传的演变[M].北京:作家出版社,1957:69.

[8]胡士莹.话本小说概论:上[M].北京:中华书局,1980:113.

[9]陈平原.陈平原小说史论集——中国小说史论[M].石家庄:河北人民出版社,1997:1581.

[10]郑振铎.插图本中国文学史[M].北京:北京出版社,1999:721.

[11]杨东方.明清英雄传奇小说的内涵与发生[J].天中学刊,2006,21(4).

[12]王一川.引言[M]//王一川.中国现代卡里斯马典型——二十世纪小说人物的修辞论阐释.昆明:云南人民出版社,1994:1-2.

[13][美]塞缪尔·亨廷顿.变革社会中的政治秩序[M].北京:华夏出版社,1988:258.

[14]朱德发.重新解读左翼文学的"英雄理念"[J].山东社会科学,2005(1).

[15]尤西林.20世纪中国"文艺大众化"思潮的现代性嬗变[J].文学评论,2005(4).

[16]陈思和.中国新文学整体观[M].上海:上海文艺出版社,2001:113.

[17]蒋光慈.关于革命文学[J].太阳月刊,1928(2).

[18]郭沫若.新兴大众文艺的认识[J]//文振庭.文艺大众化问题讨论资料.上海:上海文艺出版社,1987:12.

[19]茅盾:文艺大众化问题——二月十四日在汉口量才图书馆的讲演[C]//文振庭.文艺大众化问题讨论资料.上海:上海文艺出版社,1987:383.

[20]耿光怡.《闲情偶寄》选注[M].北京:中国戏剧出版社,2009:21.

[21]陈登科.杜大嫂[M]//康濯.中国解放区文学书系小说编:二.重庆:重庆出版社,1992:812.

(原载2009年第12期《求索》,有改动)

辑三 现场

"非虚构写作"：可以追问的"文学可能性"

——从《人民文学》的"非虚构"说起

如题，当我把"非虚构写作"与"文学可能性"置于对应关系时，意味着本文所讨论的"非虚构写作"或"非虚构"，主要还是在"文学"（即传统意义上的文学或所谓纯文学）层面上的。或者说，在当下的语境中，我并不否认"非虚构写作"的合法性，但有点怀疑"非虚构文学"的合理性。说老实话，非虚构写作并不是一个新生事物，这倒不是因为从二十世纪五六十年代以来英、美文学中开始流行所谓"非虚构文学"并似乎成为一时的主流，而是因为仅从传统意义上的文学乃至文学叙事的发展来看，不论中西，即便在最简单的意义上，"非虚构"也都可算是一种历史悠远的传统和方式——中国文学叙事传统中的"史传"始终是最大的影响和模式之一，其中当然包含着丰富的非虚构写作；而西方文学传统中具有较强非虚构取向的"史诗"，甚至恰好是其叙事文学的鼻祖——作为一种特殊的叙事取向，"非虚构"本来就是内含于文学之中的。不过按现代以来的文学定位和分类，上述非虚构的写作已经被特意划定在纯文学之外，即被单独划分成如报告文学、传记文学等纪实文学一类,从而与"文学"(尤其在叙事的意义上与小说等"虚构"文学)疏离甚至对立起来。因此,《人民文学》现在所提倡的"非虚构写作",当然不是对报告文学等纪实文学写作的重新张扬,而是试图以"非虚构"来重新定位甚至改造我们习惯意义上的"虚构文学"(甚至可以直接说是小说)——"我们认为,它肯定不等于一般所说的'报告文学'或'纪实文学'……我们也希望非作家、普通人,拿起笔来,写你自己的生活自己的传记。还有诺曼·梅勒、杜鲁门·卡波特所写的那种非虚构小说,还有深入翔实、具有鲜明个人特点和情感的社会调查,大概都是'非虚构'"——并努力将其视为一种文学的"新的可能性"[1]。这就不得不让我们回到"文学"的层面上或者在"文学的视界"内,来重新讨论并认识这种"非虚构"所内蕴的相关"文学性"问题,进而搞清楚这一"可能性"的背景与实质。

一、虚构与非虚构

从概念来说,谈非虚构可能必须要从虚构谈起,因为是首先有了虚构的概念,然后才有了非虚构的说法。但是我不想在概念的语源或语言学问题上纠缠,比如回答在汉语和英语里虚构是作为动词还是名词,是将其解释为"凭想象创造出来"还是"捏造的故事"[①]等问题,甚至也不想从"虚构(fiction)"的意义上来给文学(小说)下一个精准的定义,而是想参照本文话题的生成语境,即按照非虚构写作内含的"反"虚构文学的逻辑，直接把虚构和非虚构都视为一种创作主体与表现客体之间"关系建构"的认知态度和表现策略，从而进入这种关系的整理并思考：当我们在文学的意义上来理解虚构时，同样意义上的非虚构又是什么？

　　写作的实质是在建立一种关系——人与外在世界之间的一种存在与阐述关系——并且一定是依靠人自身并仅仅依靠人自身来完成的，是人在"有限"中创造并体验"无限"的自我发现与实现。"文学的表述言词与世界有一种特殊的关系——我们称这种关系为'虚构'。文学作品是一个语言活动过程，这个过程设计出一个虚构的世界，其中包括陈述人、角色、事件和不言而喻的观众（观众的形成是根据作品决定必须解释什么和观众应该知道什么而定的）。文学作品是指虚构的，而不是历史人物的故事……一部文学作品——比如《哈姆雷特》——就其特点而言，是一个虚构人物的故事，而这个故事本身又在某些方面具有代表性，（不然，你为什么想读它呢？）但同时它拒绝界定那个代表性的领域或范围——正因如此，读者和批评家们才能如此轻松自如地谈论文学的'普遍性'。"[2] 尽管这个命题作为文学的定义可能遭到种种质疑，但文学尤其是小说必然具有虚构的本质这一点还是不容置疑，因为除此之外我们无法想象文学的生成意义与存在价值。不用再回到亚里士多德关于诗与历史哪个更富有哲学性的久远追问当中，乔纳森的这种阐释已经大概揭示出了"文学是虚构"作为一种特殊"关系"的事实，而其所言当然也不仅指小说，甚至还连带着解决了读者对文学的目的要求。因此，非虚构如果仅仅作为"真实发生的事实"不难理解，但问题并不在非虚构本身，而在于其成为一种写作乃至文学时所建构的上述这种关系，即在写作或文学的意义上，非虚构作为虚构的否定性对应，尽管有可能，但实际上并不能真正成为"事实发生的真实"。

如很少有人给出文学的定义一样，《人民文学》也没有对非虚构划出明确的界限："我们只是强烈地认为，今天的文学不能局限于那个传统的文学秩序，文学性正在向四面八方蔓延，而文学本身也应容纳多姿多彩的书写活动，这其中潜藏着巨大的、新的可能性。"[3]那么按照这种预设的"可能性"来看，非虚构写作的特征似可借一般所谓"非虚构文学"来理解："事实的真实，史料的确凿，作者尽量客观化的描述和呈述态度……"[4]如果再落实到小说层面上，非虚构的"生活"或"历史"意义或许更强。不过拿来大家所推崇的非虚构小说家诺曼·梅勒在其著名的非虚构作品《刽子手之歌》副标题的说法——"一部真实生活的小说"，以及他《夜晚的军队》副标题的说法——"如同小说的历史和如同历史的小说"，那么我们不仅要问：这种写作究竟是仅仅模糊了小说与历史（真实生活）之间的界限，还是造成了二者之间的相互取代呢？答案其实很简单：假如是一种相互取代的话，那么不管是谁取代了谁，实际上都回到自己原本十分清晰的概念定位上去就可以了（或称小说,或称历史）——非虚构并不存在；如果不是相互取代，而只是模糊了界限，那就不免存在着极大的概念矛盾和话语纠结——用非虚构又如何可以界定这种"中间物"的存在呢？显然，非虚构写作者们常常以为自己是以历史取代了小说，就像王树增认为自己的写作绝不是小说一样："它（《解放战争》—引者）肯定不是小说，它是属于非虚构类作品"，但他却仍然无法摆脱作为文学乃至小说的定位："我认为非虚构类作品至少有两个特质，第一，它是在史料占有的基础上，最大限度地尊重历史真实，不允许虚构……第二个特质，非虚构类作品必须是文学。它和军事专家写的战史不一样，它必须是文学的表述。文学的表述包括三层意思，第一点，我在叙述历史的时候，必须关注人和人的命运，这个是文学基本的东西，所以我更多的是从人的角度、人的生存状态的角度来解读历史。第二层意思，必须有作家鲜明的、带个性的对历史的解读，绝不能人云亦云。你的解读越独特、越带有个人色彩，作品越成功。第三个特质，它必须是美文，是文学性的叙述。"[5] 我十分推崇作者对于历史的尊重与再现，但却有点怀疑这种"文学的表述"会和小说根本不搭界；因此我不怀疑《解放战争》作为非虚构类作品的合法性，而只是怀疑其试图摆脱"小说"之定位的有效性。何况在我阅读这部作品时，始终都会感觉到一种小说笔法的牵引，就像作品开篇这样写道："这是一九四四年七月里的一天……"[6]，我很难将这种叙述视为一种历史叙述，因为在我看来，历史（生活事实）应该是"一九四四年七月十五日"或某某日，即所谓绝对真实的时空记录（尽管这是永远做不到的），而不是"话说"某年某月的某一天。

由此可见，非虚构写作并不想，当然也不能摆脱所谓"文学的表述"，换句话说，非虚构虽然试图摆脱所谓想象或虚构，但依然希望自己可以作为文学被接受，不仅上述的战争史作品如此，《人民文学》刊发的"日记""回忆录"等也如此，如董夏青青在《胆小人日记》里就曾自语希望自己的作品能有好运气——至少被当作"文学书"来看[7]。而事实上人们还早就认识到了，"传记作家像小说家一样，也面临着使紊乱的素材秩序化的任务"，并且在他"使用的原始材料必须确凿无疑的同时"，"仍必须采用某些小说家的技巧"[8]，这就让我们不难理解韩石山：尽管是在写自己，但还是有一种在"没有戏"的地方发现"好戏"的小说家"言路"[9]。因此种种，便造成了非虚构写作"中间性"的特殊矛盾结构：一方面试图但并不可能真正回到历史或事实，一方面还需要作者和读者都认同的表现形式即"文学的表述"——这种表述的本质规定性恰好是来自于某种以想象和虚构为逻辑起点的文学思维，其所构建的也依旧是一种"文学的表述言词与世界之间的特殊关系"，即都在文学尤其是小说的意义上被不同层面的虚构本质所规定着。还好，非虚构写作者们的纠结并不是批评者们的矛盾，因此我们完全有理由在文学的意义上质疑非虚构与虚构之间所能形成的对立的绝对性，以及由此生成的非虚构写作试图摆脱文学虚构的有效性：文学的本质是虚构的，否定自己具有这一本质，意味着非虚构不再承认自己是文学并可能成为某种历史或其他的"写作"，但这显然不是非虚构写作的初衷；而如果承认自己具有虚构的本质并试图站在文学的队列里，非虚构则不外乎就是一种叙事的策略和方式，即是用一种特殊的叙事策略和方法使文学（小说）叙事尽可能地回到事实或历史，与文体、体裁之类的问题又毫不相干。所以在我看来，非虚构写作的理想和现实的可能性都在于：在尽可能模糊的界限中营造一种特殊的叙事策略，以某种"中间性"的创新模式打破传统小说（文学）叙事的存在样态，使历史或事实在被最大限度还原的基础上成为一种新的"文学"景观，不过还是"叙述皆存本真，闻见悉所亲历，正因写实，转成新鲜"而已[10]。所以在这个意义上说，文学层面上的非虚构与虚构之间其实并没有那么对立，倒是一直都在对立中形成着某种"共构"，即以一种非虚构的话语形式重构着文学的虚构本质——假如它不是真想走出文学或走进历史的话——而我们必须认清这一点的目的就在于：既然非虚构写作在本质上仍然是一种文学写作，那么片面强调其非虚构性，或将这种非虚构性视作一种可以取代虚构的"可能性"，则有可能使这种写作陷入某种新的"非文学"状态。

二、行动与在场

《人民文学》的非虚构写作计划命名为"人民大地·行动者"②[11]，目的就是"吁请我们的作家，走出书斋，走向吾土吾民，走向这个时代无限丰富的民众生活，从中获得灵感和力量"[12]，并"特别注重作者的'行动'和'在场'，鼓励对特定现象、事件的深入考察和体验"[13]。首先必须申明的是：作为当代中国最有影响力的文学杂志之一，《人民文学》这一行动者计划的提出是十分值得鼓掌的，这不仅是因为中国当下文坛的确需要大力张扬一种肯于行动并敢于行动、勇于发现并善于发现的精神和风气，而且还因为这其中确实蕴含着"从个人到社会，从现实到历史，从微笑到宏观，我们各种各样的关切和经验能在文学的书写中得到呈现"的巨大可能性[14]。但抱歉的是这只是我话题展开的前提,并不是我的话题所在,因为在我看来,这种非虚构写作的理想模式似可以这样来表述:行动起来,走进现场,用"行动"来发现"真实",用"在场"来代替"虚构"——所以在鼓掌叫好之余,我们还是要思考一个问题:所谓的行动也好,在场也罢,如果所有的参与、进入、在场和发现最后都落实在非虚构写作的表现方式上,那这种表现是不是真就可能、甚至"先天"具有了文学的意义即"文学性"?或者说一种新的"文学可能性"?

从本质的意义来说,行动是发现的前提,就像主体是创作的前提一样。但是对文学来说,行动与发现都不是目的,也不是结果,只有最终借助一种言语方式将行动及其发现"有意味""有价值"地"呈现"出来,这种行动及发现才真正具有意义,尤其是"文学"的意义。因此,问题仍旧不在于非虚构本身,而在于非虚构仅仅强调行动并过于强调行动之时——非虚构写作行动起来,走进现场,将真实生活用"在场"的方式"复制"出来,真的就形成了某种新的"文学"?而如果我们敢于承认这种"复制"真正具有"文学"的价值和意义的话,那么这种价值和意义又究竟是被缩小还是放大了?要回答这个问题,可能又要回到文学的虚构本质来看:文学是人作为一种精神存在的特殊方式,其最大的价值和意义,恕我浅陋,应该就在其是一种创造,而人们之所以把虚构性和想象性视为文学的特质,当然也就是因为文学的想象世界本质上是一种人自己的、自主的创造,并且正是在这种创造当中,人真实地体验并实现了自己的"本质力量",从而使人在自身成为审美主体的同时,可以"诗意的栖居"。借曹文轩的比喻来说,人类强大的生命冲动以及无极的求知欲望,使人类永远处在无休止的追求当中:不满足于第一世界,因此创造了文学这个第二世界,依旧不能满足,便又通过文学再创造了一个第三世界……[15]实际上,这并不意味着小说的无所不能,而是意味着人的本质力量的巨大动能。因而在这个意义上我始终固执地以为:虚构并不是一种人类"逃避现实恐惧的方式"或"拒斥现实真实的自言自语",而是一种本质性的"超越"——超越自我、个体经验乃至现实世界——唯其超越,方使得文学不但可以"记录潜在于历史学家的不以个人为主的编年史之下的人类经验"[16],同时还能成为"个人生活的丰富精神性的卓越示范"[17],当然也就成为可以拯救人自身于物质世界之中的"心灵的归宿"。由此,也正是在这个意义上,文学才有了巨大的生命体征和心灵力量,可以其人性的真实及情感的深刻,不只让我们感知或了解一个时代,而且令我们体悟并实现一种生命的意义,从而成为人类精神存在及其提振的一种不可或缺的方式和样态。

当然,在我们这个斩钉截铁的结论下面,可能会存在一个将引发质疑的概念——"真实",因为虚构与想象的创造常常是在事实真实的基础之上而不是停留在其本身,而实际上非虚构所谓的"行动"与"在场"的最终意义又恰在这种"真实"的发现与再现上,甚至它就是非虚构本身赖以生存的终极理由。因此,对应"真实"建立一种什么样的关系,便成为我们检验虚构和非虚构之"文学可能性"的又一关键。不过可能没必要针对虚构做太多关于"真实"的文章,因为在大家已经习见的意义上我们早就弄懂了所谓"生活真实"与"艺术真实"的概念与关系,倒是非虚构的"真实"因为其在现场、在场乃至复制的意义上重新生成,可能要费一点功夫来审视。翻阅《人民文学》自开辟"非虚构"专栏以来的作品,"真实"的确是第一位的:《中国,少了一味药》是作者在传销团伙中卧底23天的真实经历[18],梁鸿也说她的《梁庄》是用了两年的寒暑假,"花了5个月的时间,在自己的村庄住下,感受,体验,并做一些调查,最后形成这样一个书稿"[19],而《南方工业生活》写的就是萧相凤作为一个工人"2000年至今起奔走于珠三角"的打工经历[20]……其中的种种"真实性"与"真实感",的确与一般虚构文学形成了鲜明的反差。因此,我毫不怀疑这些作品的生活真实性,以及这些作者非虚构写作的踏实可靠,并且时常激动地感受到一种新鲜和欣喜——看惯了太多虚构文学作品后的审美疲劳终于被打破,以及文学突破传统秩序后"新的生机、力量和资源"的出现——不过却始终在意识底层有着一种困惑:假设文学真的完全地回到这种生活真实,或将这种生活真实完全地等同于艺术真实,究竟是不是文学的真实意义所在?文学与世界之间这样一种关系的构建究竟是不是文学的真实本质所在?我甚至在想:假如承认非虚构可以或应该是一种"现场"的"复制"的话,那岂不是可以夸张地以为我们的文学又在试图回到一个过于古老的传统——摹仿?而如果文学真的可以在摹仿的意义上再现生活的话,那么所谓作家或者写作者的主体以及他们区别于新闻记者、传记作者、历史记录者的特质又在哪里?而人类一直珍视的文学发展到了今天又将何为？

从某种意义上说，没有生活便没有文学，真实是文学的生命所在，非虚构也正是因此获得了原始的生命力并可以得到肯定。但问题是，难道只要有了真实甚至"绝对的"真实就可以成为文学甚至优秀的文学？作为小说家的王安忆曾就这个问题有过很好的追问（尽管她是针对小说，但我觉得同样适于整个文学）：如果小说所做的就是反映真实，反映现实，那么我们为什么要有小说呢？已经有历史学、政治学、社会学、心理学等那么多学科来直接描述现实了！电影的材料要比小说具象和真实得多，电视台"纪录片编辑室"搞的纪录片完全就是生活的真实，它们已经把真实做到家了，那小说还做什么呢？当我们看到一个东西，完全和我们真实的生活一模一样，何苦再要去制作这样一个生活的翻版呢？所以她回答道：小说是由一个人在他的"心灵的制作场"里创造出来的，另外存在的、独立的、完全由它自己来决定的世界，它不是我们这个世界的对应或翻版，而是"扩展了我们的存在，延伸了真实世界的背景和前景"的"真正的创造，真正的造物"[21]。也许这种回答因带有很强的个人经验性而不一定得到理论家们的认同，但并不妨碍我们可以就此深思：也许不仅仅是小说，可能整个文学的本质价值压根就不在复制生活的意义上！因此，我真诚希望"行动者"计划可以消除某些作家身心内外的懒惰，使他们走进生活，回到现场；也非常相信一定会有更多的非虚构能让我们不断见到愈发真实的生活和情感。但同时我仍想强调：无论在什么意义上，"文学真实"都不可能是"复制"的"事实真实"，而非虚构如果一定要坚持这种"复制"的话，那它只能在"非"文学的可能性上与文学渐行渐远。

三、大众与传媒

毋庸讳言，走进当下的文学确实已经遭遇了巨大的艰难和危险，因为起码从20世纪以来，我们开始进入了一个新的，但对于文学来说可能是某种悲剧的时代：知识和写作从来没有像现在这样普及过，新媒体的开放与自由让每个人都有可能成为诗人，日常生活的意义被无限放大并被赋予了日趋强大的美学意义……而所谓文学的"疆界"也在人们的质疑中不断地扩大，"现在除了诗歌、小说、戏剧作品之外，它还包含了范围广大的叙述文类，不论是公开的还是私人的，随笔或者回忆录"[22]，甚至包括了德里达所谓的"电信技术王国"中的一切。因此，时常试图回到生活本身的非虚构，便在诸如历史与想象、真实与叙事等一些古老的文学话题之外，又有了一个十分宏阔的大众文化及其消费市场的背景。

我们知道，在消费文化的意义上，任何一种文学的最终生成都将被大众化的文本消费所左右，因此，大众读者自身的日常生活以及阅读趣味已经不断形成并日益加强了对文学的实质性介入和作用。借用费瑟斯通的说法：在当下的文化语境中，"大众文化中的琐碎之物，下贱的消费商品，都可能是艺术。艺术还可以在反作品（anti-work）中得到发现：如偶然性事件、不可列入博物馆收藏的即兴即失的表演，同时也包括身体以及世界上任何其他可感物体的活动"[23]。或者说,"非虚构"的现实日常生活也正是在这个意义上得以成为可能的审美呈现。再借勒庞的观点看,如果可以说群体心理的"基本"事实就是"感情的强化"与"理智的欠缺"的话[24],那么这一背景下的大众趣味及其阅读的本质也差不多如此,即可能是诸如以娱乐取代认知,以消遣取代审美,以快感取代体物,以读图取代想象,以接收取代创造……所以大众并非不需要文学,甚至可能比以往更加需要,只不过他们所谓的文学只有在应合了他们这种本质的时候才有可能被承认。所以大众依旧需要阅读,甚至不仅需要在阅读中得到抚慰,还想在阅读中得到惊奇、惊喜乃至震撼。但遗憾的是,这些需要却往往以一种"快餐"式的消费行为解构了曾经作为某种思想或精神存在的"文学性"。因此,当文学仅仅以非虚构的样态走进这种大众文化并试图迎合它的时候,它的核心问题就不再是所谓"文学"的主题或主体,而只是"现实"的题材或存在,亦不再是"文学阅读"的创造或思考,而只是"生活现场"的观看与接受。因此面对上述事实,我们实应更加保持一种清醒:在必须肯定非虚构以"行动"来改造创作者的懒惰的同时,也应该看到它或许会因此又造成了一种新的懒惰——创作者和接受者对激情、思考与创见等等的共同回避。

依我看,置身于大众文化背景下的非虚构写作其实有着很强的非理性色彩:其所谓的"现场"本身就有着某种"图画"或者"画图"的意味(这倒与大众文化的读图趣味保持了一致),而其所谓的"真实",本质上也是在强调现实高于可能、存在高于创造。因此,表面看来非虚构是在努力地走进时代的"现场",

并试图投影般地成像这个时代的"真实",但实际上它在开始回避时代,回避这个时代所能激发起来的想象和创造,即回避这个时代原本赋予它的反思与反省,以及任何一个时代文学都不应该放弃的理想和理性。我们不禁要问:当写作者的主体已经不复存在的时候,其所呈现出来的现实除了"图画"之外还会有什么?当某种生活仅仅被作为事实"复制"出来的时候,其原本丰富深刻的生命性及完整性又在哪里?而当我们提供给人们的阅读文本始终都是某种不是由主体而是由事实复制出来的图画的话,那阅读主体又为何要将其视为"文学"并始终保持对它的文学性想象?当然,这依旧可能不是非虚构本身的问题,而是非虚构写作在大众文化语境中的某种可能性问题。所以我喜欢李洱的说法:我们越是生活在一个非虚构时代,虚构就显得越是重要——当这个世界过多地沉浸在非虚构的语境中的时候,在某种意义上,虚构就成了"他者"。正是这种"他者",这种异于现实的美学,让我们得以与体制化的现实疏离开来。而正是这种疏离,让我们不仅得以认清现实,而且有可能使我们的文字具有一种介入现实的力量,当然,它也让我们得以从另外一个角度确立自己的身份[25]。事实上,这倒不是一个虚构与非虚构孰轻孰重的问题,而是这种"介入"与"确立"对于作者和读者都同样具有深刻意义的问题。

实际上,检视非虚构写作在传媒时代里被打下的印记,或可以发现它也许并不仅仅是一种"文学的自觉",可能还是大众传媒时代或称新媒体时代里某种传播策略的产物。就像《人民文学》的"行动者"计划一样,尽管实实在在地有着某种文学的"可能性",但首先也不能排除它是一种传播策略下的媒体运作方式,即文学的写作被有意"计划"成为一种写作的行为。而回望二十世纪五六十年代兴盛于西方的非虚构写作,其概念缘起和文体生成大概也都离不开美国的"新新闻主义（New Journalism）"及其纪实写作的理念（许多后来人们津津乐道的如梅勒等非虚构小说家,实际上大多有新闻工作的背景）——认为"小说家能为记者和历史学家提供其研究专题欠缺的一个方面",试图借小说家的笔法来使新闻写作从"客观的"走向"主观的",使作者在新闻中"作为一个中心人物而出现,成为一个对各种事件进行筛选的个人反应器"[26];然后再用记者杰出的社会观察和分析能力对小说家的眼力进行补充——将新闻与文学整合在一起,建立起了一个具有边缘性的写作文体"Non-Fiction Novel"（"非虚构小说"）或"True-Life Story"（"真实生活的故事"）[27]。也许正是这种"边缘性"或"中间性"的存在,便使非虚构写作并没有被置于报告文学（Reportage）等传统样本里面,而是时常在大众传播的影子里成为一种时尚的媒体写作策略。所以不仅《人民文学》现在张扬非虚构,事实上早在几年前《中国作家》便曾分出《纪实》一刊并开设"非虚构论坛",而本来就长于现场专题和深度报道的《新周刊》等时尚媒体,近年来也一直都在提倡把新闻的非虚构性与文学的审美特性融合起来……如此种种,其实都是在从新传媒写作的角度为非虚构的现实写作添加着注解。因此这样一来,被置于媒体策略之中的非虚构写作行为,实可能并没有生成如人们所期待的某种文学可能性,倒也许形成了一些被媒介质素所左右的文学叙事方式和技巧。

翻阅《人民文学》近一年来刊载的非虚构作品，起码可以看到两个主要特点：一是用"生活的在场"营造出的再现性，二是用第一人称叙事所形成的抒情性。就前者而言，这些非虚构作品并没有强调主题的深刻性，甚至也没有追求题材的重大性，都是在自己"在场"的生活里观看、发现并写作，总是希望借生活本身的"现场感"来呈现写作的"真实感"，生活原像的意义被充分放大到可以复制的层面——事实上也的确达到了非虚构的效果；从后者来看，这些作品大多是以"我"来展开叙事，用"我"的眼睛来观看，用"我"的身体来感受，用"我"的笔法来写作，甚至如祝勇的《宝座》（我姑且把它视作一篇学术随笔），也是把一个富有象征意味的发现置于"我"的学术思考和联想中，像其他作品一样具有了浓郁的主观抒情色彩——似乎已经成了某种文学的叙事。首先应该说，这些作品的确都以一种"向着各种艺术形式和纷繁的书写活动开放的文学态度"行动起来[28]，并由此探索了一条"比报告文学或纪实文学更为宽阔的写作之路"[29]，令人耳目一新甚至欣喜不已。不过回头来看，这样表面融客观再现与主观抒情为一体的写作，实际仍没有超越生活现场本身，始终还都是"有我"在场的生活现场的复制，大多有着前述所谓"主观的"新闻的影子——可以这样认为的理由尤其在于：它们都在努力还原生活事件或事实本身"片段"的同时，将个人体验或个体经验视为审美发现及其意识取向的唯一重心，并试图消解或者掩盖某种具有超越性的道德立场和价值判断，当然也就无从谈起所谓的"完整性"或"深刻性"。这就不禁让我想起当年傅雷在批评张爱玲时所说的:"倘没有深刻的人生观,真实的生活体验,迅速而犀利的观察,熟练的文字技巧,活泼丰富的想象,决不能产生一样像样的作品。"[30] 如果再可以"文学"一点地联想到张爱玲当年的"大众化"写作,其中可能还会有更多值得我们在今天传媒时代里深思的东西。所以我说,非虚构这种模糊的"中性"叙事策略,即便可以算是某种文学的"可能性",但似乎还是在一定程度上模糊了文学的"自觉"。

当然,非虚构写作在传媒时代里的大行其道,并不意味着它仅仅是这个时代的衍生物——既然文学本身即已蕴含着丰富的非虚构质素,而虚构又经常被自己弄丢了生活和真实——而是在任何时代里都实际存在的一种选择和可能,所以当非虚构写作换了一副面孔(即不再以报告文学、传记文学等纪实文学的名义)试图挤进文学里来,甚至希望"可能"改造或取代文学的时候,我们既不必惊恐,当然也不一定欢呼。或如我要说的:我们的文学确实出现了许多问题,但也许并没有哪个药方可以一下子医好它——起码我不以为非虚构写作就是这个药方——因此我们不能否定非虚构吁请文学回到生活的努力和尝试,更不能基于某种传统观念而拒斥这种写作,而是应该始终明确:文学的意义并不在于它仅仅告诉我们生活是什么样子,而且在于它要告诉我们生活应该是什么样子,这也许才是它真正的"可能性"。所以我说——我不想否定非虚构写作,但也不希望它成为文学的主流。

[注]

① 参见《现代汉语词典》(第5版)(商务印书馆2005年版)和《牛津现代高级英汉双解词典》(商务印书馆、牛津大学出版社1996年版)中关于"虚构"的相关词条。

② 全称为"'人民大地·行动者'非虚构写作计划"。

[参考文献]

[1] 留言[J]. 人民文学, 2010(2).
[2] [美]乔纳森·卡勒. 当代学术入门：文学理论[M]. 沈阳：辽宁教育出版社, 牛津大学出版, 1998：32-38.
[3] 留言[J]. 人民文学, 2010(2).
[4] 吴炫. 作为审美现象的非虚构文学[J]. 文艺争鸣, 1991(4).
[5] 张尉心. 非虚构写作不是剪刀糨糊能完成的[N]. 羊城晚报, 2010-2-27.
[6] 王树增. 解放战争[M]. 北京：人民文学出版社, 2009：2.
[7] 董夏青青. 胆小人日记[J]. 人民文学, 2010(4).
[8] [英]艾伦·谢尔斯顿. 传记[M]. 北京：昆仑出版社, 1993：94.
[9] 韩石山. 既贱且辱此一生[J]. 人民文学, 2010(2).
[10] 鲁迅. 中国小说史略[M] // 鲁迅. 鲁迅全集：第9卷. 北京：人民文学出版社, 1996：234.
[11] 启事[J]. 人民文学, 2010(11).
[12] 留言[J]. 人民文学, 2010(11).
[13] 启事[J]. 人民文学, 2010(11).
[14] 留言[J]. 人民文学, 2010(7).
[15] 曹文轩. 小说门[M]. 北京：作家出版社, 2002：42.
[16] [美]华莱士·马丁. 当代叙事学[M]. 北京：北京大学出版社, 2005：5.
[17] [英]特雷·伊格尔顿. 二十世纪西方文学理论[M]. 西安：陕西师范大学出版社, 1986：247.
[18] 慕容雪村. 中国, 少了一味药[J]. 人民文学, 2010(10).
[19] 梁鸿. 一种谦卑的写作行动[J]. 中国图书评论, 2012(2).
[20] 萧相风. 南方工业生活[J]. 人民文学, 2010(10).
[21] 王安忆. 小说家的十三堂课[M]. 上海：上海文艺出版社, 文汇

出版社2005：10-15.

[22]刘辉.文学研究疆界的扩展及与文化研究的关系——王宁访谈[J].中国图书评论，2008（1）.

[23][英]迈克·费瑟斯通.消费文化与后现代主义[M].南京：译林出版社，2000：96.

[24][法]古斯塔夫·勒庞.乌合之众：大众心理研究[M].北京：中央编译出版社，2005：5.

[25]李沛.传媒时代小说何为？[N].社会科学报，2010-7-8.

[26][美]MORRIS DICKSTEIN.伊甸园之门——六十年代美国文化[M].上海：上海外语教育出版社，1985：139-150.

[27]王雄.新闻报道和写作的新维度——论"新新闻学"对我国当代新闻报道和写作方法的启示[J].江苏社会科学，1998（5）.

[28]留言[J].人民文学，2010（1）.

[29]留言[J].人民文学，2010（7）.

[30]迅雨（傅雷）.论张爱玲的小说[J].万象，1944，5，3（11）.

（原载2011年第2期《文艺争鸣》，发表时有修改）

理性的思辨与自然的世界

——评鄢然《残龙笔记》的成长叙事

成长,不是一个概念,而是一个过程,在文学的意义上,这个过程所呈现出的不仅是某个主体时空经历上的生长,也是某种生命历经蜕变后的成熟,因此所谓成长叙事,便时常成为一种主体生长轨迹的描绘,以及生命成熟历程的检视。不过,随着现代社会发展尤其是大众文化时代的到来,所谓成长,已经有了不同的指称和含义,我们原本习惯的那种有轨迹可循的、有理性可依的成长是否仍可以作为成长叙事的模式,早已成为一种疑问。尤其可以显见的是,在当下流行的80后、90后的残酷青春写作中,年青的生命越来越受到生活本身的牵绊并在现实中愈发地感到了多种多样的疑惑,成长叙事也不断地成为一种质疑、否定和消解存在及其意义的手段。从某种意义上说,任何小说都可能是一种关于生命的成长叙事,而所有关于成长的叙事其实也都包含着某种理性的建构。因此,当我们仍然需要在某种叙事中发掘所谓成长的意义时,某种成长小说的概念便不再是我们唯一的标准,倒是那些呈现了不同生长意蕴的特殊叙事维度和时空映像，似可以成为我们重新建构某种成长叙事的角度。我读鄢然的长篇小说《残龙笔记》便是这样的一个起点。

就个人感觉而言，鄢然的创作颇有一点火山的意味，在历经历史的岁月积淀后，常有一种令人震惊的爆发力和冲击力，从早期的《昨天的太阳是月亮》到《Baby，就是想要》《角色无界》等几部长篇皆是如此。而她创作的源泉则仿佛就是来自她的女性地心的充盈和力量，即使在作品问世后火山的岩流凝固形成永久的质感雕塑，但那深沉的姿态、蕴含丰富的内涵，仍让人可以产生一探究竟的冲动和渴望——《残龙笔记》就是这样一部让我们始终经历着震撼性的阅读体验，并能够感受到作家创作脉动的作品。而有意味的则是，作品鲜明地与当下的青春写作形成了区别——以思辨性和狂想性的深刻结合所形成的立场的异质性。在《残龙笔记》序中，鄢然曾说出了自身的双重角色定位：一方面，她的故事里不乏"自己和孩子自传的成分"；另一方面，"望子成龙"这一陷阱般的愿望，又使她陷入了"永远不会知道自己到底该怎样熬过这些恐惧与痛苦"的困境里。显然这种写作困境是一种自审性质的人文拷问，这种拷问的程度越深，思考的深度越为加重，作家所受到的煎熬程度便越深刻。"艺术是艺术经验创造历程的一次定格或追记。整个艺术经验形成的历程，无疑是艺术家精神的一次孤独沉重的旅行。在心灵世界的暗夜和密林之中，艺术家擎起生命智慧的火把，寻找和开拓着一条通向精神家园的道路。"[1] 于是，这部作品的诞生，无疑便成为鄢然长期以来自我角色定位的一次总结，社会现实反思的一次总结，以及心灵皈依和艺术经验的一次总结。

如众所知，所有作品都是作家独特经验和特殊技巧的艺术影像，并因此呈现着生活本身的内涵和意义，而《残龙笔记》中的经验则不仅在最大意义上回归了生活，同时也最大意义地突破了生活，因为作品中的现实和梦幻以极致的方式形成了一个极具矛盾和冲击力的对立体。小说的现实纬度中，一个叫"小雨"的16岁高一男孩儿，正过着一种煎熬的生活——长期的"望子成龙"观念使得父母和他的心灵隔阂日渐增厚，而父母的离异、学校的强权教育、同学们的排挤歧视，也使他的生活了无生趣——生活的全部乐趣都来于网络。在虚幻的世界中，他结识了"妖后"，从而找到了红颜知己，两个人在网上畅谈自己的理想、困惑、挣扎和焦虑，同时彼此都对爱情保有纯真的尊重态度。但是随着岁月变迁，小雨升入高中，"妖后"的现实人物短发美眉进入舞蹈学校，肮脏的社会现实夺取了短发美眉的理想和贞操，在对现实的极度失望中，短发美眉在小雨面前以《泰坦尼克号》女主角的经典姿势纵身跃下了20多层的高楼。在小说文本叙述现实和梦幻交替的另一极中，痛苦挣扎于现实泥沼中的小雨，在梦幻世界中却过着幸福的生活，父母感情恩爱并对他充满关爱，患了失语症的他被接到海边生活，海里有一座"梦幻岛"，他遇到了一位其貌不扬但有读心术、读唇术的女孩阿香，以及使梦幻世界变得更加扑朔迷离的会说话的蓝鹦鹉。在蓝鹦鹉的引导下，小雨和阿香历尽艰辛，在海上漂泊数日后踏上了梦幻岛的领土，而代表着小雨理想的短发美眉恰于此时出现，她告诉小雨，根本就没有梦幻岛，梦幻岛只存在于小雨的意识中——而小雨也终于敞开心扉并重新回到父母的身边。

这种平行世界的平行讲述是小说叙述上的一个叙事机关，它不仅使小雨的世界形成了两个极端——现实中父母离异、同学歧视、生活平淡；梦幻世界中父母恩爱、友情珍贵、生活精彩——同时又使两个世界间具有了一个交叉点，即短发美眉的死亡和小雨的极度伤痛，并由此形成了一种特殊的叙事动力，这不禁让我想起了村上春树的《冷酷仙境、世界尽头》。不过虽然同样是平行世界的平行叙述，但是推动村上春树叙述力量的是"通过游离世界而创造世界，通过逃避而完成冒险，通过扮演无的传达者而探求生之意义"，而推动《残龙笔记》的叙述力量却是青春的洗涤、人格的精炼、生存的困惑以及理想的坚持，因此小雨所遭遇的怪兽、鲨鱼和短发美眉的死等，既是现实的艰难，也是成长的印记，其中所透出的完全是希望的曙光和涌动的生机，以及对于任何黑暗都敢于直面的勇气，正像最后短发美眉所说的，"虽然我们被邪恶所毁灭，但是我们会因美好而再生"。因此，这一叙事机关所打开的并不是某种情节包袱，而是一种人文理想的思辨纬度，并因此使小说具有了特殊的理性深度。值得提到的是，按照舶来的所谓成长小说或成长叙事来说，从歌德的《少年维特之烦恼》到狄更斯的《雾都孤儿》，从马克·吐温的《汤姆·索亚历险记》到菲茨杰拉德《了不起的盖茨比》，这一叙事类型其实一直与人文主义深刻联系着，在对于人的社会化角色的认定中也始终充满了肯定和褒扬。不过遗憾的是，当这种叙事进入中国当代文学后，却常有一种病态的、功利的、冷酷的叙事泛滥而起，尤其在大众文化的兴起中，以时尚、潮、酷等为幌子的非理性的思想变异日渐割据着某种受众的审美取向——这无疑是我们这个时代思想纬度的一个重大缺失。因此，正是在这个层面上，《残龙笔记》中的理性分析和思辨意识，便显示出当下成长叙事中少见的一种人文情怀。

　　重要的是，鄢然的思考纬度不仅在于立新，还在于批判的思辨。作为成长期的少年，小雨是一个有着矛盾悖论的存在个体，他本人性格的"习惯畏缩，喜欢畏缩，迷恋在畏缩中自我欢乐"形成了一种病态的畸形人格，其极端反应就是"喝尿"练隐身术、手持菜刀追小偷、操场戏弄灰皮猫（校警），甚至发展为狂想、幻听等一些症状，在语言方面也反映出"我是流氓我怕谁"的痞子戏谑风格。当他违反校规被批评时，他自称"无名小卒"，并用红小鬼的姿势向校长敬礼，又模仿少林小子演练功夫；在父母离异后，同学们在黑板上画卡通画嘲笑他，他不仅不以为耻，反而在老师质问时言之凿凿地说，"我为什么要自作多情，觉得受了侮辱呢？"主人公彻底地放任自己，用癫狂的举动对这个压迫的环境进行反击和戏谑，这恐怕是鄢然在角色设定上的一个初衷——望子成龙的殷切希望使少年变成了"狂人"，而一系列癫狂的举动，自我慰藉心理机制的形成，已经成为当下青少年的典型心理症候的一种象征。这种心理症候通过文本中的一首歌表达得淋漓尽致："我是一条虫／来自父母亲／粉碎了望子成龙的梦／完结了校方的心／我是一条虫／不做一条龙／残酷的生活考验了我／立场更坚定／嘿！嘿！嘿！／选择真带劲／心情真高兴／谁要让我成龙／坚决抵抗不留情。"这首歌曲首先是主人公小雨唱出来的，但是在毕业典礼上，却变成了所有学生的合唱，唱得老师目瞪口呆，唱得昏天黑地。这首歌曲中的自我精神慰藉，简直堪称又一个"精神胜利法"，真实地表现出了中国的学生们对于自己被家长、学校支配的奴隶命运，以及成绩总与家长们期望值不相符的失败心理，所采取的令人难以置信的辩护与粉饰态度。实际上，这种辩护有几个层面的内容：第一，相对于功成名就，成龙在另一方面意味着自由的丧失；第二，对社会上不能完全实现公平和正义的现实来说，成龙甚至可能失去性命；第三，对于团队精神而言，集体也意味着对于弱者的无情吞噬，而成龙也是建立在践踏他人基础上的。于是，宁愿做一只虫既是对现下学生心态纤丝毕现的描述，更是作者批判的隐衷和笔触。那么，这种成长的怪圈如何打破？何时才能迎来孩子们理性的成熟？恐怕只有打破甘愿当"虫"的心理认定，重新建立自信，孩子们才可能真正"成龙"。因此，虽然"我是一条虫"的语句频频出现在小雨的思维中，但是，小雨的身份并不是"虫"，而是一条"残龙"，而经历过潜意识世界的重重磨难后，他终于从阴霾中走出来，成人并且可能成龙了。而这种用理性的思辨画出的学生们（包括坏学生臭虫、大力士）的群画像，恐怕也正是鄢然为残龙们找到的蜕变之路。

在植入理性思辨纬度的同时，鄢然还构建了一个自然生态化的世界，并于此为青少年们找到了一个颇具温暖的心灵世界。其实，任何一位作家的艺术创造，都是在为读者创造一种独特的经验形式，并由此搭建着一个情感和心灵的栖息地。"富有创造性的艺术家，其全部劳动的目的，就在于建立一个协调一致的结构整体；在于建立一种物质的东西，通过这样，把人类生活的某个方面或某个片段容纳在某种形式的结构里面。这种物质的东西,就是艺术作品。它把我们带入那样一个世界,在那里,我们的精神生活,我们的各种能力和心理机能,都突然而又奇妙地达到了和谐。"[2]因此在艺术的世界中,能否构建一个"自恰"的结构,便是判断一个作家艺术能力高低的重要参数,而鄢然的幻想世界恰好是个能够容纳少年成长的自然生态世界。在这个世界中,充满了神话的奇思妙想、大自然的造化神奇、正常的人际友爱,而这个世界的核心意象就是海洋。或许是由于水这一独特的物质构成最能够表达人的心灵的广袤无边,海洋的世界就构成了主人公的疗伤之所。父母首先把家搬到了海边,接着主人公遇到了渔女阿香,在海上的一系列冒险历程更让人们体会了大海的变幻莫测:会蜇人的美丽水母,一跃而起的飞鱼,睿智的海龟,善解人意的海豚,贪玩的白鲸,更有龙卷风、鲨鱼、地下宫殿……在鄢然的笔下,成长中的孩子们和自然有着天然的亲近感,这种感情发乎自然,全无矫饰,一个童真的世界完全就是自然的原貌。因此,海上的风浪再大,孩子们仍然安然无恙,而大海中的动物也都给了他们最大的善意——其实,这种生态观以及生态化的叙事纬度也同样是当下成长叙事所缺失的。还值得注意的是,工业化社会进程的加快伴随的就是人类对于自然的隔阂和疏离感,而女性作家天然的写作立场则决定了她们总是愿意自觉地将生态和儿童联系在一起,因为在人们尤其是女性的意识中,女性的自然生理与生育过程与自然界的自然更替和繁育过程具有相当大的一致性,而在人类农业社会的漫长发展过程中,女人则始终在劳作与繁衍的意义上成为家庭、社会乃至生态循环的重要主体，尤其是其不可替代的创造和延续生命的功能性存在，就形成了女人特有的与自然界荣损与共的关系，因此地球在作为人的自然居所的同时，也在养育了所有生命的"母亲"的意义上具有了某种"伟大的女性"的意味。而且，女性对自然界的亲近与男性对自然界的占有、归属地位的判定是截然不同的，于是这种与生俱来的农业文明和自然的关系，便注定会用某种具有生态性的女性主义立场表现出来，"女性更接近于自然；而男性伦理的基调是对自然的仇视。女性与自然、繁殖、物质、他者性归为一类……男性是把世界当成狩猎场，与自然为敌；女性则要与自然和睦相处。因此，女性比男性更适合于为保护自然而战，更有责任也更有希望结束人统治自然的现状——治愈人与非人自然之间的疏离"[3]。而在我看来，基于这种思考的性别意义上的生态维度与叙事，也许正是鄢然有意创作一个奇幻海上世界的良苦用心吧。

实际上，这种女性的生态观也是鄢然创作思想的一种延续，如有人指出的，"对于鄢然而言，保护生态不是创作中的一个预设的主题，而是她发自灵魂深处的呼声"[4]，从《昨天的太阳是月亮》中对人类生态失衡问题的关注，到《角色无界》中对破坏生物种源的口诛笔伐，鄢然对生态环境的关注始终是持之以恒的。不过，如果说前两部作品都是因为她难得的西藏生活经历而具有了"维护生态平衡，拯救生物种源"的生态意识的话，那么到了《残龙笔记》中，更突出的则是因为对人的精神失衡状态的思考而形成的"拯救人类自己"的生态意识了。这一生态思考的深刻性就在于，她不仅意识到了人类生存自身状态的缺失，还注意到了自然生态与人类精神生态的互动影响。"自然界本来就以其人的本质而成为人的精神食粮，而这也正是自然之所以能生成为人的基础所在。这些存在于自然界中的人的本质，启示了人性的本真状态，使人在返璞归真中既重悟人性，又在对无限的自然的心仪中超越自身而与无限相会。"[5]人类最原始的家园也必将是人类永恒的乐土，所以当受到创伤的小雨无处疗伤时，原始的自然世界便向他敞开了怀抱，而小雨也果然在自然的洗礼中成长、成熟起来，这就是人与自然的关系，这也是成长与自然的关系。尤其在现实的意义上，在摩天高楼林立中，钢筋水泥的大厦形成了铁样的森林，孩子们在这里成长，却变得越发孤独、隔离，同学之间的关系是壁垒森严的等级关系，就连男女同学间青涩的朦胧恋情都变得晦涩，而灯红酒绿、饮食男女又给少年们的成长埋下了几许阴霾。因此缺少了生态纬度的叙事，往往便使"残酷的青春"充满了阴谋、背叛、苍白、病态，而随着伴生的则是人的精神的扭曲乃至失衡——鄢然这种生态意识及其叙事纬度方才值得珍贵。

当然，《残龙笔记》仍有一些不尽如人意之处，如叙述者与主人公心理距离的把握拿捏不够，经验过甚所引起的感知经验混乱等可能都是问题。但毕竟瑕不掩瑜，如我一直强调的，小说虽然是叙事是讲故事，但其本质是在建立一种诗性的关系，即在人的本质性上建立一种人与外在世界之间的存在与阐述关系。因此任何一种关于人及其成长的叙事，可能更值得我们深思的就是其中人的本质性的发现，以及这种发现中所呈现出来的不断缺失又不断修正的"过程"。而《残龙笔记》中以理性的思辨和自然的世界所构建出的一个个体的生长过程,既在叙事维度开拓的意义上形成了多维的构建策略,也在生命体验的意义上获得了新的思考和发现,其中鲜明而深刻的人文关怀和理想意趣,的确让读者体会到了一种别具匠心的成长叙事。

[参考文献]

[1] 刘雨.艺术经验论[M].长春:东北师范大学出版社,1998:1-2.
[2][英]李斯托威尔.近代美学史评述[M].蒋孔阳,译.上海:上海译文出版社,1980:79.
[3] 李银河.女性主义[M].济南:山东人民出版社,2005:87.
[4] 翟文铖.人文与历史的多重关怀与多层叙事——鄢然小说论[J].当代文坛,2010(4).
[5] 曾永成.文艺的绿色之思:文艺生态学引论[M].北京:人民文学出版社,2000:285.

(原载2011年第10期《理论与创作》)

新世纪文学中女性青春写作的"异质"化误区

——以徐坤、张悦然的两部短篇小说为例

青春本身并不是一个具有性别意味的名词,但因其所指称的是一种更具有"敏感"与"细腻"特征的成长过程与状态,便天然地在女性写作中有了某种独特的价值和意味。尤其是在20世纪90年代以来,女性写作开始自由地书写自身经验以及性别体验,青春写作于是成为一种可以充分展示女性成长历程及其心理构建的文学样本。在这里,我们并不想对当下的女性写作或青春写作做出整体性地判断,而是意图仍将部分女性作家的青春写作看作是她们性别写作以及女性意识构建的关节点,从而考查这些富有女性写作意味的青春写作在走进新世纪文学之后的某种特殊状态及其启示。

作为"90年代"女性写作的代表之一,徐坤的女性主义写作立场是不容置疑的,不过稍有点遗憾的是,作为一种曾经的青春写作,她也许是被忽视了,就像她的短篇小说《答案在风中飘荡》(文中简称《答案》)[1]并没有引起女性文学研究者们的重视一样。事实上,这部试图重新构建女性自身成长历史的

具有反抗姿态的作品，完全可以被视为一篇"90年代"青春写作的精要之作，因为无论是从"90年代"女性写作"新生"的潮流来看，还是从徐坤本人"成长"的写作历程来看，它都恰好处在女性自我书写"历史"的关节点上，而这个关节点的成败，深刻地决定着抽象意义上的女性成长，决定着女性生命的成熟，甚至还具有某种超越青春写作的品格。新世纪初张悦然的《黑猫不睡》[②]是一部与《答案》具有相同特点的短篇小说，意味不同的是，不仅这篇小说的主人公"我"正处在一个女性成长的关键点上，甚至连张悦然自己也正处于一种青春成长的关键点上。因此，引发我们思考的问题便在于——同样是女性写作，同样是书写青春，二者是否表现出了某种本质上的差异，其中又究竟意味着不同女性青春写作怎样的对抗与流变。

徐坤的《答案》是一个"青春的爱情"的故事，也是一个"爱情的青春"的寓言。16岁的花季里，青春的生命让爱情的种子迅速发芽，而危险的爱情则让青春开始走向成熟。在乍暖还寒的时节，女中学生何小梅以美好的憧憬和期待给足球队长于铁写了一封情书，却在于铁荒唐的炫耀中受到了巨大的伤害，敏感、自尊的她一病许久，艰难挣扎，直到秋天才回到学校。不过在经历了这场痛苦的爱情"洗礼"之后，重返校园的何小梅"涅槃"般地成熟起来，浑身充满了热情、开朗的气韵，以及带着自信和神奇的帅气。"像出了一次疹子一样，所有积存在她体内的毒素，都随着一场深刻的大病奔涌而出，尔后又死去活来般地，结痂而愈。"[1] 也许生活中的青春的爱情都是这样开始的，但是原本不可预知的生活结尾却在小说的叙述中被提前预支了。在徐坤一贯坚持的女性主义写作思维里,于铁尽管还只是一个16岁的少年,但身上却已经具有了被女性主义者所指斥的成年男子般的虚荣与不忠。所以,站在徐坤的立场上,少男少女的爱情故事蕴含着更多的成人世界的内容,并因这种具有成熟的"性别"对立的存在,女性"自我"的确认,便成为一种必须从外部世界返回的过程。按照拉康的"镜像"理论来看,"自我"在"意识"确立之前并不存在,而"意识"的确立则恰是"自我"的生成,这种"自己第一次将自身称为'我'的阶段",即是一个"自我的结构化"的"镜像阶段"[2]。因此,女性在"自我"生成的过程中,不得不首先"生存"在男性这一"他者"之中,并在"他者"中体验"我",从而通过与男性在"镜子"里面的自我两端互望,在不断觉醒的意义上发现并确认女性的"意识"。其实,《答案》中所呈现的,即是这样一种女性"自我"生成("意识"确认)的过程,何小梅在"试探——打击——反省"的过程中所遭遇的爱情"涅槃",正是一个女性努力获得"自我"的不断"意识"的过程。于是,在女性写作的意义上,徐坤为女性的成长和成熟找寻到了一种理性的依据,并将何小梅爱情的萌生、迸发、蜕变和新生,悄然契合着冬、春、夏、秋从耕耘到收获的自然历程,使青春女性的心灵成长过程与生命成熟的韵律形成了完美的对接。

在这种极具女性敏感的感性写作中,徐坤准确地捕捉到了当年那年轻一代的生活方式和情感流向,并因有着极强的理性自觉而凸现出了属于她自己以及那个时代的"青春写作"的特征——青春女性的爱情成长及其书写,总是要解决女性与男性的关系定位以及女性如何完成"自我"蜕变的这一类关键点问题，试图可以为女性能够在文本内外大踏步地前进奠定基础。小说中何小梅有一段心理独白："关键是我经历了你……我因为经历你而坚强了，成熟了，自信了，不会再受伤了。从今往后，我将完全自信，我将不再把什么都放在眼里。"[3]这种不乏浪漫理想的生命感悟，及其对女性自身命运与使命的体会，充满了潇洒豁达、生机勃勃之感，正是女性尽力发现并确证"自我"的真实"经历"。实际上，徐坤也正是因这种更有青春"成长"意味的文本，在潮流般的女性主义写作中勾画出了自己的个人风格，有别于陈染、林白等人对隐私、癖好的自恋，更注重事件整体过程对于个人感情的影响作用，浅吟低唱但不病态，坚守一种理想情怀，坚持一种女性反省自身、反省社会、反省历史的灵魂呼喊，始终用一种超脱的思考和宽容的胸襟去处理生活中的困境。正如徐小斌在《走进徐坤》中赞道的："这许多的品格与素养集于一身，造就了一个独特的徐坤，就像坤字所代表的大地一样，她无限风韵无限柔情却又无比坚韧。"[4]《答案》这一文本所代表的对青春情感经历的升华，对女性健康人格的追求，以及对两性和谐关系的呼唤与构建，充分地显示出了一个时代的青春与女性理想，甚至真正具有了那种富有人文主义理想、对青少年有所教育的"成长小说"的意味[5]。因此，就像人们总是会对文学写作拥有美好的期待一样，我们也想当然地期待着这种女性青春写作的姿态可以完美地承续下来，甚至期待它可以成为青春写作的一种超越时空的理想范式。但是，在时间刚刚走进新世纪不久，我们却不期然地遭遇了另外一种"青春"的姿态。

说到新世纪文学中的青春写作,大概可以将所谓的"80后"算作一个核心。这一批年轻人的写作,尽管没有什么所谓的理论依傍,甚至连本身的命名都存在着现实的疑问,但实际上,无论是郁秀、韩寒,还是郭敬明或张悦然,都是带着20世纪末青春写作的影子走进新世纪文学的——而这个影子的实质,则是"成长"中的生命和文学的稚嫩与肤浅。年青的张悦然是跟随着同样年青的"80后"喧嚣的文学热浪一起走进人们视线的,她的青春写作姿态与其女性的视角一起,也一直与"80后"的整体一起,始终得到了人们的普遍关注,乃至不断地成为一个焦点。从最初发表在《萌芽》上的短篇小说《陶之陨》《黑猫不睡》到后来的长篇小说《樱桃之远》和《葵花走失在1890》等,张悦然对社会和生活观察细腻,对生命也有着年轻而真实的感悟,因而作品常常具有一种比较独特的韵味和灵魂,也因此赢得了许多读者的喜爱和评论家的认可,被认为是"80后"的中坚力量和代表作家之一。莫言甚至曾经溢美地感叹,由于没有受到因政治的、家庭的、愚昧的原因所产生的种种压抑,张悦然一开始思考就可以直面"人类生存的许多基本问题",因而更加能够"贴近本质""贴近文学"[6]。但事实真的是如此吗?当我们十分偶然地将张悦然与徐坤置于同一视野中时,所看到的也许恰好相反——张悦然并不成熟的女性主义立场下的青春写作,在其与世界的对立性"成长"中,实际上始终有着一种类似于"走失"的味道。

《黑猫不睡》可能算不得是一部严格意义上的女性主义作

品，但却另辟蹊径地在文本的潜层次中书写了一个青春女性的成长悲剧。小说以第一人称"我"作为叙述者：我在一个男尊女卑的家庭中长大，父亲的残暴和母亲的隐忍让我从小就生活得压抑和战战兢兢，唯一的朋友就是一只叫作"墨墨"的黑猫。住在隔壁的晨木与我在同一所高中，他说，小公主，让我们在还是孩子的时候就相爱并一步步走到老罢，这种公主式的关爱让我感动不已。因为父亲的失业和祖母的死亡，墨墨被迁怒而遭暴打断腿变哑，我离开前将墨墨交给晨木抚养，但不久，晨木将家中父亲的车祸怪到黑猫身上，把怀孕的墨墨扔掉并导致了它的死亡。后来我又回来了，看到晨木留下过寻人启事，说他收养了墨墨的孩子，正在等待我的归来，但是由于地址的模糊，我和晨木的相逢成为一个没有尾声的空白。

小说中黑猫墨墨完全是一个隐喻的存在，是文中"我"的"体外的灵魂"。有意味的是，作者的这种隐喻设计得十分简明，使其直接作为一种女性的潜象征，传递给我们一种关于女性的"红颜祸水"的传统理解。这只黑猫首先遭受了以父亲为代表的"父权"的虐待致残，然后遭受了以晨木为代表的"夫权"的抛弃至死，而它在临死之前却仍然履行了一个母亲所能履行的责任，生下了小猫。一般读者在阅读中很难不被这只黑猫的命运打动，作者错彩镂金式的感情渲染也不断地铺垫着悲剧效果，使人们仿佛可以真切听到墨墨在黑夜中的疼痛呻吟，以至于可以恍惚错认那就是女性千百年来痛苦的呐喊。作品的主题完全是因这种隐喻而生成的，如果说黑猫不睡的话，差不多即是说女性因自身的苦痛太过强烈亦无法入睡。在这里，张悦然显然是想借悲剧的形式向我们揭示出一种女性成长中的伤痛和遭遇，并不惜让这种伤痛和遭遇超越了青春生命的本身，甚至令人惊异于如此年青的她竟会有如此尖锐的笔触和思考。但值得注意的是，作为这部文本所代表的，并一直以来作为张悦然独有标志的"忧伤"，却始终没有真正走出"黑猫"的悲惨世界，也没有走出"不睡"的自我困厄，几乎总是一个没有阳光的青春的阴影存在。甚至可以说，一直沉浸在悲剧或"忧伤"中的张悦然，并没有因此而为我们或这个世界贡献出更具有"成长"意义的青春写作，如她自己所意识到的，这种"更关注自己"的创作"就像是鼹鼠在挖洞一样，不停不停地深挖自己，直到挖到底，才可以看到周围"。而在"周围"这样一个娱乐化的时代里，又有谁能给她"一个救命的绳索"呢[7]？

假设我们可以将这两部作品简单地视为两种青春写作的成长起点，那么，二者的"异质"化取向便可能代表了两种女性写作的时代立场：同样是女性成长的艰难历程，徐坤是满怀热情寄希望于女性自我的成熟、蜕变，张悦然却用绝望的笔调渲染着女性永远的孤独；同样是女性书写的"生活世界"，徐坤是质疑男性、放逐男性并让女性成为超越男性的生命存在，张悦然却有意无意地让女性依然有着重回男性怀抱的最后渴望；同样是女性立场下的青春写作，徐坤是在努力展示女性的"无限风韵，无限柔情，却又无比坚韧"，张悦然却是在迎合"大众消费欲望"的意趣中放纵着自己的"青春欲求"。必须看到这种"异质"化的存在是意义深刻的，因为在这种性别关系与青春欲望的意识中，已经鲜明地体现着两种创作气质的定型，而这个定型又恰好与跨越世纪的背景化世界密切相关。正如我们还可以看到的，一直以来的徐坤，无论是"90年代"的《厨房》，还是走进新世纪以后的《春天的二十二个夜晚》，仍然是在不断地试图"重新找回女性丢失和被湮灭的自我"[8]；而直接从新世纪走上文坛的张悦然，则既有如在《毁》《谁杀死了五月》等作品中弥漫着对爱情毁坏、生命脆弱的无尽忧伤，也有如在《血鞋》《十爱》等作品中涂抹着的带着死亡气息的鲜血的色彩。因此说，可以作为例证的两部作品所展示的，不仅仅是女主人公的青春成长，更是两个作者对于包括自己在内的女性成长的一次思考定型——在"青春"这个女性成长的关键点上，徐坤选择的是披荆斩棘，而张悦然却选择了哀叹自怜。

新世纪文学并不是一个时间的概念，而是一个蕴含着丰富诉求的巨大"能指"。因此，两种女性青春写作的"异质"性地存在，便十分有意味地揭示了新世纪文学创作中主流和边缘的"异质"化冲突。众所周知，进入新世纪后几年以来，"80后"的写作已经成为一个不可忽视的文学热浪，尽管主流文坛曾经漠视甚至尝试拒绝，但这股不小的文学热浪还是在文学和商业联手打造的神话氛围中，形成了"边缘写作"向主流文坛所发起的一场冲锋。在这场冲锋中，"80后"更具有个人化意味的青春写作，在大众媒体的积极推引下，毫不掩饰地表现出他们作为"边缘写作"的颠覆性努力，已经完全不再将关于"青春"的叙述和诸如"革命""理想""诗""热血"以及"爱情"等等"现代性符码"联系在一起，而是常常充满着"'性''吸毒''暴力''残酷''压抑'等等后现代性符码"[9]，不仅颠覆了人们长期以来主流意识中的"阅读经验",而且造成了一种在边缘化写作中自我"走失"的危机,同时又在大众媒体的纵容之下,造成了一种时代精神的沉没。如张悦然自己所说的:"那么早就被卷入一个商业和文学混杂的不干净的领域里,乍一看我们的理想更高远一些,追逐的东西更明确一些,但其实我们比他们可能更茫然一些,因为我们更容易受到一些不明确的力量的牵引,有种沦陷的感觉。"[10] 令人更加感到危机的是,这种"沦陷的感觉"表面上看来是属于个人的,但实际上是属于历史和社会的。由此,相对于主流文学的知识分子精英意识和深刻的人文关怀精神,张悦然等"80后"们便陷入了一种"异质"化的误区——在媒体极度"关怀"的背景下放纵着自己的"流浪叛逆"而遗忘了自己的"成长理想",在消费文化的时代环境中仅仅注重着人的"当下性"而忽略了人的"超越性"。

米兰·昆德拉曾明确阐述过"今天"小说存在的理由与价值:"如果说小说的存在理由是要永恒地照亮'生活世界',保护我们不至于坠入'对存在的遗忘',那么,今天,小说的存在是否会比以往任何时期都更有必要?是的,我认为如此。但可惜的是,小说也受到了简化的蛀虫的攻击。蛀虫不光简化了世界的意义,而且还简化了作品的意义。小说(正如一切文化)越来越落入各种媒体手中。作为地球历史一体化爪牙的媒体扩大并明晰了简化的过程;它们在全世界传播同样的可以被最多的人,被所有人,被全人类接受的简化物和俗套。……在政治的多元化背后,隐藏着大众媒体这种共同的精神,而这正是我们时代的精神。"[11] 这种阐述本身的召唤结构是清晰的,而这恰好也是我们新世纪文学本身应该呼唤并建构的。从这个意义上说，尤其是站在新世纪文学的出发阶段当中，我们便不得不努力可以做出一种期许，让青春写作明确并坚持自己应有的品格和价值——起码是生发于青春激情的心灵歌唱，是伴随着青春理想的智性成长——这并不是一个"写什么"的问题，而仍是一个"怎么写"的问题，甚至这个问题还可以忽略性别写作的立场。因此我们才说，尽管仅就两部作品所做的分析是个案的，但是在富有理想化和责任感的社会化写作与缺少人文精神和终极关怀的个人化写作之间，在主流文学与边缘写作的"异质"化冲突的意义上，在文学自身不断走向"极度边缘化"的新世纪的现象当中，徐坤和张悦然的这两部作品所带给我们的思考，恐怕早已远远超过了作品本身。

[参考文献]

[1]徐坤.答案在风中飘荡[J].山花，1998（3）.

[2][日]福原泰平.拉康：镜像阶段[M].石家庄：河北教育出版社，2001：42.

[3]徐坤.答案在风中飘荡[J].山花，1998（3）.

[4]徐小斌.走进徐坤[J].当代作家评论，1996（6）.

[5]李敬泽.纸现场[M].北京：人民文学出版社，2000：88.

[6]莫言.她的姿态，她的方式[M]//张悦然.樱桃之远.沈阳：春风文艺出版社，2004.

[7]张悦然.没有人给我们一条救命的绳索[J].中国新闻周刊，2006-7-24.

[8]徐坤.双调夜行船——九十年代的女性写作[M].太原：山西教育出版社，1999：17.

[9]张颐武,李祖德等.关于"新世纪文学"[J].文艺争鸣,2006（1）.

[10] 张悦然.没有人给我们一条救命的绳索[J].中国新闻周刊,2006-7-24.

[11] 米兰·昆德拉.小说的艺术[M].上海:上海译文出版社,2004:23.

（修改后题为《张悦然的女性青春写作》，
载于《文艺争鸣》2008 年第 2 期）

论港台言情小说"穿越时空"的创新叙事

——以席绢的《交错时空的爱恋》为例

言情小说作为通俗文学的一个重要类型,原本并非港台小说所专美,但是自20世纪80年代以来,港台言情小说与武侠小说一起,却逐渐成为大陆文坛令人瞩目的热点现象之一。一直到今天,不但老一代琼瑶小说的市场热度丝毫未减,晚近一点岑凯伦、亦舒、梁凤仪等人的作品也颇得大众欢迎,再加上一批中青年主力作家席绢、于晴、凌淑芬、古灵,包括最近的"新新"写手风弄、典心、单飞雪、四月等等的创作,港台言情小说仍然呈现着一种市场意义上的高度繁荣。据"第四次(2006)全国国民阅读与购买倾向抽样调查"最终结果显示:在读者最喜爱的作家排名中,言情小说家琼瑶仅列金庸、巴金、鲁迅之后,位居第四;在读者最喜爱的文学类图书排名中,言情小说与武侠小说、文学名著、当代小说、纪实报告和侦探小说也一直受到读者喜爱。[1]但是,"尽管通俗文学研究自20世纪90年代以来大有成果,而港台言情小说研究仍然处在被冷落的边缘地带"[2]。文学研究一直以来对于港台言情小说的关注,基本上还是停留在早一点的琼瑶、晚一点的亦舒、梁凤仪等人身上，而对于新近一点的席绢、于晴等人及其所代表的当下港台言情小说创作，几乎还没有人真正涉猎。因此，港台言情小说的"国民阅读"化繁荣的背后，便隐含了一个悖论性的话题——市场接受的繁荣与文学研究的冷落之间的对立——而这个话题内含的"错位"意味，便直接引发了我们某种超越现象的思考。

简单说来，小说作为一种本身具有大众化或市民化取向的叙事形式，其迎合大众读者追求生活情趣化、娱乐化的潮流和趋势的叙事动因，无疑在港台言情小说的创作中具有决定性的意义。现代港台社会是一个生活分秒必争、心理压力巨大的世界，在这个世界里，已经无人会有"余闲"与"余情"去追寻或理会那些让自己更加紧张、更有压力的事物，而是在"拼命赚钱、拼命享受"的生活意识下去放纵自己情感体验的私利性。而所谓流行小说，其实从来就是被读者的这种私利性所决定着的一种叙事方式。因此，港台言情小说便因大众文化本身所具有的机械复制的商业目的性，显现出一种叙事模式上的"一致性"：灰姑娘的情感模式、才子佳人的人物模式，梦幻奇遇的情节模式等等，从琼瑶到亦舒到梁凤仪等，这些"一致性"甚至已经成为言情小说赢取市场的不二法宝。但是在流行之外，我们还不得不看到，随着当下都市商业生活节奏的不断加快，尤其是这种生活中读者审美心理补偿需求机制的加强，依赖读者市场生存的港台言情小说叙事模式也有了一些新的变化。就近年来作为港台言情小说主力的席绢、于晴等人的创作来看，虽然仍具有对前述模式的许多因袭的成分，但在形式上也形成了很多创新之处，其中最重要的也许就是"穿越时空"的叙事方式。

所谓"穿越时空"的叙事，也可以叫作"穿越时空的故事"，原本是科幻小说的专利，自从威尔斯在 1895 年写出《时光机器》这部脍炙人口的小说后，时光旅行就一直是科幻小说的流行主题。但是将之视为一种"新奇"的叙事手段，为了完成对于情感生存更有超越性、永恒性以及更有冲击性的表现，港台言情小说便悄悄地把这种叙事方式据为己有，甚至演化成为一种属于自己的独特的"古装体"叙事模式——让具有现实时空意味的爱情故事发生在古代生活的叙事时空之下，用时空的交错或模糊来营造特殊的叙事背景，从而在时空的转换或错位中达到"陌生化"的叙事效果。当然，在以"言情"为基本目标的言情小说家这里，非叙事因素的科学方式的时空穿越，已不再是她们关注的焦点——穿越时空之后所带来的叙事空间的成倍扩展，才是她们津津乐道的故事乐园。例如：在号称言情第一大网站的晋江原创网[1]，可以用"穿越时空"这一关键词搜索到数量极大的言情小说，其中一部分是签约作家的作品，更多的则是新写手的尝试之作。而晋江原创网为适应这一趋势，甚至曾经开辟过以"非典型性穿越"为题目的主题推荐榜，这一类型言情小说的泛滥程度由此可见一斑。再以港台成名言情小说家席绢、于晴为例：席绢以 1993 年创作《交错时光的爱恋》[3]一炮走红，到 2005 年，共创作 63 本言情小说，其中跨越时空进行叙事的古装体言情小说 22 本，占到了整个创作数量的百分之三十五；同样从 1993 年算起，到 2005 年，于晴共创作言情小说 51 本，其中古装体叙事的有 32 本，占到了创作总数的百分之六十三。

而相比较之下,差不多独霸整个20世纪80年代港台言情小说市场的琼瑶,以及其后陆续走红的岑凯伦、亦舒、梁凤仪等等,几乎没有人做过这种穿越时空的叙事文章,甚至从不涉及古代生活内容。因此,近年来港台言情小说这种穿越时空的"流行"叙事,已经表现出一种值得让我们充分关注的形式变化,并让我们可以深入地思考——这种变化是不是已经或者可以成为港台言情小说跨越时空地"生存"的一种依据。

我们的思考也许可以仅借席绢的成名作《交错时光的爱恋》来展开——20世纪的女子杨意柳因为救一位过马路的老太太而遭车祸身亡,她的母亲朱丽蓉是一位通灵者,借助法力让她回到了宋代前世苏幻儿的身上借尸还魂,并在回到宋代后如约嫁给石无忌为妻,为的是按照父亲的计划偷得石无忌家里的账本。但是在同石无忌一起回北方的途中,因为她的聪明、勇敢,令石无忌深深地爱上了她,在经历了一系列的误会和谅解之后,他们终于幸福地生活在一起——这一文本具有言情小说最典型的结构模式:完美超群的男女主人公,悬念和阴谋层出不穷的曲折情节,大众共同渴望的极端爱情体验,以及最终得以完满实现的喜剧性结局……这种经典性的"言情"模式,保证了小说在文本类型以及阅读期待上的确定性。但这部小说更大的成功并不在此,而是在其具有"创新"意义的"穿越时空"的特殊叙事形式,因为这种创新不仅让席绢成为新一代港台言情小说的当家花旦,也开创了一个目前已经相当流行的创作模式。

美国学者考维尔蒂曾提出过一对在通俗文学研究中一直沿用的概念:"程式"与"形式"。他认为:"所有的文化产品都混合着两种因素：因袭与创新。因袭是这样一些因素，它们是创造者及其观众都预先知道的——由诸如大众钟爱的情节、老套的人物、公认的观念、众所周知的譬喻，以及其他语言手段等等组成。另一方面，创新因素则是创造者匠心独运的产物，诸如新型的人物、观念或语言形式。"与此相对应，"程序是构造文化产品的传统体系……形式是作品结构的新创体系。正如因袭与创新一样，程序与形式之间的区别也可被设想为两极间的连续统一体，一极是传统因素的传统话构造……另一极则是对新创东西作完全创造性的安排"[4]。参照这一思路，如果我们关心的主要是故事以及对这些故事的某种文化意义的理解的话，那么，所谓"言情"便可以作为一种大众文化"程序"的因袭，而席绢这种将现代生活退回到古代去写的叙事方法，则大概可以算是一种所谓"形式"上的创新。在这种因叙事时空的转换所形成的创新叙事中，作为小说核心因素的叙事情节被赋予了一种依从于情感真实的内驱模式，一个爱情的故事转成为一个爱情的"神话"，一般性的阅读期待转成为一种具有刺激性的审美惊奇，在读者想象空间和阅读趣味被无限扩张和丰富的同时，大众阅读感受上的非物质化的心理渴望也得到了充分的补偿。不过，这种对于叙事形式的分析可能还是文学性的，而对于港台言情小说这种"替代艺术的休闲活动"而言，这些也许并不是最重要的，因为形式本身所富有的意味，实际上是一种超越文学性的更为复杂的关系，尤其是我们必须关注到的一个事实是——言情小说的创作主体是女性，而其受众同样以女性为主体。言情小说之所以有趣而富有吸引力，首先当然是因为它们设定了一整套的人物关系、情感经验和事件构想。但是，"它们是大众的读物，这不仅仅是因为它们读起来很轻松，还因为它们反映了——有时是有意的，有时是不怎么有意的，有时则是非常自然的——女性日常生活中普遍存在的心理和社会特点。"[5]因此，对这种女性的"心理和社会特点"的考察，才应该是我们关注席绢等人创作的真正焦点。

"杨意柳当然想成为人再活着。但，回到古代——太荒唐了吧！她，一个被20世纪熏陶了20年的女子，如何去过那种无法想象的古老生活？没有车子，没有电灯，更可怕的是，宋朝那年代女人的价值跟一只家具差不多，纯观赏用的，不被视为独立生命体来尊重。与其如此，她还不如死了算了！"[6]这是作品开篇杨意柳反对母亲为自己转魂时的一段描述，其中起码在女性意识层面上表达了两个意思：一是古代生活是恐怖的，因为女人仅仅"跟一只家具差不多"，毫无地位和价值而言；二是现代生活是美好的，因为女性可以被"视为独立生命体来尊重"，有着独立的自我和个性。而这两个意思其实表达的只是一点——现代女性自身的生存优越感，以及整体意义上觉醒了的女性独立的自我认识。于是，具有同样女性意识的小说家与读者一起，便向想象中的男性提出了一个"跨越时空"的要求——"接受我，纠正我，但不要改变我。"——并在这种穿越时空的历时性地对比中获得了情感上的补偿和自慰。同时，这种跨越时空的叙事模式当然还可以进一步外化为同质异构的"古装体"——仅仅发生在古代的爱情故事也许并未形成现实时空地交错，但其实质，却仍是穿着古代的服饰演绎着现代的爱情故事，仍然是用一种创新的叙事表现着现代的女性意识——女主人公凭借具有充分现代意义的知识、胆识以及全新魅力，在爱情的战场上纵横捭阖、所向披靡，直至令男主人公最后无求无怨地生死相许。值得注意的是，这些女主人公特立独行的举动、敢于抗争的性格乃至不时耍点小聪明的个性等等，事实上都是来自女性在古代具有知识、能力和独立思想这一身份的假定，这一假定的身份由现代意识所源发，目的也在营造一种区别于传统言情小说的现代女性前所未有的优越感，以及对现代女性的阅读吸引。相对于传统的言情小说而言，像琼瑶所描写的那种每天心里只有一件事情——爱情——的女性已经过时了，而传统女性的性格设定如温柔、贤惠、善良等品质虽然仍然受到人们的认可，但像聪明、勇敢、独立、坚强等"男性"特征却已渐渐成为女性更受欢迎的特质——这是一种在获得了独立的人格和相对自由的生存方式之后所形成的女性价值取向，而这种新的价值取向不仅在《交错时光的爱恋》中得到了充分反映，也在这部小说一时风靡东南亚的"流行"过程中得到了市场的论证。

不过在做出上述认同的同时，我们还必须看到的是——因为这种小说中的全部行为差不多都是从女性的视角来写的，所以，现实意义上的性别体验及其矛盾便在小说这种特殊的叙事中被部分"虚伪"地倒置了：女性成为主体，男性成为客体——因此，如果我们可以超越这种表面上女性意识的独立以及女性主体本身的认可，便会清醒地发现，在强化女性主体地位确立的同时，男性的客体存在实际上已经被转化成为一种更大的、甚至无法摆脱的诱惑和压力。在这种奇幻的交错时空的生活之中,现代女性的各种"现代性"品质几乎全部丧失——职业权利与政治权利消失——重新回到家庭及生育本位的生存当中。诸多现代文明的成果并未导致女性获得"个人"的成就,而只是成为她获得男性更多爱恋的筹码,或是在与情敌较量中获胜的法宝,而男性则依然是这一切价值确认的评判者——无论女性在现代意义上获得多少的知识和能力以及多大的进步,她仍然必须通过男性的认可才能获得自我。真正有意思的是,在这种借古代时空叙述完成的现代爱情故事中,与女性现代品质的丧失相反,几乎所有男性的思想和性格却都具有"现代性"——对待自己和女性,往往都是在遵循着现代社会的一些诸如平等竞争、尊重人权等基本意识与规则。性别矛盾及其体验上的差异,被这种古代的"现代"男性所充分宽容——像石无忌认同并欣赏着杨意柳独立的思想和乖张的举止一样——男性"假装"地把女性及其活动看成是真正的封建性存在,而女性也顺水推舟地"赞扬"着具有超越性的男性的大度与包容。由此,在文本的深层结构之中,男权意识形态潜在的权威性穿过女性超越现代的新奇经验曲折地渗透出来,现代女性经过数百年的努力才得到的独立和自由,就这样被女性自我心甘情愿地消解掉了。

一直以来,女性在男权的世界里始终都处于一种"被看"的位置,而在以女性为主体的言情小说的创作与接受过程当中,这一"被看"模式不仅是在无意识中被不断确定的,同时又因"看"的行为介入,形成了一种更为暧昧的关系。她们一方面以一种欣赏的眼神仰望着男主人公,看着他那超越时空的高大雄强的身影和智慧优雅的言行而满足着自己潜隐的幻想;另一方面，她们又以一种向下看的眼神俯视着女主人公，看着她那些由于时空异置所造成的奇怪举止及其对男主人公的新奇诱惑而发笑或窃喜。殊不知，这种"看"的本身，却正加深着女性自身"被看"的程度——作为大众文化为女性消费者营造的一个"替代性"的世界，言情小说以新奇的浪漫为介质，让女性通过阅读得到的只是一种更加"虚幻"的满足。因此，在对这种所谓形式创新细加咀嚼之后，我们便不得不无奈地承认：无论时空如何转换，女性始终处于"被看"位置的结构模式并没有改变，而作品运用穿越时空的方式来结构叙事，只不过是找到了一个更新的方式，让女性做了一场更加自欺欺人的美梦而已——无论在古代还是在现代，男性的社会认同及其优越地位从来都没有发生改变，女性只能在"假定"的时空中找到一种与男性平等的可能——因为没有哪个女性可以真的跨越时空回到古代，于是这种平等也就只能是镜中花，水中月，在尽情地做过超越时空的豪华美梦之后，梦醒之处便是女性越发被物化的现代困境。

"面对女性寻求改变自身的努力，力图收服，将它置于自己可以控制的范围之内，正是由大众文化所表现出来的父权制的一贯做法。"[7]事实上，尽管随着社会的进步，社会性、职业感以及自我意识不断增强的女性获得了比以往更多的权利和自由，但是在港台言情小说中，占据大众文化主流位置的性别陈规仍然以潜在的形式反映在文本中，并在无形当中继续潜移默化着女性的独立思想，消解着女性的自我意识。这也就意味着，港台言情小说家以及其他一些女性作家虽然已经觉悟到女性并不必然就是隶属于男性主体的客体存在，但却不期然地仍以集体无意识的方式自觉认同、扮演了男权为她预先设定的角色，造成了一种群体性地自我意识缺失。目前，港台与大陆的言情小说创作已经形成了交叉互渗的状态，言情小说本身的存在形态也正在进一步地"泛化"，包括在言情小说熏陶下成长起来的"80后"一代的写作，从郭敬明的《梦里花落知多少》《幻城》到张悦然的《红鞋》《水仙已乘鲤鱼去》等，已经很难再分辨哪些是严肃文学，哪些是言情小说。因此，这不是一个结论，而是一种警觉——如果真的能以某种"创新"的叙事模式作为掩护和遮蔽，让早已破烂不堪的性别陈规重新编织起一张大众文学的网，那恐怕就不仅仅是一种叙事的谎言，而是一种文学乃至文化发展的误区了。

[注]

① 晋江文学城（www.jjwxc.net）成立于2003年8月1日，现有注册作者5万余名，共发表作品30万部，是目前大陆最大的女性文学原创基地。

[参考文献]

[1]发现最新阅读倾向 揭示读者心中最爱——"第四次全国国民阅读与购买倾向抽样调查"最终调查成果公布[J].出版发行研究，2006（9）：79.

[2]关士礼，魏建.大陆地区近十年港台言情小说研究述评[J].华文文学，2004（4）：33.

[3]席绢.交错时空的爱恋[M].台北：台湾万盛出版社，1993：32.

[4]J.G.考维尔蒂.通俗文学研究中的"程式"概念[M]//周宪，等，译.当代西方艺术文化学.北京大学出版社，1988：428.

[5]安·芭·斯尼陶.大众市场的罗曼司：女人的色情文学是不同的[M]//吴士余.视点1：大众文化研究.上海：上海三联书店，2001：158.

[6] 席绢. 交错时空的爱恋[M]. 台北：台湾万盛出版社，1993：118.
[7] 徐艳蕊. 日常生活的乌托邦——《流星花园》解读[M]//陶东风. 文化研究：第四辑. 北京：中央编译出版社，2003：211.

（原载 2008 年第 2 期《当代文坛》）

"梦"与"非梦"之间

——"韩剧"叙事模式解读一种

近年来，中国电视剧频道上"韩流"遍吹，仅 2002 年，中国内地电视台就播放了 67 部韩国电视剧，播放次数达到了 316 次。而据央视索福瑞市场调查公司《从收视率看韩剧之热播》的研究报告称，我国电视台 2004 年播出的 649 部引进电视剧中，107 部来自韩国，占总数的 16.5%。央视八套（电视剧频道）有 57% 的引进剧来自韩国。与此同时，韩剧在中国各电视频道上还一直保持着"高播出率"：2002 年至 2005 年间，几乎所有的省级电视台都播放过韩剧，央视八套午后的"环球影院"、晚间的"海外剧场"也曾循环连播韩剧。对于韩剧的热播，我们很难再以大国姿态或者是民族情感来判定应该接受还是拒绝抑或是漠视。实际上，不管我们乐意与否，韩剧热已成为一个无可争辩的事实，而我们所能做的，则是有必要反省这样一个问题：韩剧究竟是靠什么力量抓住了我们中国人的眼球？

简单说来，戏剧是通过讲故事的方式把人生的内容复制于舞台或屏幕，从而将人生经验的本质和意义传示给他人，而任何一个故事之所以引人入胜，又总是与讲故事的方式即叙事有莫大关系。法国著名的剧作理论家让·米特里说"叙事是把可感事物安排成序的一种表达"[1]，在这句话中，不仅说明了戏剧作为一种叙事本身对作为"历史"性存在的一系列事件即"可感事物"的排列与组合的形式化要求，还暗含了创作主体所创造的叙事模式与受众的期待视野间的联系。应该说，韩剧之所以受到大众欢迎，在很大程度上要归功于它将人们的"所感之物"安排得相当独特，但是这种独特性并非仅仅作为一种简单的电视剧世俗化、商业化倾向而存在，在其背后，还包含着复杂而深广的文化内涵和艺术抉择。

也许人们对于人生本质的体验是多种多样的，但是类型化的叙事手段却常常是一致的。考察韩剧的叙事模式，我们很容易发现其中总是充斥着"灰姑娘"这一经典的文学母题。诚然，这一母题的含义妇孺皆知，中外文学史的应用上也屡见不鲜，但是它还是在一次次的改装置换后频频创造出大众接受的神话，我国近年已有如《还珠格格》一类的典型例证，而在韩国电视剧中，这种以"灰姑娘"类型的叙事则更是其主要的叙事模式。例如：2004年热播的《浪漫满屋》中，父母双亡的平民女子韩智恩在飞机上偶遇当红明星李英宰，后经一系列巧合后两人成为"契约夫妻"；《韩城情缘》中没落的皮鞋设计师李汉妮与自己的住房合租者大律师车胜峻日渐生情，后发现车律师之母居然是自己的老板；《看了又看》中的家境贫寒的护士银珠与出身优越的检察官基正苦苦相恋；而《巴黎恋人》中，在灯火辉煌的浪漫之都巴黎，一个对女人从来都不屑一顾的完美男人竟然只对

"我"一人钟情；其他如《巴厘岛的故事》《皇太子的初恋》《必胜！奉顺英》等等——众多韩剧都在诸如此类"灰姑娘母题"的运用中形成了强烈的梦幻意味。虽然灰姑娘的梦在全世界女性的心中已经做了几百年并且会一直做下去，但是，这种思潮在当下韩国电视剧中如此大批量地出现并每每引起轰动，就是意味深长的了。普列汉诺夫曾说过，任何一个民族的艺术都是由它的心理所决定的……在一定时期的艺术作品中的文学趣味表现着社会心理，换句话说，由媒体出发的电视剧艺术与现实世界本身即具有极大的亲近性，因此，从电视剧这只作为观察社会心理、文化思潮的"晴雨表"[2]中，我们便不难发现一个并不仅仅属于韩国的世纪心态了。作为一直以来被男性所压抑的女性存在，韩国女性在面对着新世纪的巨大竞争压力而仅仅依靠个人奋斗难以获取幸福的条件下，以一种特殊的婚姻爱情的抉择——嫁入豪门，就成为最快捷的改变命运的方式。而在当今中国社会中，这种社会心理不也同样正有抬头之势吗？

有意味的是，在韩剧中并没有更严肃地对这种深层心理多加追究或检讨，反而是以一种十分轻松甚至略带幽默的手法来凸显着，并由此形成了作为一种艺术表现上的梦幻色彩。韩剧中作为梦幻营造的突出艺术手法就是想象蒙太奇。所谓想象蒙太奇，就是"蒙太奇的手法，想象的时空间"，是通过镜头组接来展示人物内心想象的一种特殊叙事语言，它所强化的想象的空间，尽管是现实空间和想象空间的结合，但更多的还是体现着一种白日梦的色彩。其实想象蒙太奇并非什么新兴事物，早在20世纪20年代卓别林的影片中就可以看到，但是，韩剧中这种艺术手法的运用，往往通过女主人公的想象画面与剧情中的现实画面相对立来制造出喜剧效果，就在"灰姑娘"的视界中夸张了一种美丽的心情。如《浪漫满屋》中，韩智恩想象中李英宰对自己的殷勤镜头常与李英宰现实中的冷漠镜头平行运行，造成极大的反差，夸张表现了智恩的单纯可爱以至于笨拙。2006年开春新剧《宫》（中文又译《我的野蛮王妃》）更是将这种惯用的想象推向极致，从全剧开始便出现画外音告诉观众这是一个小女孩关于韩国21世纪君主立宪制的假设，这部电视剧讲述在2006年一个平凡的高中女生成为皇太子妃的故事。正因为前提是梦幻的，同时再加以细节化的想象蒙太奇地充分运用，所以整部剧始终都摇曳在浪漫的想象当中，甚至于在经历了许多风波后太子和太子妃终于和好，太子妃还可以大胆地想象着尊贵的皇太子顺从地成为"家庭主男"。可以说，韩剧中想象蒙太奇的运用是新世纪影视创作中一道亮丽的风景线，它以梦幻的形式作为灰姑娘之梦的载体，正是在这种"双重梦幻"的营造中，大众在极端轻松的氛围中得到了巨大的审美愉悦，以及一种潜在的心理补偿。人们之所以喜欢韩剧，与其说是影视剧作的欣赏，倒不如说是将其视作一种满足自己情感补偿的最理想的方式，于其中寄寓着他们自己对幸福生活的向往，以及这种向往常常在现实中失落后的主动寻找。

但是，当我们把"双重梦幻"的叙事模式视作是内在动力之一时，似乎还不能解释韩剧风行的全部原因。其实，灰姑娘被王子发现的背后还有她多年来的清苦生活，韩剧中的"灰姑娘"们也并非仅仅是被命运之神眷顾而坐享其成的，2005年"大长今"坚韧奋斗的身影至今历历在目。与韩剧中塑造的男性形象相比,女性形象常常闪现出更加灵动的光辉,在她们身上,除了体现出朝鲜族妇女的传统美德外,还往往具有创新和反叛的意识。基于韩国的文化传统,我们在韩剧中更多看到的是许多"大儿媳"反叛传统、努力个人奋斗的故事:如《看了又看》中的银珠、《人鱼小姐》中的雅莉瑛、《新娘18岁》中的贞淑、《宫》中的彩京等等。她们虽然职业、性格各异,但都是企望冲破家庭的禁锢,努力保持自我的典型。韩剧中具有强烈的女性关怀意识这点已经成为一个不争的事实,而女人的梦与苦、爱与痛、情与思恰也正是韩剧感人的内在源泉。因此说,为女性构筑灰姑娘的美丽梦幻并不是所谓女性关怀的唯一方式,在韩剧的叙事模式中,还有重要的另一面,就是和现实生活紧密联系在一起的现实式叙事,或者说是与前面提到的"梦"相对应的一些"非梦"的叙事模式。

首先从情节设计及剧情发展角度看,韩剧有种极其缓慢平淡的趋向,一部《看了又看》长达158集,《人鱼小姐》更长达246集,回顾在央视创下收视纪录的韩剧,基本每部都有上百集之长,即使是在《浪漫满屋》这种短篇电视剧中,其叙事节奏也是相当缓慢的。这些剧作往往以几个家庭中子女的爱情生活为主线,徐徐展开现代韩国人对亲情、友情和爱情的态度。每集的容量基本就是故事时长的一天,家庭中每个人的语言性格被充分的展示,没有跌宕起伏的深刻矛盾,有的只是平凡人的平凡情感,所追求的只是一种类似生活原生态的展现。"美在生活",生活之美虽然平凡但却富有生命力的美,同时又因我们亲历所以更加感同身受。从这个层面来讲，生活剧往往比历史剧、武侠剧等更能引起受众的共鸣。当可以更多地从日常生活中去体验生命本身的意义时，韩剧便在"涓涓流水般平淡朴实的生活中挖掘出真善美"[3]。

其次，与生活原生态地表现紧密联系在一起，韩剧中在儒文化作用下的家庭伦理叙事具有突出的意义。众所周知，地处朝鲜半岛的韩国，从历史上就受到儒学的很大影响，直到现在被韩国人称为"儒教"的儒家文化依然是国家的支柱性信仰，而儒家的注重现实，讲究此岸的生存与幸福，便成为我们在韩剧中看到的更多"非梦"因素的思想渊源。韩剧将儒家文化作为自己内核的最集中表现，就是对儒家所讲求的家庭伦理的认同和宣扬。现实中，韩国民众的婚姻和家庭生活至今还遵从着"礼义仁孝"的儒家训诫，而在韩剧中，这种伦理印记也随处可见：家庭生活中父慈子孝、长幼有序、男女有别，在各种各样的场合，人们都在自觉地维持着这些良莠并存的传统，甚至有些传统的维护和坚守已经到了有点不近人情的地步。因为"君子远庖厨"的缘故，在《看了又看》中不堪劳累的银珠因丈夫帮助家务而受到婆婆的诟病；《新娘18岁》中的贞淑也因不能给宗亲们置摆宴席而受到责罚；因为长幼有序的观念，在《人鱼小姐》中雅莉瑛与自己妹妹的前男友的婚姻道路出现了百般艰难；《宫》中的彩京因为与小叔子的亲近而受到社会舆论谴责，直到不得不出国回避。这些在家庭伦理叙事意义上的情节构筑，在使故事回到现实生活中来的同时，又在一定程度上消解着"灰姑娘梦幻"，让"灰姑娘"们在现实的土壤上经历风吹雨打，在人生征程上艰苦奋斗，从而使"灰姑娘"们的人生，具有了更为真实和现实的色彩。

如上所述，韩剧一方面以梦幻的形式营造着"灰姑娘"的神话，另一方面，又在用现实细腻的手法消解着这些神话，因此，其中既寄寓着青春活泼的少女之梦，同时也饱含着温柔勤劳的主妇之情，始终是在"梦"与"非梦"的叙事中寻找着可以为更多大众所接受的那个中间点。如莫·卡冈所说："艺术就像一面魔镜，每个人从中不仅可以看到臆想出来的另一个人，还能在这个虚构的人身上看到真正的自我，看出自己身上的许多非常深刻和重要的自我。"[4] 于是，在强烈的受众意识地驱使下，韩剧以独特的叙事模式营造了一个又一个美丽的故事，在这些故事里，梦想中的"灰姑娘母题"在现实的生活场景中映射出更加迷人的色彩，在为大众营造了一个女人的世界的同时，也为大众营造了一种爱情生活乃至现实生活的理想补偿模式，从而收获了一种巨大的情感回应和市场回报。

[参考文献]：

[1]卢蓉.电视剧叙事艺术[M].北京:中国广播电视出版社，2004:2.
[2]卢蓉.电视剧叙事艺术[M].北京:中国广播电视出版社，2004:9.
[3]王榕.于平淡中见精彩——韩国电视剧《看了又看》赏析[J].当代电视，2004（5）.
[4][苏]莫·卡冈.卡冈美学教程[M].北京：北京大学出版社，1990:254.

（原载2007年第1期《当代文坛》）

从《私人订制》看冯小刚的雅俗困境

《私人订制》乍一看去,不论从阵容、风格、情节哪一方面看,都是典型的"冯式"喜剧:用一本正经的态度做着最不靠谱的事儿,将商业和梦想混搭在一起。周黎明说"与其说是新瓶装旧酒,不如说是旧瓶装新酒",问题是和1997年的《甲方乙方》相比,莫说酒不好了,连酒瓶都不伦不类了。影片主要讲述了三个白日梦:性本善,一腔俗血,有钱,最后赠送了一个道歉。

一、毫无理性的"批判"

就《私人订制》的"批判性",冯小刚打到了9分,但仅仅知道什么是不好并含沙射影地攻击它这不叫批判,充其量算是讽刺;见鬼杀鬼,遇佛灭佛的六亲不认只会产生毁灭性的后果,算不得客观,只配叫愣头儿青。真正的批判需要理性精神和智慧在场,冯小刚对于要建设什么一无所知,不过是借用了"批判"的外壳在拉帮结派虚张声势。因此他自诩的"批判"只是情绪化的讽刺，丝毫不比街谈巷议的发牢骚高明，和真正的"批判性"相去甚远。

冯小刚最反感的是装，装清高、装高雅，站着说话不腰疼，得了便宜还卖乖。但这种反感的情绪还是有变化，《甲方乙方》里，冯小刚的反感是憨厚的，更像是"不喜欢"，对待"李琦""傅彪""刘震云"等人，冯小刚甚至称得上是苦口婆心，笑而不语地让他们迷途知返；唯独刻薄的是对得了便宜还卖乖的大明星唐丽君。这种幼稚的讽刺无意中暴露了冯小刚当时小老百姓的立场，那时候，冯小刚还有一个比较单纯的身份，有自己认识事物的坐标系，他还相信百姓是善良的、有指望的。所以《甲方乙方》在整体上非常和谐统一，因为那时候的冯小刚是和谐统一的。

《甲方乙方》里每个"一日游"后都有一个售后的环节："李琦""傅彪"等人纷纷表示受到教育，这种售后暗示了冯小刚当初的信念：个人善意的举动对于改变社会是有意义的，人不是无可救药。《私人订制》对于"苗圃"和"范伟"的售后，影片提也不提，其实是化失望于无形，因为根本不对他们抱指望。只给了一个人物售后：一腔俗血的导演。冯小刚意味深长地把换血后的大导设计成一个被雅给活活废了的悲剧人物："挺接地气一导演俩脚不沾地儿了。"冯小刚做的是纯破坏的工作，带有冯小刚影子的大导又被活活给废了，冯小刚遇鬼杀鬼，见佛灭佛，但连他自己都不知道往哪里去。

《私人订制》里，冯小刚彻底用冷嘲热讽代替了含情脉脉，杨重说"如果群众都是省油的灯，我们的干部也不至于成为这样",冯小刚的枪口也指向了群众。问题并不是不能批判群众,而是冯小刚的枪口瞄向了所有人;《私人订制》的混乱就在于冯小刚站在群众立场看精英,又站在精英立场看群众,他没有了单一的身份。身份的复杂会局限认识,因为没有了感同身受的深刻。但身份的复杂并没有削减冯小刚的自信,反而使他认为自己了解所有人的感受并能代表所有人,但其实他连自己都统一不了。

冯小刚认为自己代表所有人,这种企图心使他不能真正代表任何一群人。身份的混乱导致认知的混乱,他的坐标系受到外界太多因素的干扰:艺术与利益、高雅与通俗、精英与草根等等,致使他看不穿、看不全、看不顺眼,还以为最具批判性,以致破坏了一切,但却什么都没能建设起来,因为他根本不知道要建设什么。这种不具有建设意义的破坏行为只是噱头和耍花枪。当失去建设的方向,连这种情绪化的没有任何建设意义的讽刺都会变得肤浅。

冯小刚所谓的"批判性",其实是无情,对任何人都失去了信任和同情。冯小刚再也不是为了成全别人甘愿奉献自己的钱康,冯导厌倦了失望了,懒得对任何人提起劲儿来。冯小刚在剧情里塞了巨大的信息,见缝插针地挖苦讽刺、含沙射影,但却懒得深究。他好像一直处在一种焦虑暴躁的状态,看什么都不顺眼,不顺眼就想挖苦,可一提起来就心烦,最后连挖苦和讽刺都变得不专心了,因为他无法为自己准确定位。

不论是在形式上套用《甲方乙方》,还是内容上对观众生拉硬拽投其所好,可以看出,冯小刚在这一部分走的是通俗、大众的路线,用杨重的话来说"你们电影门槛多低啊,你们走的是客流量",这也是冯小刚票房的保证。

二、装腔作势的温情和道歉

　　前面冷嘲热讽是一种破坏,片尾的深情款款则是建设;前面投其所好是"通俗",这里的曲高和寡则是"高雅"了。

　　《甲方乙方》和《私人订制》有一个共同点:在影片最后一节,都显得含情脉脉。前者是姚远和北雁把婚房借给异地夫妻过年,后者是马青为自己的救命恩人过有钱人的瘾。区别是《甲方乙方》中这个环节是和其他梦浑然天成的,但《私人订制》里,"有钱梦"非常突兀,对前面几个人极尽讽刺之能事,这里又打起温情牌。这样的设置可能出于两种考虑:一是冯小刚也感觉到前面破坏得太严重了,作为一部贺岁片,总要最后给人一点希望,所以冯小刚试图在片尾搞点建设,尤其是插曲《时间都去哪儿了》,其实是和丹姐的身份很不符合的,但它正好应了贺岁团圆的景;二是冯小刚在为自己正名。马青免费为救命恩人丹姐圆梦,由丹姐的口说出来"看着你们不三不四的,没想到还挺靠谱",冯小刚暗示自己看着油腔滑调,但下自成蹊。

　　片尾的"道歉"环节,更加显示了冯小刚试图"建设"的努力,由"去哪儿过年"牵出了各种糟心的环境问题,大家开始吐槽,杨重总结:"大家都很烦,都一肚子委屈不痛快,但是光抱怨也不解决问题,咱们还是得行动起来,从咱们开始影响别人。"四人走进大自然,对着山水展开一番深情"道歉"。这段拍得非常煽情，四人的严肃、深沉、深情与电影前半部判若两人，但却太不连贯。前边是俗，这里是雅。几个人一改嬉皮笑脸的作风化身为引领者，以赎罪的形象和代言人的身份出发了，当几个人展开深情的"诗朗诵"，当马青朝着塌陷深坑深情地跪下，想起来他们在前面毫不走心的插科打诨油嘴滑舌，观众笑了。

冯小刚试图用人类的贪婪统领这部影片，可为时已晚，"私人定制"公司已经失控了。姚远等人当年上街见谁夸谁的"赞美"行为，滑稽但不乏真诚，因为是真诚的，所以插科打诨观众也能心领神会；杨重等人的道歉极其郑重深情毫无调侃，但架子端上去了，其实却是装腔作势，因为前面毁灭性的破坏使此处的反思不具有合理性，前面显露的几个人的品质和性格也根本不足以担当起这个重任，而且郑重和深情始终是冯小刚最讨厌最不擅长的情感，他非要挑硬骨头啃，便只能装装样子。

周黎明称赞《私人订制》的结尾："这一升华有诗一般的意象和罔顾传统叙事的超脱。"但诗一般的环境不等同于"诗一般的意象"；"升华"必须建立在已奠定充分合理的基础上，不是欲盖弥彰地套一个华而不实的大尾巴；对传统叙事的超脱什么时候也不该是打破故事的连贯性。影片形式上存在的合理性和连贯性的缺陷，恰恰反映了冯小刚内心认识的不成熟，在自己尚未充分说服自己的情况下便要做群众的引领者，只会造成观众的反感。

在冯小刚还是小老百姓的时候，他很真诚，真诚地为观众想，想让观众开心，大家好才是真的好。他甚至不用费尽心机地想观众需要什么，因为他自己感同身受，所以连话都说得厚道、贴心。《私人订制》里,冯小刚拧巴起来了,前面使劲儿耍嘴皮子胳肢你乐,下大力气要把观众拉进去了解他的用心良苦,看他多愿意为人民服务;后面又摇身一变成了百姓的代言人强拉着观众道歉。

冯小刚越下力气,越造作,便越把握不好轻重,因为冯小刚的身份已经不是百姓了,但他又缺乏反思和理性,因此没有引领的可能,导致上不去下不来"俩脚不沾地儿了",便只能张牙舞爪装腔作势,所以他这一切都做得既吃力又不讨好。

三、《私人订制》——矛盾综合体

影片前边是俗,后边是雅。当镜头最终对准了污水边深沉道歉的葛优,冯小刚的声音响起来:如果你有一百万你愿意捐出去吗?一千万呢?一个亿?得到肯定的答案后说如果你有一辆汽车你愿意捐出去吗?葛优解释不愿意的理由:因为我真有一辆汽车。冯小刚用这种方式扇了"雅"一个耳光。冯小刚在高雅与通俗的问题上非常拧巴,"私人定制"之所以不伦不类就是因为冯小刚自己都没想清楚关于雅俗的一些问题。

和"好梦一日游"相比,"私人定制"作为一个公司,不再是《甲方乙方》里的服务性行业,而更加商业更加专业了:四人统一了着装,更改了头衔、公司选址考究,还设计了誓言。几个人的身份不是几年前的老百姓而是精英,看似笑迎八方客,其实是在商言商,看似不指摘、不批评,其实是高人一等。从"成全别人,陶冶自己"到"成全别人,恶心自己",冯小刚完成了理想主义者到现实主义者的转变。

冯小刚一方面打造影片的商业色彩，一方面又加强了讽刺力度，同时做着为电影减负和加重两件事。这一矛盾其实是冯小刚自己的矛盾，在高雅与通俗之间，冯小刚始终举棋不定，他一直也没有真正地想清楚究竟什么是高雅什么是通俗。这一问题任何人都很难说清楚，说不清楚并不是多大的事，问题的根源是冯小刚不愿意坦然处于任何一端。

冯小刚始终了解市场，市场也从来没有亏待冯小刚，他被捧得越来越高，对自己产生过高的期许，认为自己身上负担了多么复杂的期待，把观众需求想得越来越复杂，但观众真正喜欢的就是冯小刚的可乐，能真正地、真诚地让观众乐并不容易。冯小刚电影的底子是大众路线，在这条路上收获荣誉和利益后，像影片中的大导一样，冯小刚摇身一变想要"高雅"，但他从市场收获的利益缠住了他，这一次，他站在通俗看高雅，又站在高雅看通俗，结果便是"拍了点观众看不懂的"。所以，不是观众众口难调，是冯小刚贪多嚼不烂。

《私人订制》的不连贯不和谐，根源就在于冯小刚在高雅和通俗上不能获得统一，既要票房，又要格调，既要搞笑，又要讽刺，想做一点建设，又讨厌说教的自己，不能不喜欢老百姓，又觉得群众也变得越来越坏了，这些矛盾，冯小刚化解不了，他既不知道怎么融合又不愿意放弃，所以他越来越矛盾，只能一锅烩。其实冯氏喜剧的跳跃性、梦想与商业的混搭、用最正经的态度做着最不靠谱的事儿、用最抽象的词汇说着最没有内容的话，这些无厘头是和观众心照不宣的，冯小刚做好这件事就足够了，其他全不需要观众就已能会心一笑，可他心里有个解不开的结，关于到底要调侃还是要引导的结，归根结底还是"高雅"情结。

影片先"俗"后"雅"，冯小刚先走客流量，再提升格调，这些技术考量更像是一种营销的策略，观众既得不到真正的开心也得不到真正的感动。《私人订制》沿用《甲方乙方》的形式，是这个小品串烧的形式真的可圈可点，还是冯小刚在投机取巧？当一部影片的衣食住行与广告植入过多地绑定在一起，观众还能对这部影片的创作性抱有多大的期待？一部电影的底子全是商业的，还试图披上高雅的外衣，就真的是得了便宜还卖乖了。

真正造成冯小刚雅俗困境的，是他身份的转换，回顾《私人定制》，冯小刚不是在讽刺就是在自白，或者试图代言，任何一种都不是厚道的表达方式，他反映了冯小刚为自己定位的困难。在从市场获利的过程中，冯小刚始终少了一份理性的反思，他离真正的生活太远了。冯小刚就像把手伸进箱子里拿桃子的猴子，这个桃子是市场和票房，冯小刚不愿意松手，便只能困在那里。

（原载2014年第2辑《文化吉林》）

电影赏析与批评三题

用生命演绎的杀手童话——看影片《这个杀手不太冷》

有关职业杀手的故事，中外已有多部电影做过各种各样的演绎，但似乎还没有任何一部能如此将动作及感情共冶一炉而别具一格。它的名字有《这个杀手不太冷》《终极追缉令》《杀手莱昂》等许多个，但那种极度张扬的力度和细腻情感的表达，却仿佛是唯一的。这部影片我不记得看了几回，只记得每一次的怦然心动以及心动之后的震撼。已经淹没在太多平庸和烦琐的生活背后的情感像火把一样在刹那间被点燃，已经为观看太多空洞的影片变得麻木的审美能力忽然尖锐起来，敏感起来，它就像是布满了神经末梢的一根钉子，深深地楔入灵魂的深处。

由意大利来法国谋生的列昂，是一个孤独的雇佣杀手。作为一种视觉冲击的演绎，吕克·贝松只用了5分钟便让我们明白：冷酷无情、无所畏惧的列昂是一位天生的杀手。而杀手并非杀人狂，对于列昂，杀手只意味着一份职业，就像有的人是医生、有的人是教师，唯一不同的只是他的别无选择、非此不可。当我们习惯于把"杀手"简单地定义为"坏人"之际，善恶之间的判断似乎是分明的，但可能失去的却是一种更具有人性的观察。因此，影片并没有使用好莱坞的惯用手法——大量的、直接的暴力场面，而是始终把列昂隐藏起来——出其不意的出现，转瞬即逝的身影，在阴影中最后出现，完成任务并再次隐没在黑暗里。那个充满疲惫的背影，真实地充盈着一种冷酷，一种将生命的意义完全置于自己工作背后的冷酷无情。

他甚至不是为了钱。当他走进那家咖啡馆，突然变得害臊起来，向老板托尼嗫嚅着说起钱的时候，令人有无比的心痛：10次卖命得来的报酬，他甚至连见都没有见过，生命本身及其代价都被保存在可疑的托尼那里。哪怕被托尼出卖了之后，他还天真地以为玛迪达可以去托尼那儿享受这笔不知其数的"血钱"。其实一开始就是个错误，或者说一切似乎早已注定，只是他始终被蒙在鼓里。

他的信条是"永远保持最佳状态。永远保持清醒"。每晚，他戴着墨镜，手里拿枪，坐在沙发上睡觉。他的房间里永远那么简单，没有任何多余的东西，简洁而单调，就像他生命的孤独一样，自然而又必需的拒绝着温柔和矫饰。唯一也许能慰藉他的心灵的，大概只有那盆茂盛的花，他似乎把它当成自己的灵魂来培育。是。他总是慢慢地、细心地浇灌着这一株在任何时刻都不会舍弃的灵魂之绿，这一刻我们看到的似乎又不是一个杀人不眨眼的杀手，而是一个普通的中年男人，如果忘记他夺人性命于一瞬的杀手本领，这甚至就是个纯粹的都市农民了。

这也许不是他生存的意义，但却是他内心深处的某个角落里潜藏着的一种未泯的天真，于是他的生命在这里丰满起来，而他的感情和灵魂，仿佛和我们一样，在面对人性的脆弱、生命的无助时，只能在一个黑暗的房间里寻找自己的缩影，而生命似乎也就定格在了那一刻。

列昂身上具有一种黑暗般的魅力，并在暗处保持着生杀予夺的权力。他像上帝一般，在不可见之处，像一把剑悬在许多人的头顶，这也许正是生命本身的脆弱与虚无，但这种脆弱和虚无又何尝不是列昂自己的呢？他干脆利落地完成一单生意，买牛奶，回到家，取下所有的装备，开始淋浴……那一刻，我们看不到他成功的快感，看到的只是他赤裸的无助与疲惫。随后，他细心地熨衣服、喷花肥，一个人到空荡荡的影院津津有味地看歌舞片，一个中年男人的落寞与孤寂与银幕上的热闹歌舞形成了巨大的反讽，在虚幻的欢笑声中，生命具有了更大的孤独意味。就像我们所熟知的，最大的快乐是分享，最大的幸福是给予，也只有欢笑和痛苦的并存，心灵的天平才不至于倾倒，但列昂，在夺取着别人的生命的同时，自己也在孤独中消磨着自己的灵魂。

如果没有玛迪达的闯入，他会活得更好吗？

无疑，他完全可能活得更长久、更安全，起码他的手不会因柔情而发抖，谈生意不会因难舍而迟到，杀人不会因牵挂而受伤。事实上，当这个全家被杀的小女孩捧着牛奶来到他的门外求救的时候，他的杀手生涯也就结束了。从来得不到温情与呵护、满嘴谎言的问题女孩玛迪达无依无助地闯进了他的生活。

夜间，他忽然跳起身，装上消声器，将枪口对准玛迪达睡梦中的头颅——他必须让她从自己的世界消失。杀手的冰雪世界容不得一点点地融化，杀手的冷酷生命也容不得一点点地温情，否则就只有沉坠和泯灭。

然而，仿佛是命中注定，玛迪达真实地闯了进来，并且成为一种真实的生活。玛迪达具有超乎年龄的成熟与冷酷，而卖弄风情的外表却又掩不住她天真的双眸。她真的是让所有人都难以抗拒的，浑身散发着一种成熟韵味却又不失可爱。于是，两颗本已冷透了的心在相互接近中发出了微弱的光芒，互相温暖、互相救赎。他成了她的信仰，她却成了他的弱点，一直"与子弹跳舞"的列昂终于因杀气的消减，以及心中那点柔情与牵挂，极为少有地受了伤。

身体的创伤真的是与心灵的补偿成反比的吗？生命个体的存在究竟在什么意义上才是完整的？两个人的相依为命又可以让生活的美丽维持多久？这些并不永恒的追问在他们复仇的道路上到处写满了答案。

就像人生的厄运总是无法逃避一样，找到他的也是他遭遇的是他有生以来最强大也最不可战胜的敌人：比黑社会更疯狂的警察。他的悲剧是注定的，在一群全副武装的警察以正义的名义所进行的一场围剿中，他已无路可逃。尤其是那个边谈贝多芬边杀人的警察"老大"，已经彻底地泯灭了人性，却因为占据了权力位置而可以合法的身份为所欲为，这已经不再是生活的丑恶，而是生活本身的双重丑恶，同时也是人性的双重荒谬。于是，列昂和玛迪达的命运已经不再是故事的悬念，而是一种对人生与人性的拷问。

在血战中，对方用上了所有的武器，而列昂用上了一个杀手所有的极限生存智慧。但他终究还是逃不掉的，当他满面血污地走向咫尺之隔的大门时，在一个惊心动魄的主观镜头中，逐渐倾斜的地面宣告了他的死亡。他死了……他曾对玛迪达说："你不会失去了。我刚尝到人生的喜悦。"但是他死了。一个杀手的时代结束了，可一切并没有结束，巨大的爆炸以一种同归于尽的方式毁灭了一切——杀手与"老大"，正义与邪恶，善良与残忍，一同在巨大的火光中化为灰烬。也许应该感谢贝松的理想主义，面对无法战胜的巨大的共性权力，个体生命的意义在玉石俱焚中被极端地放大了，贝松起码让我们获得了暂时的满足。

玛迪达又回到了正常的生活。她回到学校，把那株无根的兰花种到了大地之上。也许新的希望又将产生，也许爱的种子又会萌发，也许一切行将逝去，也许一切又会再次上演……列昂不会再知道，但人们的心知道。

可是，经过了那样的惨烈、那样的同生共死之后，玛迪达真的能够回归日常的、平淡的生活吗？如果说列昂的命运是一种死亡的隐喻的话，那么玛迪达的命运又会不会是一种生存的悖论呢？

（原载 2006 年第 10 期《电影评介》）

一个人的执着与困惑——《理发师》主题意蕴解读

用一个人的行走来发现或者复述一个时代,并不是一种艰难,而是一种执着,以及在这种执着中难掩的困惑——因为那个时代的动荡,同时也是那个人的平凡。《理发师》作为陈逸飞先生的遗作,让我们体会到的可能就是这样一种执着和困惑。影片全长145分钟,讲述了旧中国一个普通的理发师陆平,在二战时期那样一个动乱年代中所经历的不同寻常的故事。主人公陆平原是大上海十里洋场中一个理发师,虽然他俊朗的外表和精湛的手艺可以使他很受顾客青睐,但他却依然是一个在隐忍平凡地生活中普通得不能再普通的人,他不乏自私与胆小,甚至有点怯懦与自卑,他从未想过要与这个大的时代有什么瓜葛,他的梦想,也许只是在他深深着迷并享受着的理发这门手艺。孰料世事变幻,随着日本鬼子的一声炮响,一个时代倾覆着,一个人的命运便与时代的命运纠缠起来,战争的进程不仅改变着整个时代,也改变着每一个这时代里的人,不仅仅是命运,也是他们的灵魂。于是,当陆平开始逃亡,一个人行走在战争的背景下,便有了一种双重视角意味的生命叙事意义……

也许不仅仅因为陈逸飞是一位杰出的画家,大概所有的影视创作都可以被视为一种画面的隐喻。一只苍蝇盘旋在日军的刺刀周围,这是影片的开篇画面,其中也隐喻着陆平所必须经历的生命体验。卑微的生命在充满血腥气味的存在中经受着折磨,生存便已经成为一种必然地漂泊。陆平出于正义感杀了一个日本兵,剃刀抹过喉咙是一个几乎不需要思考的瞬间,但进出的血花无论落在哪里,似乎都需要他用一生去清洗,或者沉淀。就像他可以逃亡,可以参军,可以当官,可以有爱,甚至可以有期待……但唯一没有的,却是一种现实中对自我命运的把握。战争与时代仿佛是一支宏大的交响乐,遮蔽了任何一个人所能够发出的任何一种声音,而在这样一个涂满血和泪的背景旋律中,个体生命的旋律也便成为一种秋风中落叶坠地的寂静,个体生存的渴望和个人生活的梦想也都转成为一种隐约地内心独白。于是,以渺小的个体存在去对抗巨大的时代裹胁,陆平所能剩下的,并唯一可以用作生命支点的,便是那份执着——坚守在精神家园的对于未来的一份美好想象。

画面不仅是一种隐喻,同时更是一种意境。陈逸飞一直是以绘画的意念来追求电影画面的意境的,尤其是战乱当中的江南小镇,真的在他的影片当中有了一种油画般的意境,并且通过画面让我们深刻地感受到,在这种风雨飘摇的漂泊与坚守中,生命的渴望与生存的挣扎竟是如此细密地交织在一起。当孱弱的陆平出现在幽静的江南小巷时,那注定是个弱者的背影,真的就如同风雨飘摇的一叶孤舟,引起我们无尽地悯痛——望着他缓缓走过微湿的小巷,小心翼翼地避过路旁的恶犬及大队国民军,无法不令人感到胸口一阵揪心的痛和莫名的同情,同时也为他深深地担忧着。但是,当"结着丁香般愁怨"的姑娘一闪而过,伴着脚踏车吱吱远去,渐渐化为一道抹不去的情趣,陆平笑了,正是这一瞬间的温暖,便有了那段近20年的忧伤与等待。可是,"我最好的,你只能看,我也无法给你,这就是命运",正像我们在画面中可以发现的,焦点之外依旧是一个充满悲怆和无奈的世界。一切都在过去，陆平却一次次地被命运戏弄着，甚至到最后，他的生存在仿佛已经并不动荡的时代里却依旧是一种无根地漂泊，当陆平已跛，嘉仪已老，最后，两身孤独的背影又终于可以叠合在一起……

这部因陈逸飞先生的逝去而注定饱含遗憾的作品，总有一种抹不去的忧伤，让人可以细细回味，而造成这种回味的，首先就来自于影片里大量运用含蓄的、适度距离的平面拍摄手法，和陈逸飞先生那种独特的油画风格。所有这些给人的感觉是那样的舒适和唯美，观众如同站在自家门槛上，隔着并不遥远的距离，观望着路上的行人，或者像站在一幅幅挂满墙壁的油画面前，透视着色彩之中的意蕴，真实而冷峻，细腻而富有质感，也使得观众有了深深体味享受美感的可能。就像影片的结尾，在我们看来，陆平和嘉仪远去的背影既远又近，远是远在我们作为旁观者，自己不沾不滞；近却近在我们仿佛身临其境，身心内外都洋溢着温馨和温暖。应该说，整部影片拍摄的视角都刻意地营造着一种距离感，导演作为故事的讲述者，彻底地遵循着一种绘画的受众理解，既冷漠又细腻地向我们展示了一个平凡人的一生，既熟悉又不着边际。不过，如果再从绘画的理念开阔一点去体会，这不也正是人生本来给我们的一种体会吗？在一种执着的追求背后，本来就是有着太多的迷惘和困惑，执着不过就是像画面结构的一种外在表现而已。

对于电影来说，任何一种情节地语言复述，都没有画面来得真切而深刻。所谓"大音希声，大象无形"，影片以表演和画面的大量"留白"造成了画面结构意义的无穷无尽。执着是一种强大的推动力，但是，生命与生存的本身却是无法按照可以预制的轨迹运行的，因此，"留白"便成为一种困惑地象征。影片表演与留白的比例约为六比四，如此高比例的具有沉默意味的电影，除了要求演员高质量的演技之外，更加考验的是导演对于整体的感受力。应该说，陈逸飞最清楚他自己要拍的是什么：是关于一个略显懦弱的普通男人的平凡故事。尽管这种"平凡"也许可以打上一个引号，但是平凡就是平凡，而唯其平凡，才有了执着的信念背后的困惑与挣扎，也许只有这才是生命本身存在的真实样式。

其实，当我们真正走进《理发师》，真正走进陆平的生命，我们会真实地发现，《理发师》叙述的重点并不是那段扑朔迷离、令人揪心的近20年的爱情，而是在讲述一种平凡人生的真实地存在，一个小人物在动乱时代所展现的全部人性。他懦弱，甚至在爱情上也被动而优柔；又倔强，一生都在坚守着理发的信念；他阴柔，纤纤十指，便令人有不自觉地怜惜；又豪气，那纤纤十指偏偏有着给鬼子剃头时一抹溅血地爽利！他不是大丈夫，更不是大英雄，他只是一个平凡的人，有着一个平凡人的执着念头——剃头，以及一个平凡人所不得不担当的时代的重压和折磨。然而正是这种真实的平凡，像一枚其貌不扬的橄榄，令人觉得似有反复的感叹却又有回味无穷的痛楚，生命是一种困惑，而生存却是一种执着。

（原载2006年第8期《电影评介》）

生存中的永恒追问——对《如果爱》情爱叙事的一种解析

《如果·爱》是一部爱情片，而爱情文艺片一向是陈可辛的拿手好戏。从《甜蜜蜜》到《如果·爱》，陈可辛经历了十年的时间。《甜蜜蜜》当年成为《时代》周刊最卖座影片第二名，使得张曼玉的演技在该片中完成了质的飞跃，并第三次捧走了金马奖。而与《甜蜜蜜》相比，《如果·爱》显然加强了商业运作，正如它所强调的，摄影师、歌舞创作、音乐人、美术指导等都是业内响当当的人物；演员是亚洲非常有号召力的张学友、金城武、周迅及池真熙等；提出首部华语歌舞片的口号，等等。果然，《如果·爱》又在金像上成就了周迅。

陈可辛的电影叙事一向细腻，这一点在香港恐怕只有王家卫可以与之相比。就像《如果·爱》，并不复杂的情感故事在细腻委曲的叙述中，尤其温婉动人。当年，漂到北京的"有志青年"孙纳与抱着纯真理想从香港到北京求学的清贫大学生林见东，两个有缘人在北京相遇、相爱了，但渴望出人头地并不择手段地向上爬的孙纳，一次次抛弃了爱情，最终离林见东而去。十年过去，孙纳终于成为光芒四射的明星，而林见东也已成为著名男演员，但在他们久已陌生的生活里，一个在一直拒绝回忆过去，一个却始终无法忘记过去并为之而饱受煎熬。十年后的机缘，他们又在同一部歌舞片里出演男女主角，而导演则是已在孙纳身边多年的聂文——内地最棒的导演，曾才华横溢但是在按市场需求创作电影的现实中却充满无力感。影片从十年后孙纳、林见东、聂文共同合作一部戏开始，将十年前的爱与恨一点点和盘托出。巧合的是，孙纳在这部新片里扮演失去了记忆的小宇，在马戏团与林见东饰演的青梅竹马恋人相遇，而聂文出演的马戏班班主又在戏中与小宇发生了感情纠葛——戏里戏外的惊人相似，一部爱情片在两个维度同时上演。

戏中戏的叙事结构其实并不少见，但是《如果·爱》更加机巧的是两条线索穿插的套层结构，它不但为人物情感的变化提供了方便，也使剧情充满了张力。就像孙纳在现实中最终为名利放弃了爱情，在歌舞片中饰演的角色也有相同的情感变映，小宇的选择同时是孙纳的选择。现实时间存在着"过去"和"现在"，而在叙事的时间中也同样存在着"过去"和"现在"。双重时空被同时在双重的意义上打碎，并建构起一种具有设定性的情感变化，物理时空的逻辑被人物情感演变的逻辑所取代。在这一点上，陈可辛充分强化了自己作品的叙事及结构，并不惜为此设计了一个叙事者，即池珍熙扮演的天使，是他自始至终地保存了孙纳和林见东的故事。在影片的情节叙事中，他不断地化身为记者、司机、面馆老板，随时随地出现在各个人物身边；而在影片的歌舞叙事中，他还扮演领唱的角色，用歌声串引着一系列的场面表情。他不仅见证了孙纳和林见东的爱情，也见证了聂文作为一个导演（实际上也是一个角色）的心路历程。从叙事的角度看，"天使"是全知全能的角色，他将"过去"与"现在"联系起来，并充分调动起人物之间的关系，并作为爱的化身，帮人们保留故事。

如果回顾所谓歌舞片的界定，我们会发现其实《如果·爱》并不是严格意义上的歌舞片，尽管该片中的歌舞创作专门请了好莱坞的歌舞创作大师 Farah Khan、香港顶尖音乐人金培达、首席美术指导奚仲文及国际级动作指导董玮,以高水平的制作班底打造了豪华惊艳的歌舞场面。但《如果·爱》的人物并没有无缘无故就开口唱歌,像我们熟知的传统歌舞片那样,而是首先把歌舞置于戏中戏的框架之下,使之成为一种叙事模式;同时,歌舞又是一个华丽的背景,使情节在背景之上得以更丰富地发展。片中的剧情是通过歌舞不断推进的,这可能是更符合现代观众尤其是中国观众审美习惯的一种策略。精美的歌词更像是诗,并在某种程度上取代了对白,总是在特定的场景里爆发出人物的内心情结,定义了爱情、回忆、理想和幸福。

陈可辛对于歌舞片的创作可能是一种尝试,但是对于爱情片的创作确实一以贯之,甚至在叙事中几乎形成了一种模式——对"灰姑娘"的爱情模式的消解。《灰姑娘》的故事作为一个童话当然是家喻户晓的,但作为一个女性常做常新的爱情梦想,它的意义却是值得怀疑的,尤其是这个故事背后所映射出的无意识心理,则更使得我们感到一种空虚:一方面,女性可以凭借美德和美貌在逆来顺受的情况下获得奇遇,赢得爱情,所谓好人有好报的宿命是否可靠?另一方面,男性以爱的理由顺理成章地为女性带来财富、地位,这种以爱情消灭一切不幸的幻望是否能够成为"灰姑娘"的人生救赎?走入宫殿的灰姑娘是否幸福已经无人过问,但在电影和文学里还是无数次地重演着灰姑娘的梦,这也许恰好是生存与理想之间的一种悖论。

不过简单梳理一下陈可辛的爱情影片创作,则似乎可以发现,他对这一点大概也是一直心存疑虑的:《甜蜜蜜》里,男女主人公南下到香港，在艰苦的环境里相会并相爱了，李翘坐上黎小军的破自行车很开心地送着外卖，背景响起的是邓丽君的那首《甜蜜蜜》的老歌。"灰姑娘"和"王子"的故事并没有结束，"灰姑娘"还是灰姑娘，可"王子"不是王子，他们没有"水晶鞋"，所以就只能停留在现实的并未发生"奇迹"的生活里。《金枝玉叶》里，普通人林子颖（袁咏仪饰）崇拜天才音乐制作人顾家明（张国荣饰），"灰姑娘"阴差阳错地获得了"王子"的爱情，但是当我们还没有来得及为"灰姑娘"的幸福生活感到欣慰的时候，陈可辛又在《金枝玉叶2》中把林子颖和顾家明的地位重新倒置了，"灰姑娘"已经不是灰姑娘了。《如果·爱》里，孙纳为了出名，为了摆脱贫穷无着的生活，不择手段地向上爬。她不断地对自己说："最爱你的人永远是你自己。"于是她一次次地背叛了深爱着她的林见东。"外面的世界很精彩……"，影片中反复回响着这首歌，而孙纳在通向外面的路上徘徊、跌倒、受伤，但是始终没有回来。爱是假如，不是幸福。孙纳的选择让人心酸，感到悲凉但不痛恨，正像歌舞片里的歌词："残酷的天地，一只小蚂蚁，有什么权利叹息。"

前前后后的女主人公李翘和孙纳都生活在社会的底层，没有童话里的爱情拯救她们。她们自然地生存并在现实的生存中发生了爱情，可这爱情又恰好成为她们通向"成功"生活的障碍。人的存在本身就是两面性的，一方面，是物质生活的需求和追求；另一方面，是内心情感的需要和补偿，而更为深刻和复杂的是人的情感。李翘没有在豹哥落难时离他而去，孙纳也久久抓住聂文不愿放手。正如聂文当时所说的："那时，你需要一个导演，我需要找个伴儿。本来以为，片子拍完，我们的关系就结束了，没想到，拍了一部又一部。我们想要的就多了。"作为一种情感叙事，陈可辛并没有给我们一种沉重的道德判断，也许他和每个人一样都想明白，有谁是自己生命里不该错过的真爱。林见东被一段感情折磨了十年，一盘盘磁带见证了伤害。可他依然爱着那个他"鄙视的女人"，哪怕这让他自己都鄙视自己。他用十年去等待报复的机会，可是最后却依然从机场狂奔回来，在雪地里再一次抱起了孙纳……

"如果爱"本身就是一个巨大的疑问——人如果爱会怎样，如果不爱又会怎样？在爱中人们会有怎样的态度，爱离去的时候，人会有怎样的情绪。李翘和黎小军历经沧桑重逢在洛杉矶的街头，林子颖随同顾家明飞往非洲，林见东放下电话独自走向街头，有情人最终不欢而散，爱在每个人心中到底是怎样的一副光景呢？

（原载 2006 年第 1 期《电影文学》）

辑四　地方

"人的尊严"与"文学的尊严"

——评杨廷玉的长篇小说《尊严》

我看文学或做文学评论不喜欢求全,常愿意从一点,或一条缝钻进去,所以经常所见可能或者偏,或者浅,但这也许正好,让我敢于不揣浅陋地对廷玉先生新作《尊严》谈点自己的看法。

读者都会注意到,作者在小说的封面上刻意摘印了几行字:"尊严究竟由何而生?是从世俗的眼里寻求别人的承认,还是锤炼内心世界从而使自己的精神力量更加强大?是拒绝沉沦的堕落,还是不择手段地攫取世俗功利?"当然这并不是问题,而是答案,也是用意。由此可见,《尊严》的主题很明确,就是在写尊严——人的尊严,是把"尊严"当成了一杆秤,用来称量生活中的每个人及其生命的重量。当然,一部长篇小说的容量和规模都是阔大的,主题和意蕴也是丰富的,《尊严》也一样——作者不是把一两个人的生命,也不是把一两种生活的样态放在这杆秤上,而是试图用这杆秤去称量整个世界,整个我们身处其中并真实面对的生活,以及其中所有人生的价值和可能。所以在我看来,正如所有的写作都是在自我与外部世界间建立某种关系一样，廷玉先生也就是在以自己对"尊严"的理解，及其基于某种"尊严"的写作，来力图重新申说何谓"人的尊严"以及"文学的尊严"。

作为一个古老而又常用的词语，"尊严"并不难理解，大概一是指庄重而有威严，使人敬畏；二是指独立而不可侵犯的地位或身份[1]。不过用马克思的话来说，"尊严就是最能使人高尚起来、使他的活动和他的一切努力具有崇高品质的东西，就是使他无可非议、受到众人钦佩并高出于众人之上的东西"[2]，因此，我们大多关于"尊严"的理解便总是和对于人的认识相统一，并在"人的尊严"的意义上经常体现为对于"人的价值"的某种肯定。虽然从概念来说关于"尊严"的解释还可以上升到某种法学或哲学的层面上，但显然，《尊严》中的所谓"尊严"并不是一个法理学甚或伦理学的概念，而可能更多是一种心理学乃至社会学意义上的理解——在一般的心理学意义上，所谓人的尊严就是人的自尊意识和自尊心理，而在社会学意义上，人的尊严则是指"与个人建立了社会关系的他人、群体和社会对个人给予的价值承认和尊重，并由此形成的个人在人们心目中那种令人尊敬、敬畏的思维或身份"[3]——不过，尽管在概念上可以将种种所谓"人的尊严"区分开来，但在现实生活的意义上，其实所有关于"人的尊严"的发现和认定，首先都体现在某种人与自我、人与社会的关系结构中，同时这两种关系结构本身并不是脱离或分裂，而是始终紧密相连并相通的，就像尤尔根·哈贝马斯所指出的："普世化了的尊严应该同等地被所有人得到，同时也保留了自尊（Selbstachtung）的内涵，这种自尊是以社会承认（Soziale Anerkennung）为基础的。"[4]因此，无论是从概念来说，还是就现实而言，实际所谓"人的尊严"，始终都被一个巨大的张力结构所制约着，这个张力结构的两个方面——既体现为人与自我关系中的某种精神性的"自尊"的存在，又被人与社会关系中的具有物质性的"社会承认"所左右——始终呈现出一种复杂的矛盾关系，甚至让试图获得"尊严"的每个人都不得不纠结于某种精神与物质的对立之中。就像我们在小说主人公虞子游身上所看到的一样。

在我看来，作者选择虞子游这样一个知识分子主人公并将其作为"尊严"这杆秤上的一颗"定盘星"，不论是对虞子游本人的个体来说，还是对围绕于他身边的群体来说，都是富有深意的。因为可能，正是在虞子游身上，才更深刻地体现出了内在精神世界与外在物质财富之间的更加尖锐的对立和冲突，以及这种对立与冲突给人们所带来的更加艰难的定位和选择。所以从故事一开始，作者便用虞子游所遭遇的一个"轻蔑"的眼神，让我们体会到了一对时髦男女"以衣帽取人（实际上是以财富取人）"与主人公自守并自豪的精神世界之间的冲突，并由此结构出了以"尊严究竟由何而生"为核心的叙事逻辑，而其后种种，虞子游这颗定盘星便不仅在用"尊严"称量着自己，也称量着身边的每一个人，而每个人又同样在称量着别人……因此，按照这样一种具有两分和对立的叙事逻辑，当故事中的所有人都在这杆"尊严"的秤上称量自己的时候，其实我们也和他们一起站在了同一杆秤上，始终面对并追问着一个共同的问题：

人的尊严究竟在哪里？是在别人的目光里？还是在自己的

心灵里？

人的尊严究竟是什么？是现实生存的物质成功？还是主体精神的自我完满？

人的尊严究竟如何才能获得？是在自己的手里还是在别人的心里？"是从世俗的眼里寻求别人的承认，还是锤炼内心世界从而使自己的精神力量更加强大？是拒绝沉沦的堕落，还是不择手段地攫取世俗功利？"

如前所述，当我们和作者一起提出这些问题的时候，其实已经有了差不多确定的答案，尽管这些答案并不能回答所有的问题，甚至还有可能在精神与物质的对立中稍有偏颇，但这并不影响我们跟随作者一起去思考并确认——回到生活乃至生存的本质意义上来，"人的尊严"其实也许无它，"自尊""自爱"而已，"自强""自立"而已，即"人格的独立"与"生命的完满"而已。

显然，就文学批评的思理而言，如此简单的思考和结论，既有脱离文本分析之嫌，也可能有某种"先见"与"偏见"之论，甚至结论可能并不完全符合作者的本意，但我之所以有意地不去复述或阐释文本，而是坚持如此强调"人的尊严"这一问题的实质性存在，实是因为我并不想指出作者"写了什么"甚或是"怎么写"的，而是只想更加明确作者"这样写"的意义和价值——这才是在我看来对于一个作家更有意味的地方。

众所周知，当今社会已经进入了一个大众文化泛滥的时代，物质文化对精神存在的"异化"正在不断达到新的高度，人的"现世生存"的意义越来越强大地消解着人的"诗性存在"的意义，检视自我价值乃至检视生命意义的标准也正在不断地被模糊甚至被扭曲，精神的体悟被物性的快感所取代，真理的探求被世俗的欲望所置换，生命的本质性思考被生活的可能性发掘所遮蔽……而这一切，都在使我们许多人对于某些作为人的"本质性问题"的思考停止甚至遗失掉了。所以我想说的是，《尊严》这部作品的最大的价值之一，也许就是在于它可能让我们重新拾回了一个问题：一个在现实中可能被我们遗忘了许久的问题，一个直接指向现实社会物质化生存痼疾的问题，一个关于我们自身生存与生命永远都不应该回避的问题——人究竟何以为人？何以自处又何以自审？当然，关于这一问题的思考是没有尽头的，想要在《尊严》一部小说中获得所有答案也是不可能的，但至为的关键是这样的问题总要有人来关注，有人去写，有人去发掘，有人来思考——我想，也许正是由此，《尊严》这部小说给我们带来了的便是一个更大的关于"文学的尊严"的思考。

文学是有尊严的，起码应该是有尊严的，尤其是在这个文学越来越遭遇着种种危机的大众消费时代里。我曾经反复强调文学是诗性的[5]，而在本话题的意义上我还以为，文学的诗性也许便是文学的尊严。

同样如众所知，当以物质消费为本质属性的大众文化占据了我们这个时代的主导地位后，包括文学在内的种种所谓精神产品，便也同样开始被大众置于物质消费的层面上来接受。换句话说，与消费时代的人的物质化生存相一致，消费时代的文学也正处在一种不断加速的"物质化"之中，因为在消费文化的意义上，任何一种文学的最终生成都将被大众化的文本消费所左右，即文学必须并已经成为一种商品。不仅如此，实际上对于走进商品经济的作家而言也一样，出版、印数、销量、版税等等，他们也必须并实际考虑到文学已经成为一种商品这一事实。因此，我们甚至可以并不夸张地说，在这个不断迎合并激发着大众梦幻的消费世界里，大众化了的文学可能早就开始放弃了所谓深刻地思考或永恒地追问，甚至已经开始习惯对日常生活的自我陶醉，以及对诡怪事件的传奇化摹写。就像彭学明曾撰文批评过的那样：各种以恶贬善的经典恶搞、以色贩相的文字卖淫、以丑为美的行为艺术、以俗媚俗的低下文格以及以牙还牙的口水战争等等[6]，都在像病毒一样侵害着我们文坛的健康和尊严，实际也就是在以某种物质性的消费行为伤害甚至解构了曾经作为某种思想或精神存在的文学的诗性。

所以我想说的是，走进大众消费时代的文学要想仍可以成为文学，也许文字的功底很重要，或许叙事的能力很关键，但实际更为重要和关键的，应该还是要重新拾回文学的诗性即尊严。从某种意义上说，文学开始玩穿越，玩游戏甚至字谜，其实并不是不可以，因为大众消费文化本身的多元开放结构可能切实存在着某种相应的需求和空间，但我并不主张如此甚至还有点轻视，因为在我看来，文学的意义从来都不在于某种情感和文字的游戏，也不在于某种生活事态的摹写或复制，当然更不在于某种功利的需求和物质的欲望。就小说而言，我同样以为其实故事是"怎样发生的"可能并没有那么重要，比如谁爱上了谁，谁又抛弃了谁，谁伤害了谁，谁又报复了谁等等，倒是"因何而发生"也许更为重要，比如关系是因何而结构出来的，故事发生的背景和动因是什么，因为我们知道，所有故事里的主角其实永远都是人——那么，什么东西才是人的根本性所在？实际上，作者的用意往往影响着作品的深度，所以我一直主张作家能够有意识地从事某种非功利性的写作，写什么或不写什么，怎么写或不怎么写，为什么写或为什么不写，都应该有现实的理由和依据，有自己的理性和良知，有良知便有责任，有责任便有担当，有担当便有尊严，有尊严才有诗性。套用一句温家宝同志的话，如果说国家和民族的尊严便是"让人民活得更有尊严"的话，那么其实，作家也可以让自己和读者都拥有更大的尊严——假如我们的作家也能够开始实实在在地思考"文学的尊严"的话。

还是回到廷玉先生的《尊严》上来吧，我注意到小说中一个很有意思的细节——当虞子游离开出版社要当一个自由撰稿人的时候，他把自己精心完成的历史小说《三闾大夫》交给了一个"鉴赏水平较高"的书商朋友，没想到却被要求重写。理由很简单：他们（也就是社会）不需要这种正儿八经的历史小说，需要的是戏说，哪怕小说编得再离奇，再荒诞些都无所谓，因为只有那样写才有人看，才能赚大钱。虞子游最初的反应是拒绝，"他不曾这么写过，也不想这么写。他自诩是个有良知的作家，不是江湖上胡编乱侃的说书艺人。他不能把自己的人格和尊严像一摊烂泥踩在脚下"[7]，但最后他屈服了并因此在畅销书的意义上成功了——这个细节的反讽意味很强，因为尽管表面看来这种失败与成功之间的逆转似乎是在颠覆着我们始终强调的诗性与尊严，甚至让我们不得不再次质疑某种文学立场和观念的有效性，但实际作者的用意以及文本的能效并非如此，非但不是如此，反而是一种深刻地反省和批判，更是在这种反省和批判中重新大声呼唤作家良知、尊严的用心和努力。所以我想，廷玉先生之所以要写并如此来写"尊严"，应该就是因为他对于"人的尊严"有发现有反思，也是因为他对于"文学的尊严"有忧虑有担当，所以他没有玩时髦，也没有赶潮流，而是一如既往地走进现实生活，关注社会转型，思考人生问题，探索生命价值，坚守了一种"有尊严"的写作。实际上，廷玉先生这种"有尊严"的写作，在我看来应该也可以说是我们吉林文学的一种优秀传统，就像廷玉先生从《女人不是月亮》到《危城》《花堡》以及今天的《尊严》，就像笑天先生从当年的《公开的内参》到《雁鸣湖畔》再到《太平天国》，包括我熟悉的年轻作家刘庆的《风过白榆》和《长势喜人》，以及本文未及提到的其他众多吉林作家等等，其实一直以来，吉林文学都在准确把握现实和深刻反思历史的意义上展示出了关于人与文学的"尊严"的内涵与特色。所以我说，或者正是廷玉先生这种认真思考"人的尊严"并试图拯救"文学的尊严"的努力，才不仅会使《尊严》这一部作品具有了更大的"尊严"，还一定会给当下的文学尤其是吉林文学带来更大的"尊严"。

[参考文献]

[1] 辞海：上[M].上海：上海辞书出版社，1979：685.

[2] 马克思.青年在选择职业时的考虑[M]//马克思，恩格斯.马克思恩格斯全集：第40卷.北京：人民出版社，1982：6.

[3] 韩跃红，孙书行.人的尊严和生命的尊严释义[J].哲学研究，

2006(3).

[4]尤尔根·哈贝马斯.人的尊严的观念和现实主义的人权乌托邦[J].哲学分析,2010(3).

[5]张文东."诗性"的文学与批评的"诗性"[J].当代文坛,2011(3).

[6]彭学明.文坛病毒与文学尊严[J].当代文坛,2009(2).

[7]杨廷玉.尊严[M].长春:时代文艺出版社,2011:12.

(原载2016年4月16日《文艺报》,发表时有删改)

温度 真实 自然

——读钱万成的文字

感谢时代文艺出版社给万成老师出版了《钱万成诗歌散文选》(十卷本)这样一部文集,做成了吉林文学乃至中国文学的一件盛事。非常高兴也非常荣幸有这个机会参与这件盛事并向大家学习。

一直以来,其实我和万成老师算是熟悉的,因为他首先是一位著名的诗人和儿童文学作家,是我们文学研究尤其是吉林文学研究不能绕过的一位作家;其次他是我们东北师大文学院的兼职教授,并且我们都在中国现当代文学专业,学生的开题、答辩常在一起;再者他又是在我们文学院攻读的博士学位,亦师亦友之间,总是有着许多的交集。所以虽不敢说了解万成老师,但是对他的人与文,还是有着切身的感受和体会,他的虚怀若谷,他的谦和仁厚,他的灼见真知,他的诗人风范等等,亲身感受,和他在一起,总是有如沐春风之感。今天是个文学研讨,既蒙信任,来了便也要说几句,所以斗胆班门弄斧,简单汇报一下我的文学感想吧。

我从来都是喜欢用关键词来谈我的文学理解和认识，这次也不例外。尤其是，在我的感觉上，万成老师诗和文的一致性很突出，即虽然体裁和特色有不同，但用意和内质却十分一致，所以不再分开来说，就放在一起一并说了，也许忽略了诗与文的不同成绩，但感受或许会更加真实。所以说虽然读万成老师的诗也好，文也好，感受到的东西真的很多，也可以说得很多很杂，但是时间有限，又不是什么高见，故不敢多浪费大家的时间，就整理出三个关键词，当然，这其中有和其他老师一致的，就当我是受到了启发，不一致的，还请批评指正。

关键词有三个：温度，真实，自然。

温度是说万成老师的诗文都是有温度的，都有一种温暖的感觉。看上去是温暖的，读起来是温暖的，回味起来仍旧是温暖的，即便是表达深刻、阐述哲理的文字，也不是冰冷的，即便是抚慰伤痛或抚摸伤疤的文字，也不是冰凉的，都是有温度即温暖的。这里我想强调的就是这个温度是一种温暖，大家注意到了，我没有用类似于滚烫的等等形容温度的词汇，而只是说温暖，因为这是一种特殊的感觉，这种感觉会令你感觉很舒服、很熨帖，而不是很刺激，很激扬，就像兄长给你的关注、关爱和关怀一样，没有丝毫的压力，只有如沐春风的舒畅和感怀。

为什么是这样一种感觉呢？我想，是因为他的文字里有一种用心，有一种情感，有一种爱在里面。他爱他的家人，他爱他的亲人，他爱他的友人，他爱他的故乡，他爱他的城市，不管是回忆还是驻足，他都是用充满爱意的目光去看，用充满爱的心去体会，用充满爱的文字去书写，所以他的文字就成为或者说构建了一种氛围，一种温暖的氛围，围绕着你，包裹着你，感染着你，温暖着你。

这种用心就是他面对人生的一种态度，在他的文字中随处可见的就是这种态度，他从没有逃开他身边的生活，也从没有逃避他的记忆，哪怕这些生活中回忆中有着种种的不如意甚至痛苦的曾经，但他从来没有逃避过，没有回避过，而是和他做人的方式一样，他始终都是在用他的心，而且用力，是用他最深挚的情感去拥抱生活，不管是这个生活里面的人，还是事，他都是用心去拥抱，用心去感受，用心去体会，用心去接近、去感受、去发现、去表现，有点像成仿吾先生当年所说的，是一种特殊的"同情"。

其实在这一点里我还想起过另一个词，叫"柔软"，这是我原来没有想到的，我想到了他作为一个领导的谦和，体会到了他作为一个兄长的仁厚，但读了他的文字之后，我一下子有一种感觉——柔软。这是一种很奇怪的感觉，不是很好说出来，但是却有着深切的感受。

第二个关键词是真实。在万成老师的笔下，不管是他的诗，还是他的文，也就是他的文学世界里，始终是真实的人生，真实的思想，真实的情感。如果说文学艺术是生活的反映的话，那么在他的文字里，始终都是真实的反映。而之所以我以为这个关键词很关键，就是因为他当了这么久的领导，也当了这么大的领导，最难坚持的就是真实，而万成老师却坚持住了，就像他做人一样，真的坚持住了。

我相信我们每个人都会看到，在他的文字里，从来没有假话，没有无病呻吟,没有矫揉造作,没有口不应心,没有虚情假意,没有假大空。即便是哲理,也不是空对空导弹式的心灵鸡汤,而是自己切近生活和生命、源自内心的真实思考;即便是抒情,也不是那些无边无际、无遮无拦的自我宣泄,而是原发于对每一个家人、每一个亲人、每一个友人的爱,源自自己心底里的那份生命中难得的柔情;即便是对生活的批评,也不是虚与委蛇、不关痛痒的敷衍塞责,而是直面人生、正视现实的实话实说;就算是针对自己身边的人和事,也是有一说一,就像他自己一直说的——可以不说话,但是决不说假话,更不说违心的话。

其实,越真实的文字才越深刻。有时候,我们会觉得文学创作与现实生活是不同的,所以总是愿意甚至极力想把文学里的话和生活里的话说得不一样,越是生活里该说的话,反倒在文学里说得越不像人话甚至不是人话了。而实际上,最为深刻的就是最为真实的,最为真实的也是最为深刻的,所以如果说我理解万成老师的文字有十分深刻的比如说包括像他《挚诚小语》一样的那种深刻的一面的话,我以为就是完全来自他的真实。

第三个关键词是自然。就像我们看到的,他的诗是自然的,文也是自然的,所有的,就只是自然的情感,自然的抒发,自然的文字。其实我这么久和万成老师的接触就是这种感觉——他自然,甚至自然的不像个领导,也不像个诗人。所以对他的文字也一样,最深的感觉就是,他文字里的心情是自然的,自然地生成了,就自然地说出来了,所以文字也是自然的。他笔下的所有的,在我看来都不是"造镜"也不是"写境",换句话说既不是造出来的,甚至也不是写出来的,都是从心底里流出来的,就像从心底里流淌出来的一条条小溪一样,自然流淌,自然宛转,不用力,不造作,不工巧,但是泉水淙淙,不但自然入眼,而且自然入心。

所以说他笔下的文字都是自然而生,自然而写,每一个文字都是自然而然的。我觉得,像万成老师这种书法大家,以其文化功底与文学底蕴,我觉得他完全可以写格律诗,而且也一定会写得很好,但似乎他很少写,起码我目前看到的很少。为什么呢?这些日子我集中地在读万成老师的诗,之后我猜想——只是猜想哈,之所以他很少写格律,应该不是不能写,以其功力,不是不能,而是不为,而之所以不为,就是不想不自然(当然也并不是说格律就没有自然,但毕竟不够自然)。他的诗也好,散文也好,文字都是由心底里流出来,自然而然,不求工巧,不求华丽,甚至不求顺口溜,一切都因情而感,因爱而生,因思而变,一切都是那么自然而然,都是来自心底的自然而然,也许有了格律,反倒成了一种羁绊。其实在我的体会上,所谓大方无隅,大音希声,大象无形,大巧不工,自然,其实就是一种最高的境界,最起码,是我们要追求的一种境界。

所以,最后我想说的就是,读万成老师的文字,我体会到了温度、真实、自然这样三个关键词,我以为这就是他的一种境界,一种高度,一种成功。但在我看来这三个关键词可能还有更加关键的,就是这其实当然也就是一种难得的经验,一种对于文学写作和文学批评均有大启示的文学经验。

所以我也有理由相信并期待万成老师以后更大的文学成就。

就像我并不认为这部十卷本的文集是结束，只觉得这实际上是一个新的开始一样。

（2019年3月30日在吉林省文艺理论研究室、《文艺争鸣》杂志社、时代文艺出版社联合主办的"钱万成诗歌散文研讨会"上的发言）

小叙事与大写意

——老羿小长篇《桃园遗事》的个人解读

说这是一部小长篇,并不是从篇幅和字数上来说的,而是从人物和故事、时空和视角等来说的。但小长篇是不是就只有一个"小"字了得,却是值得琢磨的。

没有故事,却有味道

可以看到,这是一个小人物(年龄也小)的日常生活片段的仿佛流水账一般的描述,仿佛就是一部关于某个少年的生活纪录片,小小的桃源里,不高不大的后山,若隐若现的岳麓山,若即若离的湖南大学,其实就是一个小孩子的世界,日常的一切都是那么日常地呈现出来,没有刻意的改造,也没有刻意的渲染……

这让我想起当年岭南大学有一位学者曾写过一篇文章:《1957年,香港没有什么事发生》,真的没有事吗?写起来、看起来真的是没有什么事,不过就像黄仁宇的《万历十五年》那种大历史一样,也许正是"于无声处听惊雷"呢!

所以我看《桃园遗事》的第一感觉就是这样，首先，这是一部没有"故事"的小说——所有的小说都有故事，实际这个小说也有故事，比如说小Y和谈三之间、过大少和谈可慧之间，甚至张结巴的父母之间，但是这些又都算不上是故事，因为没有所谓激烈的冲突，也没有所谓起伏的波澜，更谈不上惊心动魄的历史或事件等等——但可能正是因为没有故事，所以才有了"自然而然"的味道。这是一种极好的味道，因为不仅可以看，更重要的是还可以回味。因为这是一段从已经逝去的岁月里捡拾回来的童年时光，对老人而言是熟悉，对年轻人来说是新鲜。

也正是在这一点上，我在整个的阅读当中，似乎一直都在想起沈从文，或者说是体会到一种如沈从文一样的技法和风格。大家还记得《边城》吧，沈从文在《边城》里是以仿佛"说书人"的"叙述者"身份把一件一件的"事"，"讲"给我们"听"，而不是"写"给我们"看"。他像回忆一段往事一样，给我们描绘了一幅神奇而又神秘的边城风景，又同样像讲述一段往事一样，给我们娓娓道来了翠翠与大佬、二佬之间微妙的感情纠葛，以及其中每个人的"爱憎与哀乐"。《桃园遗事》就有这种味道，微不足道的少年，日常琐屑的人生片段，平淡无奇的人生经历，但无论是在老人的回忆当中，还是在年轻人的新鲜印象里，都像沈从文一样，作者不是对生活进行"变形"或者"陌生化"，而只是将生活本身的平凡和伟大、性情的琐碎与美丽，"老老实实地写下去"，用这种"原始的"经验本身作为"故事"，让它在某种"素材"的意义上自己"说话"。而在我看来，这种叙事也是讲故事，只不过是他的故事有点不一样，就是在没有故事的地方讲出了人生的"底子"上的故事,从而使原本再普通不过的生活事件或材料,在"过去"的意义上以及"原生态"的叙述中反倒有了许多异样的光彩。

所以从这个意义上说,这是一个关于小人物的几乎没有什么故事的小叙事,不过这种"小"却是有意义的,因为唯其"小"孩子的生活,才显得细致而自然,唯其"小"孩子的心灵,才显得纯洁而真实,唯其"小"孩子的世界,才显得鲜活而新颖,唯其"小"孩子的成长,才有了一种特殊的意味,就像沈从文笔下那个小小的《边城》折射出的反倒是一个巨大的"文明"的主题意味一样,桃源里的一个小孩子的世界,也同样有着一个关于历史,关于生态,关于文明,关于我们自己的心灵和记忆的巨大的主题意味。所以,与其说这是一个关于自己记忆的钩沉,倒不如说是关于我们生存的一种检讨,而这种检讨的意义还在于,假如是我们自己弄丢了自己的记忆,是不是便会同时迷失了自己的心灵,是不是就像作者所说的,当年那个小Y们"诗意地栖居"过的地方在物质层面上的消失,会不会即隐喻着我们自己的心灵在这个物质化的世界里的迷失?所以我说,虽然岳麓山是一个可以明确的地点,但是桃源里却是一个"想象的世界",而这个想象世界的意义就在于,作者并不是仅仅瞩目于远逝的"过去"画出一幅世外桃源来领我们去那里旅行,而是要借"过去"来对应着品味"现在",即同样像沈从文那样,表现一种"优美、健康、自然而不悖乎人性的人生形式"……这就是我所体会到的意味。

既是背景，也是历史

回到叙事学的角度来看，从时空和视角的意义上来说，小说里面那个解放初岳麓山脚下的方寸天地，以及叙事者从不放大的叙事视角，同样是一种小叙事的策略和味道。所以同样像沈从文的《边城》一样，《桃园遗事》的作者也是把岳麓山脚下的一个小地方"桃源里"轻轻巧巧地写给我们，自然，真实而又鲜活，那样富有桃源意味而又那样富有生活气息，那样本色而又那样清新，那样具有古典的风情而又那样富有新中国的现代性。作者没有什么分析，而仿佛像是在画画，画一幅在现在的人眼里已经褪了色的"桃源图"，作者似乎也没有什么主流叙事或者说是宏大叙事的野心，更没有建构起更多更大的时代或社会关联，一系列的历史事件或时代变迁的东西，仿佛都只是孩子们"诗意地栖居"时的某种调剂甚至玩具。所以这个桃源里，是山水，是田园，是古典的乡村和村落，也是现代的大学和小学，是种种没有走出古典意境的自然人，也是种种已经开始现代生活的现代人，所以说，这个桃源里既是风俗，也是历史，当然更是背景……这就是《桃园遗事》的叙事的特殊的小时空……甚至从这里我还能体会到一个作家的写意感觉。

于是，这个小小的时空，便生成了一种私人记忆般的历史叙事，而这种历史叙事的张力就在于，个人的自然生活和时代的历史记忆之间有着某种不可调和的对立，我想，作者之所以将背景设置为这样一个小小的时空，并依据孩子的视野来结构出的小小的视角，用意可能就在于此，因为正是或者说只有一个孩子的这种自然的成长,才能折射出我们当年那个时代的底色,以及我们对那个时代已经逝去之后的痛楚和无奈。换句话说,这种作为"遗事"的过去时的叙事所反映出的,实际就是一种个人视野中对于某种时代"进化"的否定和消解,即用一种属于小孩子(当然也就是属于某种自然、天真、纯净……有很多词可以用于形容这种属于童年美好的,也就像人类最初自然美好的时光一样……甚至可以回到李卓吾的"童心说"那里去体会)的自然和天然的生活来反观、检讨甚至否定我们当下这个已经超级"物化"的世界与生存。

叙事的意义总是在于叙事所呈现出来超越叙事的关于人与人生的发现与思考,也就是关于人的诗意地栖居或者我称之为文学的诗意的内容……所以我想说的是,如果我们可以从一部小长篇里可以看出这么多一点都不小的东西来(当然,我看到也仍只是一点点),那么,这部小长篇的意义是不是就可以算是一点也不小了?

回归传统,写意诗性

假如说一定要在前面的感想之外再画蛇添足的话,我想是不是还是可以从沈从文说起……沈从文当年的《边城》的成功在于自然,用最自然的人性去体会现代社会对神性的消解,而《桃园遗事》我所感觉到的成功也在于自然,也是在用少年时代里尚未被污染的人性传真来表达自己对那个再也不会回来的世界的怀想……不过要是可能的话,如果再多一些向沈从文的学习也许会更好一点。

我们知道，每个作家都是独特的，他的文学世界也都是独创的，但是这并不影响我们向优秀的作家学习，也并不影响我们向优秀的传统进行承袭和发展，就像当年的沈从文也是向中国古典小说的传奇笔法去学习，就像后来的汪曾祺也是向他的老师沈从文学习，那么要是可以再回到《边城》一类的小说来看的话，我觉得《桃园遗事》的叙事如果故事能再淡一点（比如说上学或游玩的线索可以再模糊一点，有些事件的交代也可以再虚化一点），语言能再散文化一点（比如像沈从文一样，如唐传奇的作者一样，让材料、素材本身去说话，而自己从不抛头露面——李健吾语），背景能再原始一点（比如想象的空间再大一点，想象的世界的味道再浓一点）……也许会更好一些。

当然，我不是作家，一可能是站着说话不腰疼，不知作家甘苦却在这里胡说八道，二可能是搞文学研究和批评的老毛病改不了，总是刻意地向文本中发掘某些所谓的自得之见……一己之见，各位见笑，对与不对，敬请批评。

（2013年7月12日在作家杂志社、《吉林日报》文艺部和吉林省散文学会联合主办的老羿长篇小说《桃园遗事》研讨会上的发言）

童心　想象　隐喻

——关于《巨虫公园》的三个关键词

尽管我们始终批判文学批评并不应该像科学研究一样，总是用科学的态度和方法来进行，但实际上，文学批评时常还是不得不回到或者利用某些科学的方法来进行面对文本的首先工作。比如看胡冬林老师的《巨虫公园》，我首先完成的一个任务就是——归类——将之视为一种儿童科幻文学，即指其为一部儿童科幻小说。

那么，既然是一部儿童科幻小说，其中便出现了三个关键词，即儿童、科幻和小说，由此，在我的理解中，也就衍生出了三个我阅读、思考和品析这部作品的三个关键词，即童心、想象和隐喻，所以我下面的话题就是围绕着这三个关键词来展开的。而在这三个关键词之后，我还想用三个具有追问性的问题来激发出一些可能更广阔点的思考。

一、童心——我们是否还可以像孩子一样保有一颗童心？

这是就儿童文学的角度而言的，其实也就是想就此有所思考，儿童文学的本性是什么？我们又如何才能真正进入一个儿童文学的世界？

就我所理解的儿童文学而言，我以为，儿童文学的最重要的东西并不复杂，很简单，无外乎童心、童真、童趣而已。不过遗憾的是，也许一直以来我们的儿童文学的最大的问题可能就出在此，因为我们同样知道，绝大部分的儿童文学都是成年人写给儿童看的，尤其是在如小说一类叙事体裁的意义上。因此我们一直针对儿童文学最大的批评也就是——"不像儿童文学"，或者说那只是"写给儿童看"的"成年文学"。这就带来了一个问题，儿童文学究竟应该写什么？怎么写？

不能回避的是，文学都是有意义的，比如它的教育的意义，认识的功能，审美的作用等等——我反对文学没有意义的观点，尽管现在的大众文化语境已经是文学带有了太多的娱乐性、消遣性和消费性，但是作为人类精神活动产物的文学，始终还是或都应该是人类精神生存的家园，所以文学始终也都是有意义的——但这只是问题的一面，而这个问题本身却具有两面：一方面是有意义的，没有错，但另一方面这种意义究竟应该以什么样的方式呈现出来？比如说文学要传递某种价值观，要形成某种正确的主题，要歌颂某些正面的人物，等等。所以问题便又来了,假设说这些都是文学应该甚至必须要表达的话,那么它（文学）是不是还要回到文学的最基本的载体上来，即用"文学的方式"而不是其他的方式来呈现我们某些所谓的人生的思考？

所以，当我们承认文学是有意义的时候，并不意味着一定要以某种思想的直接表达来使文学承担起他们并不应该承担的责任。因此，当我们再回到儿童文学的角度来看时，我们就必须意识到并重视起来，秉承着"寓教于乐"的古训和现实写作的规律，一部儿童文学作品的成功与否，其实主要还是要看其艺术表现的能力和程度。而按照这个逻辑来看胡老师的《巨虫公园》，我感受最深的，便是一种艺术表现的深刻魅力。

这样说的理由也很简单，即我前面已经说过的，作品的特殊的艺术表现的魅力，实际就是它让我们感受到了一颗活泼泼的童心以及由此充盈于文本内外的丰富的童趣。

何谓童心？概念很简单，理解也不用深刻，其实就是一颗孩子的、儿童的心，也就是像明代李卓吾说过的那样，童心实际就是一颗没有被污染的赤子之心而已。所以就儿童文学的写作而言，在我看来，是不是写出种种所谓高尚的、真理性的东西可能并不重要，重要的是是不是能够摹画出一颗童心，即用一颗自己的童心表现出一颗颗童心来！就此而言，《巨虫公园》的成功在于此，其所能带给我们的思考也在于此，所以我们在小说中看到，不论是丫丫、纳米虫，还是王天白，甚至是爷爷，都没有丧失他们的赤子之心，所以尽管他们在日常的生活中有着各自的生活轨迹，有的在学习，有的在科学研究，但是他们心底里地对人与人之间的感受，对人与动物（昆虫）之间的关系的认识，比如说他们之间在一次突如其来的历险当中成为真正的朋友，他们还会用一种特殊的爱去交上一个蜜蜂朋友，甚至他们的机器甲虫阿浑也会有一个黑甲的生死之交,靠的是什么?展示的是什么?不是其他,童心而已,甚至这种赤子之心可以超越人与动物之间的巨大的天然屏障!而这其实,恰好是我们成人世界里最最缺乏的东西,就像我们已经早已知道并深刻感受到的,我们这些已经被"物化"和"异化"了的人,以及我们人与人、人与物之间的关系,是不是正是在这个意义上遗失了自己。

就儿童文学而言,童心所带来的并不是一种简单的认知,而是一种丰富的童趣,即一种已经早已被成人所忽视甚至遗忘或丢失了的童趣。一样的道理,童趣的理解其实也很简单,什么儿童的性格、心理啊,儿童的语言以及视角啊,说到底就是要有儿童的乐趣,让儿童觉得有乐趣,其实说到底也就是要让儿童觉得有意思,对儿童来说有吸引力。有了这些东西,也就有了童趣。我的十岁的儿子很喜欢《巨虫公园》,我把书一拿回去,他就爱不释手并很快就看完了,看完了之后告诉我,这本书写得太好了,于是我问他,好在哪里呢?他说,写的有意思,很生动,很好玩。我知道他还不能说出什么更有深刻性的东西,但我想,一部儿童文学作品,只要写的有意思、很好玩,能吸引住他,就足够了……顺便说一句,一部儿童文学作品如果非想要吸引住我们这些成人,或者说让我们都觉得太有意思了,太好玩了,那就大错特错了!

二、想象——作家失去想象,文学将会怎样?

这个话题既是从科幻的角度来看的,其实也是从文学的本性来看,其实在我看来,今天的中国人,也许尤其是中国的作家,可能都陷入了一种被所谓小说的叙事性和叙述性规划出来的巨大的陷阱,客观的描述、历史的还原以及细节的真实都无可厚非,但可能最缺乏的就是丰富的想象力。每当美国的科幻大片进来时,我们许多人都会惊呼:"太好了""太震撼了",但接下来似乎每个人还会同样发出一个惊呼——中国的导演和作家的想象力哪里去了?为什么我们始终拿不出那样一种可以有一种"让我的小伙伴都惊呆了"的科幻甚至文学作品呢?

实际这并不是一个仅仅属于科幻作品的问题,而是一个属于整个文学的问题,就像那个我们这些年来看到的不断兴盛的"非虚构文学"一样。在我看来,非虚构文学所带来的一个最大的祸害就是,让我们的作家不再想象,慢慢地也就不会想象了……而我们知道,文学如果没有想象,那还是文学吗?我还是始终坚持自己的观点,我以为,文学存在的理由和所有价值,都有来自它是我自己所面对的这个世界外的另一个空间,想象的空间,假如我们所有的文学都只是我们所面对的这个世界的影子和摹写的话,我们还有什么理由需要这种东西,并期望它可以成为我们心灵的栖息地呢?

所以从这个意义上说,我不想再去重复强调《巨虫公园》里都写了或包含了哪些具体的科学知识和技术,也不想去强调作品是否像儒勒凡尔纳一样给出了哪些我们日后可以实现的科学幻想,而只是想去强调,让一次儿童的历险可以发生在一个巨虫的公园里,这种想象本身的魅力便已足够让我们去为作家的丰富的想象思维和巨大的想象力拍案叫绝了,所以当我将"想象"作为一个关键词的时候，我想呈现出来的这部作品的魅力及其所能引起我们思考的东西便已经足够丰富了。

当然也可以稍微细致一点地去看这部小说，比如作为科幻小说文本的解读，显然并不能回避作家的科学知识的书写，不过在这一点上，我倒并不觉得作家了解许多昆虫知识，以及了解许多高科技的纳米知识等等，更有什么意义，反倒觉得，这种用功之深，实际远不如作家对昆虫世界的观察至细更值得我们称道。就像我们在小说中看到，许多昆虫在它出现的时候，作家都从一个微缩后的人的视角进行过描绘，而当我们第一次看到这种描绘时，甚至根本不知道作家是在说什么昆虫——描写的细致来自观察的细致，包括许多不乏夸张的场景描写，各种动物之间的分布、形象、配合等，比如说从内部写蜂房，同样从内部写蟾蜍，或者从外部写黑甲，写植物的生长，等等。我想，这显然不是完全来自作者对于大自然的热爱，而是更来自他对昆虫世界的细致观察，换句话说，假如一定还要给我所谓的想象以某种生成的机制和存在的魅力的话，那么细致入微的观察显然就是文学想象不可或缺的基石和背景。

三、隐喻——我们是否还可以重新做人？

我以为，这部小说有一个巨大的隐喻，即把人类微缩之后将其投入到了一个对他们而言已经十分巨大甚至恐怖的巨虫世界即昆虫世界，这也就意味着，人类已经失去了自己原来始终引为自豪的所谓征服世界和改造世界的能动性、主宰性及其神性，这也就意味着，作家以一种科幻的形式，等于是在让我们重新回到了远古洪荒，即人类不得不像其他动物一样必须为生存而战斗的层面上，让我们重新回到了人的起点，用重新做人的方式来感受外面的世界，尽管这在作品中仅仅是一个昆虫的世界，但何尝不是一个动物世界，又何尝不是一个自然的世界？在这个世界里，尽管人类有着纳米技术制造的科技战车，看似可以所向披靡，但实际上，就人自身而言，却已经真的失去了他们原来可以支配一切、改造自然，甚至毁灭这个世界的能力，这可能是在提醒我们，我们是不是应该在重新做人的意义上重新思考自己的存在和价值。

也许这种批评同样有着批评者自说自话的误区，或者说像孟凡华老师提醒我的那种不可以"过度阐释"的问题，但实际就我的阅读而言，这种隐喻所能形成的文本魅力始终都是我这个成人读者摆脱不了的，由此我还在想，这是不是儿童读者和成人读者面对同一部儿童文学作品时必然生成的特殊阅读体会呢？假如说确实会这样的话，那么这是不是又在提醒着我们，面对一部儿童文学作品时，我们是不是一定要不断地调整自己的阅读实现和焦点，并使之符合作品本身的定位和意义呢？由此，我又似乎隐隐约约地感受到了一个关于文学阅读以及儿童文学阅读的规律性的东西了。

当然，这部作品还可以从生态文学的角度来看，也可以从一个科技的寓言角度来看，甚至也可以从一部包含对现代教育进行批评的角度看，等等，但是对一部小说，作为一个读者，如果可以从一两个角度体会到它的深刻和魅力,显然已经足够了,所以我就不再画蛇添足了。

(2013年10月22日在吉林省作家协会举办的"胡冬林长篇儿童文学《巨虫公园》研讨会"上的发言)

三个关键词,三个维度的叙事

——读长篇历史小说《皇天后土》

长篇小说向来以其巨大的容量、众多的人物、蛛网般的结构以及丰盈的细节叙事等等见长,而对于韩友、韩子龙父子创作的长篇历史小说《皇天后土》这样一部五十几万字的长篇小说来说尤其如此。所以针对这部作品,可以评论的东西很多,比如说故事、人物、结构以及叙事时空等等,都可以成为我们切入理解的视角和平台,但就我的阅读习惯而言,我更愿意从一两点着眼,或者说是从自己有些感触的地方入手,就自己的感觉来进入一部文本的理解和分析。所以,这里我只谈几点自己的阅读感受,从三个关键词及其所结构出来的三个叙事维度,来看这部作品,当与不当,还请大家指正。

第一个关键词是"土地",而第一个维度就是以"土地"这一关键词所结构出的"家族史叙事"。

在我看来,任何一部文学作品都是关于人的叙事,所形成的都是关于人性的发现,所能结构出的也都是关于生存的思考,对于一部长篇小说来说也一样。只不过和中短篇小说不一样的是，在长篇小说中，显然用一两个人物或一两个事件是难以承担其所谓巨大的容量要求的。所以，《皇天后土》选择了一个很好的视角，即韩家人闯关东的家族史，用尽管是一家人但却具有某种网络特色的人物关系（三代几十口人各自不同的选择与命运），来结构出了一个具有全景意味的草原人民的生存世相，并由此发掘着这一世相背后的生存本相。所以说，作品中的闯关东是一个叙事的起点，而叙事的脉络则是一个家族生存的血泪史……

不过值得注意的是，任何叙事都需要一个叙事的原动力即我们一般所谓的叙事原点——它是叙事结构的支点，也是人物命运的落脚点，当然也是作品内容的核心——在这部作品中，我认为，是"土地"。韩家闯关东，来到科尔沁草原，历经磨难，生生死死，几起几落，但我们都可以注意到，从第一代的韩夏氏（包括其在山东即在闯关东之前）开始，对于土地的渴望始终都是人们生存的最大动力和支点。韩老四说："娘和奶奶早就教导过咱们，土地里不单单埋着粮食，也埋着女人和咱的身家性命啊！咱刨地开荒，绝不仅仅是刨几石苞谷，而是在刨名，刨幸福，刨咱韩家人的脸面和尊严啊！"而且，这其实是整个农民阶级的共同理解和理想——所以在这个关键词的意义上，土地，就成为小说叙事的原点。这不禁让我想起老舍的《骆驼祥子》，一个进城的农民对于自己可以拥有自己的黄包车的渴望，当年的祥子是三起三落，最后是一个悲剧，因为在老舍的笔下，时代的未来还没有显现出喜剧的可能性来。但是现在的韩家也是三起三落，但到了第四起，终于拥有了自己的土地。

这是一个喜剧,而这个喜剧的动因,则是一个新时代的到来……

所以这部小说的叙事在我看来,是以"土地"为叙事原点结构而成的家族史叙事。

第二个关键词是"革命",而第二个维度则是以"革命"这一关键词所结构出的"地方志叙事"。

如果说小说前半部分的主要内容是以土地为核心的关于家族史的叙事的话,那么,小说的后半部分则是关于洮儿河、白城和科尔沁草原的地方志,尤其是在"革命"的意义上,是白城地区革命斗争的地方志。当然,我这里的"革命"首先是具有广义的,比如此前对蒙古王公的反抗,对地方恶霸的斗争,军阀之间的混战等等,也都属于革命的范畴,小说也写出了科尔沁草原人民千百年来坚韧不屈的精神。不过显然,这些所谓的"革命"都没有在小说后半部分关于"革命"的理解和表现来个更加充分和真实——从抗战开始,中国共产党领导下的各个历史阶段上的"革命",在这里得到了充分的体现——包括许多实实在在的革命英雄,包括许多真实发生的革命斗争,包括许许多多反反复复的革命历程,等等,我们甚至看到了陶铸等等更具有符号意义的人物出场。这其实也就意味着,作者可能在家族史的叙事层面上,有着革命史叙事的欲望和尝试……而作为一个地域的革命历程的真实写照,显然就具有了一种"革命地方志"的意味。

我不知道两位作者是否承担过白城地方志写作的工作,但我在小说中,却见到了许多地方史志的写法,比如关于洮南府的由来和建制(1902年开始从双流镇开始,1904年正式建洮南府……以及城墙呈方形，总长 24 里等等）、日本鬼子制造的鼠疫，比如苏联红军与我党与国民党政权、军队之间的合作与疏离，比如白城保卫战与"光复军"乃至"还乡团"的战斗，等等，尽管我对白城地方志并不熟悉，但我敢肯定，其中一定是有许多史实在的。

第三个关键词是"风情"，而第三个维度就是以"风情"这一关键词结构出的"风俗画叙事"。

从一定意义上来说，任何一部现实主义叙事作品可能都是某种所谓的"世俗风情画"，就像我们回到丹纳所说的文学的三要素所能理解到的"种族、时代、地域"那样，这部小说也一样，无论是关于土地的家族叙事，还是关于革命的地方志，其实都是在科尔沁草原、洮儿河两岸这一具有浓郁的地域和民族风情的广阔天地里展开的。

所以在小说中我们一开始就能看到辛文德是如何从一个"揽头"起家的（这在远离草原的内地汉族文学中看不到的），当然也能够看到逐步走进现代历程的草原上的村落是如何一个个形成的，草原上的绺子（土匪）是如何多如牛毛又如何为非作歹的，青年男女之间的爱情是如何带着草原特有的野性发生的等等。这里面的细节很多，比如跑马占荒的"揽荒"，比如远离呼力营子的"窝棚"，等等。

所以我们能在小说中看到许多的蒙古风俗，比如……包大憨夫妻俩，生下的第一个孩子很快就咽了气，婆婆根据"月子孩儿，不出宅"的规矩，狠狠心把孙女扔在了房山头猪圈里，就头也不回地走了……

还有语言，我们可以注意到小说中许多的顺口溜，许多的地方土语，就像韩老四和改子结婚后第一夜，改子脱韩老四衣服，小说中是这样写的："她刚刚解开两个纽扣，韩老四就扑棱一下坐起身，一惊一乍地喊起来：你不老实儿睡觉，脱人家衣裳嘎哈呀？"等等。

所以说，草原风情，汉蒙风俗，地方风物，小说所描绘的，实际就是洮儿河两岸、科尔沁草原的一幅风俗画。

上面是我说的三个关键词及其所结构出的三个叙事维度。

不过我的阅读感觉中还有另外的一面，即作品还有很大的完善空间，我有几点建议，一己之见，仅供参考。

一个在叙事视角上，建议要俯瞰而不是平视，即不要完全被一个家族史的叙事所拘束，一个家族的线索是必要的，一个小的切入点也是必需的，但是整体的叙事视角却是完全可以从整个的大草原来形成的，让作者自己真正具有全知全觉的上帝视角，俯瞰整个草原上的人和事，并由此将其聚合成为一出大戏，有一种大气磅礴的纵横捭阖的恢宏叙事。而不是像现在这样，被具体的人物所牵绊，既想离开，又离不开，既离不开，又时常要离开……

第二是要客观而不是直抒胸臆，既不要过多地采用二元对立的模式并自己总是要勇敢地站出来显现价值的判断，好的作品不是作者自己在说话，而是小说中的事件和人物自己在说话，包括辛文德的伪善和阴毒，就像故事里的包袱一样，让他们自己去抖开，然后才会有效果，你替他先抖开了，故事的效果就没有了。

第三个是要有一把"奥卡姆剃刀"。小说现在有许多旁枝斜逸的东西,忽东忽西,看似是全景化的努力,但实际上扭曲了或者说模糊了叙事的线索,要有大规模的剪裁,要舍得下手。比如说马占山的叙事,让其作为背景就行了,包括张作霖、吴大舌头等,都只是选取其和所谓的草原叙事、地方叙事等有关联的东西来写,不用把话题扯远,这样才能显得精炼而富有意味。

(2015年3月19日在《作家》杂志社、时代文艺出版社、《吉林日报·东北风副刊》《新文化报》和白城市文联联合主办的"长篇小说《皇天后土》研讨会"上的发言)

一部壮美的史诗

——评李发锁长篇报告文学《围困长春》

我对这部作品的认识,一言以蔽之,这是一部具有史诗意味和壮美风格的优秀长篇报告文学作品。具体而言之,我的评价中实际上有三个关键词:史诗壮美报告文学(纪实或真实),而在我归纳起来,这几个关键词又都离不开一个"大"字。

第一组"大"字,就是"大视野与大历史",就是史诗意味。

第二组"大"字,就是"大叙事与大情怀",就是壮美风格。

第三组"大"字,就是"大真实与大启示",就是回到了报告文学的本真。

就第一点而言,这部报告文学首先给我们至深印象的,就是他的大视野,下笔是从抗战胜利后的东北写起,但视野却是整个的中国乃至世界,事件虽然是围困长春,但历史却是整个东北乃至全中国的解放。尤其值得注意的是,作者几次在文本中提到了黄仁宇,而我们知道,黄仁宇向来是以其所谓"大历史观"乃至大历史的书写见长的,而浅显一点来说,黄仁宇的"大历史观",其实就是以"宏观"的视角,从"联系"的角度,既注重历史的纵向的必然的演变与趋势，也注重历史的横向的综合的结构关系和总体背景，所以回到文学叙事的角度而言，其所谓大历史，其实就和我们所谓的"史诗"是一致的。

按照黑格尔的说法，史诗提供给意识去领略的是对象本身所处的关系和所经历的事迹，这就是对象处在它们整个客观世界的状态，因此史诗作为一种叙事，就是把对象置于广阔的社会关系中，以重大历史事实为背景，在真实中蕴含着"诗意"——试图揭示历史的本质——以庞大的时空跨度和英雄主义的氛围营造，来完成宏阔的历史叙事。所以无论是小说还是纪实文学，在具有史诗追求以及性质的意义上，往往也都是以一段完整的故事——起因、发展、高潮、结局——即完整的叙事经过，描述一个在某个国家和民族的历史中具有重大意义的事件。同时，战争情况中的冲突提供最适宜的史诗情境，因为在战争中整个民族都被动员起来，在集体情况中经历着一种新鲜的激情和活动，因为这里的动因是全民族作为整体去保卫自己，这个原则适用于绝大多数史诗。因此从某种程度上来说，战争就是史诗最好的题材和主题。甚至可以说，大部分反映战争题材乃至描述英雄的文学作品，一般都具有某种史诗性质。我说这部作品具有史诗意味的理由也在于此。

就第二点而言，这部报告文学的突出的艺术特征就是宏大历史叙事及其所呈现出来的宏大家国情怀。

也许是因为这部作品本身记录的就是一场轰轰烈烈的革命战争历史事件以及其必然胜利的历史经验，所以题材与主题的重大直接决定了它采用宏大叙事的必然选择。但是在我看来，大的叙事应该不仅仅是指大的历史事件和大的战争场面,以及大的视角和时空等等,其中可能更为重要的实际是一种大的情怀即寄托。古人云所谓创作的托物言志也好,或者批评上的以意逆志也罢,其实所有的叙事都是一种情怀,所以有大叙事,实际上就是有大情怀。

就叙事本身的要素而言,作品的叙事结构是宏大的东北解放战争的总体背景和整体进程,叙事视角是纵横内外、统揽全局的上帝视角,叙事时空也穿越历史与现实、横贯古今和中外,尤其是在革命战争历史题材表现的意义上,事件的巨大,人物的众多,伟人的塑造,群像的雕刻,场面的宏大,胜利的必然,包括不断的现实与历史之间的、中国共产党与国民党之间的比较,乃至世界形势与中国解放的历程之间的联系,等等,都显现出了作者大叙事的风格与成功。

描写一幅东北解放战争胜利的壮丽画卷,这部作品的用意和效果都达到了一种特殊的表现力和感召力——人民解放战争为什么会胜利?中国共产党为什么会胜利?——能在当下这个"消费"的时代里提出并回答这一问题,就是作者的大情怀!就像我们在作品中不断看到并体会到的,作者始终都在比较和发现当中——形势的比较,力量的比较,战略的比较,人心的比较,进程的比较等等——不断地提着为什么并回答着为什么!

就第三点而言,这部作品让我感触最深的是它作为一部报告文学,踏踏实实地回到了报告文学的本真。

实际上这里我想说的是两点:第一就是这部作品所反映出的历史和现实的真实,是一个大的真实。"围困长春"作为一个事件，尤其是环绕其当时乃至其后，都有许许多多的众说纷纭、难辨真伪的说法和文本，如何回到历史的现场恢复历史的真实，这就是报告文学的使命，而且，报告文学并不应该仅仅是记录和描写，在我看来，它也应该提出问题、面对问题并回答问题，比如像这部作品中就把"围困长春"究竟死了多少人、究竟死于谁手作为问题提出来了，并且在认真梳理大量史实资料的基础上，针对包括龙应台等人在内的种种说法进行了甄别和回应。这个真实在我看来，就是大真实而不是小真实。第二就是它所给予我们的大启示，可能有人认为我说的大启示有点言过其实，但我自己还是要坚持——在当下这个所谓"非虚构"大行其道甚至似乎可以取代所谓各种文学的时候，作者没有去跟风，就像我们吉林文学一直以来的本真一样，还是强调自己的作品是一部报告文学，我不管作者是否同意，但我首先是要给予巨大肯定的！因为这已是一份十分难得的本真的姿态了，其实我所谓的大启示，应该说就是来自这样一种姿态，也是这样一种本真，因为在我看来，我们当下的文学，种种创作及其解读，都是有了太多的花样了——就像偷换概念的所谓非虚构一样——而能够消解那些花里胡哨的外在花样的泛滥的，也许就是我们回到本真、老老实实做好自己文章的那种坚守了。

（2018年5月4日在吉林省作家协会、人民日报出版社、《中国作家》杂志社主办的"认识'吉林文笔'系列动——报告文学《围困长春》研讨会"上的发言）

长春的往事　历史的记忆

——看大型纪录片《长春往事》

每个城市都有自己的记忆，不管是温馨的，还是沉重的，其中既蕴含着这座城市特有的文化的根，也刻画着这座城市追随时代的脚印。这些记忆，就像城市的味道，弥漫于城市的大街小巷，让城市里的人在日复一日的浸润中慢慢呼吸出独有的气息；又像城市的徽标，用不同的车水马龙流传着，在城市之外的各个地方演示出自己与众不同的风景。所有来过、住过或听说过这座城市的人们，都会有着关于这座城市或多或少、或浓或淡的记忆，而这些"集体的记忆"，其生成有岁月，其沉淀有基因，其发现与发掘则又有不同的方位、层级和脉络。所以，当我们试图感知、发现和理解一座城市的时候，记忆里外的一个人、一件事或一段岁月，便随时随地都成为复活这个城市的动力和装置。

不过，所有关于往事的记忆都可能甚至必然是残缺破碎的，尤其是在经过许多特殊的岁月销蚀和时空变异之后，往日的生活似乎只剩下一些模糊的印象，曾经的日子好像也只不过是一段段历史的空白。所以，少数刻意要遗忘历史的人总是会借此来陈述自己的无可奈何，而大多数不愿意忘记过去的人，则还是要借助各种方式和形式来追想、追问着那一段段关于往事的记忆，希望可以从那个已经消逝了的世界里，找到某种人生、历史的真实及其所深藏的意义——纪录片无疑是完成这一任务的最重要的方式和形式之一。

长春是一座有着特殊记忆的城市，尤其是70年前的那一段长达14年的痛苦的"往事"，让这座历史并不久远的城市早就刻下了沉重的历史印记。所以追忆这一段往事，便不仅是一段城市记忆的追想，而是更加深刻的民族记忆的追问——这应该也是大型电视纪录片《长春往事》的初衷。人们常说"忘记过去就意味着背叛"，或所谓"前事不忘，后事之师"，而如《长春往事》这样来追忆那段充满血泪的伪满洲国的往事，即不仅在纪念反法西斯斗争胜利70周年这一特殊时刻有着历史的意义，尤其还在当下大众消费文化用那些雷人的抗日剧尽情"消费"着我们所有的家国意识和民族记忆的时代中有着更大的现实的价值，因而在我看来，如此用影像来记录"长春往事"的背后，其实还是一种特殊的"记忆长春"并"追问历史"的自觉。

我看纪录片，一般都愿意取三个角度或按照三个关键词——记录，叙事，隐喻——来发现、理解其样貌和内涵。

所谓记录，就是指影视纪录片首先是用影像来对真实的人事做"记录"，而之所以用"记录"这个词，实际是想在"纪录"的基础上更加强调"记录"的动词性质，即把"真实"及"真实性"看作是纪录片最首要的，也是生命所在的本质属性。放在当下，纪录片一定是对现实的记录并因之成为"人类生存之镜"，不过即便是在历史的场域中，纪录片也同样首先是对已成历史的事实或已经消失的文化的真实记录，甚或是更具有深刻反思和启示意义的"人类生存之镜"。所以，和文学等艺术最大的不同在于，纪录片永远都是"非虚构"的，即始终都是以真实的记录来作为自己表现生活或观照历史的唯一载体的——这当然也是《长春往事》的本质规定性。所以我们看到，六集纪录片所讲述的，无一不是真实的人、事，从血战南大营的东北军到霍殿阁为首的最后的近卫军，从伪总理大臣的进步儿子到"读书会"的抗日志士，从进步电影的传奇到新中国电影的胜利，甚至每个人、事都具体到了十分精准的时间、地点，就像《血战南大营》中最后出现的几经核对的"东北军（长春）阵亡名单"一样。确凿的事实永远都是最好的历史证人，而对于一部试图揭示历史真相的艺术作品来说，往往越是真实的记录，才能越具有震撼的力量和美。当然需要提及的是，在当下的影视文化消费语境和大众传播机制下，电视纪录片往往都有着某种电视节目的性质，所以在历史、文献甚至几乎所有纪录片中都使用"情景再现"的方式来还原真实的场景和人事，似乎已成一种必然的选择，像《长春往事》这种追溯70年前历史的纪录片更不能例外。不过要注意的是，纪录片使用"情景再现"的方式来呈现"真实"的历史场面，和故事片的虚构性创作并不是一回事，因为在非虚构的意义上，这种"再现"仍旧是一种"记录"行为，即它不对人事本身做任何篡改，而只是利用某种虚拟的影像和扮演来"再现"和"模拟"，其内在的真实并未因这一"外化"的过程而发生本质上的变化。

按照艺术的本质性理解来看，所有艺术所完成的差不多都是人类的一种讲述活动，只不过不同的艺术所使用的语言和方式不同而已。所以就作为影视艺术形式之一的纪录片而言，不管它有着如何甚至极端的真实或记录的要求，但同样也要在"讲述"的意义上，呈现为一种特殊的"叙事"。也就是说，不论是如何具有真实性的影像记录，既然是作为一种艺术行为并最终形成纪录片这一艺术成果，那么其所有影像及其视听语言的价值和功用，就都要体现在"叙事"的意义上。事实上，"今天，向整个社会提供其所需之叙事的不再是文学，而是电影：电影艺术家为我们讲述故事，作家则作文字游戏"（托多罗夫语）。尽管这里有点针对作家的批评，但并不影响我们去思考，难道电视纪录片不是在"向整个社会提供其所需之叙事"吗？或者说每一部纪录片难道不是在"讲述故事"吗？讲述"长春的往事"难道不是一种特殊的叙事吗？所以我们在《长春往事》中看到，每一集都是一个几乎完整的故事，每一个故事都有完整的讲述，所有的视听语言调动和整合的轨迹明晰而完美——用"动人的故事"讲述"真实的历史"。

所有的叙事其实都是一种隐喻，故事里的人和事，永远都内含着叙述者的主观意念，以及这种主观意念所生成的选择性编码。在这一点上，影视艺术显然又和文学等有了完全相通的本质属性，就像作家可以把自己视为"编"故事的创造者一样，影视艺术中的叙述者就是导演，"是他在电影语言所提供的各种可能性中选择某一种叙事的连贯类型、分镜头的类型、蒙太奇的类型"(雅克·奥蒙语),而造成这种选择性编码行为的,实际上已不再是所谓的生活现实或现象真实,而是更有本质规定性的叙述者的特殊审美心理或文化结构。比如我们看《长春往事》,它在鲜明的"抗战与抗争"的主题之下,实际就有着这样一种潜隐:在宏大的纪念反法西斯战争胜利70周年的主题诉求之下,编导者并没有选择更有史诗价值或英雄意味的事件和人物,而是从几个被尘封已久、鲜为人知的事件中去发现和发掘几个或几群应该被铭记但却始终被遗忘的人,让他们从历史舞台的阴影里走出来,成为今天人们可以凝视的对象——这恐怕不仅有着编导者特殊的历史观在里面,或者还隐含着当下艺术家们某种共同的焦虑和思考,因为用什么样的细节来展现历史的真实,差不多也始终都是历史纪录片的纠结之所在。甚至还不妨大胆一点来看,在不多的六集片子当中,却有两集是属于长影的,虽然题目不同,但实际看似跑在一双铁轨上的两个人,始终都在暗哼同一首离歌:长影,一个"曾经"的传奇和胜利!我不敢猜疑编导者是否有着长影衣钵的身份或用意,但却不难体会片子内外作为长影人的无奈和怅惘——这恐怕也是几乎每个长春人都有些的怅惘吧。可是长春的往事里面,又还有着多少这样的无奈呢?

显然,如此简单地来论证记录、叙事和隐喻作为理解纪录片的最终要素是远远不够的,就像我们用它来把握《长春往事》也不免要挂一漏万一样,但这并不妨碍我们在总的意义上来理解:如果说"记录"是纪录片在"真实"的意义上的内容本质即"说什么"的话,那么"叙事"则是纪录片在"讲述"的意义上的形式原则即"怎么说",而"隐喻"则属于纪录片在"主体"的意义上的动力结构即"为什么说"。换句话说,也正是如此解读,《长春往事》才令我印象深刻。

（2016年5月3日为长春电视台大型纪录片《长春往事》而作）

新世纪文学批评与吉林文学话语

文学的基本常识是：文学批评与文学创作是文学的一鸟双翼，故每当文学创作乃至文学生存有所新变之时，便必然要求文学批评有相应变化以及"反哺"，所谓的"新世纪文学"与"新世纪文学批评"也一样。而老生常谈的是，相比较于十五年以来新世纪的文学的新变，新世纪的文学批评却似乎依然有着许多问题："不及物"的理论多，"及物"的批评少；"洋"的批评多，"土"的批评少；"假"的批评多，"真"的批评少；"科学"的批评多，"诗性"的批评少等，尤其是"旧"的批评多，"新"的批评少。而实际上，不管我们如何可以争论新世纪文学的概念、特征以及样貌等等，但是21世纪以来随着社会、文化的巨大变化，文学已经发生了巨大变化这一事实是客观的，因此同样不管我们如何来界定，这一时期的文学批评也一定应该有了与文学新变相应的"新变"。

所以，回到"新世纪文学"这个主题的意义上简而言之，尽管关于新世纪文学的概念现在看还会有争论，甚至还有人质疑它的合理性，但这并不影响我们可以针对这个话题展开讨论。从某种意义上说，新世纪文学这个概念本身是丰富的，可能起码具有广义和狭义两个层面，广义上是指时间意义上的21世纪以来的全部文学，而狭义是指在这一时间段中，同时又被21世纪的时代特质规定了其某些文化与文学特质的文学。就我个人而言，对新世纪文学的概念界定比较倾向于前者，即在时间段上的文学存在。由此我主张复杂问题简单化，即从最简单的意义上来检视新世纪文学的"新变"与"特质"。正如人们已经意识到的，就本质的意义上说来，与"五四"以来的新文学相比，与20世纪80年代以来的"新时期文学"相比，新世纪文学在中国文学的整体发展的意义上，发生了本质性的变化吗？我以为没有。还是人的文学，还是人生的表现，还是生命的体验，还是诗性的本质——这也是文学之所以成为或被称为文学的根本所在。

既然作为新世纪文学的文学的本质没有变，但在新世纪的意义上，显然不变又是不可能的，所以当我们要在一个"新"的意义上去界定它，其实问题主要就是这个"新"究竟"新"在哪里，或者说其所谓"新变"是什么——既然内在的本质没有变，那么变的肯定就是外在的形式了。于是我们是不是可以首先这样理解：随着新世纪的到来，文学的表现手段、存在形式、传播方式以及接受机制发生了一系列的新变，从而使新世纪文学成为一种"新"的文学存在。

这并不是要准确界定所谓新世纪文学，而只是想可以理解新世纪文学的新在哪里——理解作为"新世纪"的这个时代是一个什么时代,然后再去想它又给了我们、给了文学什么。依我简单地看,新世纪这个时代最大的特点或者说与此之前的所有时代的最大的一点不同,即它是一个"新媒体时代",因此在某种意义上来说,新世纪文学也就是新媒体时代的文学或称"新媒体文学"。

问题不必要展开,理解这个问题的逻辑很简单——走进新世纪,数字媒体、网络媒体以及自媒体和移动媒体等新媒体的出现与快速发展催生了新媒体语境,而新媒体语境作为一个特殊的文化场域全方位地甚至十分彻底地改变了文学的存在形态、表现方式和接受机制,进而使新世纪文学成为一种特殊样态的存在——新媒体为这种改变提供了技术前提,新媒体语境则提供了文化背景,所以新世纪文学的本质属性即其"新媒体性"。故在某种意义上说,所谓的"新世纪文学",就是在这样一个"泛文学"乃至"泛审美"的新媒体时代里,以"新媒体"为载体形式之一呈现出来的"新"的、"大众化"的文学形态。

这样一来,新世纪文学批评作为一个特指的概念,与新世纪文学一样,也有广义和狭义之分,广义的是指所有的在这个时间段里并针对这一时间段里各种文学的批评,狭义的则是针对所谓"新世纪文学"概念下的文学开展评论和研究的批评。不过如果像前面我们那样把新世纪文学简单化一样,实际新世纪文学批评也可以简单化理解为在"新媒体文学批评"乃至"新媒体批评"的意义上。换句话说,当新媒体已经牢牢占据了大半江山,当我们面对着自由而又自主、碎片而又个性、互联而又互动的新媒体文学创作日渐成为大众意义上的文学主流的新形势时，我们已经基本上可以确认一种基于并适应于新媒体平台的所谓的"新世纪文学批评"了。

由此按照前面的简单化思路，我以为新世纪文学批评的基本要素大概可以有下面几点理解：

一是新媒体性：

就批评对象而言，当今的文学批评已不只是针对传统文学的批评，而是针对新媒体时代里全部新生文学样式在内的"新批评"；就批评方式来看，当下的文学批评不是仅指使用传统批评方式的文学评介活动，当前活跃于各种新媒体上的各种非专业、非学术的评论形式同样属于文学批评的范畴。而如果我们能在新媒体时代的背景下再深地去体会"互联网+"思维的笼罩性、世界"互联网化"的彻底性，以及"媒体融合"的全面性等，那么是不是可以再简单地以为，"新媒体写作"背景下的"新媒体批评"，会在"新媒体化"的意义上成为今后的文学批评主流或主体？

二是大众化：

新媒体语境对文学的改造完全可以看作是一场当代最具规模、也最彻底的"文学大众化"运动，因此，新世纪文学批评在"新媒体"的决定意义上，就必然也必须要形成某种能够表达出阅读主体个性和个人性，并符合大众的泛审美精神追求的大众化的文学批评方式，比如像去科学化、去中心化、通俗化、多媒体化等等，都是其大众化的文学批评姿态。尤其是在"微化"的意义上，随着微文化在大众消费意义上的流行，不管是广义的文化批评还是狭义的文学批评，我们都已经必然有了对"人人可为、处处可为"的微批评的呼唤和建构。

三是当下性：

在我看来，这个当下性在我们今天关于新世纪中国文学及其批评的话题中，可能直接引向"吉林文学"会更有意义一些。

21世纪以来，吉林文学已经有了长足的进步和发展，无论是数量的增加还是质量的提高，以及各种奖项的获得等等，都让我们可以体会到吉林文学欣欣向荣、蓬勃向上的态势。但是反观我们关于吉林文学的批评，似乎却没有那么好的样态了。关于吉林文学的批评其实也有两个方面：一个方面是作为吉林文学个体存在的批评，即在地域意义上对吉林的所有作家、作品和现象的批评。但在我有限的视野中，应该说这一类的文学批评与我们文学创作之间的脚步还是不大合拍的。比如对吉林优秀作品的迅捷地讨论和批评，对吉林优秀作家的有计划地跟踪与研究，对吉林文学现象的规模化地梳理与推广……比如关于东北女作家，大家都知道黑龙江有迟子建，辽宁有孙慧芬，但是吉林的金仁顺呢？这是一个非常优秀也非常有特色的作家，也是一个非常具有新媒体意识的作家，但是吉林文学批评本身对她集中的、深入的把握还是不够的，更谈不上自觉的跟踪。另一个层面是关于"吉林文学"的整体性批评，在我看来，这是一个地域文学整体提升的关键所在，我们提倡打造北方文学高地也好，呼唤吉林文学的春天也罢，关于吉林文学的建设和发展，显然是离不开文学批评的力量的。而实际上，我们吉林的文学界，还没有形成更好的关于吉林文学的整体性的批评话语，当然也就很难形成关于吉林文学尤其是吉林新世纪文学的引领了。

所以实际应该强调两点：一是吉林文学要有一支自己的批评队伍，要形成自己的批评话语体系，要打造吉林文学以及吉林文学批评的品牌，要有意识地锻炼形成一支力量强大的文学"吉军"；二是吉林文学要有一个属于自己的文学批评的阵地，尤其是在新媒体的意义上，要建设一个属于自己的网络平台，不管是吉林文学网还是吉林文评 App，总是要在一个新的时代里不断地发出新的声音。

（2016 年 12 月 12 日在中国作家协会创作研究部、中国当代文学研究会、省作家协会共同主办的"十五年来新世纪文学研讨会"上的发言）

吉剧的创新发展漫谈

吉剧，顾名思义就是吉林省的戏曲剧种，是 1959 年依据周恩来总理"要繁荣发展东北的文化，丰富创造自己的地方剧种"指示要求，按照"不离基地，采撷众华，融合提炼，自成一家"的指导方针，举吉林全省文化艺术人才之力，在二人转等优秀民间艺术基础上创建而成的新剧种。历经半个多世纪的创新发展，吉剧先后创作、改编、排练和演出了 600 余个大、中、小剧目，以独特的艺术个性和文化内涵，不仅得到了吉林人民的喜爱，同时也走向了全国甚至世界，成为吉林艺术的一个标志性符号。

不过必须看到的是，随着社会发展及其所带来的大众消费文化的兴起，吉剧虽然仍是新兴剧种中的佼佼者，但与其他戏曲剧种一样，也面临着如何提高生存能力和发展水平的难题。2013 年，吉林省开始启动了"吉剧振兴工程"，在打造吉林文化品牌的高度上提出要把吉剧发扬光大并让它"唱响吉林，走向全国"的新要求，这可能就意味着我们应该甚至必须从吉林地域文化的角度来思考一些吉剧创新发展的问题了。

俗话说，一方水土养一方人，因此，看吉林地域文化，实际是在看吉林人是什么人，尤其是把吉剧作为一种艺术的存在来看的话，思考自己要面对什么人，应该是吉剧必须思考的问题。这也就是说，是吉林这个地方，养成了吉林人的性格，并由此建构出了作为吉林人自己的家乡戏的吉剧的品格。那么，吉林是个什么地方呢？又养出了什么样的人呢？谷长春老师曾经就吉林地域文化总结出吉林人性格当中的三个方面：一是拓荒创业锻造了自强不息的文化精神。二是艰险环境磨砺了坚韧刚健的文化个性。三是民间行为文化张扬着宽厚质朴的民风。不过回到吉剧艺术的角度来看，如此宏观的文化特征似乎并未能充分体现出吉林人与吉剧这一新兴地方剧种之间的深刻联系，因此在我看来，当我们借助这种地域文化与地方艺术之间的关系思考来想吉剧问题的时候，也许吉林地域文化当中另一层面的一些内容对我们反倒是可以有所启示的。

我们首先可能要看到，如果说富饶的长白山、黑土地给了吉林人得天独厚的自然生存条件，仿佛随便撒一颗种子秋后便可以得到收获的话，那么在这片土地上的人们在有着拓土开疆的奋斗精神的同时，是不是也会形成一些甘于温饱、小富即安、进取不足的惰性？这实际是一个影响创新意识和创新力的大问题，就像我们所看到的，尽管说二人转和吉林的关系很近，但是因为很多年缺少创新，尤其是在艺术层面上的创新，所以二人转不是从吉林而是从辽宁走出去了。同样，如果说当年吉剧的创建是对二人转的第一次创新的话，那么赵本山等人将二人转带向全国差不多可算是第二次创新——现在人们看刘老根大舞台时都说是看二人转，而不是说看东北小品——所以现在吉剧要振兴，就应仍要在二人转的创新上做文章，甚至是第三次创新。这也就意味着，似乎不能单纯从吉剧的角度来想吉剧，而要结合二人转的问题，结合吉林地域文化个性的问题，乃至结合吉林文化未来建构和定位的问题来思考吉剧的振兴。

我们可能还要看到的是，吉林是农业大省而又是一季的粮食种植作业，所以老百姓有大把的农闲时间，再加上个体作业方式的沉淀，因而导致了传统的休闲娱乐行为本身并不丰富，传统二人转的艺术口味也谈不上有多高，或者也就造成了相关的文化积累相对于关内文化而言并不深厚，所以吉剧作为一个新兴剧种，也就不像京剧、越剧等传统剧种那样拥有忠实而比较精致的票友群。这些可能都意味着，今天从创新发展的角度来看吉剧，是不是一下子就把口味吊得高高的，一上来就一定要精品、精美、精致？其实无论剧种也好，剧团也罢，要生存，就要面对市场，既然要面对市场，就要考虑受众，包括不同档次的受众，吉剧的创新和振兴都应该是两条腿走路，一条腿是精品化的，高雅精致，上档次，拿奖；一条腿走通俗化的路，贴近大众，让大众喜欢，可以生存。而实际上，后者可能还是对前者的一种培养，因为我们首先要让所有人都知道吉剧，然后才是让他们了解吉剧，喜欢吉剧。

什么样的吉剧才是吉林人喜欢的？当前，吉剧在发展中已经有了许多如《包公赔情》《燕青卖线》《桃李梅》等优秀作品，但显然只有这些精品还不够，因为我们必须考虑到的是，在今天的大众文化背景下，真正可以让吉剧自己生存下去即能够"自食其力"的吉剧应该是什么样的？我想，回到吉林民间文化的特点，以及二人转成功的经验，起码有一些东西是值得我们思考的：比如说，吉林人和其他省的东北人的性格中有着勇敢彪悍、好武尚侠的一面，可能会带来某种大气、豪放的性格爱好和娱乐取向，那么才子佳人的题材、林黛玉类型的性格与形象，是不是适应这种文化性格？再比如，各种民间文化中都会有一种爱好技艺、崇尚技艺的性格特征，因为这是民间生存的最基本的手段和本领，尤其在民间艺术的层面上。那么，吉剧是不是要在这方面下点功夫，不仅仅将其作为一种纯粹艺术化的表演，而是让演员们都有点绝技，就像现在的许多二人转演员及其表演一样，能一上场就有个满堂彩？还有，民间艺术尤其是像原本缺少精致艺术的东北民间艺术传统中，始终都有一个说唱的特色，而且这种说唱并不是戏剧中具有辅助意义的道白，而是具有主导性的、具有和唱功一样地位的"说"（二人转在这点上原本不错，但是一旦精品化或庸俗化之后，不是只有唱没有说了，就是只有说没有唱了），这就提醒我们，能不能在说与唱之间找到一个很好的契合点，并使之成为吉剧的一个特色？

其实，戏剧永远都是需要观众的艺术，所以无论我们谁来思考吉剧振兴发展的问题，都必须心有观众，即必须要思考观众的喜好、追求，包括其所不愿看到的东西是什么。这也就意味着，在当下大众文化泛滥、人们似乎更喜欢某种"文化快餐"的背景下，我们必须积极思考，吉剧是不是还坚持原来那种"戏"的感觉。从某种意义上说，"戏"总是和人们的日常生活有距离的,没有"戏"当然没有艺术,但是过于有"戏",即太像"戏"了,也许又会让观众产生某种隔膜而缺少兴趣和耐心,就像一段唱腔委婉缠绵,吊起嗓子来一句唱词就是几分钟,这也许是艺术,但是大众是否喜欢并乐于接受?"既要有大戏,也要有小戏",所以在"戏"的模式上、唱腔的改造上以及舞美的设计上,吉剧都有值得下点功夫创新的地方。

(修改后题为《处理好精品化和通俗化的关系》载于2014年1月10日《吉林日报》)